Über dieses Buch Sam (Samantha Hughes) ist 17 Jahre alt und hat gerade die High-School hinter sich. Es ist der Sommer 1984 in einer kleinen Stadt in Kentucky, und für Sam wird es ein schwerer Sommer, denn sie entdeckt das Trauma ihrer Nation: Vietnam. Sie lebt bei ihrem Onkel Emmett, einem 35jährigen Veteranen des Vietnam-Kriegs. Emmett leidet unter schweren Akne-Ausbrüchen, die Sam auf Agent Orange, das Entlaubungsmittel der Amerikaner, zurückführt. »Die Leute«, sagt Emmett, »verwechseln den Krieg mit seinen Gründen und seinen Zielen, damit sie mit ihm leben können und nicht darüber nachdenken müssen.« Emmett ist ein liebenswerter, witziger, eigenwilliger Nichtstuer, der sich in der Heimat nicht mehr zurechtfinden kann. Sein Leben ist ziellos; von seiner Freundin hat er sich getrennt, weil er davon überzeugt ist, ihr nichts bieten zu können. Sam ist bei ihm geblieben, als ihre Mutter sich wiederverheiratete und fortzog, weil sie meint, sich um Emmett kümmern zu müssen. Ihr Vater ist in Vietnam gefallen. Wo immer sie hinschaut, Sam begreift immer mehr, wie sehr ihre Familie und ihre Umgebung noch immer im Schatten des Krieges leben. »Was sich rundum liest wie ein locker und plastisch erzählter Roman von kleinen Leuten in Amerika, was zwischen Junk-food-Ausspeisung und High-School-Flirt und krampfhafter Geselligkeit in der Nachbarschaft haarscharf allen Klischeevorstellungen vom anderen Amerika entspricht, ist im Kern ein Buch über das Vietnam-Trauma zweier Generationen. Der Veteranen, die nach der Heimkehr aus dem Krieg, von dem man ihnen gesagt hat, er sei richtig und wichtig, aus der Bahn geraten sind. Die sich Enthüllungen und Prozessen als weggeworfenes Kriegsmaterial empfinden. Ihnen gegenüber stehen die Jungen, die nicht begreifen können wie das alles möglich war.«

Die Presse/Wien

Die Autorin Bobbie Ann Mason, Jahrgang 1941, wuchs auf einer Farm in der Nähe von Mayfield/Kentucky auf; Hochschulstudium mit Promotion; anschließend lehrte sie Englisch und Journalismus am State College in Pennsylvania. Seit 1980 regelmäßig Beiträge im *New Yorker* und anderen namhaften amerikanischen Zeitschriften. Für ihren Band *Shiloh und andere Geschichten* (Fischer Taschenbuch Bd. 5460) wurde sie mit dem PEN-Hemingway-Preis ausgezeichnet. Bobbie Ann Mason lebt in einer kleinen Stadt in Pennsylvanien.

Bobbie Ann Mason
Geboren in Amerika
Roman

Aus dem Amerikanischen
von Harald Goland

Fischer Taschenbuch Verlag

Ungekürzte Ausgabe
Veröffentlicht im Fischer Taschenbuch Verlag GmbH,
Frankfurt am Main, Oktober 1989

Lizenzausgabe mit freundlicher Genehmigung
des S. Fischer Verlags GmbH, Frankfurt am Main
Die amerikanische Originalausgabe erschien unter dem Titel ›In Country‹
im Verlag Harper & Row, New York 1985

Umschlagentwurf: Buchholz/Hinsch/Walch
Illustration: Tadensz Barzak
Druck und Bindung: Clausen & Bosse, Leck
Printed in Germany
ISBN 3-596-29505-x

Für Roger

I'm ten years burning down the road
Nowhere to run ain't got nowhere to go

Bruce Springsteen
Born in the U.S.A.

Teil Eins

I

»Ich muß schon wieder anhalten, Süße«, sagt Sams Großmutter und tippt ihr auf die Schulter. Sam Hughes fährt, ihr Onkel Emmett Smith ist neben ihr beinahe eingeschlafen.

»Wo sind wir?« brummt Emmett.

»Immer noch auf der I-64. Mamaw muß zur Toilette.«

»Ich hab vergessen, meine Tablette zu nehmen, als wir das letzte Mal angehalten haben«, sagt Mamaw.

»Soll ich jetzt fahren« fragt Emmett und zieht eine Zigarette raus.

Er raucht Kent, und in den zwei Stunden, die sie heute unterwegs sind, hat er sieben geraucht.

»Wenn Emmett fährt, könnte ich nach vorne«, sagte Mamaw und beugte sich zwischen den Vordersitzen vor. »Ich bin hier hinten eingequetscht wie eine Ölsardine.«

»Möchtest du wirklich gerne fahren, Emmett?«

»Ist mir egal.«

»Es macht mir gerade richtig Spaß«, sagt Sam gereizt.

Es ist *ihr* neues Auto. Emmett ist durch den starken Verkehr um Lexington herum gefahren, weil Sam im Stadtverkehr noch nicht sicher genug ist, aber auf der Autobahn ist es leicht. So wie jetzt könnte sie durch ganz Amerika dahingleiten.

Bei der nächsten Ausfahrt ragen Exxon, Chevron und Sunoco auf, große Gesichter auf Pfählen. Hier gibt es ein Country Kitchen, ein McDonald's und ein Stuckey's. Sam hat gehört, daß Stuckey's furchtbar und daß Country

Kitchen gut sein soll. Unter einigen Bäumen sieht sie an einem Hang ein paar weiße Kästen – entweder Bienenstöcke oder ein kleiner Familienfriedhof. Sie schießt ein bißchen zu schnell in die Ausfahrt hinein, und die Reifen quietschen. Mamaw schnappt nach Luft und klammert sich an Sams Rückenlehne, aber Emmett spielt einfach an den Knöpfen der alten Armeejacke in seinem Schoß herum. Emmett hat sie aus seinem Schrank gezogen, bevor sie abgefahren sind. Er hat gesagt, es könnte kalt werden in Washington. Es ist Sommer, und Sam glaubt ihm nicht.

Sam hält bei Sunoco und springt aus dem Wagen, um Mamaw herauszulassen. Mamaw hat breite Hüften und Speckrollen um die Taille. Sie ist so dick, daß sie mit einem Spezial-BH schlafen muß. Sie schüttelt ihre Beine aus und reckt die Arme. Sie trägt pfirsichfarbene Strickhosen und eine geblümte Bluse, dazu weiße Socken und blaue Tennisschuhe. Sam kennt Mamaw Hughes nicht so gut wie ihre andere Großmutter, Emmetts Mutter, die sie Großmutter nennt, aber Mamaw scheint alles von Sam zu wissen. Es ist gespenstisch. Mamaw sagt immer: »Mann, das sieht dir ähnlich, Sam«, oder: »Genau wie dein Vater, ganz genau so.« Sie gibt Sam das Gefühl, seit Jahren bespitzelt worden zu sein. Mamaw mitzunehmen, war Emmetts Idee. Er starrt einem Vogel nach, der über das Sunocoschild hinwegfliegt.

»Normal?« fragt ein blonder Junge in einem Sunocohemd.

»Ja. Mach ihn voll.« Sam sagt das gerne: »Mach ihn voll.« Zu tanken ist eine der Freuden, wenn man endlich ein eigenes Auto hat. »Komm, Mamaw«, sagt sie und nimmt den Arm ihrer Großmutter. »Paß du auf den Wagen auf, ja, Emmett?«

Er nickt und sieht immer noch dem Vogel nach.

Die Toilette ist abgeschlossen, und Sam muß zurückgehen

und den Jungen um den Schlüssel bitten. Der Schlüssel hängt an einem Ring mit einem unförmigen Sunocoschild aus Plastik. Die Toilette ist rosa und dreckig, der Fußboden ist klebrig. Auf ihrer Toilette liest Sam ein paar mit Lippenstift aufgeschriebene Telefonnummern. Eine Botschaft an der Wand lautet: »Die Märsche der Ärsche plus dem Gewimmel der Pimmel gleich dem Geseier der Eier.« Sie wünscht, sie hätte das gekannt, als sie Algebra hatte. Sie hätte das in einer Arbeit verwenden können.

Mamaw läßt einen Strahl los, so laut wie der von einer Kuh. Diese Fahrt ist verrückt. Sie erinnert Sam an den Chevy Chase Film über eine Familie auf Urlaub, die eine alte Frau mit sich schleppte. Sie starb während der Fahrt, und sie mußten sie in einen Teppich einwickeln und auf das Dach ihres Kombis packen, weil sich die Kinder weigerten, neben einer Leiche zu sitzen. Diese Fahrt ist genauso irre. Vor einem Monat wäre Emmett nicht für eine Million Dollar nach Washington gefahren, aber nach allem, was diesen Sommer passiert ist, hat er seine Meinung geändert, und jetzt ist er total verrückt danach, zu fahren und Mamaw mitzuschleppen.

»Ich war kurz vorm Platzen«, sagt Mamaw.

Das mit den Tabletten war gelogen. Mamaw wollte nur nicht, daß Emmett wußte, daß sie zur Toilette mußte.

Als sie den Schlüssel zurückbringen, zieht Mamaw ein paar Chips aus einem Automaten. »Irene hat uns heute morgen nicht genug zum Frühstück gegeben«, sagt sie. »Willst du irgendwas?«

»Nein. Ich hab keinen Hunger.«

»Du bist zu mager, Sam. Du siehst hohlwangig aus.«

Irene ist Sams Mutter, Emmetts Schwester. Sie haben die Nacht bei ihr in Lexington in ihrem neuen Haus verbracht – ein Backsteinhaus im Ranchstil mit einem Innenhof und Teppichboden. Irene hat mit siebenunddreißig Jahren ein neues Baby. Das Baby ist süß, aber Irenes neuer Mann hat

keine Persönlichkeit. Er heißt Larry Joiner, aber Sam nennt ihn Lorenzo Jones.
Im Gemeinschaftskundeunterricht spielte Sams Lehrer immer Bänder mit alten Radioshows. *Lorenzo Jones* war eine alte Seifenoper. Das Leben von Sams Mutter ist eine Seifenoper. Die Fahrt wäre so ganz anders, wenn ihre Mutter mitgekommen wäre. Aber sie hat die Kreditkarte ihrer Mutter, und die macht sie ganz nervös. Sie hat sie bisher noch nicht benutzt. Sie ist für Notfälle.
Emmett sitzt am Steuer, und der Motor läuft. Er trinkt eine Dose Pepsi. »Alle fertig?« fragt er und schnipst Zigarettenasche auf den Asphalt. Er hat den Wagen ein bißchen weitergefahren, aber er steht noch nahe an den Tanksäulen. Ein Bild von einer himmelhohen Explosion wie ein in die Luft gejagtes Munitionslager schießt Sam durch den Kopf. »Gib mir'n Schluck«, sagt Sam. »Hast du bezahlt?« Sie nimmt einen Schluck aus Emmetts Pepsi und gibt sie ihm zurück.
»Ja. Sechs Dollar, dreißig Cents. Ich hab den Meilenstand aufgeschrieben. Wir haben im Durchschnitt neun Liter verbraucht.«
»Nicht schlecht!«
Der Benzinanzeiger ist kaputt, und Sam muß abschätzen, wann der Tank leer ist. Um sicherzugehen, tankt sie alle zweihundert Meilen. Der VW ist ein 73er Modell, und er hat einen Austauschmotor. Tom Hudson hat ihn ihr vor weniger als zwei Wochen verkauft. Seine Fingerabdrücke sind noch drauf, ganz bestimmt – auf dem Motor und den Radkappen und dem Benzinverschluß. Seine Anwesenheit ist überall im Wagen spürbar.
»Ich liebe diesen Wagen«, sagt Sam und gibt dem VW einen liebevollen Klaps.
»Er ist ein guter kleiner Vogel.« Sie kommt sich plötzlich merkwürdig vor, während sie das sagt. Emmett beobachtet immer Vögel und macht sich Notizen darüber. Es gibt da

eine bestimmte exotische Vogelart, die er sucht. Er behauptet, daß diese Vögel manchmal auf ihrem Zug nach Florida in Kentucky rasten, und er ist ständig auf der Suche nach ihnen, aber in Kentucky hat er noch nie einen gesehen. Als Sam vorschlug, sie könnten sie sich im Washingtoner Zoo ansehen, sagte er, das sei nicht das gleiche wie in freier Natur.

Sam klettert auf den Rücksitz, und Mamaw macht sich daran einzusteigen, aber dann sagt sie: »Ich seh besser mal nach meinen Blumen. Ich hätte sie heut morgen gießen sollen.«

Sie geht nach hinten und blickt durch die Heckscheibe.

»Sie sehen noch nicht welk aus«, sagt Sam und guckt auf die Geranien, die hinter dem Sitz eingekeilt sind.

»Ich glaub, sie sind okay«, sagt Mamaw bedenklich. »Ich hab nur Angst, daß die Blüten abfallen, bevor wir ankommen.« Sie steigt auf den Vordersitz. »Es ist mir immer noch so peinlich, daß ich Irenes schönen Fußboden dreckig gemacht hab. Ich glaube, sie hat von mir gedacht, ich wäre nichts weiter als ein Bauerntrampel, der Dreck reinschleppt.«

Emmett drückt seine Zigarette aus und fährt los. Als sie auf der Autobahn sind, schaltet er in den vierten Gang.

»Ob wir wohl jemals ankommen?« fragt Mamaw. »Wahrscheinlich verirren wir uns.«

»Keine Sorge, Mrs. Hughes. Wir haben eine Karte.«

»In den Vereinigten Staaten kann man sich nicht verirren«, sagt Sam. »Auch wenn ich wollte, daß man es könnte. Ich wünschte, ich würde wach und wüßte nicht, wo ich bin.«

»Himmel, Kind, wo hast du bloß diese Ideen her?« fragt Mamaw.

Emmett fährt schweigend, konzentriert wie ein Busfahrer. Er ist ein großer Mann von 35 mit Pickeln im Gesicht. Seit sie gestern Hopewell verlassen haben, ist er sehr still, wahrscheinlich deshalb, weil Mamaw ihm auf die Nerven geht. Er hat schlechte Nerven.

»Die Schaltung wird immer schlechter«, sagt er nach einer Weile. Er sieht sich um und guckt Sam an. »Gerade ist der vierte Gang wieder rausgesprungen.«

»Tom hat gesagt, er hätte an der Schaltung gearbeitet. Sie sollte eigentlich in Ordnung sein.«

»Naja, aber er springt raus. Ich wollte dir das nur sagen.«

»Hm, es tut mir trotzdem nicht leid, daß ich das Auto gekauft hab, also reib's mir nicht dauernd unter die Nase.«

Sie lehnt sich zurück in das Kissen, das sie von ihrer Mutter ausgeliehen haben, und sieht den vorbeischießenden Autos nach. Am Straßenrand liegen geplatzte Reifen von Lastwagen, Brocken aus Gummi, hingeworfen wie verlassenes Spielzeug. Die Landschaft besteht aus komischen kleinen Hügeln, die geformt sind wie Eiskugeln. Wo sie wohnt, ist es flach. Sie ist noch nie soweit von zu Hause weggewesen. Sie ist beinah achtzehn und unterwegs, um die Welt kennenzulernen. Sie würde gern irgendwohin weit weg ziehen – Miami oder San Francisco. Sie möchte überall außer in Hopewell wohnen. Unterwegs scheint alles wirklicher zu sein, als es jemals gewesen ist. Es ist so, als ob sie bis vor kurzem nichts wirklich wahrgenommen hätte – seit jener Nacht, letzte Woche, als sie in den Sumpf davonlief. Das Gefühl erinnert sie an ihre Aerobics-Lehrerin, Mrs. Hotpants – sie hatte einen schwer auszusprechenden, ausländischen Namen – als sie letztes Jahr die Beckenübung in der Turnhalle machten. Eine Reihe Mädchen, alle ihre Hintern in den Himmel gestreckt. »Preßt eure Hinterbacken zusammen. Kneift sie fest zusammen, Mädchen«, sagte sie immer, und sie knirschten dann mit den Zähnen und spannten ihre Hintern an und hielten sie so, bis sie bis fünf gezählt hatte, und dann sagte sie immer:

»Jetzt eine Lage tiefer pressen.« So ist das neue Gefühl: man kennt etwas in- und auswendig, und dann preßt man eine Lage tiefer, und etwas Neues ist da.

Emmetts Zigarettenrauch schwebt nach hinten und kratzt ihr im Hals. Sie ist froh, als er sie eine Weile später wieder ans Steuer läßt. Sie ist stolz auf den Wagen. Seine Farbe ist ein schmuddeliges Weiß mit leuchtend orangenen Flecken dort, wo Tom die Roststellen bearbeitet hat. Der Austauschmotor hört sich gut an.

»Dieser Wagen wird besser aussehen, wenn ich ihn spritzen lasse«, sagt sie laut.

»Welche Farbe willst du nehmen, Süße?« fragt Mamaw.

»Schwarz.« Sam stellt sich vor, daß sie sich zum Winter eine schwarze Motorradjacke kaufen und ihre alten gelbbraunen Lederstiefel schwarz einfärben wird. Es sind Schnürstiefel, und sie werden unheimlich aussehen, wenn sie sie schwarz färbt. Ein Lastwagen, den sie vor zwei Minuten überholt hat, fährt jetzt mit langgezogener Hupe an ihr vorbei. Sie hupt zurück. Fernfahrerarsch, murmelt sie vor sich hin.

»Eh, sieh dir das an!« schreit Emmett und zeigt auf einen Kombi, der einen flachen Anhänger zieht, auf dem eine Parabolantenne liegt. »Auf dem Nummernschild steht Arizona. Sie haben ihn den ganzen Weg von Arizona mit sich geschleppt. Stell dir vor, man hätte so eine. Damit könnte man alles auf der Welt empfangen, was es gibt.«

»Sie gehört wahrscheinlich dem Großen Bruder«, sagt Sam.

»Ja, der hat wahrscheinlich eine davon, und dazu seinen eigenen Satelliten«, sagt Emmett nachdenklich.

»Von wessen Bruder redet ihr?« will Mamaw wissen.

»Vom Großen Bruder aus *1984*. Das ist ein Buch, das ich in der Schule lesen mußte.«

»Hier, schon wieder die Gangschaltung«, sagt Emmett.

»Oh, Scheiße«, stöhnt Sam, nicht laut genug, daß ihre

Großmutter es hören könnte. Kraftausdrücke schockieren Mamaw.
Eigentlich hat Sam bis zu diesem Sommer nie wirklich Kraftausdrücke benutzt. Aber jetzt hat sie das Gefühl, alles aus sich rauslassen zu müssen. Sie hat im Augenblick soviel Schlechtes in sich angesammelt. Es tut gut, Scheiße zu sagen, auch wenn sie es nur flüstert.

2

Im Radio spielt ein Oldie-Sender Motownlieder. Marvin Gaye, Junior Walker und die All Stars, und jemand anderen, der Junior heißt, aber Sam kriegt seinen Namen nicht richtig mit. Der Sender wird schwächer. Sie kommen in eine immer hügligere Landschaft, nach West Virgina. Sie fährt, Emmett sitzt neben ihr und hat die Beine angezogen. Er schnipst Asche aus dem Fenster. Er raucht, seit er zur Armee gegangen ist. Sam fragt sich, ob sie rauchen würde, wenn sie zur Armee ginge. Sie glaubt nicht. Sie wird wahrscheinlich sowieso an Lungenkrebs sterben, allein vom bloßen Zusammensein mit Rauchern. Irene und Emmett haben immer drauflosgepafft, und sie, während sie tiefe Lungenzüge machten, gewarnt, Rauchen sei eine schlechte Angewohnheit, mit der sie niemals anfangen sollte. Aber Irene hörte mit dem Rauchen auf, als sie letztes Jahr schwanger wurde. Marijuana ist etwas anderes. Mamaw würde einen Herzanfall bekommen, wenn sie von dem Pot in Sams Tasche wüßte. Falls die Polizei sie anhalten sollte, hat Sam sich vorgenommen, die Joints durch das kleine Loch in der Seitenverkleidung des Autos in der Nähe des Bodens zu stopfen. Vor ihnen kündigt ein Reklameschild ein Motel mit freien Cocktails an.
»Wir können bis heute abend in Washington sein«, sagt Emmett. »Soweit ist es nicht mehr.«

»Aber was sollen wir dann machen? Es kostet ein Vermögen, dort zu übernachten. Es wäre besser, wenn wir da morgen früh ankämen. Dann können wir wieder abfahren, ohne die ganze Nacht bleiben zu müssen.«

»Sam hat recht«, sagt Mamaw. »Es wird ein Vermögen kosten.«

Sie haben diese Art Unterhaltung schon ein Dutzend mal geführt. Emmett hat gesagt, er kenne dort jemanden, einen alten Kumpel von der Armee, bei dem sie übernachten könnten. Aber er hatte seine Adresse nicht, und er weigerte sich, ihn anzurufen, weil es ein Ferngespräch wäre. Er wollte lieber warten, bis sie ankämen, und dann seine Adresse nachschlagen.

Die Schaltung wird schlechter. Ständig springt der vierte Gang heraus. Eine Zeitlang hat Emmett den Schaltknüppel festgehalten, aber dann wurde seine Hand müde, und Sam hat versucht, ihn mit einer Hand festzuhalten. Ihre Hand tut weh.

»Wenn wir ihn loslassen, müssen wir im dritten Gang fahren, und dann brauchen wir 'ne ganze Woche, um dahinzukommen«, sagte Emmett und greift nach dem Schaltknüppel.

»Was, wenn das Auto kaputtgeht und wir liegenbleiben?« sagt Mamaw.

»Uns wird bestimmt was einfallen«, sagt Sam. Sie stellt das Radio lauter, als ein Lied von Bruce Springsteen gespielt wird. Sie würde es noch lauter machen, wenn Mamaw nicht dabei wäre.

»Stell dir vor, wir könnten so fahren«, sagt Emmett. Er fängt an, »Glory Days« mitzubrüllen. Sam kichert. Der Gang springt raus.

»Ich komm immer noch nicht darüber hinweg, wie ihr bei mir zu Hause reingeschneit kamt und mich dazu gebracht habt, diese Fahrt mitzumachen«, sagt Mamaw.

»Freust du dich nicht?«

»Schon, aber ich weiß nicht, ob ich lange stehen kann, wenn wir da sind. Meine Beine spielen verrückt.« Mamaw nimmt Tabletten, damit ihre Beine nicht anschwellen. »Ich würd lieber früh ankommen, wenn ich ausgeruht bin, für den Fall, daß ich zu lange stehen muß.«

Die Nachrichten zur vollen Stunde kommen, und sie hören Meldungen über den Wahlkampf des Präsidenten und einen Hurrikan in Texas. Sam wechselt den Sender. »Roadhouse Blues« von den Doors wird gespielt. Mein Gott. Wenn Jim Morrison noch lebte, würde sie mit diesem Auto geradewegs dahin fahren, wo er war. »Let it roll, baby, roll ... all night long.« Sie stellt ihn sich vor in seiner schwarzen Jacke und denkt verträumt an die Zeit, als er verhaftet wurde, weil er sich während eines Auftritts ausgezogen hatte.

Als sie bei einem Howard Johnson's anhalten, ist Sam erschöpft, weil sie den Gang festgehalten hat. Emmett hatte gegen vier Uhr das Steuer übernommen, und Sam hatte entdeckt, daß sie den Riemen ihrer Tasche an dem Schaltknüppel befestigen und daran ziehen konnte. Das war weniger anstrengend, als den Gang runterzudrücken und ihn festzuhalten. Mamaw schlug vor, einen starken Bindfaden zwischen dem Ganghebel und dem Haltegriff am Fenster zu ziehen, aber sie hatten keinen Bindfaden. Es ist enttäuschend, daß sie ein Auto mit einer kaputten Schaltung gekauft hat. Sams Traum war eigentlich immer ein Sportwagen wie ein Trans Am gewesen. Ihre Mutter hat einen Trans Am, und Lorenzo Jones hat einen Ford Cobra und ist in einem Club, aber er ist ein entsetzlicher Fahrer.

»Die Schaltung hat uns ganz schön aufgehalten«, sagt Emmett.

Sie stehen auf einem Parkplatz und überlegen, was sie tun sollen. Emmett schlägt vor, sich ein Zimmer zu teilen, weil das billiger würde, aber Mamaw zögert.

»Mach dir keine Sorgen, Mamaw«, sagt Sam. »Ich schlaf auf dem Feldbett, und du kannst in dem einen Bett schlafen und Emmett in dem anderen.«
»Ich weiß nicht, ob wir mit einem Mann in einem Zimmer schlafen sollen, Sam.«
»Also, ich wohne mit Emmett schon mein Leben lang zusammen. Denkst du, ich hätte Emmett nicht schon mal im Schlafanzug gesehen?« In Wirklichkeit schläft Emmett nicht in einem Schlafanzug.
»Ich hab noch nie im gleichen Zimmer mit einem Mann geschlafen, der nicht mein Mann war.« Mamaw lacht. »Was sollen die zu Hause denken. Die werden glauben, ich wär verrückt geworden und würde mich rumtreiben. Ich hab noch nicht einmal meinen guten Morgenmantel mitgenommen.«
»Ich auch nicht«, sagt Sam.
Emmett geht rein, um sich nach dem Preis für das Zimmer zu erkundigen.
»Da kommt Emmett zurück!« sagt Mamaw einen Augenblick später. »Vielleicht haben sie was dagegen, daß wir alle drei ein Zimmer nehmen, wo Emmett und ich noch nicht einmal miteinander verwandt sind.«
»Ihr seid verwandt«, sagt Sam. »Er ist der Bruder deiner Schwiegertochter.«
»Exschwiegertochter.«
»Oder der Onkel deiner Enkelin. Das stimmt noch.«
»Sie wollen die Autonummer wissen«, sagt Emmett durchs Fenster.
»Ein Einzelzimmer kostet 54, und ein Doppelzimmer 59, und drei Dollar extra für ein Feldbett.«
»Ich schlaf auf dem Feldbett«, sagt Sam. »Sind in dem Zimmer zwei Einzelbetten?«
»Zwei Doppelbetten. Und es kostet bloß fünf Dollar mehr als ein Einzelzimmer. Zwei Einzelzimmer würden uns 108 Dollar kosten.«

»Gut, ich denke, wir können das machen«, sagt Mamaw. »Ich kann mich in eine Überdecke einwickeln. Wir können das Licht ausmachen.«

Das Zimmer ist groß und schön, mit Schiebetüren aus Glas zum Parkplatz hin. Es hat dunkle, gestreifte Vorhänge und zwei Bilder mit Pariser Straßenszenen an der Wand über jedem Bett. Sogar das Bad ist besonders schön. Die Toilette ist beige und hat einen Streifen Papier über dem Deckel, der mit einem angenehmen Geräusch zerreißt, als Sam ihn hochhebt. »Wofür ist das?« fragt Mamaw, und Sam erklärt. Mamaw ist nicht viel gereist. Als sie gestern an der Straße anhielten, um zu essen, wußte Mamaw noch nicht einmal, was die kleinen Plastikbehälter mit Kaffeesahne waren.

Sam läßt sich aufs Bett plumpsen, und Mamaw macht sich im Badezimmer mit ihren Geranien zu schaffen. Emmett spielt mit der Fernsehschaltung. Ein Mann bringt ein Feldbett. Emmett probiert alle Kanäle durch. »Die Nachrichten kommen nicht vor sechs Uhr dreißig«, sagt er. »Ich könnte mich nie daran gewöhnen, in einer anderen Zeitzone zu leben«, sagt Mamaw. »Mein Zeitgefühl ist durcheinander, seit wir gestern in Lexington angekommen sind.«

Sam geht laufen, eine Straße runter mit nicht so viel Verkehr. Als Sam ihre Shorts anzog und rauswollte, hatte Mamaw sie ermahnt, sich nicht zu verirren. Sam liebt das Zimmer, deshalb kommt es ihr irgendwie komisch vor, von dem Motel wegzulaufen. Das Zimmer ist sauber, ohne irgendwelche Anzeichen dafür, daß es jemandem gehören könnte, aber es birgt eine geheime Geschichte von Tausenden von Menschen, ihre Ausstrahlung und ihr Wesen stecken tief in den Wänden und im Teppich.

Sie läuft an einer Exxon-Tankstelle vorbei. Ein Buick-Kombi und ein roter Saab tanken gerade. Der Saab hat so etwas wie einen selbstgemachten Dachgepäckträger aus

Holz, ein unförmiges Ding aus Sperrholz, das so ähnlich aussieht wie ein Schlitten mit geschwungenen Linien, die der Form des Daches folgen. Die Leute sind wahrscheinlich zu knickrig, um einen richtigen Dachgepäckträger zu kaufen, denkt Sam. Das erinnert sie an Sachen, die Emmett macht, an die Art und Weise, wie er die Dinge im Haus notdürftig herrichtet, um nur keinen Pfennig ausgeben zu müssen. Emmett hat sogar ihren Toilettenpapierhalter aus Holzabfällen und einem abgesägten Besenstiel gemacht. Der Saab fährt von der Tanksäule weg und hupt einen anderen Saab an, der gerade vorbeifährt, aber der andere Saab hupt nicht zurück.

Der Tag ist feucht, und sie schwitzt bereits, aber sie hat sich vorgenommen, mindestens vier Meilen zu laufen. Sie stellt den Zeitstopper auf ihrer Sportuhr ein. Riesige Lastwagen donnern vorüber. An der vorigen Ausfahrt waren sie an einem Einkaufszentrum vorbeigekommen. Es ist zu weit weg, aber sie wünscht, sie könnte dorthinlaufen. Dann könnte sie hineingehen und nachsehen, ob sie diese Beatlesplatte haben, die sie sucht.

3

Nach den Nachrichten sitzen sie in einer orangefarbenen Nische im Howard Johnson's Restaurant. Emmett bestellt Bier.

»Ich werd mit einem betrunkenen Mann im gleichen Zimmer schlafen!« ruft Mamaw aus und lacht dabei halb über sich selbst. Sam kann sich nicht entscheiden, was sie bestellen soll, die Auswahl ist so groß. Sie möchte auf jeden Fall überbackene Muscheln, weil sie die Spezialität des Tages sind, aber sie kann sich nicht entscheiden zwischen der Muschelplatte und dem Muschelsandwich. Sie möchte noch Platz für Eis haben.

»Ziemlich teuer hier«, sagt Mamaw.
»Wir haben Moms Visakarte«, erinnert sie Sam. »Falls uns das Geld ausgeht.«
»Gebratenes Hähnchen kostet 5.35. Dafür könnte ich im Laden fast zwei Hähnchen kaufen. Was nimmst du, Emmett?«
»Einen Gourmet-Beefburger mit Pommes frites. Nimm das Hähnchen, Mrs. Hughes. Ich lad dich ein.«
»Ich möchte etwas, das ich bisher noch nie gegessen hab«, sagt Sam. Die Bedienung sieht alt und verhärmt aus, als ob sie seit der Jahrhundertwende Gourmet-Beefburger serviert hätte. Sam weiß, wie hart es ist, als Serviererin zu arbeiten. Früher hat sie nach der Schule im Burger Boy gearbeitet.
»Dieses Hähnchen war tiefgefroren«, sagt Mamaw, als sie essen. »Das macht es zäh.«
»Die Muscheln sind gut«, sagt Sam.
»Sie sehen aus wie Würmer«, sagt Emmett. »Aber das ist nur gut so. Würmer enthalten viele Proteine.«
Sie essen schweigend, und als Mamaw ihren Teller mit einem Brötchen aufwischt, sagt sie: »Ich denke die ganze Zeit über an Dwayne und wie anders unser Leben ohne ihn ist. Wenn er noch bei uns wär, hätte er mit Irene ein Haus weiter unten an der Straße, und du wärst dort aufgewachsen, Sam, und ich wär mit dir viel mehr zusammengewesen, Süße. Und du hättest Brüder und Schwestern.«
Sam bekommt bei dem Gedanken, auf einer Farm aufzuwachsen, Hausarbeit zu tun und niemals in die Stadt zu kommen, eine Gänsehaut. Sie schluckt Muscheln runter und sagt: »Wieso glaubst du eigentlich, er wär auf der Farm geblieben? Vielleicht wär er nach New Orleans gegangen. Vielleicht wär ich im Französischen Viertel aufgewachsen.«
»Wie kommst du denn darauf? Er wär ganz bestimmt

nicht nach New Orleans gezogen. Es kostet ein Vermögen, da zu leben.«

»Wieso glaubst du, er wär nicht reich geworden? Vielleicht hätte er was Großes aus sich gemacht. Er wär vielleicht Pilot geworden. Oder Filmregisseur.«

Mamaw lacht laut auf. »Er konnte es gar nicht abwarten, nach Hause zu kommen und Tabak zu pflanzen.«

»Schmeckt's?« fragt die Kellnerin, die plötzlich auftaucht.

»Das Hähnchen hier ist zäh«, sagt Mamaw. »Es ist tiefgefroren.«

»Sie fragen einen das nur, damit man sie später nicht verklagen kann, wenn sich herausstellen sollte, daß Glas oder sonstwas im Essen war«, sagt Emmett, nachdem die Kellnerin abgeschwirrt ist. »Es ist so was wie ein mündlicher Vertrag.«

»Wißt ihr, was ich im Fernsehen gesehen hab?« fragt Mamaw später, nachdem die Kellnerin abgeräumt hat. »Sie zeigten da eine Mutter, die überhaupt keine Ahnung davon hatte, wie ihr Junge gestorben war, und ihr Junge hatte einen Kumpel, der bei ihm war, als er starb. Und als er da im Sterben lag, versprach ihm sein Kamerad, er würde zur Mama des Jungen gehen und ihr erzählen, was passiert ist. Der Junge versprach das, aber als er zurückging, brachte er es nicht über sich, zu ihr zu gehen. Zehn Jahre vergingen, bis er schließlich diesen Brief schrieb.«

»Und dann?«

»Naja, es beruhigte die Frau, einfach zu wissen, wie es passiert war. Und der Junge kam zu Besuch, und wißt ihr was, es war, als hätte sie wieder einen Sohn. Er besuchte sie, und sie machten zusammen Picknicks, und sie wurden Freunde.«

Mamaw fährt mit dem Finger die Nachspeisen auf der Speisekarte runter. Sie sagt: »Das war solch eine süße Geschichte. Ich konnte sie einfach nicht vergessen.«

Sam konzentriert sich auf die Speisekarte und studiert die Eissorten. Sie nimmt schwarze Johannisbeere und Pekannußkrokant. Das scheint eine tödliche Kombination zu sein, aber sie kommt sich verwegen vor. Emmett zündet sich eine Zigarette an und starrt aus dem Fenster ins Leere.

4

Sie sind in Maryland. Eine Stunde lang haben sie an einer Tankstelle auf einen Mechaniker, der Bill hieß, gewartet. Er sollte sich das Auto ansehen. Sam und Mamaw fuhren im Abschleppwagen, und Emmett fuhr per Anhalter. Mamaw schleppte den Topf mit den Geranien mit sich in den Lastwagen, und Sam saß eingequetscht zwischen ihr und dem Fahrer, einem gesprächigen, dicken Mann, der mit ihr zu flirten versuchte. Aber Sam war nicht nach Flirten zumute. Der VW folgte ihnen auf seinen Hinterrädern. Er sah traurig aus, so wie ein kleiner Hund auf seinen Hinterbeinen.

Mamaw ist jetzt auf der Toilette, und Sam geht nervös um den Picknicktisch herum, wo sie warten.

»Reg dich ab«, sagt Emmett. »Du machst dich nur verrückt.«

»Ich krieg einen Schreikrampf, wenn das hier noch lange so weitergeht. Ich bin froh, wenn wir diese Fahrt hinter uns haben. Sie macht mich wahnsinnig.«

»Naja, sie ist noch nie irgendwo gewesen, und sie weiß nicht, wie sie sich verhalten soll.« Emmett scheint ungewöhnlich ruhig und rücksichtsvoll. Sam versteht das nicht.

»Ich wette, wir bleiben mit ihr in einem Motel hängen. Die Sache mit der Schaltung dauert ewig. Und wir können uns getrennte Zimmer nicht leisten. Wir können noch nicht mal das Radio laut stellen, wenn sie dabei ist.«

»Du kannst Walkman hören«, sagt Emmett und gibt Sam das Gerät.
»Jetzt nicht.« Sam nimmt einen Schluck Mountain Dew und stößt auf. »Ich fänd es gut, wenn du diesen Typ in Washington anrufen würdest. Dann hätten wir etwas zum Übernachten.«
»Ich weiß noch nicht einmal, ob er da noch wohnt. Ich wart lieber, bis wir da sind.«
»Ich frag mich, ob eine Fettsektion ihrer Cellulitis helfen würde«, sagt Sam beiläufig.
»Was ist das?«
»Eine Operation, bei der Fett weggenommen wird.«
Emmett wirft seine Pepsidose in eine Abfalltonne nahe am Picknicktisch. Er hat nasse Ringe unter den Armen. Die Ringe überschneiden sich mit den Streifen auf seinem T-Shirt wie in einer abstrakten Zeichnung aus dem Geometrieunterricht. Er sitzt am Tisch und stützt den Kopf in die Hände. Er hat sich heute häufig an die Schläfen gefaßt, als sei der Schmerz, den er schon den ganzen Sommer hindurch im Kopf hat, schlimmer geworden.
»Sollen wir Tom anrufen?« fragt sie.
»Was könnte er tun?«
»Ich weiß nicht. Ich fühl mich einfach danach, ihn anzurufen, aber ich weiß nicht, was ich ihm sagen soll.« Sam hat versucht, ihn vor der Abfahrt anzurufen, aber man sagte ihr, er wäre nach St. Louis zu seinem Bruder gefahren.
»Du könntest ihn mit einem Abschleppwagen nachkommen lassen«, sagt Emmett.
»Sei nicht albern.«
»Bin ich nicht. Eine neue Gangschaltung kann ein paar hundert Dollar kosten. Ich dachte, du hättest gesagt, er hätte die Schaltung in Ordnung gebracht.«
»Hat er auch. Aber das Auto ist alt, und Schaltungen werden schwergängig.«
»Was weißt du von schwergängigen Gangschaltungen?«

»Weiß ich eben.«

»Du willst ihn nur in Schutz nehmen, Sam. Du willst einfach nicht zugeben, daß er dir ein Schrottauto angedreht hat.«

»Es ist kein Schrottauto. Es ist ein gutes Auto. Es wird richtig gut aussehen, wenn ich es spritzen laß. Ich werd es schwarz spritzen lassen, und dann wird es stark aussehen.«

Mamaw kommt zum Picknicktisch gewatschelt. Sie stellt ihren Fuß auf die Bank und massiert sich das Schienbein. »Ojemine, ich hab Knoten vom vielen Sitzen«.

»Was ist mit deinen Schmerzen, Emmett?«

»Sie sind noch da.«

»Emmett hat diese Schmerzen im Kopf«, erklärt Sam Mamaw. »Sie kommen und gehen, und die Ärzte wissen nicht, was es ist.«

»So schlimm ist es nicht«, sagt Emmett. »Es ist nichts weiter als ein Gefühl, das manchmal kommt, wie der Piepton an Sams Uhr.«

»Ich weiß, wovon du redest«, sagt Mamaw. »Ist es so ein kleiner Schmerz, der dich ab und zu überm Ohr piekt?«

»Na ja, nicht ganz.«

»Das ist eine Neuralgie. Das ist das, was Pap auch hat. Das kommt davon, wenn man ständig im Zug sitzt.«

»Das ist es nicht«, sagt Sam. »Dies hier ist was anderes.«

»Bei Pap war es immer besonders schlimm, wenn die Jahreszeiten wechselten«, sagt Mamaw. »Ich hab es einoder zweimal gehabt, aber es geht weg.« Sie läßt den Träger ihres BHs schnappen und starrt auf die Autobahn. »Was glaubst du, wie lange wir hier festliegen, Emmett?«

»Mach dir keine Sorgen, Mrs. Hughes«, sagt Emmett beruhigend. »Wir sind hier nicht mitten im Nichts gestrandet. Wir werden hier schon wieder rauskommen.«

»Aber es könnte zweihundert oder dreihundert Dollar kosten, wenn wir das Auto reparieren lassen. Soviel Geld hab ich nicht und ihr beide auch nicht.«
»Plastikgeld«, sagt Sam. Sie hat keine Lust mehr, den Gebrauch der Kreditkarte zu erklären.
Mamaw stellt die Geranien an einen schattigeren Platz unter den Picknicktisch. Emmett sucht in der Tasche seines T-Shirts nach einer Zigarette und macht mit einer Hand ein Streichholz an. Oben am Himmel ist der Tagesmond ein weißer Fingernagel, aufgehängt gegen das bleiche Blau. Emmett setzt sich die Kopfhörer auf und fängt an, mit der Hand rhythmisch auf den Tisch zu schlagen.
»Was hörst du, Emmett?« fragt Sam.
»Cyndi Lauper.«
»Sag mir Bescheid, wenn du dieses Lied von den Beatles hörst.«
Ein Pickup dröhnt in die Tankstelle, und ein Typ in einem grünen Overall steigt aus. Emmett nimmt die Kopfhörer ab. »Das muß der berühmte Bill sein«, sagt er.
Nach Bills Ansicht, der ungefähr zehn Minuten am Wagen herumfummelt, muß die Schaltung repariert werden. »Ich kann nicht vor vier Uhr damit anfangen, weil ich erst noch ein paar Bremsbeläge machen und einen Zylinder ausschleifen muß. Ich nehm an, ich werd dies bis Feierabend auseinandergenommen haben.« Er rechnet mit den Fingern nach. »Ich nehm an, ihr könnt ihn morgen am frühen Nachmittag haben. Müßt ihr schnell irgendwo Besonderes hin?«
»Was wird es kosten?« fragt Sam.
»Kommt ganz auf die Arbeitszeit an. Aber ich will versuchen, es unter dreihundert zu halten. Bei so alten Käfern ist die Schaltung schwer rauszuholen.«
»Ich kenn das mit den schwergängigen Schaltungen«, sagt Sam und sieht Emmett dabei an.

Sie sind jetzt im Holiday Inn, auf der anderen Seite der Autobahn. Das Zimmer kostet 46 Dollar. Irenes Kreditkarte zu benutzen, wird langsam zur Gewohnheit. Es ist so einfach. Sie sind nur noch hundert Meilen von Washington entfernt. Die Hügel hier sind lang und blau, wie Gemälde. Sam läßt Emmett und Mamaw vor dem Fernseher, sie setzt sich an den Pool und beobachtet den Verkehr, ein endloser Fluß, Familien, die Ferien machen, und Lastwagen, die Güter mit sich schleppen, und Vertreter, die ihren Bezirk abfahren, und Verrückte, die die Gegend unsicher machen. Alles in Amerika spielt sich hier ab, auf der Straße. Sam gefällt das Gefühl von Fremdheit.

Sie befinden sich an einer Kreuzung: der Interstate Highway mit seinem Verkehr nach Osten und Westen und die Staatsstraße mit ihrem Nord-Süd-Verkehr. Sie ist im Niemandsland, mitten im Zentrum dieser geballten Energie.

Das Summen der Diesellaster hört sich an wie der Hintergrund zu einem Rocksong.

Als es am späten Nachmittag kühler wird, geht Sam wieder laufen. Sie stellt den Zeitnehmer auf ihrer Uhr auf sechs Minuten pro Meile, was sie in dieser Hitze nicht schaffen kann, aber sie kann mit dieser Geschwindigkeit sprinten. Sie trägt Emmetts Walkman und hört einen Sender von irgendwo in Pennsylvania, und wenn ein Lied aufhört und Werbung anfängt, nimmt sie die Kopfhörer ab und hört den Autobahngeräuschen zu.

Am Abend essen sie Cracker und Käse und Kekse aus dem Supermarkt, dazu Cola aus dem Automaten im Flur. Das Restaurant im Holiday Inn ist zu teuer. Später bringt Emmett noch mehr Cola. Im Automaten gibt es keine Pepsi mehr.

»Komm her, Sam.« Emmett macht ihr Zeichen, hinter die Trennwand zu kommen, die das Waschbecken vom Rest

des Zimmers abtrennt. »Möchtest du etwas Süßes?« flüstert er.
»Süßen Stoff?« Emmett nennt Pot »süßen Stoff«.
»Nein.« Er schmunzelt und zieht eine Flasche Old Crow aus seiner Sporttasche. »Reich mir deine Cola.«
Als sie zögert, sagt Emmett: »Das ist schon okay so. Du wirst dich dann besser fühlen. Außerdem bist du erwachsen.«
Er schüttet Whisky in ihre Cola und zwinkert ihr zu, als er sie ihr wieder zurückgibt. Mamaw sitzt auf einem der Betten, ohne etwas zu bemerken. Ihre Geranien neben dem Waschbecken sind in voller Blüte.
Sam und Emmett sitzen in Kissen gelehnt auf dem anderen Bett und schlürfen die Bourbon-Colas und sehen fern. *Hill Street Blues* fällt wegen einer Sondersendung aus. Ein paar Journalisten debattieren darüber, ob die Tatsache, daß Walter Mondale eine Frau nominiert hat, den Demokraten nützen oder schaden wird.
»Sie wird nicht gewählt werden«, sagt Mamaw. »Niemand ist soweit, daß sie da oben eine Frau haben wollen.«
Sam erinnert sie daran, daß Kentucky eine Frau als Gouverneur hat.
»Geraldine ist Dynamit«, sagt Emmett. »Mir gefällt ihr Akzent.«
»Sie würde uns nicht in einen Krieg stürzen«, sagt Sam. »Reagan will Krieg.«
Die Show zieht sich hin mit viel Gerede, und als einige Ausschnitte von Geraldine Ferraros Antrittsrede auf der Parteiversammlung der Demokraten über den Bildschirm laufen, muß Sam lächeln, weil sie sich an die Parteiversammlung erinnert. Politische Versammlungen sind so komisch, all die verrückten Leute in ihren Parteihüten, all die Programme und Plattformen und Debatten. Sam kann nicht sagen, ob Geraldine Ferraro anders ist als die ande-

ren Politiker – ob sie echt ist oder nur eine Schau macht. Politiker müssen immer eine Schau machen. Sam gefällt Geraldine Ferraros Akzent und ihre Art, die Faust zu erheben. Aber sie sollte diese altmodischen Kostüme nicht tragen.

Mamaw sagt: »Warum lacht ihr so? Hab ich den Witz nicht mitgekriegt?«

»Sei still, Mamaw«, sagt Sam kichernd. »Du könntest was verpassen.«

»Möchtest du noch 'ne Cola, Sam?« fragt Emmett.

»Jetzt nicht.«

»Gib mir'n Schluck davon, Süße«, sagt Mamaw. »Damit ich meine Tablette runterkriege.«

»Oh, diese hier ist leer! Ich hol dir etwas Wasser.« Sam läuft zum Waschbecken und lächelt sich selbst im Spiegel zu. Ihr Gesicht ist rot. Es macht Spaß, ihre Großmutter so zu täuschen. Mamaw glaubt, daß der Gebrauch der Visakarte so etwas ist, wie einen Scheck zu fälschen. Früher am Abend hatte Sam ihr dabei geholfen, zu Hause anzurufen. Sie erzählte Pap, daß ihre Beine sie zwar umbrächten, daß sie aber die Welt sähe. »Er sagt, daß es zu Hause regnet«, berichtete sie Sam und Emmett. »Wir haben diesen Regen aber auch nötig gehabt.« Seitdem hat Mamaw den Regen zu Hause zweimal erwähnt.

Aber hier in Maryland ist die Nacht klar. Das Zimmer ist schön, in Blau und Grün, und es hat einen luxuriösen Bettvorleger aus langhaariger Wolle. Das Badezimmer ist gelb gekachelt, und es ist sehr sauber. Aus der Klimaanlage tropft kein Wasser auf die Vorhänge. Die Toilette läuft nicht über.

»Joan Rivers vertritt Johnny Carson«, sagt Emmett später. »Und es ist eine Wiederholung. Nichts ist mehr echt.«

»Ich kann Joan Rivers nicht ausstehen.« Sam empfindet genau das Gegenteil – alles kommt ihr realer vor, jetzt, da sie unterwegs sind. Sie fragt sich immer wieder, was mit

ihrer Großmutter wohl geschähe, wenn sie plötzlich hier alleine festsäße, wie sie wohl zurechtkäme.
Joan Rivers trägt einen schwarzen Taftfummel mit einer aufgebauschten Krause um die Hüften und Klumpen von Perlen. Sie sagt, daß ihr Kostüm Boy Georges Gymnastikanzug wäre. Sie ist auf hübsch und blond zurechtgemacht, aber sie ist nicht wirklich so hübsch oder so blond. Sie sagt, daß es in Los Angeles regnet – endlich werden Willie Nelsons Haare mal gewaschen, sagt sie. Sie sagt, er trägt ein Wanzenmotel um den Hals. Ihr erster Gast ist Don Rickles. Don Rickles sagt zu Joan Rivers: »Johnny hat dich als Vertretung geholt, weil du für ihn keine Bedrohung bist.« Er sagt, Johnny sei zu Hause, posiere in seiner Badehose und sage: »Ist das nicht 'n Körper?« Don Rickles und Joan Rivers rattern die Daten ihrer Auftritte in Las Vegas herunter. Joan Rivers sagt, eine Frau braucht ein witziges Gesicht und ein gelenkiges Becken, und das ist alles, aber Don Rickles sagt, das College könne nicht schaden. Seine Tochter besucht ein College.
»Ich vermisse Moon Pie«, sagt Emmett plötzlich, als ein Werbespot für Katzenfutter kommt. Ein Nachbar füttert ihre Katze.
»Ich vermisse mein Zuhause«, sagt Mamaw. »Wenn wir je wieder heil nach Hause kommen, bin ich zufrieden.«
Ich vermisse Tom, sagt Sam zu sich selbst, als sie in das Feldbett steigt. Sie wird langsam schläfrig. Emmett geht raus, um eine neue Cola zu holen, die er mit ins Badezimmer nimmt. Mamaw, deren Kopf kreuz und quer mit Haarnadeln und Lockenwicklern bedeckt ist, hat sich ein Handtuch um die Schultern gelegt. Sie sagt, daß sie von der Klimaanlage Zug auf den Nacken bekommt. Sams Kopf ist ganz benommen. Mamaw weiß nicht, daß Sam sich mit Drogen und Alkohol abgibt. Im Zwielicht des Zimmers versucht Sam, Erinnerungen an Tom festzuhal-

ten. Emmett sitzt aufrecht im Bett, sein Haar in seine Pepsikappe gezwängt, und trinkt aus der Coladose und versucht, den Schmerz in seinem Kopf zu verjagen. Mamaw schnarcht, aber Sam kämpft gegen den Schlaf, weil sie möchte, daß diese Nacht nie zuendegeht und die Reparatur ewig dauert. Sie hat Angst davor, nach Washington zu fahren.

Teil Zwei

I

Es war der Sommer von Michael Jacksons *Victory*-Tournee und Bruce Springsteens *Born in the U.S.A.*-Tournee. Sam konnte zu keiner von beiden gehen. Auf ihrer Schulabschlußfeier hatte der Redner, ein Methodistenpfarrer, darüber gepredigt, daß man das Land in seiner Stärke erhalten solle, wobei er Opferbereitschaft betonte. Er machte Sam nervös. Sie fing an, über den Krieg nachzudenken, und dieser Gedanke blieb den ganzen Sommer lang in ihrem Kopf.

Emmett kam aus Vietnam zurück, aber Sams Vater nicht. Nach seiner Entlassung blieb Emmett für zwei Wochen bei seinen Eltern, dann ging er weg. Er schaffte es nicht, sich wiedereinzugewöhnen. Einige Monate später kam er zurück, und Sams Mutter ließ ihn bei sich wohnen, in dem Haus, das sie mit der Lebensversicherung ihres Mannes gekauft hatte. Emmett blieb und machte sich am Haus nützlich. Die Leute sagten, Irene behandle ihn wie ein Baby. Sie ging mit ihm um wie mit einem Invaliden, und sie verlangte niemals von ihm, sich nach einem Job umzusehen. Sie sagte immer, der Krieg habe ihn »kaputtgemacht«. Sie hatte als Sprechstundenhilfe bei einem Zahnarzt gearbeitet, und sie bekam Entschädigungszahlungen von der Regierung. Rückblickend wurde Sam klar, wie eigenartig diese frühen Jahre gewesen waren. Als Emmett einzog, brachte er ein paar Freunde mit – Hippies. In Hopewell gab es keine Hippies, auch keine Leute, die gegen den Krieg protestierten, und als Emmett mit drei struppigen Typen mit Pferdeschwänzen und Holzperlen auftauchte, sorgten sie für eine Sensation. Die Freunde kamen aus Orten im Westen – Albuquerque, Eugene, Santa Cruz. Die Jungen in Hopewell trugen bis in die 70er noch nicht mal lange Haare, als es endlich Mode wurde. Sam konnte sich deutlich an Emmett in seiner Armeejacke und seinen schwarzen Stiefeln erinnern, an sein purpurnes Stirnband in seinem wilden Haar. Sie erinnerte sich daran, wie seine Freunde aus einem psychedelisch angemalten Kleinbus hervorquollen, aber sonst konnte sie sich an wenig mehr über sie erinnern. Die Leute in der Stadt sprachen immer noch von der Zeit, als Emmett und die Hippies eine Vietcong-Fahne vom Turm des Rathauses wehen ließen. An einem trostlosen Tag im frühen Winter betraten sie das Rathaus durch verschiedene Türen und trafen sich dann unten am Uhrenturm. Eine Verwaltungsangestellte sah, wie sie die Treppe hinaufstürmten, und sagte später aus, sie habe gewußt, daß irgend etwas passieren würde. Sie machten die Fahne an der einen Seite des Uhrenturmes mit Klebestreifen fest und verdeckten dabei einen Teil des Zifferblattes. Ladenbesitzer um den Platz herum wurden nervös und ließen sie wegen Landfriedensbruchs verhaften. Der komische Teil, sagte Emmett immer, war, daß noch nicht einmal irgend jemand bemerkt hatte, daß es eine Vietcong-Fahne gewesen war. Er hatte sie bei einem Schneider aus Pleiku machen lassen, so wie man einen Anzug für die Hochzeit in Auftrag gibt. Als kurz nach dem Vorfall mit der Fahne Einbrecher in einen Haushaltswarenladen in der Mainstreet eindrangen, nachdem sie mit einem Betonklotz ein Fenster eingeworfen hatten, verdächtigten die Leute Emmetts Clique, aber niemand konnte jemals etwas beweisen.

Die Freunde gingen schließlich weg, und Emmett wurde ruhiger. Ein paar Jahre studierte er an der Murray State Universität, aber dann brach er das Studium ab. Er machte

Gelegenheitsarbeiten – Rasenmähen, einfache Haushaltsgeräte reparieren – und kam so zurecht. Ab und zu tauchten Gerüchte auf. Einmal glaubten Nachbarn, Patty Hearst verstecke sich bei Emmett und Irene. Eine Woche lang war es Sam peinlich gewesen, zur Schule zu gehen, aber dann war sie stolz auf Emmett. Er war wie ein Bruder. Sie und Emmett waren noch immer Kumpel, und er versuchte nicht, sie herumzukommandieren. Sie mochten die gleiche Musik – meist Oldies. Emmetts Lieblingsgruppen waren im Augenblick die Cars und die Talking Heads.

Irenes neuer Mann bekam eine gute Stellung in Lexington, aber Sam wollte nicht mit ihnen dorthin ziehen. Jemand mußte sich um Emmett kümmern, darauf bestand sie, und sie wollte nicht im letzten Jahr die Schule wechseln. Das Haus war abbezahlt, und Sam bekam immer noch Unterstützung von der Regierung. Nachdem ihre Mutter im letzten Jahr weggegangen war, verfielen Sam und Emmett in die Gewohnheit, jeden Abend fernzusehen. Normalerweise grillten sie sich irgendwas und sahen dann die Nachrichten, zwei Folgen von M.A.S.H und einen Spätfilm. Sams Freund, Lonnie Malone, kam dann immer dazu, bevor seine Nachtschicht bei Kroger's begann. Sams Lieblingsfolge von M.A.S.H war die, in der Hot Lips Houlihan eine Tür eintrat, nachdem sie erfahren hatte, daß ihr Mann, Donald Penobscott, eine Versetzung nach San Francisco beantragt hatte, ohne ihr davon zu erzählen. Emmett fand die früheren Folgen besser, die mit Colonel Henry Blake und Frank Burns. Burns erinnere ihn, sagte er, an seinen Kompaniechef in Vietnam, einen richtigen Idioten. Das war so ungefähr alles, was Emmett damals von Vietnam erzählte. Emmett hatte ein herzliches, gutmütiges Lachen, so ähnlich wie das von Hawkeye. Hawkeyes Lachen war so anstekkend, daß Sam und Emmett manchmal nicht aufhören konnten zu lachen, wenn Hawkeye und Trapper John loslachten. Sie lachten aus reiner Freude mit.

Vor Jahren, als Colonel Blake getötet wurde, war Sam so getroffen, daß sie tagelang wie betäubt herumlief. Sie war damals noch ein Kind, und sein Tod in der Serie war für sie wirklicher als der Tod ihres eigenen Vaters. Selbst Wiederholungen verstörten sie. Jedesmal wenn sie diese Folge sah, wurde ihr bewußter, daß ihr Vater in einem Krieg gefallen war. Sie hatte seinen Tod immer als selbstverständlich hingenommen, aber erst allmählich wurde ihr klar, daß sein Tod Wirklichkeit war. Wenn die Folge jetzt wiederholt wurde und sie sah, wie Radar den Chirurgen im Operationssaal mitteilte, daß das Flugzeug von Colonel Blake über dem Japanischen Meer abgestürzt war, empfand sie es als rührend, weil Radar zu dem Colonel aufgeblickt hatte wie zu einem Vater. Die letzten Worte des Colonels an Radar waren: »Benimm dich ja ordentlich, oder ich komm zurück und trete dir in den Hintern.«

Es war ein feuchter Sommer gewesen. Im frühen Juni traf ein Tornado die Hauptstraße südlich von Hopewell und fegte einige Wohnwagen zusammen, aber niemand wurde verletzt. Eines Abends eine Woche später gab es wieder Tornadoalarm. Emmett war den ganzen Tag über nervös gewesen, während er die Wetterberichte im Radio hörte. Es war 10 Uhr 24 auf der Küchenuhr in jener schwülen Nacht vor dem Sturm. Die Klimaanlage machte ihr mahlendes und hämmerndes Geräusch, und der Fernseher lief, aber durch die Geräusche hörte Sam Lonnies Kleinbus in die Einfahrt einbiegen. Der Kleinbus dieselte nach, was bedeutete, daß der Motor für ein paar Augenblicke stokkerte, nachdem Lonnie ihn abgeschaltet hatte, so wie ein störrisches Kind ein lästiges, störendes Geräusch macht.
»Hast du heute früher frei?« schrie Sam. Sie stand unter der Verandalampe. Ein Nachtfalter flog herein und schwirrte um die Glühbirne unter der Decke im Flur.
Lonnie Malone arbeitete bei Kroger's. Er trug den Leuten

die Einkaufstüten in ihre Autos. Er hatte eine Packung Bierdosen mit und eine geöffnete Dose in der Hand. Er war 1.80 groß und muskulös, und er hatte braunes krauses Haar. Sam fand seinen Körperbau sexy. Auf seiner Brust hatte er ein wunderschönes Muttermal, einen Fleck in der Form eines Alligators. Lonnie war Verteidiger bei den Hopewell Indians gewesen, der Football-Mannschaft in der Schule. Als er zur Veranda kam, strich Sam ihm sein Haar hinters Ohr und gab ihm einen Kuss auf die Lippen. Er roch nach Bier. Bier roch ein wenig so wie ein überfahrenes Stinktier.

»Ich hab einen Bullen auf der I-24 gesehen und hatte 90 Sachen drauf«, sagte er mit einem Grinsen.

»Du hast Glück gehabt, daß er dich nicht mit dem Bier erwischt hat«, sagte Sam. Die Fliegengittertür klappte hinter ihnen, und wie ein Echo rollte der Donner über den Himmel. »Wo hast du's überhaupt her?«

»Unten aus dem ›Bottom‹. Ich hab 'n Typ gefragt, ob er für mich reingeht und es für mich holt. Verrückter alter Vogel. Er stand genau auf der County-Grenze, zwei Reifen in unserem County und zwei drüben. Er trank eine Jim Beam in einer Tüte und wartete nur darauf, daß ihn jemand schief anguckte.«

»Ist es da unten schon sehr stürmisch?«

»Nein. Da ist auch Tornado-Alarm, aber ich glaub nicht, daß es hier losgeht.«

Emmett erschien in der Küchentür und füllte den Rahmen so vollständig, daß er das Licht aus der Küche abschirmte. »He, ich mach gerade Muffelatas«, sagte er. »Willst du eine, Lonnie?«

»Ja, ich bin kurz vorm Verhungern. Das einzige, was ich zum Abendessen hatte, war ein Hamburger.«

Lonnie riß mit einem Ruck eine Dose aus der Plastikverpackung und reichte sie Emmett. »Hier, nimm 'n Bier, alter Junge.«

Emmett öffnete die Dose und nahm einen Schluck. Dann schlug er mit Topflappen nach dem Nachtfalter, traf aber nicht.

Lonnie war zusammengezuckt, als er Emmett in seinem Wickelrock sah. Er trug einen langen dünnen Indienrock, bedruckt mit Elefanten und Pfauen. Lonnie brach in Gelächter aus.

»Woher hast du den Rock, Emmett?« fragte er.

»Es ist ein Witz, weil Klinger in M.A.S.H Kleider trägt«, sagte Sam.

Emmett nahm eine übertriebene Photomodellpose an und lehnte sich an die Küchentür, dabei ließ er seine Zigarette aus dem Mundwinkel hängen. »Ich hab ihn aus dem Einkaufszentrum in Paducah«, sagte er.

»Willst du für schwul erklärt werden wie Klinger?« fragte Lonnie.

»Kann nicht schaden«, sagte Emmett mit einem Grinsen.

Sam hatte den Verdacht, daß Emmett den Rock trug, um die Aufmerksamkeit von seinen Pickeln im Gesicht abzulenken. Sie waren schlimmer geworden. Sie hätte sie ihm gerne ausgedrückt, aber er ließ sie nicht.

Er schob die Muffelatas in den Ofen und drehte sich dann um und stolzierte wie Boy George, wobei er seinen Rock raffte. Emmett hatte einen verschmitzt fröhlichen Ausdruck im Gesicht, als wäre er mit einem Mord davongekommen.

»Irre!« sagt Lonnie und grinste Emmett an. Lonnie ahmte Emmett in vielen Dingen nach, und sie spielten oft ein bißchen Basketball in der Highschool. Lonnie hatte sogar eine Armeejacke, die er in einem Laden gefunden hatte, der alte Militärsachen verkaufte, aber Sam wußte, daß er niemals einen Rock tragen würde, nur weil Emmett einen trug. So weit würde er nicht gehen. Lonnie mochte noch nicht einmal Boy George.

»Wie kommt es, daß du so früh am Abend hier bist?«

sagte Sam und setzte sich auf das durchgesessene Sofa im Wohnzimmer. Das Sofa kippte nach einer Seite.
»Ich hab gekündigt«, sagte Lonnie. Er sah sie nicht an. Er sah quer durchs Zimmer auf eine Rockgruppe im Fernsehen, die Achterbahn fuhr. Er nahm einen so riesigen Schluck Bier, daß seine Backen rund wurden.
»Oh, Scheiße«, stöhnte Sam.
»Was war's diesmal, Lonnie?« frage Emmett mitfühlend.
»Es war nicht meine Schuld. Ich möchte irgendwann mal mein eigenes Geschäft haben, und da hatte ich überhaupt keine Zukunft.« Lonnie machte eine Pause und zündete sich eine Zigarette an. »Ich möchte gerne im Freien arbeiten, wo ich mein eigener Boss bin. Ich brauch die Unabhängigkeit.«
»Gut für dich«, sagte Emmett.
Lonnie lachte und trank einen Schluck Bier. »Wenigstens kann ich jetzt was für mein Videospiel tun, damit die andern mich nicht mehr schlagen. Wenn ich genügend Münzen zusammenkrieg.«
»Du kannst mit Emmetts Atari spielen«, sagte Sam.
»Emmett hat *Donkey Kong* nicht, und auch kein *Hard Hat Mack.*«
»Heh, Lonnie, ich hab heute über 50 000 Punkte mit *Pac-Man* geschafft«, sagte Emmett.
»Mann!« Lonnie blies den Rauch langsam aus. »Ich werd dich nie einholen, Emmett. Du bist zu gut.«
»Ich bin hinter das Geheimnis von *Pac-Man* gekommen. Der Trick ist, daß du all die kleinen Vitaminpillen ignorierst. Die sind nur da, um dich abzulenken und glauben zu lassen, du könntest was umsonst bekommen. Aber wenn du dich ganz auf deine Aufgabe konzentrierst, kannst du ewig weitermachen.« Emmett trank etwas Bier und sagte dann noch: »Das ist das Zen von *Pac-Man.*«
»Das muß ich ausprobieren,« sagte Lonnie.

»Zu dumm, daß du deinen Job aufgegeben hast, Lonnie. Ich muß mir Geld leihen, um die Schulden zurückzuzahlen, die ich bei der Regierung hab.«

»Was mußt du zahlen?«

»Über 500 Dollar.« Emmett fächelte sich mit seinem Rock Luft zu. »Das haut ganz schön rein. Ich hatte das ganz vergessen.«

»Das war das Semester, als er in Murray Schluß gemacht hat«, erklärte Sam. Emmett hatte seine Kurse fallenlassen, aber weiter seinen monatlichen Scheck von der Veteranenadministration angenommen.

»Sie werden mich deswegen nicht verklagen«, sagte Emmett. »Mit so wenig Geld geben die sich nicht ab. Und ich hab kein Einkommen, das sie pfänden können.« Er lachte.

»Du kannst meine Erziehungsbeihilfe nehmen und damit die Kurse bezahlen«, sagte Sam. »Ich will nicht unbedingt studieren.«

»Das erinnert mich, Sam. Deine Mama hat heut abend angerufen, als du laufen warst. Sie möchte wissen, ob du vorhast, diesen Herbst zur Universität von Kentucky zu gehen.«

»Ich möchte nicht zur gleichen Uni wie meine Mutter. Das wär zu komisch. Soll ich zurückrufen?«

»Nein. Sie hat nur gesagt, daß sie immer noch möchte, daß du raufkommst.«

»Geh nicht«, sagte Lonnie und griff nach ihrer Hand. »Ich brauch dich hier, damit du mir hilfst, was Neues anzufangen.«

»Ich geh nicht nach Lexington. Leichtathletik ist auf Murray sowieso besser als an der Uni von Kentucky. Es ist da viel persönlicher.« Sam war sowohl an der Universität von Kentucky als auch an der Murray State Universität angenommen, und Murray war in der Nähe. Sie hoffte, pendeln zu können.

Emmett gab Sam eine Dose Bier. »Mach schon und trink. Ich werd's nicht weitersagen. Da sind Kohlehydrate drin, dann kannst du morgen besser laufen.«

Sam nippte an dem Bier. Es schmeckte nicht so schlecht, wie es roch. Sie und Lonny saßen eng nebeneinander auf dem Sofa. Sams nacktes Bein berührte Lonnies Jeans, und ein Gefühl von Verlangen flackerte in ihr auf. Emmett hatte das Sofa bei einer Haushaltsauflösung gekauft. Emmett kaufte die meisten Sachen bei solchen Gelegenheiten, wenn Leute umzogen und ihre Sachen verkauften. All ihre Möbel waren alt und gebraucht. Sie fühlte sich leer und enttäuscht. Lonnie hatte keinen Job, und er würde nie zur Uni gehen. Sam hatte zwei Jahre lang nach der Schule im Burger Boy gearbeitet, aber im März hatte sie aufgehört, um mehr Zeit für ihre Hausaufgaben zu haben. Man hatte ihr ihren alten Job für den Herbst wieder versprochen.

Emmett nahm die Muffelatas aus dem Ofen und legte sie auf Plastikteller, die Sams Mutter dagelassen hatte. Ihr gutes Geschirr hatte sie mitgenommen. Er brachte die Muffelatas herein zu Sam und Lonnie.

»Danke, Emmett«, sagte Lonnie. »Das nenn ich Service.« Er drückte die Zigarette in Emmetts Kentucky Lake Aschenbecher aus.

»Bild dir nichts drauf ein«, sagte Emmett.

Sam schmeckte das Bier nicht wirklich, aber die Muffelatas waren köstlich. Emmett verstand es, Muffelatas genau richtig zu machen, mit einer Menge Oliven und Zwiebeln. Irene machte nie Muffelatas. »Ich glaub nicht, daß dieser Sturm hierher kommt«, sagte Emmett, als er seinen eigenen Teller hereinbrachte.

»Was gibt's heut abend für'n Film?« fragte Lonnie. »Dieser MTV-Quatsch ist mir zu blöd.«

Billy Joel sang gerade »Uptown Girl«. Er steckte in einem Overall und gierte nach Christie Brinkly.

Sam sagte: »HBO ist zum Kotzen heut abend – *Homini-*

den aus der Tiefe. Aber auf Cinemax gibt's einen Film nur für Erwachsene.«

»Oh, gut!« Lonnies Eltern wollten wegen der vielen jugendgefährdenden Filme keinen Kabelanschluß. Vor zwei Wochen hatte jemand dem Mann von der Kabelfirma den Briefkasten in die Luft gejagt.

Emmett drückte auf die Knöpfe der Fernbedienung. Surfer fuhren vorbei, dann Polizisten. Er ließ es bei Johnny Carson und setzte sich mit seinem Teller hin und schubste die Katze zur Seite. Sein Rock fiel über die Katze, aber Moon Pie rührte sich nicht. Sie war schwarz mit weißen Flecken an der Brust und hatte ein großes rundes Gesicht. Emmett war so verrückt nach dem Kater, daß er ihn sogar mit ins Bett nahm. Moon Pie weckte ihn immer um vier Uhr nachts, und Emmett stand dann auf und fütterte ihn, aber seit kurzem hatte er ein Paket Tender Vittles unter seinem Kissen und einen Napf neben seinem Bett, so daß er Moon Pie praktisch im Schlaf füttern konnte.

»Woher weißt du, daß *Hominiden aus der Tiefe* nichts taugt?« sagte Lonnie.

»*Hämorrhoiden* aus der Tiefe«, sagte Sam. »Ich hab's gesehen, und es ist das Letzte. Oh, was hat Johnny denn da für'n Anzug an!« rief sie aus und zeigte mit dem Finger auf ihn. Die Scheinwerfer ließen Regenbögen auf Johnnys Anzug entstehen – weiche, schillernde Farben wie in einer Öllache. Die Farben erinnerten Sam an das Kaleidoskop, das ihre Mutter ihr letztes Jahr zum Geburtstag geschickt hatte. Sie hatte es in einem Museum in Cincinnati gekauft. Das Kaleidoskop hatte eine Plastiklinse, wie eine große weiche Kontaktlinse, die alles in schillernde Farben verwandelte, wenn man hindurchsah. Es war ein albernes Geschenk.

Lonnie lachte. »Heh, könnt ihr euch vorstellen, daß Johnny Carson einen Rock trägt?« sagte er. »Ich wette, du

traust dich nicht, den Rock in aller Öffentlichkeit zu tragen, Emmett.«
»Es ist viel gesünder für einen Mann, einen Rock zu tragen«, sagte Emmett mit feierlichem Ernst. »Er ist dann nicht so eingezwängt.«
Sam sagte zu Lonnie: »Es macht mich so wütend, daß Emmett diesen Ausschlag im Gesicht hat und nichts dagegen tun will.«
»Was ist los mit deinem Gesicht, Emmett? Ich hätte von mir aus nicht darüber gesprochen.«
»Das ist bloß die Pubertät. Habt ihr noch nicht bemerkt, wie sich meine Stimme verändert hat?« Emmett sprach absichtlich mit einer unnatürlich quiekigen Stimme.
»Mach keinen Quatsch«, sagte Sam. »Du hast Agent Orange. Diese Pickel sehen ganz genauso aus, wie sie in den Nachrichten beschrieben worden sind.« Agent Orange versetzte sie in Schrecken. In der letzten Zeit war in den Nachrichten häufig darüber berichtet worden.
»Ich war Agent Orange nicht ausgesetzt«, sagte Emmett.
»Du kannst in der Nähe gewesen sein, ohne es zu wissen.«
»Vielleicht könntest du bei der Regierung ein bißchen Geld rausschlagen, Emmett«, sagte Lonnie. »Dann könntest du deine Schulden bei ihnen zurückzahlen.«
»Was würde das bringen? Ein großer Aufstand, und am Ende wären wir wieder da, wo wir angefangen haben. Also können wir ihnen gleich das Geld lassen.« Emmett berührte sein Gesicht. »Das hier ist nichts«, sagte er. Er zuckte die Achseln und hob dann den Kopf. Es donnerte.
»Sokrates trug eine Toga«, sagte er und streichelte Moon Pie. »All die Griechen und Römer trugen Kleider.«
Sam lachte. »Hast du vor, den Rock morgen zu McDonald's anzuziehen, Emmett?« Emmett frühstückte immer mit seinen Freunden bei McDonald's.
»Ich möchte nicht, daß irgend jemand auf falsche Gedanken kommt.«

Sam und Lonnie lachten. »Was würden die denn denken, Emmett?« sagte Lonnie.
Sie wußten, was die Leute dachten. Es waren eine Menge Geschichten über Emmett im Umlauf. Emmett war der führende Drogenhändler in der Stadt. Emmett schlief mit seiner Nichte. Emmett lebte auf Kosten seiner Schwester. Emmett verführte Schülerinnen. Er hatte Babies in Vietnam getötet. Aber die Leute mochten ihn, und Emmett war es egal, was sie redeten.
Ed McMahon ließ im Fernsehen sein künstliches Bauchrednerlachen hören, und dann donnerte es laut, und das Licht flackerte. Emmett beugte sich plötzlich vornüber und griff sich an die Brust.
»Was ist los, Emmett?« fragte Lonnie.
Emmett verzog das Gesicht vor Schmerz.
»Du hast wieder Sodbrennen«, sagte Sam. »Das kommt von diesen Tacos, die du zum Abendessen gehabt hast.« Sam erklärte Lonnie: »Er hat Blähungen davon bekommen. Ich hab ihm gesagt, daß er keine Tacos mit scharfen Sachen essen soll. Davon stößt er immer auf.«
»Das wird's sein«, sagte Emmett und setzte sich wieder aufrecht hin und schüttelte die Schultern. Es donnerte wieder, und Emmett zuckte zusammen. Sam hatte Angst. Sie selbst hatte noch nie Sodbrennen gehabt, und sie wußte nicht, ob das etwas mit Herzanfällen zu tun hatte.
»Bist du wieder in Ordnung, Emmett?« fragte Lonnie. »Kratz nicht ab, bevor du dein Testament gemacht hast.«
»Es ist okay«, sagte Emmett. »Es ist schon weg.«
Emmett sah in seinem Rock stattlich aus – groß und breit wie eine Frau mittleren Alters, die mehrere Kinder geboren hat. Sam und Lonnie saßen auf dem Sofa, eine Hand auf dem Oberschenkel des anderen. Emmett ließ sich auf den Plastikstuhl nieder und hob den Rock, um Luft an seine Beine zu lassen.
»Wir sind gleich wieder da«, sagte Johnny.

2

Das Unwetter brach kurz darauf los, und sie rannten umher und zogen alle Stecker raus. Während des Unwetters kauerte Emmett mit Moon Pie auf der Treppe. Der Regen war so stark, daß sich das Wasser aus den Dachrinnen in einem Sturzbach über den Hof ergoß. Der Keller war wahrscheinlich wieder unter Wasser.

Im Flur, im Dunklen, griff Lonnie nach Sams Hand und zog sie an sich.

»Bist du von mir enttäuscht?« fragte er, nachdem sie sich geküßt hatten.

»Ich dachte, es gefiele dir bei Kroger's. Mochtest du den Job nicht lieber als den bei Shumley?« Shumley war die große Fabrik für landwirtschaftliche Geräte, wo Lonnie im Winter nach der Schule eine Lehre begonnen hatte. Lonnie mußte sich teure Sicherheitsschuhe für die Arbeit kaufen, aber dann war er entlassen worden. Jetzt hatte er keine Verwendung für die Sicherheitsschuhe, die vorne harte runde Kappen hatten.

»Kroger's war eine Sackgasse«, sagte Lonnie. »Es war öde, und ich wär da verblödet. Ich hab all die Dosen aus reiner Gemeinheit in einen Sack gesteckt.«

»Ich bin nicht von dir enttäuscht. Aber ich bin enttäuscht.«

»Vielleicht könnte ich mich ja bei Ingersoll-Rand bewerben.«

»Die stellen niemanden ein.«

»Mama und Papa kriegen 'nen Anfall.« Sie hätten es gerne gesehen, wenn Lonnie eine Berufsschule besucht und ein Handwerk gelernt hätte, aber jetzt, da er nicht mehr Basketball spielen konnte, wußte Lonnie nicht, was er machen sollte. Er war berühmt, weil er einmal zehn von zwölf Sprungwürfen bei einem Sieg über Hopewells größten Rivalen, die Bingley Bulldogs, verwandelt hatte. Die

Leute in Hopewell sprachen immer noch ganz verzückt davon, wie Lonnie das gemacht hatte.

Donner und Blitz kamen dann gleichzeitig. Das Gewitter war genau über dem Haus. Sam stand im Flur und klammerte sich an Lonnie. Im Aufzucken des Blitzes sah sie Emmett auf der Treppe eine Zigarette rauchen. Sie blieben lange dort im Dunkeln, und dann hörte der niederströmende Regen abrupt auf, und der Blitz war nur noch ein Zucken.

Als das Unwetter sich gelegt hatte, küßte Lonnie Sam und sagte: »Ich weiß, was ich jetzt mach.«

»Was?«

»Mich besaufen.«

Im Dunkeln nahm er ein Bier aus dem Kühlschrank und öffnete es.

»Heh, Emmett«, sagte Lonnie. »Das Gewitter ist vorbei. Laß uns irgendwohin fahren.«

»M.A.S.H kommt gleich um 11 Uhr 30«, sagte Emmett. Er rauchte schon wieder eine Zigarette. Er und Moon Pie saßen jetzt auf dem Sofa.

»Könntest du nicht mal eine Folge ausfallen lassen?« sagte Lonnie.

»Aber das hier ist meine M.A.S.H-Ausstattung«, sagte Emmett und schlug den Rock hoch. »Ich vermisse M.A.S.H. Ich hab mich immer danach gesehnt, seit es nicht mehr gesendet wurde. *After*-M.A.S.H ist nicht mehr dasselbe.«

»Sie konnten nicht ewig in Korea kämpfen, Emmett«, sagte Lonnie.

Emmett griff sich seine Zigaretten vom Beistelltisch und steckte sie in seine Rocktasche. »Los dann. Wohin wollen wir? Ins ›Bottom‹?«

»Ich war heut abend schon da«, sagte Lonnie. »Laß uns lieber rumfahren und gucken, ob das Unwetter irgendwas kaputtgemacht hat.«

»Ich weiß, wo wir hinfahren«, sagte Emmett und nahm das letzte Bier aus dem Kühlschrank. »Wir fahren zum Cawood-See.«

»Im Ernst, Emmett?« rief Lonnie. »Ich dachte, der Sumpf wär dir unheimlich.«

Der Cawood-See war Sams und Lonnies Lieblingsort zum Parken. Es war eigentlich kein richtiger See, sondern ein morastiges Gebiet mit Sumpflöchern, wo es von Schlangen wimmelte. Sam hatte sogar gehört, daß es dort Alligatoren gebe. Emmett war da immer als Junge hingegangen, aber jetzt nicht mehr. Sam war erstaunt, daß er solch einen Vorschlag machte.

»Es macht mir keine Angst mehr«, sagte Emmett. »Kommt, wir fahren. Vielleicht hab ich sogar noch ein bißchen was Süßes irgendwo.« Er nahm eine Kakaopulverdose aus dem Küchenschrank. »Aha!« sagte er, als er hineinsah.

Emmett holte sich ein Sweatshirt und roch daran unter den Ärmeln, bevor er es sich über den Kopf zog. Er berührte sein Gesicht. Ein Pickel war kurz vorm Aufplatzen.

»Kommt, wir fahren zum See!« rief er. »Laßt Moon Pie nicht raus«, sagte er, als sie aus dem Haus gingen. »Katzen werden immer nachts überfahren. Die Scheinwerfer blenden sie.« Emmett trug immer noch den Rock. Er war so groß, und Sam mußte lachen. Die Straßenlaternen spiegelten sich in den neuen Pfützen. Sams Tennisschuhe waren sofort durchnäßt. Sie fühlte sich von dem Bier betrunken. Sie legte sich auf die Matratze hinten in Lonnies Bus, und Lonnie und Emmett saßen vorne. Sie wurde auf der Matratze durcheinandergeschüttelt und fühlte sich wie ein Soldat in einem Panzer, weil sie nicht sehen konnte, wohin sie fuhren. Emmett hatte ihr mal erzählt, wie sehr einem diese Fahrzeuge Platzangst machen, wenn ein Dutzend Kerle eng zusammengequetscht auf Bänken sitzen und sich mit ihren Gewehren stechen, und wenn einer in einer winzigen Kabine fährt, und dabei nur durch ein Periskop sehen kann. Es war wie in einem U-Boot, hatte Emmett gesagt.

»Dahinten ist ein Bulldozer«, sagte Emmett, als sie auf den Kiesweg kamen, der zum See führte. »Sie legen den Sumpf trocken und begradigen den Bach. Die Biologen drehen durch. Sie sagen, dadurch sterben die Schlangen aus, und die Vögel kommen nicht mehr.«

»Ich kann auch ohne die Schlangen leben«, sagte Sam.

Der Cawood-See hatte seinen Namen nach einem berüchtigten Banditen, Andrew Cawood, der sich früher einmal dort versteckt hatte, und von dem man annahm, daß er in ein Sumpfloch gefallen war. Die Biologen von der Universität hatten eine Stelle gerodet, wo man Autos abstellen konnte und eine Art Lehrpfad auf Pfählen angelegt, der sich durch den Sumpf wand. Sam und Lonnie hatten ein paar Mal die Nacht im Bus hier verbracht.

»Die Insekten unterhalten sich«, sagte Emmett. »Sie reden von mir. Ich weiß das, weil meine Ohren klingeln.«

»Sie sagen: ›Wer ist der Verrückte mit dem Rock?‹« zog Lonnie ihn auf.

Als Lonnie die Scheinwerfer abschaltete und sie dort in der Stille saßen, sahen sie den Sumpfwald wie einen schwarzen Saum um die kiesbedeckte Lichtung stehen.

Emmett und Lonnie kletterten über die Autositze und setzten sich nach hinten zu Sam. Emmett holte seinen süßen Stoff aus seiner Zigarettenpackung. Er zündete einen Joint an und gab ihn Lonnie. Die Nacht war nach dem Regen angenehm, und ab und zu erhob sich eine leichte Brise, und sie konnten die Wassertropfen hören, die die Blätter der Bäume abschüttelten.

»Wo sind all die Vögel, Emmett?« fragte Sam.

»Die schlafen nachts. Außer den Eulen.«

»Wo schlafen Vögel, Emmett?« fragte Lonnie kichernd.

»In Vogelbetten.«

»Heh, erzähl von dem Vogel, den du immer suchst«, sagte Sam. »Vielleicht ist hier gerade einer.«
»Er wär nachts nicht zu sehen.«
»Wenn er weiß ist, sieht er dann nicht wie ein Gespenst aus?«
»Was für'n Vogel ist es denn?« fragte Lonnie.
Emmett zögerte, bevor er antwortete: »Ein Silberreiher.«
»Wie sehen Silberreiher aus?« fragte Sam. »Bist du sicher, daß es hier welche gibt?«
Emmett trank etwas Bier. »Ich glaub, Silberreiher sind der Staatsvogel von Florida.« Er nahm den Joint von Lonnie und zog daran.
Sam sagte zu Lonnie: »Das ist der Vogel, den er in Vietnam immer gesehen hat.«
»Wirklich?«
Emmett atmete langsam aus. »Ja, man konnte ihn in den Reisfeldern sehen. Er tauchte seinen Kopf ins Wasser und suchte nach Sachen zum Essen. Er ist ein Stelzvogel.«
»Dann könnte er hier sein«, sagte Lonnie. »In so 'nem Sumpf wie diesem.«
»Warum möchtest du diesen Vogel so unbedingt sehen?« fragte Sam vorsichtig.
»Er war schön. Er war der schönste Vogel, den ich je gesehen hab, ganz weiß, mit langen Beinen.« Emmett mühte sich mit dem Verschluß an der Bierdose ab. »Sie sind wie Kuhreiher, nur daß Kuhreiher nicht schön sind. Manchmal konnte man diese Wasserbüffel sehen, und jeder von ihnen hatte einen dieser Vögel neben sich sitzen wie ein Schoßtierchen.«
»Warum hatten sie das?« fragte Lonnie.
»Der Vogel fraß die Sachen, die der Wasserbüffel aus dem Boden wühlte, und der Vogel wiederum pickte dem Büffel die Zecken aus dem Rücken. Manchmal konnte man den

Vogel auf dem Rücken des Büffels sehen. Das machte ihm nichts aus.«

»Kommen dir nicht schlechte Erinnerungen, wenn du jetzt wieder so einen Vogel siehst?« fragte Sam.

»Nein. Das ist eine gute Erinnerung. Die einzig wahre. Dieser wunderschöne Vogel, ganz mit sich beschäftigt, während sich all die verrückten Dinge um ihn herum abspielen. Ganze Schwärme zogen vorbei. Sie legen ihren langen Hals zurück, wenn sie fliegen.« Emmett ließ die Bierdose zwischen den Handflächen hin und herrollen, und das Aluminium machte ein knackendes Geräusch. Er sagte: »Einmal schlug eine Granate dicht bei ein paar Bäumen ein, und diese Vögel flogen auf wie Rebhühner, in alle Richtungen. Wir dachten, es würde von unten nach oben schneien, anstatt von oben nach unten.«

»Hast du da drüben öfter richtige Kämpfe erlebt?« fragte Lonnie.

»Einige. Ein- oder zweimal hätten sie mir fast den Arsch abgeschossen.«

»Wie?«

»Oh, das ist nichts für dich.«

Sam gab Lonnie den Joint. Sie atmete aus und hustete. Sie konnte den Vogel beinahe vor sich sehen. Sie fühlte sich ganz ruhig, aber in ihrem Kopf rasten die Gedanken, Gedanken über Emmett. Er hatte seit Jahren nicht so viel über Vietnam gesprochen. M.A.S.H bringt es aus ihm heraus, dachte sie. Früher hatte Emmett eine Freundin gehabt, Anita Stevens, aber Weihnachten hatte er mit ihr Schluß gemacht. Er hatte nie gesagt, warum. Er war mit ihr im Holiday Inn essen gegangen, und er hatte ihr einmal einen Delikateßkorb mit lauter Käsesorten aus dem Supermarkt in Paducah geschenkt. Anita hatte ihn scherzhaft ihren Osterkorb genannt und gefragt, wo der süße Stoff versteckt sei. In dem Korb war soviel Käse und Salami gewesen, daß sie wahrscheinlich jetzt noch was davon in ihrem Kühlschrank hatte.

»Heh, Emmett«, platzte Sam heraus. »Ich wünschte, Anita wär jetzt hier bei uns. Warum rufst du sie nicht an?«

»Klar doch. Reich mir den Hörer.«

»Im Ernst, Warum rufst du sie nicht morgen an?«

»Anita will keinen Vogelbeobachter im Rock«, sagte Emmett trocken.

»Dann trag eben keinen Rock«, sagte Sam.

Emmett murmelte irgend etwas. Er saß gegen den Ersatzreifen hinten im Bus gelehnt. Das Aufglühen seiner Zigarette erinnerte Sam an den Mars, so wie er plötzlich am Sommerhimmel auftauchte, leuchtend orange, und sich auf die Erde zuzubewegen schien.

Lonnie machte das Radio an, und Bruce Springsteen brüllte: »I'm a cool rocking Daddy in the U.S.A.!« Es war von seiner neuen Platte. Eine Zeitlang sangen sie die Lieder des Universitätssenders Rock 95 mit. Sam sah, wie sich der Mond langsam hinter den aufgerissenen Wolken hervorschob. Der Nachthimmel klärte sich auf, und das Radio spielte »Ain't Gonna Bumb No More with No Big Fat Woman«, ein Lied, das Emmett mochte. Anita war keine dicke, fette Frau. Sie war hübsch, und Sam war sich sicher, daß Anita Emmett immer noch mochte. Sam spürte, wie Lonnie an ihr zog und mit ihr schmusen wollte, aber ihre Gedanken wirbelten im Dunkeln durcheinander, und sie konnte sie nicht einfangen.

Emmett und Lonnie gingen raus, und Sam verlor das Gefühl für die Zeit. Vielleicht döste sie ein. Sie hatte Angst. Dies war die perfekte Kulisse für einen Horrorfilm, jetzt, wo der Mond ganz hervorgekommen war. Allmählich kam ihr ein vertrauter und doch fremder Klang aus dem Radio ins Bewußtsein. Es war ein Lied von den Beatles, aber es war kein Lied, das sie kannte. Sam hatte immer gedacht, daß sie all ihre Lieder kannte, denn ihre Mutter besaß all ihre Platten. Sie hatte sie Sam gelassen, als sie nach Lexington gezogen war. »You better leave my kitten all alone«, sangen sie. Wie können die Beatles eine neue Platte haben? fragte sie sich benommen.

»Wir müssen still sein«, murmelte Emmett, als er und Lonnie zum Wagen zurückkamen. »Lonnie, halt deine Zigarette in der Hand verdeckt. Damit sie nicht gesehen werden kann.«

»Schon gut, Emmett. Ist okay.« Lonnie kletterte auf den Fahrersitz und ließ den Wagen an.

»Verdammte Scheiße, Lonnie!« sagte Emmett in einem lauten, hitzigen Flüsterton. »Sei still! Und mach kein Licht an. Stell den Motor ab! Wir rollen zum Highway runter.«

»Kein Problem, Emmett. Bleib nur ruhig.«

»Was hast du gesehen, Emmett?« fragte Sam und wollte seine Schulter berühren.

»Laß das!« rief Emmett aus und zuckte zurück.

»Er sieht bloß Gespenster«, sagte Lonnie und setzte rückwärts aus der Lichtung heraus. »Es war nichts!«

»Oh, Scheiße«, sagte Sam. »Bist du okay, Emmett?«

Emmett murmelte etwas. »Beeilung, ich halt das hier nicht aus.«

»Wir fahren nach Hause, Emmett«, sagte Lonnie, als sie im Mondlicht über den Kies holperten. »Mach dir nicht in den Rock.«

3

»Au, das tut weh!«

»Entschuldigung, Sam, halt nur eine Minute still«, sagte Dawn. »Laß mich das Eis noch eine Minute länger an dein Ohr halten. Es war noch nicht taub genug.«

Dawn hielt den Plastikbeutel mit zerstoßenem Eis an Sams Ohrläppchen.

»Wenn mein Ohr erfriert und abfällt, verklag ich dich.«
»Halt still. Im Einkaufszentrum würden sie das nicht für dich tun«, sagte Dawn. »Da würden sie dir den Stecker ohne irgendeine Betäubung direkt durchs Ohr schießen. Hier! Jetzt hab ich dich aber überrascht, nicht?«
»Es hat nicht wirklich so weh getan. Es war okay.« Sam schauderte. Sie fühlte einen stechenden Schmerz am Ohr.
Ihre Freundin Dawn Goodwin hatte ihr letztes Jahr Löcher in die Ohren gemacht, und jetzt machte sie ihr wieder welche, damit Sam zwei Paar Ohrringe tragen konnte. Dawn hatte vier Paar. Ihre Ohrringe zeichneten die Rundung ihres Ohrläppchens nach und sahen wie Nieten auf einem Gürtel aus. Sam und Lonnie waren früher mit Dawn und Dawns Freund Scott herumgezogen, bis sie sich von Scott trennte und anfing, mit Ken Williamson zu gehen. Lonnie und Ken kamen nicht gut miteinander aus, deshalb trafen sich die vier nicht häufig. Dawn war sehr hübsch, aber sie bestand immer darauf, daß Sam hübscher sei. Sam fand das nicht – ihr Gesicht war zu rund, und ihre Zähne standen ein bißchen vor.
»Im Einkaufszentrum wollten sie mir das vierte Paar nicht machen«, sagt Dawn. »Sie haben Angst, daß sie den Knorpel treffen. Man kriegt noch nicht einmal eine Schwester im Krankenhaus dazu, das zu machen. Aber zum Glück hab ich an der Stelle viel Fleisch. Das einzige Mal, daß ich eine Entzündung hatte, war beim ersten Mal, als ich es mir im Einkaufszentrum machen ließ. Aber ich hab die Stelle auch nicht dreimal am Tag mit Alkohol betupft, so wie man es tun sollte. Wie fühlt sich das andere an?«
»Okay.« Sam war erleichtert, daß die andere Nadel so einfach durchgegangen war. »Meine Ohren sind blutrot«, sagte sie und kicherte über sich selbst im Spiegel. Sie hatte dasselbe runde Gesicht wie Emmett und Irene. Ihr Haar war kurz, mittelbraun.

»Du hast große Ohrläppchen«, sagte Dawn. »Du könntest leicht vier Löcher haben.«

Dawn wohnte in einem knarrigen alten Haus, das schäbiger war als Sams Haus, aber Dawn hatte ein großes Schlafzimmer mit einer ausgefallenen, gold und blau geblümten Tapete, und ihre Kommode hatte eine Rüschenumrandung.

»So, wenn du's richtig machst, gibt's keine Probleme«, sagte Dawn. »Laß diese Stecker drin und betupf sie zwei Wochen lang dreimal täglich mit Alkohol. Und denk dran, die Stifte zu drehen.«

»Ich werd einen langen und einen kurzen tragen«, sagte Sam und bewunderte ihre Ohren im Spiegel. »Ich hab ein paar Schwerter, fünf Zentimeter lang, die werd ich im unteren Loch tragen, und in die neuen tu ich kleine Sterne.«

Dawn hatte die Kartensymbole drin, Karo, Pik und Kreuz in verschiedenen Größen und Stilarten. Das Pik war schwarzes Emaille, und das Kreuz war lang und mit Rheinkieseln besetzt. Das Karo war aus Golddraht, und das Herz war ein winziger Stecker. Dawn hatte eine wirklich originelle Ohrringssammlung. Sie hatte ungefähr fünfzig Paare, Silber und Gold und Emaille und Cloisonné. Sam fand Dawns Ohrringe schön.

Dawn sagte: »Weißt du, was wirklich Spaß macht? Ein paar alte Glasperlen nehmen und sie aufreihen und daraus einen ungefähr sieben Zentimeter langen Ring machen und das dann tragen. Sie vermischen sich dann irgendwie mit deinem Haar, und du kannst sogar, wenn du Lust hast, drauf kauen. Hier, ich schenk dir diese Ohrringe. Ich hab sie letztes Jahr auf einer Kunsthandwerksmesse am See gekauft. Sie sind aus Hufnägeln.« Sie zerrte die Ohrringe aus ihrem Schmuckkästchen. »Früher hab ich sie sehr gemocht, aber jetzt find ich sie langweilig.« Sie lachte. »Ich find schnell was langweilig, also steck ich mir immer, wenn ich mich langweil, eine Nadel ins Ohr.«

»Oh, danke.« Sam steckte die Ohrringe in die Tasche.
»Erinnerst du dich an den Jungen, der von der Schule flog, weil er ärmellose T-Shirts trug?«
»Ja.« Sam lachte. »Das war zuviel Punk für Hopewell.«
»Ich hab gehört, daß er sich ein Loch in die Brustwarze gemacht hat und daran einen kleinen Goldring trägt.«
»Autsch!«
»Ich mag den Typ nicht. Er ist ein bißchen irre. Er rauchte hinter dem Burger Boy und machte mich dann immer an. Ich hab überhaupt nicht verstanden, was er *wollte*. Ich dachte immer, er wär schwul. Ich weiß, ich bin schlimm, aber der ist verrückt.« Zusammen sahen sie ihre Gesichter im Spiegel an und kicherten. Dawn war größer als Sam. »Wir sind die schlimmsten Mädchen von Hopewell High.«
»Mein Onkel läßt mich alles machen, was ich will. Es ist ihm sogar egal, ob ich mit Lonnie schlafe. Lonnie ist dreimal die Nacht über geblieben, seit er seinen Job aufgegeben hat.«
»Daddy würd mich umbringen, wenn er wüßte, daß ich sowas täte.« Dawn warf die durchtränkten Wattebäusche in den Papierkorb. »Los, wir müssen die Küche aufräumen, bevor er nach Hause kommt. Wenn hier immer noch so ein Chaos ist, wenn er zurückkommt, spielt er verrückt. Aber wenn ich nicht hier bin, dann denkt er, es wär mein Arbeitstag.«
Dawn arbeitete im Burger Boy. Sam freute sich darauf, dort wieder anzufangen, weil sie dann mit Dawn zusammensein konnte. Dawns Vater bediente eine Teigmaschine in der Keksfabrik, und ihre Mutter war gestorben. Nur einer ihrer vier Brüder wohnte noch zu Hause. Sowohl Sam als auch Dawn lebten ohne eine andere Frau im Haus. Sie wußten, daß das ungewöhnlich war. Es verlieh ihnen eine Art Unabhängigkeit, aber Dawn war viel häuslicher als Sam, und sie war eine gute Köchin.

Unten, beim Geschirrspülen, vertraute Sam Dawn ihre Sorgen über Emmetts Pickel an. Dawn war geschockt. »Mann! Das kann doch nicht dein Ernst sein!« Sie hatte noch nie von Agent Orange gehört. »Du meinst, es könnte sich nach all den Jahren bemerkbar machen?«
»Es bringt alle möglichen Probleme mit sich. Ich hab darüber in einem Buch aus der Bibliothek gelesen. Wenn diese Jungs was abbekommen haben und dann Kinder kriegen, haben ihre Kinder Geburtsfehler.«
»Vielleicht hat dein Onkel deswegen nie geheiratet. Vielleicht wußte er die ganze Zeit, was nach Vietnam passieren würde.«
»Vielleicht. Aber bis vor kurzem wußten sie nicht, was Agent Orange alles anrichten kann.« Sam trocknete die Gläser ab. Alle Gläser waren Werbegeschenke von Gaststätten.
Dawn sagte: »Mein Cousin war in Vietnam, aber das merkt man ihm nicht an. Er ist so wie jeder andere. Er macht Schichtarbeit bei Union Carbide. Was kann man gegen dieses Orangezeug machen?«
»Ich weiß nicht. Emmett hat einen Schmerz im Kopf, der mir Angst macht. Manchmal sieht man, wie er den Kopf wirft und mit der Stirn zuckt. Und dann weiß ich, daß es ein plötzlicher Schmerz ist. Es ist nicht damit getan, daß er ein Aspirin nimmt. Es ist ein Schmerz wie ein Niednagel, aber ich hab Angst, daß es ein Gehirntumor ist.«
Dawn bearbeitete eine Pfanne mit einem Topfkratzer von Brillo. »Ich hab mal einen Jungen gekannt, der einen Gehirntumor hatte«, sagte sie. »Das war in Bowling Green, wo meine Tante wohnt, und ich war da mal einen Sommer. Dieser Junge kam immer zum Schwimmbad, und er war süß. Das hat mich total fertiggemacht, was mit ihm passiert ist. Und ich kannte diesen andern Jungen, der *sagte,* er hätte einen Gehirntumor und nur noch zwei Jahre zu leben. Aber er hat gelogen. Er wollte nur angeben.«

»Was glaubst du, ist schlimmer – an einem Gehirntumor sterben oder im Krieg fallen?«
Dawn scheuerte noch immer die Pfanne und dachte nach. »Ich weiß nicht. Manchmal glaub ich, es wär besser, ganz plötzlich zu sterben. Meine Mama ist so dahingesiecht, und sie haben gesagt, es wär schrecklich gewesen. Ich war zu klein, um mich zu erinnern.«
Als sie mit der Pfanne fertig war, nahm Dawn eine Literflasche Cola aus dem Kühlschrank und etwas Eis. Dawns Kühlschrank war klein und altmodisch, mit so einem Gefrierfach ohne Extraklappe. Im Wohnzimmer tranken sie die Colas, und Sam sah ein paar alte Platten durch, die Dawns Bruder dagelassen hatte – Willie Nelson, Christopher Cross, Elton John, alles Sänger, die Sam haßte.
»Ich würd mir gern das neue Springsteen-Album kaufen«, sagte Sam. »Aber ich muß mein ganzes Geld für ein Auto sparen.«
»Ich hör das die ganze Zeit im Burger Boy.«
»Wußtest du, daß der Titelsong von einem handelt, der in Vietnam war?«
»›Born in the U.S.A.‹?«
»Ja. In dem Lied wird der Bruder da drüben getötet, und dann bekommt der Typ jede Menge Schwierigkeiten, als er wieder zu Hause ist. Er findet keinen Job, und er landet schließlich im Gefängnis. Das ist ein tolles Lied.«
»Ich find das mit der Autowaschstraße gut – wo es die ganze Zeit regnet, und er seinen Job und seine Freundin verliert. Das ist das traurigste Lied. Das Lied macht mir richtig Angst.« Dawn schauderte und schüttelte das Eis in ihrem Glas. »Mein Bruder hat meine ganzen Platten mitgenommen«, sagte sie. »Er hat die Stereoanlage geklaut, die ich in meinem Zimmer hatte, und mein Radio ist kaputtgegangen.«
»Ich hör die alten Platten von meiner Mutter«, sagte Sam. »Sie ist nach Lexington gezogen und läßt es sich gutgehn,

und sie scheint sich um Emmett keine Sorgen zu machen. Das geht mir wirklich an die Nieren.«

»Vermißt du deine Mutter immer noch?«

Sam fummelte an den neuen Steckern in ihren Ohren. »Ja. Ich erinner mich an Samstagabende, Jahre her, wenn wir fernsahen. Sie hat dann immer Popcorn gemacht, und sie und Emmett und ich haben dann ungefähr drei Stunden lang diese Witzfilme gesehen, einen nach dem anderen. Zuerst gab es *All in the Family*, dann M.A.S.H, dann Mary Tyler Moore, dann Bob Newhart, und danach eine Stunde lang diese Carol Burnett. Es war unglaublich. Aber dann änderten sich die Filme, und als dann Lorenzo Jones vor ein paar Jahren auftauchte, redete er immer dazwischen, wenn wir versuchten, zusammen fernzusehen. Er redete auch während der Nachrichten und gab seine Meinung über Weltpolitik zum Besten, so daß man die Nachrichten nicht verstehen konnte.«

»Ich hab'n Bruder, der ist genauso.«

»Ich wünschte, du und ich könnten etwas wirklich Ausgeflipptes machen«, sagte Sam. »Wir könnten nach Florida gehen und uns da oder irgendwoanders Jobs suchen und jeden Tag am Strand liegen. Wär das nicht toll? Wir könnten in Disney-World arbeiten.«

»Lonnie und Ken würden sich freuen, wenn wir einfach abhauen und sie hier alleinlassen.«

»Was ich gern hätte, ist Geld«, sagte Sam: »Ich brauch unheimlich viel Geld.«

»Also, beim Burger Boy wirst du das bestimmt nicht bekommen.«

»Ich weiß einfach nicht, was ich tun soll!« rief Sam aus. »Ich könnte an die Universität von Kentucky gehn. Aber Emmett braucht mich, und dann ist da Lonnie. Ich glaub, er möchte heiraten, sobald er einen Job gefunden hat.«

»Und Babies bekommen.«

»Nicht mit der Pille. Als Mama letztes Jahr schwanger

wurde, nahm sie mich gleich mit zum Arzt und besorgte mir Antibabypillen. Sie hat mich nicht mal gefragt.«

»Hast du keine Angst, die Dinger zu nehmen?« fragte Dawn. »Ich hätte Angst vor den Nebenwirkungen.«

»Macht mir nichts aus. Ein Baby wär 'ne ziemlich große Nebenwirkung.«

Sie kicherte und berührte ihren Bauch. »Eine Vorwirkung!«

Sie kippte das Eis aus ihrem Glas in den Ausguß und spülte es aus.

»Willst du Lonnie heiraten?« fragte Dawn.

»Ich weiß nicht«, sagte Sam langsam. »Ich bin jetzt in dieser schwierigen Situation, und da ist Lonnie im Augenblick nicht mein Hauptproblem.« Sie hob ein zusammengeknülltes Küchenpapierhandtuch vom Boden auf. »Er ist so lieb zu mir. Es würde ihn glatt umbringen, wenn wir auseinandergingen.«

»Lonnie ist ein Brocken«, sagte Dawn. »Wenn du ihn heiratest, würdest du Sam Malone heißen, genau wie der Typ in *Cheers*.«

»Ja, früher dachte ich, daß das das Größte wär, aber jetzt weiß ich nicht mehr so genau.«

Dawn wischte mit einem Lappen über die Arbeitsfläche. Sie sagte: »Weißt du, was ich gern mit dir zusammen machen würde? Ich wünschte, mein Bruder würd uns sein Auto leihen, dann könnten wir in einer dieser Bars in Paducah herumhängen, wo die reisenden Vertreter hinkommen. Wir könnten unsere schärfsten Klamotten anziehen, und sie würden denken, wir wären schon viel älter. Vielleicht würden sie uns zum Essen einladen und uns ein bißchen Geld schenken.«

»Mir würd's schon reichen, wenn wir bloß ins Einkaufszentrum nach Paducah fahren könnten.«

»Ja. Diese Stadt ist ohne ein Einkaufszentrum tot«, sagte Dawn und wrang den Lappen aus.

4

Als Sam von Dawn nach Hause kam, war Emmett gerade dabei, ein Loch an der Hauswand zu graben. Er schaufelte wie wild und häufte Erde auf dem Rasen an.
»Was machst du?«
»Ich versuch, die undichte Stelle zu finden, und dazu muß ich das Fundament unter der Küche freilegen.«
Emmetts T-Shirt war durchgeschwitzt, und sein Gesicht war rot. Nebenan beobachtete ihn Mrs. Biggs argwöhnisch von ihrer Veranda aus, eine Witwe, die von Sozialhilfe lebte. Mrs. Biggs war in ständiger Angst, daß Jesse Jackson zum Präsidenten gewählt wurde.
Als Emmett Sams Ohren sah, sagte er: »Daddy hat das Vieh immer an so einem rumgezogen.«
»Vielleicht ziehe ich mir das nächste Mal einen Ring durch die Brustwarze«, sagte sie.
Mrs. Biggs schob sich plötzlich durch eine Öffnung in der Hecke. »Graben Sie bis nach China?« zwitscherte sie. Sie war eine winzige Frau mit weißen Korkenzieherlocken.
»Was ich mach, nennt man Ausgrabung«, erklärte Emmett Mrs. Biggs. »Das ist ehrenwerte Arbeit. Die Ägypter und Römer waren alle sowohl große Ausgräber als auch große Baumeister. Das ist eine lange Tradition.«
»Ihre Katze hat sich wieder in meinen Petunien schlecht benommen«, sagte Mrs. Biggs.
»Das ist guter Dünger, Mrs. Biggs. Moon Pie produziert Dünger von höchster Qualität.« Emmett stöhnte vor Anstrengung. »Die Ägypter haben auch Katzen angebetet. Diese beiden Dinge gehören zusammen – Respekt vor Katzen und Erdarbeiten.« Er zog seine Pepsikappe höflich zum Gruß.
Emmett arbeitete weiter bis zum Dunkelwerden, und unterbrach die Arbeit nur, um eine Pizza zu essen, die Lonnie rüberbrachte. Er schien besessen zu sein. Er hackte in den

harten Lehm, und wenn er auf einen Steinbrocken stieß, löste er ihn mit der Spitzhacke heraus. Sam hatte ihn noch nie so schwer arbeiten sehen. Er schwitzte und verfluchte die Steine. Manchmal legte er eine Pause ein und berührte einen Augenblick lang die Schläfe, als wartete er, daß der Schmerz vorüberging. Es schien, als ob er einer inneren Musik zuhörte. Während er arbeitete, hörte er im Walkman Rock-95. Er sagte, er habe das neue Beatles-Lied nicht gehört, und auch Sam hatte es nicht wieder gehört. Emmett sagte immer wieder, daß sie sich getäuscht haben müsse. Als sie ihn fragte, warum er in der Nacht am Cawood-See plötzlich durchgedreht sei, sagte er betont lässig: »Ich bin eben ein wilder und verrückter Typ.« Sam hatte daran gedacht, ihn dazu zu bringen, mehr vom Krieg zu erzählen, so wie er es getan hatte, als sie klein war. Das war, bevor er ruhiger geworden war und eine gewisse Alltagsroutine gefunden hatte. Es wäre gut für ihn, mehr darüber zu sprechen, sagte sie Lonnie – so wie Dr. Sidney Freedman in M.A.S.H seine Patienten dazu brachte, ihre Ängste auszusprechen. Aber sie wußte genau, daß die Leute im Fernsehen immer Worte fanden, um ihre Gefühle auszudrücken, während im wirklichen Leben das kaum jemand tat. Im Fernsehen hatten sie Drehbuchautoren.

Am nächsten Tag war Emmet bei Morgengrauen wieder draußen und grub. Er ließ sogar sein Frühstück bei McDonald's aus. Sam ging laufen, und als sie zurückkam, war Emmetts Vater, Sams Großvater, da und sah ihm zu. Er war herübergekommen, um Emmett zu holen, damit er ihm half, einige Kälber zu transportieren. Aber Emmett redete sich raus. Emmett und sein Vater hatten sich vor ein paar Jahren wegen irgendwelcher Sojabohnen gestritten, ein Geschäft, in das Emmett hatte einsteigen sollen.

»Wann wirst du dir endlich wie jeder vernünftige Mensch eine Arbeit suchen und aufhören herumzualbern?« brummte Großvater Smith.

»Es gibt nichts, was sich zu tun lohnt«, sagte Emmett und warf Erde vor Großvaters Füße. »Die meisten Jobs sind stupide. Sie verbrauchen nur die Reserven der Erde. Sie plündern den Planeten. Wie geht's Mama?« fragte er, um das Thema zu wechseln.

»Sie liegt mir in den Ohren, sie will nach Florida ziehen.«

»Ihr solltet dahinziehen. Habt ihr letzte Nacht was vom Wind gemerkt?«

»Nein, es ist nichts passiert, es hat nur stark gestürmt. Es hat einen toten Baum am Zaun umgeweht, und unser Hund hat den Verstand verloren. Wir müssen ihn erschießen, glaub ich.«

»Buster?«

»Nein. Rusty – dieser krummbeinige, kleine Köter, den ich mir letztes Jahr eingehandelt hab. Er ist wirklich übernervös.« Großvater nickte Sam zu. »Sam, du mußt zu uns rauskommen, und wir werden dich füttern. Du mußt ein wenig aufgepäppelt werden.«

»Ich würd kommen, wenn ich ein Auto hätte«, sagte Sam.

»Wir kommen und holen dich ab. Deine Großmutter macht dir Landschinken und Pflaumenkuchen. Und wir werden Emmett nichts davon abgeben.«

»Nicht, wenn ihr den Hund erschießt.«

»Naja, ich glaub, wir werden's nicht tun. Aber er hatte noch nie 'n Fünkchen Verstand.«

Sam hatte in der Stadt einen Aufkleber auf einer Stoßstange gesehen: »BESPRÜHT UND BETROGEN«. Als sie Emmett davon erzählte, grunzte er und grub weiter. Er hatte Clearasil im Gesicht. Es war ihr klar, daß nicht jeder Soldat, der aus Vietnam zurückkam, so verrückt war wie Emmett. Sie kannte Kriegsteilnehmer – Verwandte von Klassenkameraden –, die sich wieder ganz eingewöhnt hatten. Sie hatten hübsche Häuser und Frauen und Kinder. Sie trugen keine Röcke, noch nicht mal zum Spaß, und sie weigerten sich auch nicht, eine Arbeit anzunehmen oder ein Auto zu fahren. Allen Wilkins war einer von ihnen. Er besaß ein Herrenbekleidungsgeschäft und war Trainer in der Little League. Seine Tochter war ein Teenagermodell in einem Werbespot von Glamour Barn auf Kanal 6. Sam fragte sich, ob es nicht eher ihre eigene verrückte Familie war als Vietnam.

Am nächsten Morgen entschied sie sich, lieber mit Emmett zu McDonald's zu gehen als wie sonst zu laufen. Sie war neugierig auf die anderen Jungs, die im Krieg gewesen waren und mit denen Emmett sich traf. Sie kannte sie seit Jahren, aber sie hatte nie weiter über sie als Kriegsveteranen nachgedacht.

Als sie bei McDonald's ankamen, waren Emmetts Kumpel noch nicht da. Ein kleiner, kahlköpfiger Mann, der mit Lonnies Vater im Eisenwarenladen arbeitete, blieb an ihrer Nische stehen und zog Emmett mit seiner »neuen Freundin« auf. Er meinte Sam.

»Sie paßt auf, daß ich keinen Unsinn anstelle«, sagte Emmett und stieß Sam mit dem Ellenbogen an.

»Emmett, ich hab gehört, bei der Keksfabrik stellen sie Leute ein«, sagte der Mann.

»Scheiß auf die Keksfabrik«, sagte Emmett, den Mund voller Rührei.

Der Mann zwinkerte Sam zu. »Gestattest du ihm zu Hause auch, so zu reden, Sam?«

Sie zuckte die Achseln. »Im HBO reden sie auch so.«

»Läßt er dich HBO gucken?«

»Ist ihm egal«, sagte sie gereizt.

»Wenn ich Kabel empfangen könnte, würd ich meine Frau das nicht sehen lassen.«

»Kümmer dich nicht um ihn, Sam«, sagte Emmett, als der Mann wegging. »Er hat Scheiße im Gehirn.«

Pete Simms und Tom Hudson kamen dazu. Sie bestellten Colas und Apfeltaschen. Pete arbeitete in einer Straßenbaukolonne, und Tom war Automechaniker und hatte eine eigene kleine Werkstatt, in der er Karosserien reparierte. Sam wußte, daß Tom im Krieg verletzt worden war, aber man sah es nicht. Nur seine Haltung war ein wenig steif. Er setzte sich neben Emmett.

»Macht es dir was aus, wenn ich mich neben dich setze, Sam?« fragte Pete. »Ich beiß nicht.«

»Ich laß dich hier sitzen, wenn du mir deine Tätowierung zeigst«, sagte Sam aus einem Impuls heraus. Emmett hatte ihr mal von Petes Tätowierung erzählt. Als Pete in Vietnam war, hatte er sich eine Landkarte von der Jackson Purchase Gegend von Westkentucky auf die Brust tätowieren lassen.

»Soll ich's dir gleich hier zeigen?« fragte Pete herausfordernd. »Ich könnte verhaftet werden. Komm raus zu meinem Wagen, und ich zeig's dir.«

»Was für einen Wagen hast du?«

»Einen Ford Ranger, warum?«

»Ich brauch ein Auto«, sagte Sam.

»Du brauchst alles andere, nur kein Auto«, sagte Emmett.

»Ich frag mich, ob irgend jemand sich jemals sein eigenes Gesicht auf die Brust tätowiert hat«, sagte Sam. »So wie ein Gesicht auf einem T-Shirt.«

»Ich sag dir was«, sagte Pete. »Ich wünschte, ich hätte diese Landkarte auf einem gottverdammten T-Shirt anstatt auf meiner Brust.« Er biß in die Apfeltasche. »Au, ist das heiß! Emmett, wie kommt's, daß diese langbeinige Nichte von dir hier ist? Was hat sie für Schwierigkeiten?«

»Sie hat Hummeln im Hintern«, sagte Emmett.

»Und *er* hat Agent Orange«, sagte Sam. »Guck dir sein Gesicht an.«

»*Ich* hab Agent Orange«, sagte Pete witzelnd. »Im Kopf.«

Er lachte und pustete auf seine Apfeltasche. »Ich hatte eine Stelle am Bein, ganz braun und komisch. Aber sie ging weg. Ob sie sich wohl runter bis zum Knochen durchgefressen hat?«
»Dich kann nichts umbringen, Pete«, sagte Tom. »Du bist wie der Typ im Fernsehen, der ein Fahrrad aufgegessen hat.«
»Das war in *Unglaublich!*«, sagte Sam. »Ich hab das gesehen.«
»Wißt ihr denn nicht, das das den Typ ganz schön zugerichtet hat?« sagte Pete mit einem Grinsen.
»Ist einer von euch beiden mit Agent Orange besprüht worden?« fragte Sam direkt.
Pete und Tom zogen gleichzeitig an ihren Colahalmen.
»Ich glaub nicht«, sagte Tom langsam. Er klopfte eine Zigarette aus einer zerknitterten Packung heraus.
Emmett klappte seine Egg McMuffin-Schachtel zu. »Sam hat Nam im Kopf«, sagte er. »Sie hat einen Haufen Geschichtsbücher gelesen und geht mir auf die Nerven.«
»Was sagen dir die Bücher, Sam?« fragte Tom und starrte sie an.
»Nichts. Sie sind bloß langweilige Geschichtsbücher.« Sie war verlegen. In den Büchern stand nichts darüber, wie es da drüben im Krieg zugegangen war. Es waren noch nicht mal Fotos darin.
Pete sagte: »Verdammt, ich erinner mich, wie sie sprühten. Sie sagten, daß wir reingehen sollten, weil sie sprühen wollten, aber es war nicht weiter aufregend. Es roch süßlich. Es roch nach Orangen.«
»Buddy Mangrum kann noch nicht mal 'n halbes Bier trinken, ohne daß ihm schlecht wird«, sagte Tom. »Sie sagen, das ist Agent Orange.«
Hinten bei McDonald's war Radau. Ein Kindergeburtstag fing an. Sam versuchte sich auszumalen, wie diese Männer im Dschungel gekämpft hatten. Es war ihr nie gelungen,

sich Emmett mit einem Gewehr vorzustellen, aber Großvater hatte so ohne weiteres davon gesprochen, den Hund zu erschießen. Emmett hatte ihr gesagt, daß Großvater es nicht ernst gemeint habe.

»Ich glaub, mein Problem ist, daß ich gegen Flöhe allergisch bin«, sagte Emmett schaudernd. »Mein Kater hat Flöhe. Und er schläft direkt auf meinem Kopf.«

»Wenn ich ein Auto hätte, würd ich dich zur Veteranenorganisation bringen«, sagte Sam. »Ich würd mit dir direkt dareinmarschieren und denen dein Gesicht zeigen. Mann, ich hätt zu gern ein Auto.«

»Tom hat ein Auto, das er verkaufen möchte«, sagte Pete.

»Den Käfer? Ja, ich verkauf dir meinen VW.« Pete und Tom sahen sich an und lachten. »Ich muß ihn nur noch 'n bißchen fertigmachen, aber für 6000 Dollar kannst du ihn haben.«

Pete lachte. »Laß dich nicht von ihm übers Ohr hauen, Sam. Es ist ein *Drei*undsiebziger.«

»Ich mach dir 'n Sonderangebot«, sagte Tom. »Du kannst ihn für 600 haben. Er läuft gut. Ich muß ihn nur noch 'n bißchen fertigmachen.«

»Soviel hab ich nicht.« Sie hatte 300 Dollar auf der Bank, aber davon mußte sie den Sommer über leben.

»Du kannst vorbeikommen und ihn dir ansehen.«

Tom sah ihr direkt in die Augen, und sie sah weg und steckte ihren Strohhalm in die Cola. Etwas an ihm machte sie unruhig, aber sie wußte nicht, was es war. Er sah sie an, als ob er wirklich wollte, daß sie das Auto bekam. Sie wußte, daß sie rot geworden war.

Emmett klopfte seine Schachtel flach und ging zur Toilette.

»Willst du meine Tätowierung sehen, Sam?« sagte Pete mit einem Zwinkern.

»Sicher doch.«

»Das ist meine Straße hier«, sagte Pete und hob sein T-Shirt hoch und zeigte auf seine Brust. »Und das kleine rote Ding, das wie ein Marienkäfer aussieht, ist mein alter Corvette. Meine Frau hat ihn verkauft, als ich weg war. Er wär jetzt ein Klassiker.«

Haare sprossen aus dem Herzen der Jackson Purchase. Die Tätowierung war so groß wie ein National Geographic Heft, blau umrandet, die Städte in Rot.

Er sagte: »Ich seh's auf dem Kopf stehend, und im Spiegel ist es seitenverkehrt. Das hier war wahrscheinlich das Blödste, was ich je in meinem Leben gemacht hab.« Er lachte.

Tom lachte mit ihm. »Wenn man in dem Alter ist, tut man einige der blödsten Sachen, die man sich vorstellen kann, und man denkt, o Mann, ist das nicht das Witzigste von der Welt!« Er zuckte die Schultern. Er sah nicht schlecht aus, dachte Sam. Er war ungefähr in Emmetts Alter.

»Denk über den Wagen nach, Sam«, sagte Tom, als er ging. »Komm rüber und sieh ihn dir an, wenn du willst.«

Auf dem Nachhauseweg fragte Sam Emmett: »Sind deine Freunde immer so komisch?«

»Sie machen nur gern Quatsch. Sie sind ganz in Ordnung.«

»Ich wünschte, ich hätte den Volkswagen«, sagte sie. Ihre Mutter hatte mal einen gehabt, und Sam hatte damit fahren gelernt.

»Du kannst kein Auto kaufen. Du bist nicht volljährig.«

»Ich könnte, wenn du für mich unterschreibst.«

»Ja, Mann, weil ich so verantwortungsvoll bin und so reich? Jeder, der mich auf Schadensersatz verklagen würde, stieße auf eine Goldader!«

»Würdest du für mich unterschreiben, wenn ich ein Auto kaufen würde?«

»Besorg erstmal das Geld und frag mich dann wieder.«

Sam sah hinten auf der Straße vor einem Beerdigungsinstitut einen blauen Käfer. Sie hätte wirklich nichts dagegen, einen Käfer zu besitzen. Sam erinnerte sich plötzlich an etwas, das sie über Pete gehört hatte. Vorsichtig fragte sie: »Heh, Emmett, ist es wahr, daß Pete einmal seine Frau mit einer Schrotflinte aus dem Haus gejagt hat?«

»Nein, sie hat ihn gejagt. Er war draußen im Garten und schoß – nicht auf sie. Er schoß nur so. Aber Cindy konnte sich mit seiner Verrücktheit nicht abfinden. Sie sagte ihm, er müsse damit aufhören oder sie würde gehen.«

»Worauf hat Pete denn geschossen?«

Sie ging über die Straße, bevor er antwortete. An der Ecke war die Zahnklinik, wo ihre Mutter früher Sprechstundenhilfe gewesen war. Sam fragte noch einmal: »Worauf hat Pete denn geschossen?«

»Er sagte, es wär bloß so ein Bedürfnis, das über ihn gekommen war, und er sei's losgeworden, indem er rausging und in der Gegend rumballerte.«

Als sie einen Häuserblock von ihrem Haus entfernt waren, sagte Emmett plötzlich: »Er hatte eine Karte von Vietnam in der Bude, und seine Frau hat sie von der Wand gerissen, weil sie ihrer Meinung nach nicht zur Einrichtung paßte. Es klingt verrückt, aber ich glaub, er wär lieber wieder in Nam.«

»Hast du dir das auch schon mal gewünscht?«

»Nein. Verdammt noch mal, nein! Spinnst du?«

An ihrer Ecke blieb Emmett einen Augenblick stehen und sah nach etwas hinten im Feld bei den Wasserwerken, nach einem Vogel vielleicht, aber er schien eher auf etwas zu hören, und Sam dachte daran, wie Radar O'Reilly in M.A.S.H immer vor allen anderen die Hubschrauber hören konnte, die die Verwundeten einflogen.

Emmett konnte irgendetwas ansehen – einen Rosenbusch, ein Stoppschild, einen ganz gewöhnlichen Vogel oder sogar eine Wurfsendung von Kroger's – und sich darin verlieren, als wäre es die faszinierendste Angelegenheit von der Welt. Deshalb war er so gut in *Pac-Man*, und so beobachtete er auch seine Vögel. Er schlich sich an sie heran und stellte sich wahrscheinlich einen Vogel im vollen Federkleid vor, auch wenn er nicht mehr als einen flüchtigen Blick von einer Schwinge erhascht hatte, einen hellen Fleck von einer Haube oder Kehle. Emmett erinnerte Sam an James Stewart in *Mein Freund Harvey*, einem alten Film, den sie im Spätprogramm auf Kanal 7 gesehen hatte. Harvey war ein imaginärer Hase, der James Stewart überallhin begleitete. Manchmal schien es, als hätte er jemand Unsichtbaren bei sich, jemand, der immer gegenwärtig war und ihn führte. Aber es war wahrscheinlich kein Hase. Es war wahrscheinlich eine Katze.

Als Sam sieben oder acht war, hatten sie und Emmett eine Briefmarkensammlung. Zusammen verbrachten sie Stunden damit, über Zellophantüten mit exotischen Briefmarken zu brüten, die ihnen jeden Monat von Briefmarkengeschäften zur Ansicht geschickt wurden. Ihr Briefmarkenalbum war alt, und die Ländernamen waren falsch – alte Kolonien wie Rhodesien und Belgisch Kongo. Vietnam war Indochina. Während sie mit den Marken spielten, erzählte Emmett Kriegsgeschichten, in die M-60 und Granatwerfer und C-130-Transporter eingestreut waren. Und Sams Liebling, das Amphibienfahrzeug, das Emmett lachend als das »gelbe U-Boot« bezeichnete. Sam hatte durch Emmetts Geschichten ein Bild von Vietnam in ihrem Kopf – eine liebliche Landschaft, so ähnlich wie Florida, mit Stränden und Palmen und Reisfeldern unter Wasser und grünen Bergen. Am Himmel wimmelte es von wunderschönen Flugzeugen – C-47 mit Gatling-Kanonen, Hueys, Chinooks, Skytrains, Bird Dogs. Emmett hatte sogar Plastikmodelle von Hubschraubern und Düsenjägern gemacht, und er benutzte sie, um seine Geschichten auszuschmücken.

Irene setzte den Geschichten ein Ende. Es regte sie auf, an den Krieg erinnert zu werden, für Sam jedoch wurde er nicht eher Wirklichkeit, als bis sie ihren ersten Farbfernseher bekamen. Sie war ungefähr neun. Eines Tages kurz danach sah sie in den Abendnachrichten einen Bericht aus Vietnam – es war während des Falls von Saigon, 1975 glaubte sie – Leute, die mit Bündeln auf dem Rücken eine Straße entlanggingen. Einige trugen Babies auf den Armen. Jeeps tuckerten die Straße entlang. Die Landschaft sah glaubwürdig aus – ein Hügel in der Ferne, eine gepflasterte Straße mit schmalen Erdbanketten, ein Feld mit irgend etwas Grünem in Reihen gepflanzt. Die Straße sah aus wie die alte Straße, die sich von Hopewell durch das Tiefland bis nach Paducah schlängelte. Zum ersten Mal war Vietnam ein wirklicher Ort. In dem Bericht sah Sam, wie ein Kind nur mit einem T-Shirt bekleidet, ohne Hose, die Straße herunterlief und seine Mutter ihm schimpfend nachrief.

5

Sam hörte das neue Beatles-Lied wieder im Radio, als sie mit Lonnie und Dawn im Burger Boy Cola trank. Es waren wirklich die Beatles – ein früher nicht freigegebener Mitschnitt von 1964, sagte der Discjockey. Das Lied zu hören war unheimlich, wie Stimmen aus dem Grab. Sam saß betäubt da und versuchte, den Text mitzubekommen, während Lonnie und Dawn sich über Bauarbeiten unterhielten, die er für seinen Onkel machte. Sie bemerkten nicht, wie weit weg sie war. »You better leave my kitten all alone«, ging das Lied. Es war wahnsinnig. Beim Zuhören empfand Sam die Energie der Sechziger wie ein Verlangen, das sich aufgebaut hat, und dann losbricht. Aber es war auch etwas Spielerisches dabei, als ob es eine viel bessere Zeit zum Jungsein gewesen sei als jetzt. Ihre Mutter kannte jemanden, der 1966 auf einem Beatleskonzert gewesen war.

Sam erzählte Emmett von dem Lied, als sie nach Hause kam, und er konnte es immer noch nicht glauben. »Irene flippt aus, wenn sie das hört«, sagte er.

Er war in der Küche und machte Tacos. Er hackte Zwiebeln, machte winzige Längs- und Querschnitte und schnitt dann die Stücke ab. »Wo ist Lonnie?« fragte er.

»Bei seinem Onkel, er arbeitet mit ihm am Haus.«

»Kommt er zum Abendessen rüber?«

»Nein. Seine Mutter macht Hühnchen mit süßen Klößen.«

Emmett riß eine Packung Tacos auf und legte sechs davon in eine Pfanne. Er setzte sie in den Ofen. Er tat dies alles mit einer behutsamen Konzentration, als ob er erwarte, daß sie sich im Ofen in irgend etwas Wundervolles verwandelten.

»Deine Mama hat wieder angerufen«, sagte er.

Sam nahm ein Orangeneis aus dem Gefrierfach des Kühlschranks. Sie brach es in der Mitte durch, zog die Hälfte des Papiers ab und biß in das Ende. Es war leicht matschig.

»Mit dem Kühlschrank ist wieder was nicht in Ordnung«, sagte sie.

»Irene hat gesagt, du sollst sie nach neun anrufen. Es kann ein R-Gespräch sein«, sagte Emmett.

Sam schluckte ein Stück Eis herunter. »Kommt sie diesen Sommer her?«

»Hat sie nicht gesagt.«

»Sie kann es wahrscheinlich nicht ertragen, ohne Lorenzo Jones zu sein. Er hat sie total im Griff. Er behauptet, er ist *so* eng mit den Whitneys.« Sam kreuzte Mittel- und Zeigefinger und hielt sie Emmett vors Gesicht. »Aber ich weiß zufällig ganz genau, daß er nichts weiter als ein Stallknecht auf dem Gestüt der Whitneys war, und das ist schon Jahre her.«

»Du bist eifersüchtig.«
»Bin ich *nicht.*«
»Das muß ich zu Larrys Ehrenrettung sagen«, sagte Emmett. »Er hat nie was zu beißen gehabt, aber jetzt hat er's geschafft. Irene findet es toll, mit einem IBM-Bonzen verheiratet zu sein.«
»Es ärgert mich bloß, daß sie uns im Stich gelassen hat. Und wenn ich zur Universität von Kentucky geh, krieg ich nicht genug Schlaf, weil das Baby immer schreit.«
»Du bist eifersüchtig auf das Baby.«
»Lorenzo Junior.«
»Sie heißt Heather. Ich find den Namen richtig schön.«
Sam lachte. »Mama dachte auch, daß Samantha ein schöner Name ist. Sie konnte es nie leiden, daß mich alle Sam nannten.«
»Dein Daddy wollte, daß du Samantha heißt«, sagte er.
»Heh! Wie meinst du das?«
Emmett öffnete eine Pepsi und nahm einen Schluck, bevor er antwortete. »Dwayne hat Irene einmal geschrieben und ihr gesagt, er wollte dich Samantha nennen, weil es sein Lieblingsname war.« Er rülpste laut.
»Das ist mir neu.« Sam war erstaunt. Das Eis tropfte ihr aufs Bein. Sam hatte immer gedacht, daß Irene sie nach einer Schauspielerin, Samantha Soundso, genannt hätte, deren Hobby der Stierkampf war. Einmal hatte Sam sich an einem Maschendraht verletzt, als sie versuchte, einem Bullen zu entkommen, den Großvater Smith für seine Kühe ausgeliehen hatte. Sie hatte eine Tetanusspritze gebraucht. »Warum mußtest du mich nach jemand nennen, die mit Stieren kämpft?« hatte sie ihre Mutter anklagend gefragt, aber Irene hatte bestritten, daß Sams Name irgend etwas mit einem stierkämpfenden Filmstar zu tun hatte. Sam war verwirrt. Wenn sie noch nicht einmal über eine einfache Tatsache wie die Herkunft ihres Namens Bescheid wußte, was konnte sie dann sicher wissen?

Emmett raschelte mit der Zeitung vor ihrem Gesicht. »Laß uns mal sehen, was Dr. Dobbs heute zu sagen hat.« Er fand die Seite mit der Rubrik Medizin in der Mitte der Zeitung. »Diese Person hier hat wegen Sodbrennen geschrieben, und Dr. Dobbs antwortet, daß es das Tietze-Syndrom sein kann. Es hat die gleichen Symptome wie ein Herzanfall, ist aber bloß entzündeter Knorpel im Brustkorb. Glaubst du, ich hab das und nicht Blähungen?«
»Kann sein. Warum schreibst du ihm nicht und fragst ihn nach diesen Knallkörpern in deinem Kopf? Und frag ihn auch, warum dieser Pickel auf deiner Nase seit zwei Monaten nicht heilen will? Und warum du hinten den Nacken runter immer mehr Pickel kriegst? Er wird sagen, daß es Agent Orange ist, ich schwör's dir.«
»Ach, diese Ärzte glauben nicht an Agent Orange.«
Sam lutschte an ihrem Eis. Der Geruch der Tacos drang aus dem Ofen. Sie sagte plötzlich: »Heh, Emmett, erzähl mir, woran du dich am besten von Vietnam erinnerst. Abgesehen von dem Vogel.«
Emmett guckte in den Ofen. »Warum willst du das wissen?« fragte er.
»Nur so.«
»An den Geruch von Fischsoße«, sagte er. »Und an menschliche Scheiße in den Reisfeldern. Und an all die Menschen, die Fahrrad fuhren.«
»Was noch? Erzähl mir von etwas, das passiert ist. Erzähl mir von dieser Hütte, die in die Luft flog.« Sie erinnerte sich an die Geschichte. Die Soldaten hatten ein Haus in die Luft gejagt. Die Sperrholzverkleidungen an den Fenstern waren weggeplatzt, und dann hatten sie plötzlich im Geschoßfeuer gestanden wie im Regen. In der Hütte hatte sich ein befestigter Unterstand verborgen, in dem der Vietcong sich versteckt hielt. Emmett hatte gesagt, es wär so gewesen, wie der Wolf und die drei kleinen Schweinchen. Da war auch ein Schwein gewesen, das quiekte. Als

die Hütte zusammengebrochen war, war das Schwein quiekend im Kreis herumgerannt. Jemand hatte es erschossen, aber es hatte immer weiter getanzt, bis es tot umgefallen war. Und dann wurde das Schwein gegrillt.

»Du brauchst das alles gar nicht zu wissen, Sam.«

»Doch, möcht ich aber.«

»Deine Phantasie ist so schon schlimm genug. Ich werd sie nicht noch weiter anheizen.«

»Wenn du's mir nicht erzählst, dann werd ich's mir vielleicht schlimmer vorstellen, als es in Wirklichkeit gewesen ist.«

»Nein, das könntest du gar nicht.«

»Also, dann erzähl mir mehr von der Hütte.«

Emmett riß eine Küchenschranktür auf und machte sie wieder zu und öffnete eine andere. »Hast du diese Schleuder gesehen, in der ich immer Salat trockne?«

»Moon Pie war damit draußen auf der Sechsten Straße.«

»Mach keinen Quatsch.« Emmett knallte mit weiteren Türen. »Oh, verdammt noch mal! Wo ist bloß diese Schleuder?«

Während M.A.S.H lief, aßen Sam und Emmett die Tacos und tranken Pepsi. Sie aßen an Fernsehtischen, die Emmett bei einer Haushaltsauflösung mitgenommen hatte. In M.A.S.H bekam Trapper John ein Magengeschwür, und Hawkeye war ganz aufgeregt, weil Trapper deswegen vielleicht nach Hause konnte, aber Trappers Magengeschwür heilte nach einem dreiwöchigen Aufenthalt im Allgemeinen Krankenhaus von Tokio. Wann immer einer aus der Stammbesetzung von M.A.S.H die Gelegenheit hatte, nach Hause zu kommen, dachte er sich Ausreden aus, um in Korea bleiben zu können. Radar glaubte, die Einheit könne nicht ohne ihn funktionieren. Colonel Potter bekam einmal eine Chance, nach Hause zu fahren, aber er wollte seinen Posten nicht verlassen, obwohl er seine Frau Mildred hinten in Missouri vermißte. Natürlich wär die Serie zusammengebrochen, wenn die Stammbesetzung nach Hause gegangen wäre. Aber Sam fragte sich, ob an dieser Anziehungskraft des Krieges nicht doch etwas Wahres war. Emmett hatte sogar gesagt, daß Pete lieber im Krieg war. Sie hatte darüber gelesen, wie die Vereinigten Staaten in den Krieg verwickelt worden waren. Sie brachte all die Namen durcheinander. Ngo Dinh Diem. Bao Dai. Dien Bien Phu. Ho Chi Minh. Sie blieb in Verlautbarungen und Dokumenten des Außenministeriums stecken.

Um neun rief sie vom Küchentelefon aus ihre Mutter in Lexington an. Sie machte ein R-Gespräch.

»Ich hab gerade das Baby zum Schlafen gekriegt«, sagte Irene atemlos. »Sie bekommt Zähne, und gestern war ich die ganze Nacht auf. Wann kommst du her?«

»Ich hab dir doch schon gesagt, daß ich nicht zur Universität von Kentucky möchte.«

Gerade in diesem Moment ging Emmett mit seiner Pepsikappe aus der Tür. Er hatte ein Bier in der Hand. Sam sagte: »Ich geh wieder im Burger Boy arbeiten.«

»Sam, wie oft muß ich dir das noch sagen. Wenn du den Rest deines Lebens damit zubringen willst, jemanden zu bedienen, dann mach nur so weiter. Es wird dir leid tun, wenn du nicht studierst. Gott sei Dank brauch ich jetzt nicht zu arbeiten. Ich bin damit fertig, Sklavin zu sein.«

»Alles, was ich brauch, ist ein Auto. Dann kann ich zur Murray State gehen und pendeln«, sagte Sam. »Außerdem läuft diese Erziehungsbeihilfe, bis ich sechsundzwanzig bin.«

Es stimmte nicht, daß eine Universitätsausbildung einen besseren Job garantierte. Sie kannte einen Typ, der einen Pepsilastwagen fuhr und damit mehr Geld machte als die meisten Leute, die zum College gegangen waren. Es war der Typ, von dem Emmett die Pepsikappe hatte.

»Du bist das eigensinnigste Kind, das ich kenn«, rief Irene.

»Ich hab mit dir noch ein Hühnchen zu rupfen«, platzte Sam heraus.
»Weswegen?«
»Mein Name. Emmett sagt, daß es gar nicht deine Idee war, mich Samantha zu nennen. Er sagt, es war die von meinem Daddy.«
»Er mochte den Namen wirklich sehr gern.«
»Warum hast du mir das nie gesagt?«
»Hab ich das nicht?«
»Du hast mir nie was gesagt – über ihn oder über Vietnam. Du wolltest es immer vergessen, so, als ob's nie passiert wär. Ich glaub, deshalb hast du Emmett auch aufgegeben.«
»Ich hab mich dreizehn Jahre lang mit Emmett rumgeschlagen, und ich denke, daß ich jetzt ein klein wenig Glück verdient hab, also red nicht in diesem Ton mit mir, Sam. Himmel nochmal.«
Glück? Mit Lorenzo Jones? Sam stellte sich ihn vor, wie er an die Bar gelehnt dastand – sie hatten eine *Bar* – und seine Sammlung von Jim Beam Flaschen bestaunte. Er sammelte ungewöhnlich geformte Whiskyflaschen, die jedes Jahr zu Weihnachten verkauft wurden, und er gab damit an, wieviel sie wert waren. Er hatte sogar einen Zug mit einer Lokomotive und einen Tender, und jedes Teil des Zuges bestand aus einer Jim Beam Flasche.
»Was gedenkt Emmett wegen seiner Schulden zu tun?« fragte Irene.
»Wer weiß? Er hat wieder einen Brief von der Vet-Verwaltung bekommen. Sie verlangen jetzt Zinsen.« Sam erklärte ihr die feuchte Stelle im Keller und sagte, daß er wahrscheinlich das Fundament freilegte, um sich zu beschäftigen, um sich von seinen Schulden abzulenken.
Sie sagte: »Ich mach mir Sorgen wegen seiner Pickel.«
»Ich hätte auch Pickel, wenn ich soviel Pepsi trinken würd wie er.«

»Glaubst du nicht, daß es Agent Orange sein könnte?«
»Oh, ich weiß nicht, Sam.«
»Ich sollte im Vet-Krankenhaus einen Termin für ihn machen. Was, wenn er Krebs hätte?«
»Du belastest dich viel zu sehr damit, Sam. Ich wollte, du kämst her.«
»Ich kann Emmett nicht allein lassen.«
Der verärgerte Seufzer ihrer Mutter klang verdächtig nach dem Ausatmen von Zigarettenrauch. Ihre Mutter hatte ein schönes neues Haus und ein Baby. Dieses Haus in Hopewell hatte dreckige Aschenbecher und schlechtgewordene Sachen im Kühlschrank und wacklige Möbel. Emmett hatte drei zerdrückte Bierdosen auf dem Tisch zurückgelassen. Sam sagte: »Emmett hat diesen irren Schmerz im Kopf.« Sie beschrieb ihn und sagte, es könne ein Tumor sein.
»Das hört sich so an, wie das, was er vor Jahren schon mal hatte. Es muß wiedergekommen sein. Du hast eine schreckliche Phantasie, Sam.«
»Ich kann nichts dafür.«
»Grübel nicht so viel über diese Vietnamsachen nach, Sam. Du solltest dich deswegen überhaupt nicht schlecht fühlen. Es hatte mit dir nichts zu tun.«
Sam wußte nicht, was sie sagen sollte.
Irene fragte: »Was macht Emmett gerade?«
»Er ist draußen und sucht Moon Pie. Es wird dunkel.«
»Hier ist es schon dunkel«, sagte Irene. »Du bist so weit von mir weg, daß es hier früher dunkel wird.«
Sam wollte ihrer Mutter von der neuen Beatles-Platte erzählen, aber sie fürchtete, ihre Mutter könnte daran kein Interesse haben. Sie hatte all ihre alten Platten zurückgelassen. Sie wollte von der Vergangenheit nichts wissen.
Sam sagte: »Der Kühlschrank ist mal wieder nicht in Ordnung.«
Oben in ihrem Zimmer guckte Sam die Platten ihrer Mut-

ter durch: die Beatles, die Kinks, die Stones, Jefferson Airplane, Janis Joplin, Jimi Hendrix, Gerry and the Pacemakers, die Dave Clark Five. Sie hatte sogar eine alte Beatles-LP mit dem Parlophone-Label aus England. Irene war nach dem Liverpool-Sound verrückt gewesen. Sie hatte alle Beatles-Platten außer »Leave My Kitten Alone«.

Moon Pie war hereingekommen, und Sam hielt ihn unters Licht und zupfte die Flöhe von seinem Kopf. Sie zerdrückte einen Floh, und weißes Zeug schoß heraus. Sie köpfte einen anderen, und beide Teile zappelten noch. Der Floh hatte Blut in sich. Moon Pie sprang von ihrem Schoß und landete auf dem Bett. Er rollte sich zusammen, legte sich dann genüßlich auf den Rücken und streckte seinen langen Körper in einen Bogen wie eine Mondsichel.

Sam machte mehr Birnen in der Lampe an. Es war eine hohe Stehlampe mit einem Karussell von Birnen und einem staubigen, kastanienbraunen Schirm. Manchmal landeten Fliegen in der Schale und verbrannten. Sie rochen wie gegrillte Rippchen. Der Geruch wäre angenehm gewesen, hätte man nicht gewußt, daß es Fliegen waren.

Sam nahm ihr *Webster's Collegiate Dictionary* aus dem Regal. Es war ein Geschenk ihrer Mutter zur Abschlußprüfung – ein Hinweis darauf, daß sie zum College gehen sollte. Jungen bekamen Autos zur Abschlußprüfung, aber Mädchen mußten sich normalerweise selbst ihre Autos kaufen, denn von ihnen erwartete man, daß sie heirateten – Jungen mit Autos. In dem Wörterbuch war das einzige Bild, das sie von ihrem Vater hatte.

Auf dem Bild trug Dwayne Hughes eine dunkle Uniform und eine Kappe, so ähnlich wie die, die Sam getragen hatte, als sie im Burger Boy gearbeitet hatte. Sein Gesicht war lang und dünn, und ein Muttermal auf seinem Nasenrücken stach hervor wie ein Verbindungspunkt zwischen seinen Augenbrauen, wie eine Stadt auf einer Landkarte. Sein Haar war so kurz, daß sie seine Kopfhaut sehen

konnte. Seine Ohren standen ab, wie Großmutter Smiths Kakteen in dem Topf mit den Löchern an den Seiten.
Der Junge auf dem Bild war neunzehn. Lonnie wurde neunzehn. Sam sah sich ihr Gesicht im Spiegel an – rund, aufsässig, eigensinnig. Das Gesicht ihres Vaters war so knochig. Sie konnte keine Ähnlichkeit mit ihm feststellen.

6

Eines Morgens hörte Sam Emmett vor sich hin murmeln: »Paß auf, was du tust, Blödmann!« Er hatte den größten Teil der Nordwand freigelegt und eine ungefähr einen halben Meter tiefe Rinne gegraben. Der Riß zog sich das ganze Fundament entlang. Er hatte sich eine Schubkarre Zement gemischt, und schmierte damit den Riß zu, als Jim Holly, der die örtliche Veteranenorganisation leitete, vorbeikam. Er hatte von Emmetts Pickeln gehört und wollte, daß er einen Fragebogen über Agent Orange ausfüllte. Jim, ein Immobilienmakler, war ein untersetzter Mann in karierten Hosen und einem kurzärmeligen Hemd. Er gehörte nicht zu den Stammkunden bei McDonald's. Sam hatte ihn immer bei Basketballspielen gesehen.
Emmett kam aus dem kleinen Keller unter der Küche herausgekrochen, wo er sich die Innenwand der Grundmauer genauer angesehen hatte. Die Knie seiner Jeans waren dreckig, und seine Kappe war mit Spinnweben behängt wie Engelshaar an einem Weihnachtsbaum. Sam trank gerade ein Dr Pepper auf der Veranda.
»Wir versuchen, mehr Vets anzusprechen«, erklärte Jim Sam. »Wir haben daran gedacht, unsere Familien bei irgendeiner Veranstaltung zusammenzubringen, wie ein Picknick drüben am See. Jeder bringt was zu essen mit. Wir machen einen Tanz in zwei Wochen. Willst du nicht kommen, Emmett?«

»Ich hab keine Tanzschuhe.«

»Wichtig ist, daß wir zusammenkommen, Emmett«, sagte Jim und lächelte. »Wir müssen alle mehr zusammenkommen. Vielleicht ziehen wir sogar um das Gerichtsgebäude herum – kein Protestmarsch, der die Leute aufregt, nur ein Umzug. Eine Feier.« Jim kratzte seinen Schuh an der Verandastufe ab und untersuchte die Sohle. Er sagte: »Wir haben hier nie viel gemacht. Wir haben noch nicht mal diese Gesprächstherapie gehabt, die viele Vets gemacht haben.«

»Gesäßtherapie?«

»Gesprächstherapie, Emmett«, sagte Sam laut. »Er tut manchmal so, als hörte er schlecht«, sagte sie zu Jim.

»Ich dachte, er hätte Gesäßtherapie gesagt«, murmelte Emmett.

»Mensch Emmett«, sagte Jim ungeduldig. »Deine Nichte hier macht sich Sorgen um dich.«

»Wir werden für Agent Orange nie was aus der Regierung rausholen«, sagte Emmett. »Sie versuchen alles, um zu beweisen, daß Agent Orange gut für einen ist, wie ein großes Glas Orangensaft. Und diese Entschädigungen von den Chemiekonzernen sind nur ein Tropfen auf den heißen Stein.«

»Geld ist nicht der Punkt, Emmett. Wir müssen gehört werden, damit es nicht noch einmal passiert. Wir wollen allen klarmachen, daß die Vets keine Verlierer sind. Weißt du, was ich gern erleben würde? Ich würd gern ein großes Willkommensfest in der Stadt erleben. Viele Städte haben sowas in dem Jahr gemacht, als sie das Denkmal in Washington aufgestellt haben, aber hier hat niemand was getan.«

»Hier kommt alles zehn Jahre später«, sagt Emmett.

»Hast du von Buddy Mangrums kleinem Mädchen gehört? Sie muß in Memphis operiert werden wegen dieser Geburtsfehler. Buddy war auch krank.«

Sam sagte: »Emmett hat einen Schmerz im Kopf, und er hat Blähungen.«
»Dein Gesicht sieht schlimm aus, Emmett.«
»Es ist bloß Akne«, sagte Emmett und berührte seine Wange.
»Es sieht wie Chlorakne aus, wenn du mich fragst«, sagte Sam. »Das ist das am häufigsten auftretende Zeichen von Agent Orange«, sagte sie zu Jim.
Jim sagte: »Weißt du, Emmett, es hat mal eine Zeit gegeben, da wollte ich alles vergessen, und ich wollte nicht darüber nachdenken, was richtig und was falsch gewesen ist und wer die Schuld hatte und alles. Aber eines Tages sah ich in den Spiegel, und ich sah ein graues Haar.« Jim faßte sich an den Kopf. »Wir waren nichts weiter als kleine Jungen da draußen im Dschungel, aber jetzt sind wir erwachsen, und es wird Zeit, daß wir unser Leben in die Hand nehmen.«
»Kleine Jungen bekommen Akne, und Erwachsene bekommen *Chlor*akne«, sagte Emmett wie ein Schauspieler in einem Werbespot, als ob Chlorakne ein Reinigungsmittel wäre wie Chlorox. In seinem Gesicht war verkrusteter Schlamm. Eine Schlammpackung wäre wahrscheinlich gut für ihn, dachte Sam. Wie er so auf seine Schaufel gelehnt stand, sah er aus wie ein Hinterwäldler, der sein Land bewacht.
»Du kannst wenigstens diesen Fragebogen ausfüllen!« sagte Sam wütend. »Da fällt dir kein Zacken aus der Krone!«
Mit einem beschämten Grinsen nahm Emmett den Vordruck und den Stift.
»Deine kleine Nichte ist ganz schön feurig, Emmett.«
»Ja, ich tu immer, was sie sagt, weil sie so böse werden kann. *Mann,* kann sie böse werden!«
Nachdem Emmett das Formular ausgefüllt hatte, zeigte er auf den Riß im Fundament. »Sieh dir das an. Wir haben

Glück, daß das Haus noch steht. Glaubst du, daß ich meine Zeit verschwende, wenn ich Ritze zustopf? Vielleicht sollte ich diesen ganzen Teil rausreißen und neu aufbauen. Guck mal, da geht er lang.«

»Hast du Angst, das Haus könnte zusammenfallen?« fragte Sam. Häuser fielen nicht einfach so zusammen. Wenn, dann hätte sie es bemerkt.

»Jaaa«, sagte Emmett feierlich. »Nimm einen schwachen Punkt. Eins kommt zum andern, und dann fällt alles um wie bei einer Kette von Dominosteinen.« Er schlug seine Handflächen gegeneinander und ließ sie auseinandergleiten.

»Das hört sich wie die Dominotheorie an«, sagte Sam. »Ich hab über die Dominotheorie gelesen.« Sie stand in einem der Bücher aus der Bibliothek. Sie konnte sich nicht mehr erinnern, in welchem.

Jim nahm Emmetts Kelle und glättete den Mörtel an der Grundmauer. Er kratzte so lange hin und her, bis die Wand glatt war.

»Ich denke, es hält, Emmett«, sagte er. »Das Haus hat sich noch nicht verzogen. Mach dir keine Sorgen, alter Junge.«

7

»Sind Emmetts Pickel größer als Pfennigstücke?« wollte Anita Stevens wissen, als Sam mit ihr über ihre Sorgen sprach. Aus einem spontanen Gefühl war Sam zu Anita gegangen, eine Straße weiter als das Krankenhaus, in dem Anita arbeitete. Anita war Krankenschwester, und sie mußte wissen, was man gegen Emmetts Pickel tun konnte.

»Sie sind klein und blasig. Er hat Großmutters Brandsalbe daraufgetan, aber es hat nichts genützt.« Sam sprach auch über den Schmerz in Emmetts Kopf und die Art, wie er sich mit gesenktem Kopf an die Schläfen faßte.

»Er sollte das nachsehen lassen, aber es könnten auch viele kleinere Sachen sein«, sagte Anita. »Es könnte ein Nerv sein, der ohne ersichtlichen Grund verrückt spielt. Aber er sollte sich erst die Augen untersuchen lassen. Das würd ich an seiner Stelle machen.«
»Könnte es ein Gehirntumor sein?«
»Wenn es ein Gehirntumor wär, hätte er wirklich schlimme Kopfschmerzen und Schleier vor den Augen.«
Sam fühlte sich erleichtert. Sie nahm Anita ernst. Heute abend trug Anita Hosen in Dunkellila und einen Silbergürtel und hochhackige Sandaletten. Sie hatte eine blaßrosa Bluse an und trug ein paar Silberketten. Alles an Anita war elegant. Sie war zurechtgemacht, und sie ging noch nicht einmal irgendwo hin. Sam hatte Shorts und ein T-Shirt mit einer ausgeblichenen Stelle an.
Anita stellte ein paar Plätzchen und eine Cola für Sam auf den Tisch. »Ich hab diesmal Betty-Crocker-Plätzchen genommen«, sagte sie lächelnd. »Ich find sie viel besser als die von Duncan Hines. Diesem alten Narren.« Sie lachte.
»Sie sind gut«, sagte Sam.
Anitas Wohnzimmer hatte gerahmte Bilder an den Wänden, Bilder mit Segelschiffen und Blumen. Ihr Couchtisch war aus Glas, ein Stapel Bücher lag darauf. Anita sagte, sie sei in einem Buchklub. »Ich mag Bücher mit ein wenig Tiefgang«, erzählte sie Sam. »Ich mach mir nichts aus diesen blöden Liebesromanen. Mir gefallen Geschichten mit einer Menge Sex, ein wenig Gewalt – nicht zuviel – und ein bißchen Geschichte. Das ist 'ne gute Mischung.«
Sam hörte Anitas Lachen gerne, das wie kleine plätschernde Wellen klang. Anita lachte immer so, als wäre alles ein Scherz, den man sich mit ihr erlaubt hätte. Sam erinnerte sich daran, wie Anita und Emmett immer zusammen gelacht hatten, als ob sie mehr Spaß als irgend jemand sonst auf der Welt hätten. Irene hatte Sam erzählt, daß

Emmett mit Anita Schluß gemacht habe, weil er das Gefühl hatte, sie wär zu gut für ihn. Ihr Vater besaß ein Farbengeschäft, und sie war in einem schönen Haus am Edgeview Drive aufgewachsen. Aber Anita war überhaupt nicht eingebildet. Irene mochte sie, und sie probierten immer gegenseitig ihre Kleider an.

Sam erzählte Anita von dem Tanz für die Vets und drängte sie, hinzugehen. »Ich versuch Emmett hinzukriegen«, sagte Sam aufgeregt und stellte sich vor, wie Anita und Emmett durch die Tanzveranstaltung wieder zusammenkamen.

»Kann sein, daß er nicht kommt, wenn er hört, daß ich hingeh.«

»Doch, er kommt. Ich werd ihn dazu bringen«, sagte Sam.

Anita ging in die Küche, um ein paar Servietten zu holen. »Mit wem gehst du im Augenblick, Sam?« rief sie von der Küche aus.

»Lonnie Malone.«

»Der Junge, der damals all die Sprungwürfe gemacht hat?«

»Ja.«

»Er ist süß. Willst du ihn heiraten?«

»Ich weiß nicht. Sein Bruder heiratet, und ich war noch nie auf einer richtigen Hochzeit, also werd ich mal sehen, wie's mir da gefällt.«

Anita goß sich an einer kleinen Bar in ihrem Wohnzimmer einen Scotch ein. Sie hatte sogar Eis im Eiskübel. Es war, als säße sie in einer perfekt eingerichteten Kulisse und wartete darauf, daß irgend etwas passierte, wie in einem Bühnenbild, kurz bevor der Vorhang hochgeht. »Ich hatte eine richtige Hochzeit«, sagte Anita mit hohler Stimme, als sie sich wieder neben Sam setzte. Ihr Lächeln verschwand. »Ich war achtzehn, und es war genau das, was man damals tat. Ich hab nicht gewußt, was man anderes hätte tun sollen. Aber es ist nicht gutgegangen.«

»Wie war deine Hochzeit?«

Anita lachte vor sich hin. »Mit allem Drum und Dran. Der Empfang war im Country Club.«

»Das muß schön gewesen sein.«

»An dem Tag, als ich geheiratet hab, hab ich nichts empfunden. Dann, in der Nacht, schlief Jeff einfach ein. Ich heulte und heulte. Dies war die große Nacht, und ich hatte Angst. Und er schlief einfach ein.«

»Wie lange warst du verheiratet?«

»Vier Jahre – lange genug. Er sollte so ein feiner Junge sein, aus einer feinen Familie – sein Vater war Arzt. Er spielte Baseball, und er sah verteufelt gut aus, aber er wußte mit mir nichts anzufangen. Er wollte, daß ich ein Bild sein sollte. Das war alles, was ich sein sollte, nur schön.«

Anita *war* schön. Sie hatte volle Brüste und naturgewelltes Haar, das ihr bis auf die Schultern fiel. Sam sah gerne ihre makellose Haut an, ihre rosigen Lippen. »Warum bist du nicht aus der Stadt weggegangen?« fragte Sam. Es war eine Schande, daß Anita hier festsaß. Sie sollte Fotomodell in New York sein.

»Meine Schwester in Nashville bittet mich ewig, da runter zu kommen, aber meine Eltern sind hier, und Daddy geht's wirklich schlecht – er hat ein krankes Herz. Es kommt mir nicht richtig vor, sie hier sitzenzulassen. Für mich ist das hier okay. Die Leute hier sind gut, und es ist mein Zuhause.« Sie schob Sam noch ein Plätzchen zu.

Anita sank in ein dickes rosa Kissen zurück und sagte verträumt: »Ich hab mal die Highschoolklassen besucht und ihnen ein bißchen was von Hygiene erzählt, und Emmett kommt rein und schreibt ›ORIOLES‹ an die Tafel. Die Orioles waren damals in der Baseballweltmeisterschaftsserie. Das hat mich umgehauen. Er kam da einfach so reingetanzt und wieder raus, ohne ein Wort zu sagen.«

»Es kann sein, daß er die Vögel gemeint hat. Er beobachtet Vögel, und früher hatten wir ein Nest Orioles in unserem Hinterhof.«

»Oh, ja, ich weiß, er beobachtet Vögel. Wie heißt dieser Vogel, den er immer sucht?«

»Silberreiher.«

»Ja. Ein Silberreiher. Ich weiß noch.« Anita nippte nachdenklich an ihrem Drink. Sam stellte fest, daß Anita eine der wenigen unter ihren Bekannten war, die nicht rauchten. »Emmett hat mir mal eine Pfauenfeder geschenkt«, sagte Anita. »Er hat das so süß gemacht. Für mich war diese Pfauenfeder genausoviel wert, als wenn sie ein Diamantring gewesen wäre.«

»Gehst du jetzt mit jemandem?«

»Ich treff mich mit einem Polizisten aus Benton. Er kann stundenlang über Pickup-Trucks reden. Ich kann kein Wort davon behalten, aber es erstaunt mich, daß jemand so lange über Pickup-Trucks reden kann. Aber die Sache geht zuende. Er ist ein richtiger Macho, und er fängt an, besitzergreifend zu werden.« Sie lachte. »Wenn sie anfangen, besitzergreifend zu werden, muß ich weg. Das ist es wahrscheinlich auch, warum mir soviel an Emmett lag. Er war nie so. Das hat *mich* besitzergreifend gemacht, schätz ich. Ich *mußte* ihn einfach haben.«

»Er schläft nicht gut«, sagte Sam. »Ich hör ihn, er ist wach und läuft herum. Und er hat Blähungen und stößt häufig auf. Ich weiß einfach, daß er Agent Orange hat.«

»Oh, Süße, ich würd nicht vorschnell urteilen. Es ist wahrscheinlich nichts Ernsthaftes. Ich werd dir den Namen eines Augenarztes und eines Hautarztes geben, zu denen er gehen sollte.« Sie suchte in einer Schublade nach einem Stück Papier. Sie sagte: »Emmett ist ein guter Mensch. Ich kann's nicht mitansehen, wie er sein Leben verschwendet. Er ist in Wirklichkeit so intelligent.«

»Ich wollte, ihr würdet wieder zusammenkommen.«

Anita lächelte und berührte Sams Hand. »Mir gefallen deine Ohrringe, Sam.«
»Meine Freundin Dawn hat vier Löcher drin. Kommst du uns mal besuchen, Anita? Ich bring Emmett dann dazu, eine Lasagne zu machen.«
Anita zögerte. »Also, ich weiß nicht, ob ihm das recht wär.«
»Komm rüber und hilf mir, ihn für den Tanz zu interessieren.«
Anita lächelte. »Geh du mal selbst zu diesem Tanz, Sam – zu Ehren deines Vaters. Ich mein, du solltest stolz auf ihn sein.«
Sam spielte mit Anitas Büchern. Ihr Glas war auf dem Umschlag von Shirley McLaines *Out on a Limb* festgeklebt. Sie sagte: »Meine Mutter hat mir nie viel von ihm erzählt, wie er so war, oder was sein Lieblingsessen war oder irgend etwas. Ich weiß noch nicht mal, wie groß er war, oder was für eine Art von Mensch er war. Er ist bloß ein Gesicht auf einem Bild, aber jetzt werd ich wirklich neugierig.«
»Ich versteh dich, es ist so wie etwas, was man nicht wissen darf. Ich hab mich schon oft so gefühlt.«
»Meine Mutter tut so, als wenn der Vietnamkrieg im dunklen Mittelalter stattgefunden hätte.«
»Es *war* dunkles Mittelalter, Sam«, sagte Anita. »Das ist eine gute Beschreibung.«
»Komm rüber uns besuchen.«
»Ich werd's mir überlegen. Laß mich dir die Namen dieser Ärzte geben. Ich will, daß Emmett dahingeht.«
Anita hantierte mit Papier und Stift und schrieb die Namen auf. Ihre Ringe blitzten im Lampenlicht. Ein Grinsen ging über ihr Gesicht. »Und dann wollen wir mal sehen, ob er noch weiß, wie man tanzt«, sagte sie.

8

»Es ist Arbeit-im-Graben-Zeit«, sagte Emmett, als er seine Spitzhacke aus dem Keller holte.
Sam wußte, woher er das hatte: Colonel Blake hatte einmal, als er eine schwierige Entscheidung zu treffen hatte, gesagt: ›Es ist Einsam-an-der-Spitze-Zeit‹.
Nachdem er den Riß im Fundament wasserdicht gemacht hatte, war Emmett darangegangen, den kleinen Keller unter der Küche zu erweitern. Er hatte den Verdacht, daß der Boden faulte, und er untersuchte die Querbalken auf Fäulnis. Er hatte kein starkes Sodbrennen mehr gehabt, aber er wies Sam auf einen Zeitungsartikel hin, in dem von einem Mann mit einem umgeklappten Herzen die Rede war. Sam hatte von einer umgeklappten Gebärmutter gehört, aber nicht von einem umgeklappten Herzen, obwohl sie annahm, daß, wenn ein Organ umklappen konnte, jedes andere es ebensogut tun könnte, vor allem dann, wenn es Agent Orange ausgesetzt gewesen war. Emmetts Gesicht war dasselbe, mit mal verschorften, mal offenen Stellen. Manchmal, wenn er lächelte, platzte ein Pickel auf.
»Ich wollte, du wärst wieder mit Anita zusammen«, sagte Sam, während sie ihm bei der Arbeit zusah. »Sie ist verrückt nach dir.«
Emmett grunzte. Er war dabei, ein paar Steine, die er ausgegraben hatte, aufeinanderzuschichten.
»Vielleicht geh ich nach Lexington«, sagte Sam gereizt.
»Da hast du mehr Möglichkeiten«, sagte Emmett sachlich.
»Erinnerst du dich an die Zeit, als ich klein war und Mama mich mit diesem Hippie-Freund von dir mit nach Lexington geschleift hat?«
»Ja.«
»Wer war der Typ?«

Emmett mühte sich mit einem Stein ab, einem richtigen Felsen, und stellte ihn hochkant. »Irene war verrückt nach ihm, und sie hätte ihn gerne geheiratet, aber wenn sie das getan hätte, hätte sie ihre Unterstützung verloren.« Er kicherte. »Mann, deine Großmutter hätte fast einen Anfall gekriegt – Irene, die in Sünde lebte!«

»Wie hieß er?«

»Bob. Er war in Ordnung, aber er glaubte, er könnte davon leben, daß er Tontöpfe machte, und er hatte Irene fast soweit, daß sie das auch glaubte, aber nach einem Monat in Lexington wußte sie, daß er das nicht konnte, und deshalb ist sie wieder mit dir hierher zurückgekommen.« Emmett hockte sich hin und tastete das Fundament ab. »Ich hab's fast bis zu dem Punkt geschafft, wo ich den Graben wieder auffüllen kann«, sagte er nachdenklich.

»Und dann wirst du darüber nachdenken müssen, wie du dieses Geld zurückzahlst.«

»Das Vet-Büro soll ruhig warten. Ich werd sie langsam garkochen.« Emmett krähte ein unheimliches Lachen heraus.

In ihrem Zimmer steckte Sam das Bild ihres Vaters an den Spiegelrahmen. Die Kanten waren abgegriffen, und eine Ecke war geknickt. Sie fragte sich, wann es ihrer Mutter möglich gewesen war, ihn zu vergessen und sich in einen Hippie mit dem Namen Bob zu verlieben. Sam konnte sich vage daran erinnern, wie sie mit ihnen auf eine Friedensdemonstration in Lexington gegangen war. Es war ein Gewühl gewesen wie bei einer Kuhherde auf Großvaters Weide. Sie erinnerte sich, daß der Hippie ihr einen Gasballon geschenkt hatte und sie ihn aus Versehen losgelassen hatte. Sie erinnerte sich, wie sie ihn wegschweben sah, hoch über das Universitätsgelände, und wie sie geweint hatte, weil ihr der Ballon wichtig vorgekommen war, so wie etwas, an dem sie sich an diesem Tag festhalten konnte. Der Soldatenjunge auf dem Bild veränderte sich niemals. Irgendwie machte ihn das zuverlässig. Aber er erschien ihr so unschuldig. »Astronauten sind auf dem Mond gewesen«, redete sie plötzlich auf das Bild ein. »20. Juli, 1969. Armstrong, Aldrin und Collins. Collins durfte nicht auf dem Mond herumgehen. Er mußte in der Kommandokapsel bleiben.« Ihr Vater hatte Dinge wie Kommandokapsel und Mondlandefähre nie kennengelernt, dachte sie und verzweifelte bei dem Gedanken, jemandem die Geschichte der Welt seit 1966 zu erklären. Wie macht ein Lehrer das nur?

Wahrscheinlich zum ersten Mal kam es Sam jetzt in den Sinn, wie erstaunlich es war, daß Menschen auf dem Mond herumgegangen waren. Ihr Vater hatte soviele wichtige Ereignisse verpaßt. Watergate zum Beispiel. Sam konnte sich nicht genau erinnern, worum es dabei gegangen war. Ihr Geschichtslehrer, Mr. Harris, hatte gesagt: »Die großen Dinge zu euren Lebzeiten waren die Mondlandung, die Attentate, Vietnam und Watergate.« Mr. Harris sagte, daß es seit dem Mord an Kennedy bergab gegangen sei. Sam könnte wahrscheinlich all die anderen Morde aufzählen, wenn sie darüber nachdächte.

»Du hast Watergate verpaßt«, sagte Sam zu dem Bild. »Ich war in der zweiten Klasse.« Sie erinnerte sich daran, wie Emmett darin versunken war und es regelmäßig sah. Einen Sommer lang war es eine TV-Serie. Als Nixon zurücktrat, waren Emmett und Irene begeistert, aber ihre Eltern hatten für Nixon gestimmt und gesagt, das Land würde auseinanderfallen, wenn er zum Rücktritt gezwungen würde. Sam überlegte sich, ob deshalb niemand Arbeit bekam und die Welt in solch einem Durcheinander war.

Sie starrte auf das Bild und kniff die Augen zusammen, als wartete sie darauf, daß es lebendig wurde. Aber Dwayne war mit seinen Geheimnissen gestorben. Emmett lief mit seinen herum. Jeder, der Vietnam überlebt hatte, schien es als etwas Persönliches und Peinliches zu betrachten. Großvater hatte gesagt, es sei ihnen peinlich, den Krieg verloren zu haben, aber Emmett sagte, es sei ihnen peinlich, noch am Leben zu sein. »Ich schätze, dir ist es nicht peinlich«, sagte sie zu dem Bild.

Das Gesicht auf dem Bild beherrschte das Zimmer wie das Bild des Präsidenten an der Wand in der Schulaula. Sam legte *Sgt. Pepper's Lonely Hearts Club Band* auf.

»Das hast du auch verpaßt«, sagte sie.

9

»Der Mais ist überreif«, sagte Emmett.

Sie fuhren an Maisfeldern vorbei. Lonnie saß am Steuer, eine Zigarette hing ihm im Mundwinkel, und Emmett saß hinten. Sam hielt sich am Griff neben dem Armaturenbrett fest. Der Sicherheitsgurt war kaputt. Lonnie machte sich nie die Mühe, den Wagen abzuschließen, nachdem er das Seitenfenster herausgeschlagen hatte, als er einmal die Zündschlüssel eingeschlossen hatte. Der Wagen hatte Farbe nötig und klapperte.

Sam sagte: »Emmett, denk dran, dem Arzt jede einzelne Frage zu stellen, die ich auf die Liste geschrieben hab, und trau dich ruhig, ihm von deinen Blähungen zu erzählen. Sie könnten ja etwas damit zu tun haben.«

»Was kann das Gesicht mit dem Magen zu tun haben?«

»Ich weiß nicht, aber ich hab auch nicht Medizin studiert. Deshalb fahren wir dich zum Hautspezialisten.«

Sam hatte es nicht geschafft, für Emmett vor dem 10. Oktober, einen Tag nach ihrem Geburtstag, einen Termin wegen des Agent Orange Tests bei dem Medizinischen Zentrum der Veteranenadministration zu bekommen. Deshalb hatte sie ihn überredet, sich die Augen untersuchen zu lassen. Seine Augen waren in Ordnung. Der Arzt sagte, der Schmerz könne eine Nebenhöhlenentzündung sein. Emmett kaufte ein paar Allerest-Tabletten, aber sie machten ihn schläfrig. Sam hatte gelesen, daß Agent-Orange-Opfer manchmal einen gestörten Stoffwechsel hatten. Sam mochte den Klang des Wortes nicht: »Stoffwechselstörung.« Agent Orange konnte sich auch auf das Immunsystem auswirken und es im Laufe der Zeit zerstören. Das hörte sich genauso an wie AIDS, hatte sie Dawn gesagt.

Sie fuhren auf der alten Hopewell-Straße, einer kurvenreichen Landstraße, die dem gewundenen Lauf des Goose Creek folgte. Sie kamen an alten Farmen vorbei, vor denen neue Wohnwagen standen. Landwirtschaftliche Geräte rosteten neben windschiefen Scheunen vor sich hin. Sie sahen eine zur Seite gekippte Scheune, und Emmett sagte: »Seht euch die Scheune an. Die wird platt am Boden liegen, wenn wir hier auf der Rückfahrt wieder vorbeikommen.« Er achtete genau auf Bauwerke, seitdem er an der Grundmauer ihres Hauses gearbeitet hatte.

Jetzt lachte er, aber Sam glaubte, daß er genau wußte, daß er Krebs hatte. Seine Pickel wollten nicht abheilen. Das war eines der sieben Merkmale für Krebs. Agent Orange konnte jede Art Symptome verursachen. Auf dem Weg nach Paducah fragte Emmett Lonnie ständig nach seinen Aussichten auf einen Job, als wäre dies das einzige Problem, das auf sie wartete.

»Was ist mit der Berufsschule, zu der dich dein Vater schicken will?« sagte Emmett , als sie an einem Silo vorbeifuhren, das sich wie der Turm von Pisa neigte.

Lonnie sagte: »Daddy ist neuerdings ganz versessen darauf, daß ich Elektriker werd. Wie ich die Sache seh, hat der Elektrikerberuf keine große Zukunft, weil Elektrizität irrsinnig teuer werden wird. Mit all diesen Leuten, die gegen die Atomkraft sind, und den Atomkraftwerken, die dicht machen, wird sich der Preis für Elektrizität in den nächsten fünf Jahren verdoppeln. Und die Leute können es sich nicht leisten zu bauen, also brauchen sie keine Leitungen. Sie ziehen wieder zu ihren Eltern zurück. So wie ich.« Lonnie lachte angeekelt und zog an seiner Zigarette.

»Deine Eltern behandeln dich nicht fair«, sagte Sam. »Du sollst auf die Berufsschule gehen, und dein Bruder durfte zur Uni.«

»Naja, er hat ein Stipendium. Meine Zensuren waren nicht gut genug.«

»Wann heiratet John?« fragte Emmett.

»Anfang September. Mama schwebt im siebten Himmel, weil er dieses feine Dämchen aus Bowling Green heiratet.« Lonnie drückte seine Zigarette im Aschenbecher aus, und ein paar Stummel fielen heraus.

»Jennifer Jenkins. Hört sich an wie der Name von einem Filmstar.«

»Der Name würde Mama gefallen«, sagte Sam und sah nach hinten zu Emmett.

Lonnie sagte: »Mama ist so beeindruckt, weil Jennifers Daddy ein eigenes Restaurant hat. Sie machen den Empfang da.«

»Ich hab nichts zum Anziehen für eine Hochzeit«, sagte Sam.

»Zieh das Gelbe an, das du auf der Abschlußfeier anhattest«, sagte Lonnie.

Sam zog die Stirn in Falten. Sie freute sich nicht auf die Hochzeit. Sie konnte es sich nicht leisten, irgend jemandem ein Geschenk zu kaufen, und Lonnie hatte darauf bestanden, daß sie etwas Hübsches kaufte. Bis Anfang September könnte Emmett schon bettlägerig sein. Sie würde ihn pflegen müssen. Sie würde Fertigmahlzeiten machen, denn sie war eine grauenhafte Köchin. Sie wußte nicht viel über Krebs. Einige Arten schritten sehr schnell fort, und andere Arten zogen sich in die Länge.

Die Eltern von Sams Vater wohnten auf einer Farm an einer Straße wie dieser, ungefähr zwanzig Meilen von

Hopewell entfernt. Sie hatte sie seit zwei Jahren nicht mehr gesehen. Ihre Mutter hatte sie früher immer an den Weihnachtstagen dorthin mitgenommen. Sie hatten ihr einen geschmacklosen lavendelfarbenen Pullover mit Glitzer drauf geschenkt, als sie das letzte Mal zu Weihnachten bei ihnen gewesen war. Jetzt fühlte sie sich schuldig, daß sie sie solange nicht besucht hatte. Sie hatten ihr nie viel über Dwayne erzählt, so daß es immer schwierig gewesen war, die Verbindung zwischen ihm und ihnen zu sehen, außer daß sie ein Bild von ihm in ihrem Eßzimmer hatten. Sam erinnerte sich an ihre weiten, wogenden Maisfelder und an einen schmalen Bach, der sich durch sie hindurchschlängelte. Sie erinnerte sich plötzlich, wie überrascht sie gewesen war, in einem fürs Fernsehen produzierten Film über den Vietnamkrieg Soldaten durch ein Maisfeld marschieren zu sehen. Die Ähren hoben sich scharf ab gegen den klaren blauen Himmel, und der Mais sah erntereif aus. Es hatte sie überrascht, daß Mais in Vietnam wuchs. Sie wußte nicht, ob er deshalb da war, weil Amerikaner ihn angebaut hatten – oder den Vietnamesen den Samen gegeben und ihnen gezeigt hatten, wie man ihn anbaut – oder ob Mais überhaupt in Vietnam vorkam, denn der Film war in Mexiko gedreht worden. Sie hatten bestimmt Mais in Mexiko, weil Mais eine indianische Pflanze war. *Maize*. Die Frau in dem Mazola-Werbespot. Es irritierte sie, daß es so schwer war, die Wahrheit herauszufinden. Gab es wirklich Mais in Vietnam?

Die Landschaft in Vietnam war schwer vorstellbar. In den Büchern der Bibliothek stand wenig über Getreidearten. Als Sam Emmett gefragt hatte, was in Vietnam wuchs, hatte er gesagt, Palmen und Elefantengras und Sachen mit Blättern so lang wie die Propellerblätter von Hubschraubern und eine Menge Sumpfgras, aber er konnte sich an Einzelheiten nicht erinnern. Er wußte nichts über Mais. Er erinnerte sich an die Vögel, aber er kannte ihre Namen

nicht, bis er zurückkam und sie in der Bibliothek nachschlug.
Die Klinik befand sich in einem glatten neuen Gebäude, das außen glänzende Skulpturen aus Metall hatte, die in vager Form Fischen ähnelten. Sie sollten wahrscheinlich den Kentucky-Lake-Wels darstellen. Im Aufzug hörte man Geigenmusik. Sam erkannte »Karma Chameleon«, so gespielt, hörte es sich verrückt an. Dr. Kresko war im zweiten Stock. Was für ein Name war das, Kresko? Sam dachte darüber nach. Es hörte sich an wie Crisco. Emmett benutzte Crisco, um Wels zu braten.
Sam und Lonnie saßen auf roten Plastikstühlen und sahen sich Zeitschriften an, während Emmett einige Formulare ausfüllte. Die Mädchen hinter den Schreibtischen unterhielten sich über ihre Dauerwellen. Die Luft aus der Klimaanlage war eiskalt. Ein Mann kam durch die Tür mit einem Taschentuch über der Nase.
»Machst du dir Sorgen?« fragte Lonnie Sam, nachdem eine dicke, muntere Schwester Emmett geholt hatte.
»Ja, aber ich bin froh, daß wir ihn endlich hierhergekriegt haben.«
»Bezahlt die Regierung das?«
Sam schüttelte den Kopf. »Der Arzt könnte sagen, daß er Krebs hat, und das ginge die Regierung nichts an. Außerdem brauchen die für alles 'ne Ewigkeit.«
»Oh, Emmett hat kein Krebs.«
»Es könnte Krebs draus werden.«
»Es wäre schrecklich, an Krebs zu sterben, bevor man alt ist«, sagte Lonnie nachdenklich. »Ich kenn niemanden, der jung gestorben ist, außer Jimmy Tibbett. Man könnte das einen Unfall wegen Trunkenheit am Steuer nennen, aber daß er getrunken hat, war seine eigne Schuld.«
Sam rollte die Zeitschrift *People*, die sie gerade las, zusammen und schlug Lonnie damit aufs Bein. »Also, wenn du in den Krieg gehst, einen schlechten Krieg, und wenn du

denkst, das Richtige zu tun, ist es dann deine eigene Schuld, wenn du getötet wirst? Wenn der Krieg falsch ist, hast du es dann verdient, zu sterben, weil du das Falsche geglaubt hast?«

»Das ist ganz schön verwirrend, Sam.«

»Ich kann nicht erklären, was ich mein.«

Lonnie drückte ihre Hand. »Mach dir keine Gedanken darüber. Emmett kommt schon in Ordnung.«

Einige neue Patienten kamen lachend und redend herein. Viele Hautkrankheiten mußten ausgesprochen lustig sein, nahm Sam an. Sie sah sich die Bilder von drei *People*-Heften an, während Lonnie rausging, um das Gebäude zu erforschen. Er kam mit einer Cola zurück und teilte sie mit Sam. Ein Mann brachte ein kleines Mädchen herein, das im Gesicht und an den Händen Ausschlag hatte.

Sam sagte zu Lonnie: »Meine Mama hat gesagt, ich soll mir keine Sorgen darum machen, was Emmett damals passiert ist, weil der Krieg nichts mit mir zu tun hat. Aber wie ich das sehe, hatte er *alles* mit mir zu tun. Mein Papa ist dahingegangen, um für Mama zu kämpfen, und Emmett ist meinetwegen und wegen Mama dahingegangen, um Papa zu rächen. Wenn du in den Krieg gehen würdest, dann würdest du unter Garantie sagen, du tätest es für mich. Aber wenn du vorhaben solltest, zur Armee zu gehen, könntest du mich vorher nach meiner Meinung fragen. Diejenigen, die nicht getötet werden, kommen zurück, und ihr Leben ist verpfuscht, und dann machen sie alle anderen um sich herum unglücklich.«

»Pst«, sagte Lonnie und legte ihr die Hand auf den Mund. »Die Leute gucken.«

»Ist mir egal. Es war so eine Verschwendung.«

Lonnie schüttelte eine Zigarette aus der Packung und starrte sie an.

»Denkst du, ich wär verrückt wegen Emmett?« fragte Sam. Sogar ihre Mutter war verrückt, wenn sie daran

dachte, wie sie mit nackten Schultern und engen Jeans auf den Elternabenden erschienen war.
»Du bist nicht wirklich verrückt«, beruhigte sie Lonnie. »Du glaubst es nur. Du bist nur halbverrückt. Mittelverrückt«, fügte er mit einem Grinsen hinzu. Er kniff ihr zum Spaß ins Bein.
»Es ist mir egal. Ich hätte Lust, etwas wirklich Wahnsinniges zu tun.«
»Pst«, sagte Lonnie. »Emmett kommt«.
»Dreiundsechzig Eier«, sagte Emmett, als die Sprechstundenhilfe die Rechnung für ihn fertiggemacht hatte. »Und alles, was er mir sagt, ist, daß ich mir das Gesicht öfter waschen soll.« Er fragte die Sprechstundenhilfe: »Finden Sie mein Gesicht schmutzig?«
Sie lächelte. »Ich bin nicht der Arzt, Sir, aber ich bin sicher, daß er das nicht gemeint hat.«
Emmett bezahlte in bar. Sie wollten ihm keine Rechnung schicken. Er schlug mit der Faust in die Handfläche, als sie auf den Lift warteten.
»So, ich hoffe, du bist zufrieden, Sambo. Dreiundsechzig Eier.«
»Was hat er gemacht? Er hat dir nicht soviel berechnet, nur um dir zu sagen, du solltest dir dein Gesicht öfter waschen. Was hat er gesagt?«
»Zuerst hält er mir einen Vortrag über Haut. Dabei kam heraus, daß es nicht ungewöhnlich ist, wenn man in meinem Alter Akne bekommt. Es muß nicht unbedingt Chlorakne sein. Es kann einfach gewöhnliche Pubertätsakne sein.«
»Es ist bloß Akne?«
»Es könnte sein.«
Der Lift öffnete sich. Während sie hinunterfuhren, beschäftigten sich Emmett und Lonnie die ganze Zeit damit, ihre Zigaretten anzuzünden.
»Woher kommt Akne?« fragte Lonnie, als sie den Lift verließen.

»Von Sexhormonen«, sagte Emmett und brüllte vor Lachen. »Deshalb bekommt man als Teenager Akne. Deine Sexhormone spielen verrückt. Meine legen gerade wieder los wie ein Vulkan. Das heißt, du bist ein Zuchtbulle.«

»Mach keinen Quatsch!« sagte Lonnie und zwinkerte Sam zu. »Mann.«

»Er glaubt, es könnte eine Allergie sein«, sagte Emmett. »Es könnte etwas sein, das ich gegessen hab, oder etwas im Haus. Wie Schmiere oder Schimmel. Er hat mir eine ganze Latte Fragen gestellt.« Emmett lachte und blies den Rauch gegen die Fischskulpturen draußen. »Wißt ihr, was er mich gefragt hat? Er hat mich gefragt, ob ich Haarspray oder irgendein Make-up benutz! Und er hat mich gefragt, ob ich 'ne Katze hab! Ich hab nein gesagt. Ich wollte mir nicht von ihm sagen lassen, ich sollte Moon Pie rausschmeißen. Das wär bestimmt gekommen.«

»Er sollte mal deinen Rock sehen«, sagte Lonnie. Sie stiegen in ihren Bus, und Lonnie ließ ihn an. Der Anlasser machte manchmal Schwierigkeiten, aber der Motor sprang an.

Emmett erschien so fahrig, daß Sam sich fragte, ob er etwas verheimlichte. Vielleicht hatte der Arzt Krebs gesagt, und Emmett wollte es ihnen nur nicht sagen.

»Vielleicht ist es dieser Keller«, sagte Emmett. »Diese Feuchtigkeit da unten. Alle möglichen Sachen können sich da unten vermehren, und sie können durch die Lüftung hochkommen und – oooaaah! Erinnert ihr euch an die Legionärskrankheit? Heh, erinnert ihr euch an die Krankheit, die man von dem Tropfenfänger unterm Kühlschrank bekommt?« Emmett schauderte, als ob er gerade im Rückspiegel gesehen hätte, wie das Ungeheuer aus *Alien* um die Ecke kroch.

»Hat er dir was verschrieben?« fragte Sam.

»Jaha. Etwas zum Gesichtwaschen und eine Heilsalbe. Er hat gesagt, wenn es nicht besser wird, soll ich zu einem

Facharzt für Allergien gehen. So machen die ihr Geld. Sie wollen gar nichts wirklich heilen, bis sie dich durch die Mangel gedreht haben. Sie setzen dich auf ein Karussell und sorgen dafür, daß ihre Freunde ihren Anteil abbekommen. Sie hetzen dich durch ihre Apparate.«

»Hat er irgendwelche Tests gemacht?«

»Ja. Er hat Tests gemacht. Das hat das Ganze so teuer gemacht.« Emmett zog ein zerknülltes Stück Papier aus der Tasche. »Er hat mir 'ne Liste gegeben, was ich alles nicht essen soll. Shrimps. Nüsse. Schokolade. CoTylenol. Verdammt, das eß ich sowieso nie. Vicks Nytol. Das eß ich auch nicht. Schmeckt mir nicht. Ich mag lieber Pertussin. Schmeckt gut zu Eis.«

»Steht Pepsi auf der Liste?« fragte Sam.

»Nein.«

»Das, glaubt Mama, ist es. Pepsi. Was ist mit Agent Orange, Emmett? Hast du ihn danach gefragt?«

»Ja, und er hat bloß gelacht. Ich hab dir *gesagt*, er würde lachen. Ich hab ihn noch nicht mal dazu bringen können, über Chlorakne zu sprechen. Du kriegst diese Ärzte noch nicht mal soweit, daß sie zugeben, daß das Problem überhaupt da ist. Und du erwartest, daß die Bundesregierung aufspringt und Beifall klatscht, Sam?«

»Er muß aber doch andere Vets mit Pickeln gesehen haben«, sagte Sam. »Kann er denn nicht zwei und zwei zusammenzählen?«

»So arbeitet die Wissenschaft nicht, Sam«, sagte Emmett. »Sie zählen nicht zwei und zwei zusammen auf der Grundlage von Tatsachen direkt vor ihrer Nase. Sie stellen keine Verbindungen her. Sie müssen zehn Jahre lang in einem Labor arbeiten, und neun Millionen Ratten und Mäuse umbringen, und dann kommen sie vielleicht zu einem Ergebnis. Aber nimm irgendwas Offensichtliches – zum Beispiel, daß Katzen schnurren, wenn sie glücklich sind? Sie glauben nicht, daß Katzen deshalb schnurren! Sie sagen, wo sind deine Beweise? Wie viele Ratten hast du für dein Experiment gebraucht?«

Lonnie sagte: »Ja, aber wenn sie dann mal was beweisen, wie zum Beispiel, daß irgendwelche Chemikalien bei zehn Prozent der Ratten Krebs hervorrufen, dann glauben die Leute ihnen das nicht. Sie sagen: ›Ratten sind keine Menschen, also eß ich das trotzdem.‹ So reden sie.«

»Ich glaub es«, sagte Sam. »Ratten *sind* Menschen. Menschen sind auf jeden Fall Ratten. Deshalb trink ich auch keine Diätcola.«

Emmett sagte: »Wußtet ihr, daß die Wissenschaft nicht erklären kann, warum eine Katze schnurrt? Es trotzt all ihren Methoden. Sie glauben nicht daran, daß Katzen ihren eigenen Kopf haben und schnurren, wenn sie Lust dazu haben. Aber eine Katze schnurrt aus mehreren Gründen. Zufriedenheit. Unsicherheit. Bluff. Katzen sind die reinsten Bluffer. Sam, erinnerst du dich, wie Moon Pie oben in dem Ahorn saß, die Pfote im Vogelhaus? Er sah in die andere Richtung und tat so, als ob er den Sonnenuntergang bewunderte.« Emmett lachte nervös. Er drückte seine Zigarette aus und zündete sich eine neue an.

»Wohin fahren wir?« sagte Lonnie. Sie waren noch immer auf dem Parkplatz.

»Ich möchte zum Einkaufszentrum«, sagte Sam. »Ich möchte nicht den ganzen Weg nach Paducah gefahren sein, ohne ins Einkaufszentrum zu kommen. Zumindest das können wir machen.«

»Ja, das können wir zumindest machen«, sagte Lonnie und fuhr rückwärts vom Parkplatz.

»Laßt uns im Cracker Barrel essen gehen«, sagte Emmett. »Da gibt's gute ländliche Küche. Ich möchte gebackenen Schinken und Maisbrot.«

»Ich möchte Schinken und Bohnen«, sagte Sam.

Emmett sagte: »In der Armee gab's Schinken und Wachsbohnen. Wir bekamen die so oft, daß wir sie Schinken und Arschlöcher nannten.«

»Ich möchte Schinken und Arschlöcher«, lachte Lonnie.

»Sie werden dich umbringen«, sagte Emmett.

»Wißt ihr, was der Arzt gesagt hat?« fragte Emmett, als Lonnie sich in den Verkehr einfädelte. »Er hat gesagt, er hätte eine Menge Vets gesehen mit allen möglichen Beschwerden. Er hat gesagt, für alles wollten sie Agent Orange die Schuld geben, angefangen von einem entzündeten Zeh bis hin zu einer Fieberblase. Er hat mich einfach ausgelacht. Er hat gesagt, es wären bloß die Nerven. Ist das nicht ein Hammer?«

10

Der nächste Morgen war kühl, und Sam ging früh laufen. Sie lief durch die manikürten Straßen des Fairview-Viertels, wo bis vor kurzem noch ein Maisfeld gewesen war. Alle Häuser dort hatten Garagen für zwei Autos. Die Bäume waren noch klein und mit Maschendraht geschützt. Sam lief gern, weil sie sich so von den Mädchen in der Schule abhob, die alles in schnatternden Gruppen machten, wie Enten. Wenn sie lief, fühlte sie sich frei, als ob sie zu allem in der Lage wäre. Sie traf selten andere Läufer. Im Pleasant Point Drive arbeiteten ein paar Zimmerleute auf einem Dach, und aus ihrem Radio plärrte ein Kenny-Rogers-Lied. Einer der Männer schrie vom Dach herunter: »Beweg die Beine, Schätzchen!« Einmal hatte sie auf einem Stein an der Ecke des Friedhofs von Hopewell einen Typ gesehen, der sich vor ihr entblößt hatte, und Sam war weitergelaufen und hatte über die Schulter zurückgerufen: »Ist das alles?« An einem anderen Tag im letzten Sommer hatte sie ein dicker Mann, der sie in einem runtergekommenen Pickup-Truck verfolgte, in Schrecken versetzt. Aber Allen Wilkins war zufällig vorbeigekommen, und sie hatte ihn angehalten. Er war auf dem Weg zur Arbeit, und sie war mit ihm bis zu seinem Geschäft gefahren und hatte sich dabei lächerlich gefühlt.

Sie lief in Richtung McDonald's. Emmett nannte die Strecke zwischen dem Burger Boy und McDonald's den Balzplatz. Er sagte, die Jungens, die mit ihren Autos von einem Drive-In zum anderen fuhren, erinnerten ihn an Vögel und ihre Balztänze. Die Jungs drehten abends hier ihre Runden, aber im Augenblick bestand der Verkehr aus Leuten, die zur Arbeit fuhren. Morgens gab es hier weniger Leute, die zur Arbeit fuhren als abends, wenn die Jugendlichen hier herumkreuzten. Im McDonald's entdeckte Sam Emmetts Pepsikappe, aber Tom war nicht bei ihm.

Sie lief weiter, vorbei an einem Beerdigungsinstitut, einem Lampengeschäft, der Bibliothek, einer großen Immobilienfirma, einem eleganten Antiquitätengeschäft, einem Geschenkartikelladen, einem Trödler, einem Kentucky Fried Chicken. Eine Reihe von Bowling-Trophäen glänzte im Fenster von Lanes Sportgeschäft. Sam nannte das Geschäft immer das Trophäengeschäft. Nebenan, im Fenster des U.S. Armee-Rekrutierungsbüros, war ein Poster von Onkel Sam, der fordernd mit dem Finger auf sie zeigte. Sie hob den Mittelfinger und lief vorbei. Tom Hudsons Werkstatt war hier in der Nähe. Sie lief langsamer.

Toms Werkstatt war in einer Gegend der Stadt, die früher erstklassig gewesen war, bevor Ärzte und Rechtsanwälte und Geschäftsleute anfingen, sich in neuen Stadtvierteln Häuser zu bauen. Die Häuser hier, meist in heruntergekommenem Zustand, waren groß und alt, und die Gärten waren dunkel, überwuchert von Gebüsch. Toms Werkstatt lag hinter einer Firma für Kunstschmiedesachen und Eisenzäune am Ende der Straße, wo schäbige alte Holzhäuser standen. Sam kam an ausgestellten Zäunen und Briefkästen vorbei, die aussahen wie eisernes Spitzengeflecht. Sie ging eine schmale Gasse hinter dem Gebäude herunter.

Ein Schild mit den ungelenken Buchstaben »Kustom Kollision« war an die Seitenwand eines alten Gebäudes genagelt. Es hatte eine Einfahrt wie ein gähnendes, höhlenartiges Loch, und dort arbeitete Tom an seinen Autos. Das Wirrwarr von Wagenteilen und leeren Ölkannen und nicht zu identifizierenden, nutzlos aussehenden Gegenständen faszinierte sie. Mechaniker konnten aus einem Chaos schmieriger Metallteile und rostiger Leitungen und Schrauben wunderschöne Autos erschaffen, so wie ein Zauberer Uhren und Eier in seinen Zylinder wirft und dann ein Gummihuhn herauszieht.
Er hockte am Boden, den Rücken ihr zugewandt, und bemerkte nicht, wie sie herankam.
»Hi«, sagte sie, als er sie sah.
»Nanu, hallo Sam«, sagte er überrascht. »Wie geht's?«
»Gut. Ich war nur laufen«, sagte sie verlegen. »Was machst du da?«
»Ich krieg das Getriebe hier nicht raus. Bist du gekommen, um dir den VW anzugucken?«
»Ja.«
»Klar«, sagte Tom und stand auf. Er öffnete einen kleinen Kühlschrank und nahm zwei Colas heraus. »Du siehst durstig aus«, sagte er und reichte ihr eine. Seine Hände waren schmierig.
»Bin ich«, sagte sie und öffnete die Dose. »Danke.«
»Der VW ist für mich fünfhundert wert, und er muß abgeschmiert werden, und ich muß noch 'n bißchen am Getriebe arbeiten. Für dich mach ich das umsonst.«
Er zeigte ihr den VW, der neben der Werkstatt abgestellt war. Er war beige und hatte rostige Flecken an den Kotflügeln. Wenn sie ihn kaufte, mußte sie ihn dazu bringen, die Roststellen zu bearbeiten. Rost konnte ein Auto auffressen.
Nachdem sie sich das Auto angesehen hatte, sagte Tom: »Ist Lonnie Malone dein Freund?«

»Ja.«
»Hat er nicht ein Basketballstipendium für Murray gekriegt?«
»Nein. Seine Zensuren waren nicht gut genug.«
Tom zündete sich eine Zigarette an und lehnte sich an einen wackligen Tisch, der mit Muttern und Schrauben bedeckt war. Als er ihr eine Camel Light anbot, sagte Sam nein. Dann erzählte sie ihm von der Fahrt zu dem Hautarzt.
»Emmett war total sauer auf den Arzt«, sagte Sam. »Der Arzt hat ihn einfach ausgelacht. Aber er hat eine Heilsalbe für sein Gesicht bekommen.«
»Vielleicht nützt das was.«
»Glaubst du, Emmett hat Agent Orange?« fragte Sam. Tom sah sie eindringlich an. Das machte sie nervös. Mit ihrem Fingernagel kratzte sie etwas Schmutz von der Unterseite ihres Uhrenarmbandes ab.
Er zuckte die Achseln und sagte: »Er sollte sich beim Vet-Büro testen lassen. Aber eine Million Vets könnten an Krebs durch Agent Orange krepieren, und die Regierung würd immer noch sagen, sie hätten keinerlei Beweise, daß das eine was mit dem andern zu tun hat.« Tom lachte bitter. »Emmett macht sich keine Illusion über die Regierung. Er glaubt, sie haben überhaupt keine Ahnung von dem, was in der Welt vor sich geht. Er würde keinen Finger rühren, um mit dem Vet-Büro noch irgendwas zu tun zu haben.«
»Er ist eigensinnig. Meine Mutter sagt, das liegt in der Familie.«
Tom nickte langsam und fixierte einen schwarzen, schmiedeeisernen Briefkasten weiter hinten in der Einfahrt. Die Vets, die sie kannte, bekamen häufig diesen leeren Blick, als ob sie direkt in die Zukunft sähen. Als Sam Tom fragte, ob er wisse, wo Quang Ngai liege, flog ein erkennendes Lächeln über sein Gesicht.

»Da ist mein Vater gefallen«, sagte sie. »Oder da in der Nähe.«
»Ich weiß. Emmett hat's mir erzählt. Ich war nördlich davon.«
»Hat's dir da drüben gefallen?« fragte Sam unbeholfen. Was gab es da drüben, das einem gefallen könnte? dachte sie. Hatte es den Leuten gefallen, so wie, sagen wir, eine Fahrt nach Lexington? Da er sich mit der Antwort Zeit ließ, sagte sie: »Bist du bekifft gewesen, als ihr gekämpft habt? Emmett sagt, daß nach 69 die ganze Armee bekifft war.«
Tom schüttelte den Kopf. »Das war 'ne gute Methode, in die Luft gejagt zu werden.«
»Mein Vater ist da drüben kurz vor meiner Geburt gestorben, aber jeder tut so, als wär's 'n großes Geheimnis. Ich weiß nicht viel über ihn.«
»Eine Menge Jungs sind schlicht und einfach vergessen worden«, sagte Tom. »Und eine Menge von denen, die zurückgekommen sind, fühlen sich schuldig, daß gerade sie es sind, die es geschafft haben.«
»Hast du auch das Gefühl?«
»Klar.«
»Hast du geglaubt, daß du das Richtige tatest, als du rübergingst?«
»Ich wußte nicht, was ich tat«, sagte er nachdenklich, während er an seiner Zigarette zog. Er blies in aller Ruhe den Rauch aus und sagte: »Aber das ist alles Vergangenheit.«
Sam spielte an einem Autoteil herum, das ihr vage vertraut vorkam. Sie wünschte, er würde von Quang Ngai sprechen. Auf der Karte war es in der Nähe von My Lai.
Er sagte: »Es vergeht kein Tag, an dem ich nicht an die Kumpel denk, die nicht zurückgekommen sind. Sie sind bei mir, in merkwürdigen Augenblicken, zum Beispiel wenn ich dusch, oder wenn ich herumfahr. Dann kommen

Erinnerungen zurück, Erinnerungen, die eine Zeitlang wegwaren.«

»Bringen sie dich zum Weinen?« fragte Sam und versuchte, sich daran zu erinnern, was sie über sogenannte »Vietnam-Flashbacks« gelesen hatte.

»Nur, wenn ich allein bin und nur, wenn's unerträglich wird, nicht zu weinen. Manchmal hab ich Heimweh nach diesen Erinnerungen. Das klingt komisch, ich weiß.«

»Emmett hat sowas von Pete erzählt.«

»Für Pete war es *die* Sache da drüben. Ich will nicht sagen, daß es ein einziges Vergnügen war da drüben, nicht unbedingt, aber es ist komisch, wie besonders es war, irgendwie so, daß keiner je verstehen kann, was man da erlebt hat, außer den Typen, die selbst da waren.«

»Stimmt das? Hängt ihr deshalb alle immer zusammen und geht im ›Bottom‹ was trinken?«

»Vielleicht.« Er zuckte die Schultern und zog eine neue Zigarette aus seinem Overall. »Willst du ein Geländemotorrad kaufen?« fragte er. »Ich könnte dir ein wirklich gutes zusammenbauen.«

»Nein, sowas brauch ich nicht.«

»Ich weiß, was du brauchst«, sagte er, aber er beendete den Satz nicht. Er spielte mit einem Schraubenschlüssel. Er sagte: »Wenn ich manchmal Heimweh nach diesen Erinnerungen hab, dann setz ich mich auf meinen Geländebock und fahr raus und hops in dem Wald hinter dem Marktgelände rum. Ich überlaß mich dann einfach meinen Erinnerungen. Es ist so, als wär ich wieder mit ihnen zusammen. Es ist irgendwie angenehm, wirklich, aber man muß dazu an so 'nem Ort sein, da unten im ›Bottom‹ oder draußen im Gelände. Man kann es sich nicht leisten, in der Stadt zu bleiben und darüber nachzudenken, was passiert ist.« Er schnipste seine Zigarettenasche auf den Lehmboden und sagte: »Sam, du kannst genausogut damit aufhören, nach dem Krieg zu fragen. Er ist allen scheißegal. Sie haben es sich in ihrem Kopf so zurechtgebogen, worum es da ging, daß sie damit leben können und nicht mehr darüber nachzudenken brauchen. Wichtig ist, daß sie uns hier nie angespuckt haben. Sie haben die Vets fair behandelt, weil hier nie groß ein Antikriegsgefühl hochgekommen ist. Aber das bedeutet, sie haben in ihren Köpfen eine Vorstellung davon, wer wir sind, und diese Vorstellung trifft einfach nicht auf alle von uns zu. Niemand hier in der Gegend will sich die Finger daran verbrennen.«

»Aber die Welt ist in so einem Chaos«, sagte Sam. »Guck dir bloß die Nachrichten an.«

»Ja, irgendwann schlägt hier mal 'ne Bombe ein.« Tom nickte, als ob es keine Überraschung für ihn wär.

»Emmett sagt immer, hier passiert alles zehn Jahre später.«

»Hier blicken alle zurück – zu den guten alten Zeiten. Antiquitäten und Bürgerkriegszeug.« Er lächelte. »Meine Mutter hat ein Ochsenjoch an der Wand im Wohnzimmer.«

Sam dachte an das Pferdegeschirr, das Lonnies Mutter an ihrer Wohnzimmerwand hatte. Es war der Rahmen für einen Spiegel. Sie fragte sich, ob Hopewell jetzt dabei war, den Bürgerkrieg zu verarbeiten. Wann würden die Leute damit anfangen, M-16 und Bilder von Raketen an ihre Wohnzimmerwände zu hängen?

»Hast du schon mal das Denkmal in Washington gesehen?« fragte sie.

Er schüttelte den Kopf und lachte sarkastisch. »Wie ein großes schwarzes Loch, steht diagonal zum Obelisken, diesem großen, weißen Schwanz. Scheiß auf das Denkmal in Washington. Scheiß drauf.« Er ließ seine Coladose fallen und stampfte mit seinem schweren Arbeitsstiefel darauf herum. »Diese Stadt hat den Kopf im Arsch, und für Leute wie Emmett ist es zu schmerzlich, sich damit abzugeben. So ist das.« Er kickte die Coladose in einen

Haufen verbogenen Metalls auf dem Boden. »Willst du noch 'ne Cola?«
»Nein.«
»Wie weit kannst du laufen? Ich hab dich laufen sehen.«
»Normalerweise lauf ich ungefähr fünf oder sechs Meilen. Aber ich kann länger laufen. Das längste, was ich je gelaufen bin, waren zehn Meilen. Aber da hab ich einen Wadenkrampf gekriegt. Ich hab das zu schnell gemacht.«
»Hast du keine Angst, daß du tot umfällst wie ein Rennpferd, Sam?«
Er neckte sie, und sie wurde rot.
»Weshalb brauchst du ein Auto, Sam, wenn du so weit laufen kannst?«
Sie lachte. »Jeder möchte ein Auto. Um rumzufahren.«
»Bist du sicher, daß du kein Geländemotorrad willst?« fragte er. »Was ich an einem Geländemotorrad mag, ist, daß man so wild damit fahren kann, und man tut sich nicht weh. Ich bau mir eins zusammen und fahr es kaputt, und dann bau ich mir einfach ein neues zusammen. Macht gar nichts.«
»Alles macht was«, sagte Sam.
Tom beugte sich wieder über das verklemmte Getriebe und versuchte es loszuhebeln. »Verdammt«, sagte er. »Komm, du Miststück.« Sam bemerkte das Grau in seinem Haar.
»Willst du 'ne Probefahrt in dem Käfer machen?« fragte er.
»Sicher. Würd ich gern.«
»Wart 'ne Sekunde, und wir machen eine Probefahrt.«
»Ich würd gern 'ne Probefahrt machen.«
»Na gut, dann wart bloß 'ne Sekunde, bis ich das Ding hier los hab.«
»Laß dir Zeit.«

11

Hopewell hatte kein riesiges Einkaufszentrum, aber es hatte ein kleines, ein Dutzend Geschäfte zwischen Penney's und dem K-Mart. Sam traf Dawn an diesem Nachmittag im Einkaufszentrum. Am Telefon hatte Dawn gesagt, es sei dringend. Sie tranken Colas in einer Nische des K-Mart, und Dawn erzählte Sam, sie sei vielleicht schwanger. Sam war ganz versessen darauf gewesen, Dawn von ihrer Fahrt mit Tom zu erzählen, aber jetzt erschienen ihr ihre Neuigkeiten unangebracht und trivial. Das hier war unwirklich, wie eine Szene in einem Film.

»Hast du's Ken schon gesagt?« fragte Sam besorgt und voll innerer Unruhe.

»Noch nicht.«

»Bringt dein Vater dich um, wenn du heiraten mußt?«

»Der will bloß nicht seine Haushälterin verlieren. Er kann sich irgendeine Frau suchen. Dann braucht er nicht mehr so zu tun, als ob er manchmal bis spät abends arbeitet.« Dawn lachte. »Er bemüht sich so sehr, ein gutes Vorbild zu sein, aber ich glaub, wenn ich nicht wär, würd er's ganz schön wild treiben.«

Sam versuchte, Dawn aufzumuntern, und erzählte ihr von Tom und dem VW. Er hatte sie den Wagen nicht selbst fahren lassen, weil er nicht versichert war. Sie waren bis zum Holiday Inn gefahren und dann umgekehrt, und er hatte sie zu Hause abgesetzt.

»Er ist wirklich sexy«, sagte Sam. »Wenn ich's mir überleg, sieht er ein bißchen aus wie Bruce Springsteen, aber er ist in Vietnam verwundet worden und hat einen steifen Rücken. Er bewegt sich ein wenig ruckartig.«

»Wie alt ist er?«

»Ungefähr vierunddreißig.«

»Mann! Ganz schön alt.« Dawn trank aus ihrer Cola und bewegte sich nervös auf ihrer Bank hin und her. Ihre gebräunten Beine klebten an dem orangenen Plastikbezug und machten schnalzende Geräusche. An ihren Ohrringen hingen purpurne Federn. »Komm mit in den Drugstore«, sagte sie. »Da gibt's guten Modeschmuck.«

Im Drugstore flüsterte Dawn: »Ich will so einen Schwangerschaftstest kaufen.«

»Ich hab gehört, daß man Drano mit Urin mischen kann und dann herauskriegt, ob's ein Junge oder ein Mädchen wird«, sagte Sam.

»Ich hab auch davon gehört, aber dann hab ich gehört, das wär bloß ein Märchen. Es stimmt nicht.«

»Weißt du, daß auf der Dranoflasche steht, man soll kein Wasser reinfüllen, wenn sie leer ist? Emmett macht das immer. Er ist so knickrig, daß er auch den kleinsten Rest aus der Flasche holen will. Aber sie explodiert gar nicht oder sonstwas.«

»Das steht da nur drauf, damit sie nicht verklagt werden, wenn doch mal was passiert«, sagte Dawn. »Nichts ist so gefährlich, wie man uns glauben machen will. Nichts, das heißt, außer Bumsen.« Sie sah sich das Regal mit den Schwangerschaftstests an. »Dieser hier ist am billigsten«, sagte sie. »Ich hoffe, daß mich niemand Bekanntes sieht. Kennst du das Mädchen hinter der Theke?«

»Nein.« Die Kassiererin war eine kleine Frau mit Brille, die Kaugummi kaute.

»Kannst du ihn für mich kaufen? Sie kommt mir irgendwie bekannt vor, aber ich weiß nicht, woher.«

»Damit sie denkt, ich bin schwanger? Vielen Dank.«

»Aber du bist es ja nicht. Also macht es nichts.«

»Ja, ja. Ist mir egal. Es ist mir sowieso nicht peinlich.«

Dawn gab Sam einen Zehndollarschein, und Sam ging mit dem Test an die Theke. Zu ihrer Überraschung ließ das Mädchen über Sprechanlage den Preis überprüfen.

»Ich glaub, dieser hier ist im Angebot«, sagte sie zu Sam. »Ich glaub nicht, daß er so teuer ist.«

Was war los damit? War er veraltet? Ein Junge aus dem Lager brachte den Test zur Abteilung für Hygieneartikel zurück und wedelte damit auf dem Rückweg so in der Luft herum, daß ihn jeder im Laden sehen konnte. Dawn stand unschuldig bei den Spielsachen und sah sich angestrengt eine Cabbage-Patch-Puppe an.

Sie war nicht verlegen gewesen, erklärte Sam Dawn später immer wieder, die sich noch und noch entschuldigte. Sam sagte: »Wenn über einen so viel geredet wird wie über Emmett und mich und wie über meine Mutter, dann ist einem nichts mehr peinlich.« Sam machte es immer weniger aus, was die Leute dachten.

»Oh, Sam, ich bin dir dafür was schuldig«, sagte Dawn, während sie den Bürgersteig in Richtung Penney's runtergingen, damit Dawn sich Umstandskleider ansehen konnte. »Wie kann ich dir nur jemals danken?«

»Nenn es nach mir«, sagte Sam. »Sam ist ein Name für jede Gelegenheit. Er paßt für Jungen und Mädchen. Du brauchst dann noch nicht mal 'ne Flasche Drano.«

12

In der Nacht träumte Sam, sie und Tom Hudson hätten ein Baby. Abends mußte das Baby in einer Küchenmaschine püriert und im Gefrierschrank aufbewahrt werden. Es hatte die Farbe von kandierten süßen Kartoffeln. Morgens, wenn es aufgetaut war, wurde es wieder ein Baby. Im Traum war das eine gute Einrichtung, und es kam ihr gar nicht komisch vor, aber dann weckte der Traum sie auf, und seine Grausigkeit durchfuhr sie. Sie lag da, und der Traum zog sich langsam zurück. Es war beinahe Morgengrauen. Die Vögel hatten angefangen zu singen. Ein wenig später hörte sie das Geräusch reißenden Papiers – es war Emmett, der eine Packung Tender Vittles öffnete und sie in den Napf neben seinem Bett schüttete. Sie hörte Moon Pie auf dem Kunststoffboden tanzen und vor Vergnügen maunzen. Moon Pies Leben war so einfach, dachte Sam.

In M.A.S.H waren die Dinge manchmal zu einfach. Sie durchschaute sie sofort. Am Abend zuvor war Dr. Sidney Freedman, der Armeepsychiater, gekommen, um Hawkeyes mysteriöse Niesanfälle zu behandeln. Innerhalb von zehn Minuten hatte er die Ursache herausgefunden, eine verdrängte Kindheitserinnerung, wachgerufen durch den Geruch von abgestandenem Wasser an den Kleidern eines verwundeten Soldaten. Hawkeye hörte mit dem Niesen auf, sobald er sich der Ursache bewußt war, und nachdem er das erkannt hatte, bekam er einen Weinkrampf. Im zweiten Teil, um sechs Uhr dreißig, versuchte ein Scharfschütze Colonel Blake umzubringen, also schickten Trapper und Hawkeye ihn auf Erholungsurlaub mit einem Hubschrauber, der von einem seltsamen Cowboy geflogen wurde. Dieser stellte sich als der Scharfschütze heraus, ein Mann, der Colonel Blake haßte, weil der ihn nicht nach Hause ließ und er so nicht herausfinden konnte, ob seine Frau ihn betrog. Der Cowboy hatte den Plan, Colonel Blake aus dem Hubschrauber zu stoßen, aber in der Station bemerkten Trapper und Hawkeye plötzlich, was los war, und sie schalteten sich gerade rechtzeitig über Funk ein und redeten dem Cowboy seinen Plan aus. Der Cowboy schmolz dahin, als sie ihm einen lieben Brief seiner Frau vorlasen.

Emmett war schon seit Jahren dabei zu schmelzen, dachte Sam. Er sah einfach zu, wie sich die Räder drehten, so wie John Lennon in einem seiner letzten Lieder. Solange wie John Lennon zusah, wie sich die Räder drehten, war er in Sicherheit, aber als er sich der Öffentlichkeit wieder aussetzte, wurde er erschossen. Wenn Emmett einen Job annahm, um der Regierung das Geld zurückzuzahlen, wäre es genauso für ihn, ein fürchterlicher Schock, als ginge er wieder in den Krieg.

Wie ironisch war es, daß Colonel Blake tatsächlich vom Himmel stürzte, als er sich auf dem Nachhauseweg vom Krieg befand, dachte Sam.
Etwas landete auf dem Bett. Es war Moon Pie, er schnurrte. Er setzte sich mitten aufs Bett und putzte sich. Sam wünschte, sie könnte eine Katze sein. Dann würde sie in Toms Werkstatt schleichen und ihm nachspionieren. Es gab da mehrere Leute, denen sie gerne nachspionieren würde. Sie würde gerne Lonnies Mutter, Martha, nachspionieren, in ihrem mit lauter Rüschen besetzten, rosafarbenen Badezimmer und der kleinen Verzierung um die Toilette und dem Schmetterlingsmotiv auf den Handtüchern und dem Duschvorhang. Sam dachte an das Himmelbett von Lonnies Eltern. Martha hatte herzförmige Kissen. Sie hatte sie nach einem Foto im *Courier-Journal* gemacht, wo sie sie auf einem Bett gesehen hatte, in dem John Y. Brown und Phyllis George geschlafen hatten, als er Gouverneur war. Martha hatte einen Ständer, über den sie nachts die Tagesdecke legte. Lonnies Eltern schliefen nicht unter ihrer Tagesdecke, weil sie so schön war, wollten sie sie wahrscheinlich nicht schmutzig machen.

Sam aß an diesem Abend mit Lonnie und seinen Eltern. Martha hatte gebratenes Hähnchen gemacht, Maispudding, Dreibohnensalat und Blumenkohl mit Soße. Sam konnte sich in dem Pferdegeschirrspiegel an der Wand neben dem Tisch sehen. Der Eßtisch war ein runder Eichentisch. Martha hatte ihn in der Scheune eines alten Mannes aufgetrieben. Er war von Fledermauskot bedeckt gewesen, aber Martha hatte ihn aufgemöbelt und dazu Stühle mit Spindellehne in einer anderen Scheune aufgetan. Lonnies Haus war voller ausgefallener alter Möbel, die seine Mutter auf antik zurechtgemacht hatte.
Während des Abendessens unterhielten sie sich über die Hochzeit von Lonnies Bruder.

»Es gibt kein richtiges Essen am Tisch«, sagte Martha. »Sie essen alle im Stehen.«
»Hoffentlich können wir uns richtig benehmen«, lachte Lonnies Vater in sich hinein. Er war noch immer in seinen Arbeitssachen. Auf seinem Hemd war auf der Tasche sein Name, Bud, eingestickt.
»Sie haben sich für die Hochzeit etwas Besonderes ausgedacht«, sagte Martha. »Alle müssen in Jeeps kommen. Habt ihr schon mal sowas gehört? Wo sollen wir bloß einen Jeep herkriegen?« Sie lachte.
Sam nahm sich noch Maispudding und Hähnchen. Bud zog sie auf, daß sie zu fett werden könnte, und meinte damit, daß sie mager sei. Lonnie zog seine Mutter damit auf, daß sie auf der Hochzeit Champagner trinken müsse, aber sie konnte darüber nicht lachen.
»Jeder betrinkt sich auf Hochzeiten«, sagte Lonnie, während er mit ein paar Bissen das Fleisch von einer Hähnchenkeule riß.
»Sie schicken Jim Shields Jungen zu den Anonymen Alkoholikern«, sagte Bud und schüttelte ungläubig den Kopf. »Jetzt sind's nicht mehr so sehr die Drogen, Alkohol ist das große Problem.«
»Und seine Mama und sein Papa sind beide dick in der Kirche«, sagte Martha. »Es ist eine Schande.«
»Wirkt die Medizin bei Emmett?« fragte Lonnie Sam.
»Kann man noch nicht sagen.«
»Ist dein Onkel krank, Sam?« fragte Martha, während sie Fruchtjoghurt aus dem Kühlschrank holte. »Ich hab keine Zeit gehabt, einen richtigen Nachtisch zu machen«, sagte sie entschuldigend.
»Ich glaub, er hat Agent Orange«, sagte Sam fast unhörbar, während sie an einem Flügel lutschte.
»Ich kann das nicht wirklich glauben«, sagte Lonnie. Sam starrte ihn an.
»Die Regierung wird in dieser Sache nie nachgeben«, sagte

Bud. »Es würd sie zuviel Geld kosten. Und dann sagen hinterher alle, sie hätten das.«
»Die Regierung und die Chemiekonzerne sollten zahlen«, sagte Sam. »Es ist mir egal, wie teuer es wird.«
Bud sagte: »Aber man kann die Regierung nicht verklagen. Sie ist das Gesetz.«
»Bekommt Emmett nicht Versehrtengeld?« fragte Martha. »Ich dachte, daß er deshalb nicht arbeitet.«
»Nein. Er ist nicht verwundet worden.« Sam aß etwas Joghurt. Es war peinlich, daß Emmett nicht arbeitete und daß seine Schwester ihm Geld schickte. Sie sagte: »Es ist nicht so, daß er nicht arbeiten könnte. Jemand hat ihm neulich einen Job bei der Keksfabrik angeboten, aber er hat ihn nicht genommen.«
»Warum nicht?«
»Er brauchte ihn nicht. Er hat zu tun.« Sam bewegte sich unruhig auf ihrem Stuhl, und Lonnies Fuß berührte ihren unter dem Tisch.
»Ist er so wohlhabend, daß er unabhängig ist? Ich wünschte, ich käm so durch.« Martha lachte.
Sie und Bud erzählten davon, wie sie in den frühen Jahren ihrer Ehe knausern und sparen mußten, wie Bud zwei Jobs gleichzeitig hatte und wie Martha sogar noch während der Schwangerschaft gearbeitet hatte.
Sam antwortete nicht. Es war schwer, Emmett ständig zu verteidigen. Ihre eigene Mutter hatte es aufgegeben. Lonnie stand auf und holte ein paar Oreo-Plätzchen aus dem Schrank.
Martha sagte: »Carolyn Crews, dieses Mädchen, die mit mir im Kosmetikgeschäft arbeitet, findet Emmett zum Anbeißen süß. Es bringt sie einfach um, daß er sich nicht für sie interessiert. Er hat ihr mal einen Schwung Gemüse aus seinem Garten geschenkt, und da war sie so stolz wie noch nie!«
»Emmett macht sich überhaupt nichts aus Frauen«, sagte

Lonnie zu seiner Mutter. »Er hängt mit seinen Kumpeln von der Armee herum.«

»Früher ist er mit Anita Stevens gegangen«, sagte Sam verteidigend.

Martha sagte zu Lonnie: »Wenn du keine Arbeit findest, endest du bei der Armee, und ich sorg mich zu Tode.«

»Ich würd gehen, wenn ich müßte«, sagte Lonnie.

Sam sagte: »Und dann würdest du einfach umgebracht, und das wär dumm.«

»Ich kann den Gedanken, daß Jungs in den Krieg gehen, nicht ertragen«, sagte Martha. Sie sprang vom Tisch auf. »Ich muß dir dieses Gewürzbord zeigen, das ich für Jennifer als Brautgeschenk hab«, sagte sie.

Während sie draußen war, aß Sam ein Oreo-Plätzchen, das Lonnie ihr in den Mund gesteckt hatte.

»Alles, was wir die letzte Woche zu hören bekommen haben, war dieses Gewürzbord«, sagte Lonnie und grinste dabei seinen Vater an, der wissend zurückgrinste.

»Wenn wir Krieg hätten, würdest du dich freiwillig melden?« fragte Sam Lonnie.

»Das kommt drauf an. Aber wenn Amerika verteidigt werden muß, könnte ich mich doch nicht raushalten, oder?«

»Das hat Emmett auch gedacht.«

Bud sagte: »Ich glaub, ich hab Glück gehabt. Ich war zwischen den Kriegen. Aber ich hab mich dabei nie wohlgefühlt. Mein Vater und der Vater meines Vaters haben beide gekämpft, und ich hab das Gefühl gehabt, als hätte ich was Wichtiges verpaßt.« Er leckte den Rand seines Joghurtbechers ab.

»Das versteh ich nicht«, sagte Sam. »Wenn es fünfzig Jahre lang keinen Krieg gibt und zwei ganze Generationen nicht zu kämpfen brauchen, meinst du, daß es dann einen Krieg für sie geben müßte? Haben wir deshalb Kriege – damit die Jungs nichts verpassen?«

»Also, Sam, verdreh mir nicht die Worte im Mund«, sagte Bud.

Martha kam mit ihrem Gewürzbord zurück. »Mit den Geschenken machen wir's so«, sagte sie. »Wir geben einen Tee, und jeder bringt sein Lieblingsgewürz und das dazu passende Rezept mit, und ich als Gastgeberin schenk ihr das Gewürzbord. Ich mach eine Bananentorte und einen Punsch aus Kronsbeeren. Wie klingt das? Ich bin stolz auf dieses Gewürzbord. Ich hab bloß zwanzig Dollar dafür gezahlt, im Ausverkauf in Paducah, und eigentlich kosten sie 29.59 im Geschenkeladen im Einkaufszentrum.«

»Es ist schön«, sagte Sam. Wenn sie Lonnie heiratete, würde sie von irgend jemandem ein Gewürzbord bekommen? Was würde sie mit einem Gewürzbord anfangen? Sie konnte noch nicht mal fünf Gewürze aufzählen. Marco Polo hatte aus China Gewürze mit zurückgebracht. Ein Bild schoß ihr durch den Kopf – wie Martha und Bud in ihrem Himmelbett miteinander schliefen.

Später am Abend wollte Lonnie sie nach Hause fahren, aber sie sagte, sie wolle zu Fuß gehen. Sie müsse die Kalorien verbrennen, sagte sie. Lonnie holte sie kurz darauf ein, als sie über die Straße ging.

»Was ist los?« sagte er.

»Ich hab keine Lust mehr, Emmett immer in Schutz zu nehmen. Es ist deprimierend.«

»Nimm's nicht persönlich. Sie wissen nichts von Emmett.«

»Niemand versteht die Vets«, sagte sie, dem Weinen nahe. »Sie sind anders. Die Leute erwarten, daß sie sich so wie jeder andere benehmen, aber das können sie nicht. Wenn die Russen hier Agent Orange versprühten, wäre das ganz bestimmt chemische Kriegführung, aber die Vereinigten Staaten haben ihre eigenen Soldaten vergiftet. Ich kann mir nicht vorstellen, warum du ein Land verteidigen willst, das so etwas tut.«

»Du hast mit diesen Vets gesprochen, mit denen Emmett rumhängt, nicht?«
»Wie kommst du darauf?«
»Ich hör einiges. Ich hab gehört, daß du mit Tom Hudson durch die Gegend gefahren bist.«
»Und was, wenn ich's getan hab?«
»Ich will nicht, daß du mit dieser Clique von Vets herumläufst.«
»Was redest du?«
»Es sieht einfach nicht gut aus.«
»Also, jetzt reicht's! Ich dachte, du verehrst Emmett. Du hast eine Armeejacke wie er und alles.«
»Ich mag Emmett, okay, aber was ist, wenn er überschnappt und etwas Verrücktes tut? Ich hab mir in dieser Richtung gestern Sorgen gemacht, als wir im Cracker Barrel waren. Da war etwas in der Art, wie Emmett redete, was mir komisch vorkam. Und dann hab ich an die Nacht am See gedacht.«
»Warum würdest du zur Armee gehen?« fragte Sam fordernd.
»Ich hab's dir gesagt, wenn das Land mich braucht, würd ich gehen.«
»Genau das haben sie Emmett erzählt, und guck, was passiert ist. Und du denkst, daß er verrückt wird. Ich denk das nicht.« Sam riß sich los.
»Nächste Woche fahr ich mit ein paar andern Jungs an den See, in die Hütte, die Kevins Eltern gehört«, sagte Lonnie. »Willst du mir versprechen, daß du, solang ich weg bin, nicht mit Tom Hudson rumfährst?«
»Meine Güte! Er verkauft ein *Auto*, und ich denk daran, es zu kaufen.«
»Ich glaub, ich bin nur eifersüchtig, wenn ich daran denk, daß du mit irgend jemand anders herumfährst. Komm, Sam.« Er zog sie in die Arme und küßte sie, und sie hatte den Geschmack von Oreo-Plätzchen im Mund. Er zog aus

Spaß an ihren Ohrringen. »Autsch! Sind die Dinger scharf!« Er hielt sie noch umarmt, und er sagte: »Los. Laß uns noch ein bißchen zusammenbleiben. Wir haben seit drei Tagen nichts mehr gemacht.«

»Nicht heut abend. Ich will morgen früh aufstehen und laufen.«

Sie mußte nach Hause und nachsehen, ob es Emmett gut ging. Ihr wurde einiges über Lonnie klar. Lonnie hatte Emmett bewundert, weil er im Krieg gewesen war, nicht, weil er ein Hippie geworden war und sich gegen den Krieg gestellt hatte. Lonnie war genau wie all die anderen in ihrer Schule. In ihrem Geschichtskurs hatten letztes Jahr neunzig Prozent für den Einmarsch auf Grenada gestimmt. Sie hatten Angst vor den Russen. Sam lief den Rest ihres Nachhauseweges.

Sie sprang durch die Seitentür hinein und sah, wie Emmett *Space-Invaders* im dunklen Wohnzimmer spielte. Moon Pie saß neben ihm wie ein vertrauter Gehilfe, als spielte Emmett ein Spiel, das der Kater wirklich verstand. Emmett saß da und feuerte vor sich hin, und zum ersten Mal konnte Sam ihn sich vorstellen, mit einer M-16, in einem tropischen Dschungel, wie er auf versteckte Gesichter in den Bananenblättern schoß. Und wie er sich dann zu einer Mahlzeit aus Schinken und Arschlöchern niederließ.

13

Hopewell feierte die *Flag Days* mit Verkaufsständen auf den Bürgersteigen rund um den Rathausplatz herum. Die Ladenbesitzer versuchten, ihr Geschäftsviertel gegen die Anziehungskraft der Einkaufszentren von Paducah und Hopewell zu verteidigen. Sogar das alte Capitol-Kino war geschlossen worden, nachdem Cinema I-II im Einkaufszentrum eröffnet hatte.

All die Fahnen, die während dieser Woche von den Geschäften wehten, ließen Sam immer wieder an die Vietcongfahne denken, die Emmett vor Jahren am Rathausturm angebracht hatte. Sie hatte Lust, selbst irgendwo eine Vietcongfahne zu hissen. Wie verzögert wirkte der Vietnamkrieg auf sie nach. Er war ihr Erbe. Er war ihre Version von Dawns Kummer. Der Schwangerschaftstest war positiv – der Teststreifen hatte sich hellrosa gefärbt. Dawn hatte Angst, es Ken zu sagen.
An dem Nachmittag, als Sam sich ein paar neue Socken mit Troddeln kaufen ging, wimmelten die Bürgersteige von Käufern. An einem Tisch vor dem Trophäengeschäft gab es drei Paar Socken für einen Dollar. Nachdem sie sich Socken mit purpurnen Troddeln gekauft hatte, bummelte sie die Straße hinunter und sah sich nach günstigen Angeboten um. Sie zog gerade eine Handcreme zum halben Preis an einem Tisch mit Schönheitsartikeln vor dem Drugstore in Betracht, als eine dicke Frau in gelben Shorts zu ihr sagte: »Meine älteste Tochter hat dies Schaumbad hier benutzt, und sie hat Ausschlag gekriegt.«
Sam hatte das dringende Bedürfnis, etwas Skandalöses zu tun.
Die Sonne war grell. Der Platz war zu Leben erwacht, obwohl einige der Geschäfte dunkel und leer waren. Die alte Gemischtwarenhandlung, die immer Sams Lieblingsladen gewesen war, existierte nicht mehr. Sie war durch ein Geschäft für Kunsthandwerk ersetzt worden, das Möbel für Puppenhäuser und Anziehpuppen zum Ausschneiden ausstellte. Sam vermißte den alten Laden. Man hatte dort Spielzeug und Dinge für den Schulbedarf kaufen können, und im hinteren Teil hatte es ein geheimnisvolles Regal mit Büchern und Zeitschriften gegeben, wo sie oft Stunden verbracht hatte.
Sie kaufte sich ein Stück Schokoladentorte am Kuchenstand der Feuerwehr und aß es im Weitergehen. Sie winkte

Allen Wilkins zu, der damit beschäftigt war, einer Frau mit Sonnenbrille ein T-Shirt zu verkaufen. Dann sprach sie ein Mann hinter einem Tisch mit Kinderturnschuhen an.

»Heh, Sam, hat Emmett seinen Vogel schon gefunden?«

»Nein, noch nicht.«

»Was für eine Art Vogel sucht er?« Er hieß George. Sie kannte seinen Nachnamen nicht. Emmett hatte dem Mann öfter den Rasen gemäht.

»Einen Silberreiher.«

»Adler gibt's gar nicht so weit von hier. Drüben bei Monkey's Eyebrow in dem Naturschutzgebiet. Jedes Jahr zu Weihnachten kann man da einen ganzen Schwarm sehen, der sich da niederläßt, bevor sie irgendwohin weiterfliegen.«

»Ein Silberreiher, kein Adler.«

»Man kann auch unten am Reelfoot-See Adler sehen.«

»Er sucht keinen Adler. Er hat Adler schon oft gesehen. Er sucht Reiher. Es ist der Staatsvogel von Florida.« Sie knüllte die Plastikhülle des Kuchens zusammen und warf sie in einen Abfalleimer neben einer Parkuhr. Volltreffer.

Nachdenklich sagte der Mann: »Ich muß diese Vögel gesehen haben, als ich mit den Kindern in Disney World war, aber was sollte ein solcher Vogel hier oben bei uns suchen?«

»Ich weiß nicht«, sagte Sam. »Vielleicht existiert er bloß in Emmetts Einbildung. Es ist ja bekannt, daß die Vets sich oft was einbilden. Wie Agent Orange zum Beispiel? Es gibt ein paar Sachen, die sie einfach nicht vergessen können.«

Der Mann sah sie merkwürdig an, und Sam rannte praktisch über die Straße zur Bank. Sie hatte Jim Holly an einem Tisch vor der alten First Federal Bank entdeckt. Jetzt bemerkte sie, daß Tom auch da war. Sie trugen Tarnanzüge.

»Hi, Sam«, sagte Tom. In seinem Tarnanzug sah er modisch aus. Sam war außer Atem.
»Hi. Was verkaufst du?«
»Alles, was du willst«, sagte er und grinste.
»Dann möchte ich ein großes Glas Orangensaft«, sagte sie.
»Ungefähr drei bis vier Liter Agent Orange würden mir reichen.«
»Es ist heiß genug für Agent Orange, besonders in meinem Clownsanzug.«
Tom und Jim sammelten Unterschriften für eine Petition beim Veteranenbüro wegen Agent Orange. Und sie sammelten Geld für Buddy Mangrums Kind, das am Darm operiert werden mußte.
»Unser Tanz ist Freitag«, sagte Jim. »Kommt Emmett?«
»Er behauptet, er kann nicht tanzen.«
»Anita geht hin«, sagte Tom. »Ich hab sie heut morgen gesehen, und sie hat gesagt, daß sie kommt.«
»Oh, gut!« Sam freute sich. »Ich geh auch hin«, sagte sie und sah Tom an.
»Möchtest du immer noch das Auto kaufen, Sam?«
»Ja. Aber ich muß erst noch 'n bißchen Geld zusammenkratzen.«
»Hmm. Sag mir Bescheid, wenn du's haben willst, ich mach's dir dann fertig.«
Tom sah gut aus in seinem Armeeanzug, und er hatte nirgendwo Schmiere an sich außer unter den Fingernägeln. Mit dem grellen Sonnenlicht im Rücken sah das schwarzgrüne Tarnmuster ganz schwarz aus. Sie wünschte, er würde fragen, ob sie mit ihm zu dem Tanz ginge. Lonnie würde dann am See sein. Als sie neulich mit Tom herumgefahren war, hatte sie es genossen, mit ihm gesehen zu werden. Da hatten die Leute was, worüber sie reden konnten. Vielleicht erinnerte es sie daran, wer sie war. Sie fühlte sich stolz. sie hätte gern auch solche Tarnhosen gehabt wie Tom. Sie waren modern.

Auf der Petition standen ungefähr dreißig Namen. Sam erkannte keinen davon, außer Anita Stevens. Während sie unterschrieb, kam ihr eine Idee.
»Komm mit zum Rathaus«, sagte sie zu Tom. »Ich möchte mir da was ansehen, und ich brauch Hilfe.«
»Klar doch, Sam«, sagte Tom und grinste. »Wenn du's aushältst, daß man uns zusammen sieht.«
»Komm. Es dauert nicht lange.«
Sie betraten das Rathaus durch den Keller, der sich auf der Nordseite zu ebener Erde befand. Ein Geruch von Tabak und Urin überfiel sie. Die Stadtstreicher hausten im Keller. Sam sah einen alten Mann, der auf einem Stuhl in sich zusammengesackt war und sich zwischen den Beinen rieb. Ein anderer Mann in dunkelgrauem Arbeitsanzug lag ausgestreckt auf einer grünen Kunststoffbank. Ein paar andere Männer spielten Dame.
»Sie kommen hier unten hin und kontrollieren, ob diese Gestalten keinen Schnaps mit reinbringen«, sagte Tom, als sie den Flur entlanggingen. »Aber sie gehen hinters Kino und trinken da und kommen dann her, um zu pennen. Wohin bringst du mich, Sam – ins Gefängnis?« Der Eingang zum Kreisgefängnis befand sich am Ende des Flurs.
»Nein. Wir gehen rauf in den Turm. Ich möchte sehen, wo Emmett damals die Vietcongflagge wehen ließ.«
»Rauf in den Uhrenturm?«
»Ja. Ich wollte bloß mal sehen, wie das war.«
»Ich erinner mich an den Tag, an dem er das gemacht hat«, sagte Tom mit einem Lächeln. »Emmett war damals 'ne ganze Ecke wilder.«
Sam sah zurück auf Tom, wie er ihr die Treppe hinauf folgte. Sie wünschte, sie könnte ewig hinauf und hinauf steigen und zusehen, wie er ihr so folgte, voller Neugier. Im dritten Geschoß endete die Treppe, und sie gingen den Flur entlang, vorbei an Männern in kurzärmeligen, pastellfarbenen Hemden und in Krawatten. Eine Frau mit

altmodisch toupierten Haaren und knallig roten Lippen lugte neugierig aus einer Türöffnung hervor und sagte: »Kann ich euch helfen?«

»Wo ist der Uhrenturm?« fragte Sam. »Wir wollten da raufgehen.«

Die Frau schien verwirrt. »Der Uhrenturm? Das versteh ich nicht.«

»Ist er für Touristen nicht freigegeben?« fragte Sam unschuldig und schob ihre Hände in die Hosentaschen.

»Ich glaub, ich bin noch nie da oben drin gewesen«, sagte die Frau. »Versucht's mal mit der Treppe dahinten am Standesamt vorbei, ich weiß nicht, wohin die führt.«

»Vielen Dank«, sagte Tom.

Die Treppe war klein und eng. Sie wand sich, und sie stiegen schneller. Tom hielt seine Schultern steif und kletterte nur mit den Beinmuskeln die Treppe hinauf, ohne mit den Armen zu schwingen. Durch ein kleines Fenster am Treppenabsatz konnte man auf den Rathausplatz sehen, aber die Tür zum Turm war mit einem Vorhängeschloß versperrt.

»Verdammt«, sagte Sam enttäuscht.

»Wahrscheinlich wollen sie nicht, daß irgend jemand noch mehr Vietcongfahnen wehen läßt«, sagte Tom lachend.

»Haben die wirklich geglaubt, daß Emmett sich mit der Fahne nochmal hier reinschleichen würde?«

»Du hältst viel von Emmett, nicht?« fragte Tom und wandte sich ihr zu.

»Ja.« Toms Hose streifte Sams Knie, und ein Schauer durchlief sie.

»Es ist wahrscheinlich nicht leicht, mit Emmett zu leben«, sagte er nachdenklich. »Aber er ist was Besonderes.«

»Ich bin an ihn gewöhnt.« Sie fragte: »Wie sieht eine Vietcongfahne aus?«

»Sie ist blau und rot und hat in der Mitte einen goldenen Stern. Hast du die, die Emmett hatte, nie gesehen?«

»Ich kann mich nicht daran erinnern. Emmett hat sie vor langer Zeit einer Nachbarin für den Flohmarkt gegeben.«

»Heh! Die Fahne ist wahrscheinlich jetzt ein Schmuckstück in irgendeinem Wohnzimmer.« Tom lachte in sich hinein.

»Was glaubst du, warum hat Emmett diese Fahne hier wehen lassen?« fragte Sam. »War's Verrat, wie manche Leute sagen, oder war's bloß Protest?«

»Warum fragst du ihn nicht selbst?«

»Ich trau mich nicht. Ich will nichts in Gang bringen oder so.«

»Wovor hast du Angst, Sam?« Tom hielt sie plötzlich an der Wand gefangen. Er berührte sie nicht, aber er hatte rechts und links von ihr eine Hand an die Wand gestützt, und er sah ihr direkt in die Augen.

»Ich will nicht, daß er einen Flashback bekommt.«

»Ich hab Flashbacks. Hab ich dir nicht davon erzählt?«

»Ja. Aber es hat sich so angehört, als wenn es schöne Erinnerungen wären. Nicht Szenen aus einem Horrorfilm.«

»Du siehst zuviel fern, Sam. Du hast Angst, daß er durchdreht – und jemandem was antut, das denkst du doch, oder?«

Sam wand sich verlegen. »Ich glaub das nicht. Mein Freund glaubt das. Er glaubt, ich bin in Gefahr.« Sie lachte nervös und bereute sofort, Lonnie erwähnt zu haben.

»Wollt ihr heiraten?«

»Nein.«

»Ich hab gehört, daß ihr im September heiraten wollt.«

»Das stimmt nicht.«

Er trat einen Schritt zurück und lehnte sich an die gegenüberliegende Wand.

»Warum heiratest *du* nicht?« fragte sie. »Wieso kommt nicht einer von den Vets, die ich kenn, mit Frauen klar?«

»Frag Emmett«, sagte er. Er zog eine Zigarette heraus und zündete sie an. »Das trifft nicht auf alle von uns zu«, sagte er. »Und ich hab nie gesagt, daß ich Frauen nicht mag.«

»Also, hast du eine Freundin?«

»Nein.«

»Warum nicht?«

»Vielleicht bin ich zu wählerisch.«

Sam sah ihm zu, wie er rauchte. An der Art, wie er sich gegen die Wand lehnte, sah sie, daß er die rechte Schulter schonte. Er rauchte sogar mit links.

»Es ist so schwer, irgendwas herauszubekommen«, sagte sie ärgerlich. »Ich möchte über den Vogel Bescheid wissen, den Emmett sucht. Und ich möchte all das Zeug über Agent Orange wissen. Das Ganze ist so frustrierend.«

»Jetzt weißt du, wie es ein paar von den Jungs geht, nachdem sie sich jahrelang mit dem Vet-Büro rumgeschlagen haben. Sie rennen mit dem Kopf gegen eine Wand.«

»Ich möchte wissen, wie's da drüben war. Ich kann's mir nicht wirklich vorstellen. Kannst du mir sagen, wie es war?«

»Heiß. Das kann ich dir sagen. Heißer als hier.«

»Hast du Palmen gesehen?«

»Ja. Es gab da drüben Palmen. Zumindest bevor wir sie mit Napalm beworfen und alles entlaubt haben.«

»Alles, was ich mir vorstellen kann, ist eine Ansichtskarte. Ich seh Palmen und Reisfelder. Und damit hat sich's.«

»Einmal hab ich gesehen, wie sich eine Palme auflöste, wenn du dir das vorstellen kannst. In der einen Minute war sie ein Baum auf einer Ansichtskarte, wie du sagst, und in der nächsten explodierte sie einfach und war verschwunden. Zuerst hab ich geglaubt, sie wär in den Weltraum geflogen. Es war wie ein Stück Science-fiction.«

Er machte eine Pause und dachte nach. Dann sagte er: »Es war das schönste Land, das du je gesehen hast, und wir gingen da rein und ...« Er starrte aus dem Fenster.

»Hast du mit Agent Orange zu tun gehabt?«

»Ich hab nicht direkt damit gearbeitet. Aber es war wahrscheinlich um mich herum. Es war ganz schön weit verstreut, und es kam auch ins Wasser. Einmal stießen wir auf eine Stelle, die entlaubt worden war, und ich erinner mich, wie ich gedacht hab, das hier sieht wie Winter aus, aber Winter gibt es nicht im Dschungel. Es ist immer grün im Dschungel, aber da war diese Stelle, ganz braun und tot. Es war mir damals nicht klar, aber später begriff ich, daß dies eine Stelle war, wo sie Agent Orange versprüht hatten.«

Er zertrat seine Zigarette unter seinem schwarzen Stiefel.

»Zum Teufel, wir haben das Wasser da getrunken. Aber ich hab bisher noch keins von den Symptomen gehabt. Ich klopf auf Holz.« Er klopfte auf den Holzrahmen des Fensters. »Außer daß ich damals richtig krank war. Und ich hatte ein Jahr lang Kopfschmerzen, und ich fühlte mich deprimiert. Weißt du, was auch komisch war? Emmett redet die ganze Zeit von diesen Vögeln. Ich erinner mich, wie ich da draußen im Dschungel ungefähr zu der Zeit, als wir zu der toten Stelle kamen, gedacht habe, daß da überhaupt keine Vögel waren. Meilenweit gab es dort keine Vögel.«

»Der Vogel, den Emmett sucht, war in den Reisfeldern.«

»Ich weiß nicht recht. Vögel gehörten nicht zu den Dingen, an die ich damals gedacht haben würde. Vielleicht gab's da Vögel. Können wir gehen? Hast du mich hierhergeschleppt, um mich zu verhören?« Er lächelte sie nervös an.

»Wie kam es, daß du verwundet wurdest?«

»Ich war zur falschen Zeit am falschen Platz.« Er begann, die Treppe wieder hinunterzusteigen, und sie folgte ihm. »Sieh mal, Sam. Es ist schwer, darüber zu sprechen, und einige Leute möchten dich schützen, verstehst du? Sie wollen nicht diesen ganzen Kram auf dir abladen. Es gibt ein paar GIs, die lieber ihre Söhne nach Kanada schaffen würden als zuzulassen, daß sie eingezogen werden. Du solltest nicht zuviel über diese Sachen nachdenken.«

»Ich kann's mir nicht wirklich vorstellen«, sagte Sam. »Alles, was ich mir vorstellen kann, sind Ansichtskarten. Es kommt mir nicht wirklich vor. Ich kann nicht glauben, daß es wirklich wirklich war.«

»Es war wirklich, darauf kannst du dich verlassen. Du solltest lieber nicht wissen, *wie* wirklich.«

Er blieb auf der Treppe stehen, hob die Hand, und berührte Sams Taille. »Ich find dich süß«, sagte er.

Sam wußte nicht, was sie sagen sollte. Ihre Knie zitterten, während sie an dem Gerichtssaal vorbeigingen. Die Eichengeländer und Bänke glänzten. In der zweiten Etage gingen sie an Büros vorbei, wo die Verwaltungsakten aufbewahrt wurden. Sam dachte an all die Akten, die mit ihr zu tun hatten – die Heiratsurkunde ihrer Eltern, Geburtsurkunden, Todesurkunden. Sie wünschte, sie hätte Kopien von all diesen offiziellen Beweisstücken dafür, daß sie die Person war, die sie war, aber es war ein alberner Gedanke. Offizielle Dokumente waren nur dazu da, um versteckt zu werden, bei den Akten, an einem sicheren Ort – nicht im Haus, ausgestellt wie eine Bowling-Trophäe.

Im Keller war der Mann, der auf dem Stuhl zusammengesackt war, eingeschlafen. Ein vornübergebeugter, weißhaariger Mann in einem gestreiften T-Shirt schob einen Besen vor sich her und fegte Zigarettenkippen zusammen. Er sprach Tom an. »Ziemlich schönes Wetter heute draußen.« Es gab hier keine Fenster, und das einzige Licht kam durch die Glastüren am Ende des Flurs.

Der Mann starrte Sam an und sagte: »Meine Tochter ist im Krankenhaus. Sie hat ein Baby bekommen und Schwierigkeiten gehabt. Es war ein blaues Baby, und ihr Mann wollte nicht, daß die Ärzte irgendwas taten. Er sagte, der Herrgott würde sich seiner annehmen. Und er hat es getan. Das Baby lebt. Es hat seine Farbe bekommen!«

»Haben Sie's gesehen?« fragte Sam neugierig. Sie bemerkte, daß Tom ihre Hand genommen hatte und sie festhielt, als wolle er sie beschützen, sogar vor diesem traurigen alten Mann.

»Ja, ich hab's gesehen. Aber nicht, als es blau war. Es hatte sich schon verändert.«

Ein anderer Mann, der an einem Tisch saß, sagte: »Manchmal werden sie gelb geboren, lila, pfirsich, alle möglichen Farben.« Sein Lachen klang wie kleine Pulsschläge, stoßweise begleitet von einem trockenen Husten. »Was schätzt ihr, wie sie rauskriegen, daß es 'n blaues Baby ist, wenn's 'n Nigger ist?« sagte er und erstickte fast an seinem Lachen.

»Komm raus hier«, sagte Tom zu Sam und zog sie weg, hinaus ins Sonnenlicht.

14

Bruce Springsteens neuer Videoclip *Dancing in the Dark* lief im Fernsehen. Seine Jeans saßen eng wie Gummihandschuhe, und er tanzte wie ein auf Hochtouren gebrachter Rennwagen kurz vorm Start.

»Er ist unheimlich gut«, sagte Emmett.

»Er macht mich *wahnsinnig* an«, sagte Sam hingerissen.

»Wie meinst du das?«

»Es hat was damit zu tun, wie seine Jeans sitzen«, sagte Sam. »Du kannst das nicht verstehen.«

Es machte sie traurig. Sie dachte die ganze Zeit daran, wie es wohl wär, wenn sie mit Tom tanzte. Er hatte gesagt, sie sei süß. Aber er könnte sich nie mit Bruce Springsteens überschwenglicher Energie bewegen. Sie erinnerte sich, wie Frankenstein und sein Monster in einem alten Film von Gene Wilder zu »Puttin' on the Ritz« getanzt hatten. Das Monster hatte Klumpfußschuhe an den Füßen gehabt und war herumgestapft. Es war rührend komisch gewesen. Sie hoffte, daß der Veteranentanz nicht so werden würde. Das wäre zu deprimierend.

»Sie nennen Bruce ›Boss‹«, sagte Emmett beiläufig. Bruce tanzte immer noch im Dunkeln. Sam mochte die Stelle besonders gerne, wo er ein Mädchen aus dem Publikum nahm und mit ihr tanzte. Das Mädchen war wie betäubt, daß er gerade sie ausgesucht hatte.

»Mann, der kann jederzeit mein Boss sein, wann immer er will«, sagte Sam.

Moon Pie schlief, die Pfoten um die Nase gelegt, am Fußende von Sams Bett. Sam und Lonnie lagen lang ausgestreckt auf dem Bett und aßen Doritos, und »Abbey Road« spielte auf der Stereoanlage. Lonnie war unerwartet herübergekommen, weil er eine Spritzpistole zum Abdichten bringen wollte, die Emmett brauchte.

»Bist du mir immer noch böse?« fragte Lonnie, als sie seinen Kuß nicht erwiderte.

»Naja, ich fand das nicht gut, was du neulich abend über Emmett gesagt hast.«

»Ich hab's nicht so gemeint.«

»Du mußt es zurücknehmen.«

»Ich hab mir nur Sorgen um dich gemacht.«

»Was glaubst du, könnte Emmett tun, mich als Geisel nehmen und Forderungen stellen? Er fordert weniger als irgend jemand sonst, den ich kenn.«

»Tut mir leid«, sagte Lonnie und drehte sich herum, um Sams Gesicht zu berühren. Er streichelte ihre Wange liebevoll mit dem Handrücken. Seine Hände waren rauh von der Arbeit mit Holz. »Morgen fahr ich für ein paar Tage an den See. Solange wie ich weg bin, möchte ich, daß du an mich denkst.«

»Okay«, Sam war froh. Lonnie würde nichts über den Tanz am Freitagabend zu wissen brauchen. Sie hatte so viele Geheimnisse vor Lonnie, aber keins war so schrecklich wie Dawns Geheimnis vor Ken. Lonnies alligatorenförmiges Muttermal, das unter dem Rand seines T-Shirts hervorsah, schien ihr zuzublinzeln.
Lonnie zündete sich eine Zigarette an, und Sam reichte ihm den Aschenbecher, den sie für ihn in einer Schublade aufbewahrte. Er blies sein Streichholz aus und sagte: »Du mußt mir ein Pfand geben, etwas, das mir sagt, daß du an uns denkst.«
»Willst du einen von meinen Ohrringen?«
»Ich knabber gern an deinen Ohren«, sagte er neckend. »Aber ich hab keine Lust, an dem Metall zu ersticken.«
»Du brauchst nicht an meinen Ohrringen zu lutschen!«
»Sie machen da drüben eine Männerparty für John. Sie dauert das ganze Wochenende, und ich muß irgendwelche Frauenunterwäsche mitbringen. Gibst du mir einen von deinen Slips? Diesen schwarzen, den ich so gerne mag?«
»Das ist mein bester!«
»Ja, ja, ich bring ihn dir wieder!«
»Das ist lächerlich.«
»Nein, ist es nicht, wenn dir an mir etwas liegt.«
Moon Pie wurde wach und kratzte sich trommelnd am Kinn. »Moon Pie hat immer noch Flöhe«, sagte Sam. »Emmett kriegt 'n Anfall. Er hat ihn gestern eingesprüht.«
Draußen kam ein Auto hupend die Einfahrt herauf.
»Heh, Anita kommt!« rief Sam und sprang vom Bett.
»Ich muß Daddy vom Geschäft abholen«, sagte Lonnie und sah auf die Uhr. »Seine Batterie ist leer.«

Emmett hatte den ganzen Nachmittag damit zugebracht, Lasagne zu machen. Er schien erfreut darüber, daß Sam Anita eingeladen hatte, und er tat Tomatenketchup an die

Soße, um ihr die letzte Würze zu geben. Sam hatte ihm dabei geholfen, das Haus sauberzumachen, und er hatte das Sofa mit einem Holzklotz abgestützt. Den ganzen Nachmittag lang hatten sie Irenes alte Platten gespielt und einige alte 45er, die Emmett auf einem Flohmarkt entdeckt hatte – »Wooly Bully« von Sam the Sham and the Pharaos und »Tutti Frutti« von Little Richard und »Maybellene« von Chuck Berry. Emmett tanzte in der Küche herum und sang mit stummen Mundbewegungen die Texte mit, und Sam fiel um vor Lachen. Das waren die lustigsten Lieder, die sie je gehört hatte.
Anita hatte ein hautenges rosafarbenes Kleid an und Pfennigabsätze. Sie lächelte.
»Du siehst aus wie ein Flamingo«, sagte Emmett.
»Oh, danke, Emmett – wenn's 'n Kompliment war.« Anita gab Emmett eine Flasche Wein und einen Pappteller mit ihren Lieblingsplätzchen.
Sam stellte den Wein in den Kühlschrank. Es war gut, daß Anita Wein mitgebracht hatte. Emmetts Schwarzbrenner war krank, und sie hatten nur noch drei Dosen Bier.
Während des Essens plapperten Anita und Emmett nervös drauflos. Emmett trug seine Pepsikappe am Tisch. Er stocherte in seinem Essen herum. Als ein paar Blocks weiter die Feuersirenen ertönten, sprang er auf und sah aus dem Fenster. Anita sagte, die Lasagne sei köstlich, und Emmetts Gesicht sehe großartig aus. Sie sagte, der Wein schmecke aus braunen Bechern besser als aus Weingläsern. Ihr gefiel sogar Emmetts Rock. Er trug ihn nicht mehr, weil er ihn zu heiß gewaschen hatte und er eingelaufen war, aber Anita hatte davon gehört und bettelte darum, ihn sehen zu dürfen. Sie warf die Hände in die Luft und stieß einen kleinen Jubelschrei aus. Sie strahlte über alles, sogar über Emmetts Pickel.
»Aber du solltest zu dem Vet-Büro gehen und diesen Agent Orange Test machen lassen, Emmett«, sagte sie.

»Ich überleg's mir. Jim Holly sitzt mir deshalb im Nakken.«
»Ist es nicht eine Schande mit ihm und Sue Ann? Hast du gehört, daß sie ihn verlassen hat und ihr kleines Mädchen mit nach Lexington genommen hat?«
»Im Ernst!« Emmett griff sich an den Kopf und hielt sich die Schläfen. Seine Stirn zog sich zusammen. Einen Moment später sagte er: »Ich hab Jim gerade gestern beim Einkaufen gesehen. Er hat davon nichts gesagt.«
»Sie ist erst gestern gefahren. Ihre Mutter ist von Lexington runtergekommen, und sie haben ihren Kombi mit Pammys Sachen beladen, nur mit dem Nötigsten. Ein Mädchen, mit dem ich arbeite, hat's mir erzählt.«
»Ich hab ihn gestern abend gesehen, wie er seinen Pickup am Gemeindezentrum rückwärts einparkte«, sagte Sam. »Er hat einen hohen Laderaum hinten. Das Auto sieht aus wie das Papstmobil.«
»Damit er Klaviere transportieren kann«, sagte Emmett. »Manchmal liefert er für seinen Vater Klaviere aus.«
»Vor ein paar Abenden war ich da unten im Gemeindezentrum«, sagte Anita. »Ich hab ihnen beim Schmücken für die Tanzveranstaltung geholfen, aber er hat nicht gesagt, daß irgendwas nicht in Ordnung ist.«
»Ich dachte, mit Jim und Sue Ann liefe alles bestens. Sie haben gerade im Fairview-Viertel gebaut.« Emmett hörte auf zu essen und zündete sich eine Kent an.
Anita sagte: »Wenn ihr mich fragt, ich glaube, daß sie verrückt nach ihm ist und zurückkommen wird. Sie konnte sich einfach nicht an das Kleinstadtleben gewöhnen, wo sie in Lexington aufgewachsen ist.«
»Für Jim lief doch alles gut«, beharrte Emmett.
»Ich weiß nicht, wie es wirklich ist, aber ich wette, Sue Ann war frustriert. Sie ist gelernte Computer-Programmiererin, und hier in der Gegend konnte sie keine Stelle finden.«

Emmett stieß seinen Stuhl zurück und stand auf. Er kippte seine Lasagne in Moon Pies Napf und kratzte seinen Salat mit der Gabel in den Müllsack unter dem Ausguß.

»Jim war neulich hier draußen«, sagte Sam und spielte mit der letzten platten Nudel auf ihrem Teller. »Er sagte, daß die Veteranen früher überall Gesprächstherapie gemacht haben, nur hier nicht.«

Emmett grunzte. »Gesäßtherapie«, sagte er.

»Emmett dachte, Jim hätte Gesäßtherapie gesagt«, sagte Sam zu Anita.

»Emmett, du bist immer so komisch«, sagte Anita und lächelte.

Er trank etwas Wein und schnipste seine Zigarettenasche in den Ausguß.

»Diese Plätzchen hier sind gut, Anita«, sagte Sam.

»Danke, Sam. Sag das Betty Crocker.« Sie lachte in sich hinein und lachte dann lauter. »Emmett, der Rock ist der letzte Heuler!«

Emmetts Indienrock hing über der Rückenlehne eines Küchenstuhls. Er knautschte den Rock zusammen und warf ihn. Er segelte ins Wohnzimmer und landete auf dem Sofa. »Wie geht's deinem Vater?« fragte er Anita.

»Besser. Er ist jetzt aus dem Krankenhaus raus, und er muß jeden Tag anderthalb Kilometer gehen. Er verflucht jeden Schritt, den er tut!«

Emmett ging ins Badezimmer, und Anita half Sam, den Tisch abzuräumen.

»Ich mußte natürlich wieder meinen Mund weit aufreißen«, sagte Anita bedrückt. »Jetzt hab ich ihm die Stimmung verdorben. Ich wußte, daß es ein Fehler war. Vielleicht sollte ich besser gehen.«

»Nein. Bitte nicht«, bat Sam. Sie legte eine Plastikhülle über die Plätzchen und nahm dann doch noch eins.

»Er denkt wahrscheinlich, daß ich einfach nur hinter ihm her bin, und ich möchte nicht nochmal das mit ihm durchmachen, was ich früher mit ihm durchgemacht hab.«

»Aber er braucht dich«, sagte Sam. »Er ist einfach nur schüchtern.«

»Schüchtern? Emmett?« Anita lachte.

»Naja, er hat Angst.«

Anita nickte. »Das ist die Geschichte meines Lebens. Ich schrecke die Männer ab.«

»Ich find dich nicht gerade schreckerregend. Ich find dich nett.«

Anita wischte den Küchentisch mit einem Schwamm ab. Ihre Absätze klapperten über den Fußboden. In diesem schäbigen Haus sah sie fehl am Platz aus, wie ein Flamingo in einer Hühnerschar, dachte Sam.

Abends machten die Chirurgen in M.A.S.H einen Wettlauf mit der Zeit, als sie versuchten, die Aorta eines Soldaten zu flicken. Sie mußten darauf warten, daß ein anderer Soldat starb, damit sie ein Transplantationsstück hatten, aber dieser Soldat ließ sich Zeit mit dem Sterben. Sein Gehirn war bereits tot, aber sein Herz wollte nicht stillstehen. Pater Mulcahy flatterte um ihn herum. Wenn er nicht innerhalb von zwanzig Minuten an der Aorta operiert wurde, könnte der verwundete Soldat für immer gelähmt bleiben. In der Ecke des Bildschirms war eine kleine Uhr eingeblendet, um die Spannung zu erhöhen. Das Herz des gehirntoten Soldaten hörte endlich auf zu schlagen, und sie beendeten die Operation, aber sie überschritten die Zeit. Hawkeye war wütend, als er die Zeit erfuhr und einen Mißerfolg fürchtete. Später, als der Soldat aus der Narkose erwachte, kitzelten ihn B.J. und Hawkeye an den Füßen und riefen ihm zu: »Wackel mit den Zehen!«

»Guck jetzt genau hin!« sagte Emmett zu Anita. Er lehnte sich ängstlich besorgt vor.

Die Zehen des Soldaten bogen sich langsam vor, dann zurück, dann vor. B.J. und Hawkeye und Hot Lips schrien: »Wir haben's geschafft! Wir haben's geschafft!« Emmett schrie mit ihnen.

»Ich wußte, daß er mit den Zehen wackeln würde«, sagte Emmett mit einem zufriedenen Seufzer.

Sie hatten diese Folge schon dreimal gesehen. Es ärgerte Sam, daß Emmett mit Anita nichts anzufangen wußte, außer fernsehen. Sie hätten lieber nach »Wooly Bully« tanzen sollen. Wenn Emmett einen Videorecorder hätte, könnte er seine Sendungen aufnehmen und brauchte sie nicht zu verpassen. Die Farbe des Fernsehers mußte reguliert werden. Die ganze Armeekleidung sah blau aus, statt armeegrün, so daß die Gestalten blauen Jeansstoff zu tragen schienen, als wären sie alle mit einer Zeitmaschine in die Zukunft gereist. Niemand stand auf, um die Farbe einzustellen. Sam war mit ihren Gedanken woanders. Sie war auf der Treppe des Rathauses und knutschte mit Tom.

Als der zweite Teil von M.A.S.H begann, fing Emmett an, über Frank Burns zu lachen.

»Emmett sagt, Frank Burns wär genau wie sein Kompaniechef in der Armee«, sagte Sam zu Anita.

»Mein Kompaniechef gab das gleiche dumme Gejammer von sich«, sagte Emmett.

»Was war das für einer?« fragte Anita neugierig.

»Niemand. Er wurde mit einer Handgranate umgebracht. Weggeblasen.«

Es wurde Sam zum ersten Mal klar, daß sich der Ausdruck »weggeblasen« aus dem Krieg herleitete. Tom hatte ihn neulich auch benutzt. Sie hatte darüber gelesen, daß die Soldaten manchmal auf Bouncing Bettys traten, Minen, die bis in Brusthöhe hochsprangen, bevor sie explodierten. Man hatte ihr gesagt, daß so etwas ihrem Vater passiert war. Sein Körper hatte in dem Leichensack wahrscheinlich wie ein Hamburger ausgesehen.

»Moon Pie ist eifersüchtig«, sagte Emmett, als der Kater

auf seinen Schoß sprang und sich kampflustig an Emmett rieb.
»Oh, ich liebe dieses große Untertassengesicht und diese großen Augen!« sagte Anita.
»Moon Pie ist ein guter Junge«, summte Emmett in einem Singsang der Katze zu. »Jawohl, Moon Pie ist ein *guter* Junge!« Moon Pie tanzte auf Emmetts Schoß herum und ließ sich dann in einer bequemen Lage nieder. »Ich werd ein Videospiel für Katzen erfinden«, sagte Emmett. »Mouse Invaders!«
Oben stellte Sam Rock-95 an und wählte Lonnies Telefonnummer. Anita und Emmett spielten *Chopper Command*. Ihr Lachen klang die Treppe herauf und wurde von den Explosionen elektronischen Gewehrfeuers begleitet. Sie schrien wie Wettkämpfer bei der TV-Show *Let's Make a Deal*.
»Schieß!« schrie Emmett. »Schieß!«
»Glaubst du, daß sie's schaffen?« fragte Lonnie, als Sam ihm von Anita erzählte.
»Ich weiß nicht, aber ihre Plätzchen sind auf jeden Fall gut. Und wenn er nicht sehen kann, wie schön sie ist, dann ist er blind.«
»Ich weiß.«
»Ich hab's mir überlegt«, sagte Sam. »Bevor du abfährst, kannst du rüberkommen und den Slip mitnehmen, der dir so gefällt.«
»Heh! Gut. Ich werd mit ihm unter meinem Kopfkissen schlafen.«
Sam lachte. »Warum trägst du ihn nicht wie eine Nachtmütze auf dem Kopf?«
Sie fühlte sich schuldig. Sie wußte, daß sie auf dem Tanz hinter Tom her sein würde. Aber sie hatte gedacht, daß, wenn sie Lonnie ihren Slip gäbe, es so etwas wie ein Versprechen wäre, wie ein Ehering, etwas, das sie davon abhalten würde, zu weit zu gehen. Im Radio sang der Boss

»Cover Me« mit dieser kraftvollen, rockigen Bluesstimme, die sich anhörte wie etwas, das ihre Mutter früher geliebt hätte, bevor Lorenzo Jones begann, sie in seinem Ford Cobra mitzunehmen, im Autoradio kitschige Unterhaltungsmusik, *easy listening*.

15

Sam und Dawn saßen hinter dem Burger Boy draußen auf dem Parkplatzgeländer. Es war Dawns Pause. Einige Typen fuhren vorbei und hupten. Sam war früher oft im Burger Boy gewesen, bevor sie anfing, da zu arbeiten. Lonnie holte sie immer nach der Arbeit ab, und dann fuhren sie herum. Damals schien das alles so unschuldig, aber worauf es hinauslief, dachte Sam jetzt, war, Babys zu bekommen. Dies hier war der Balzplatz, von dem Emmett sprach. Ihr wurde ganz schlecht davon. Es war tragisch, daß Dawn die Pille nicht genommen hatte. Sam dachte daran, wie es früher war. Wenn man damals schwanger wurde, ohne verheiratet zu sein, ruinierte man sein Leben wegen der Schande; heute ruinierte man nur sein Leben, und alle waren zu gleichgültig, um von Schande zu sprechen. Lonnie war letzten Abend rübergekommen, gerade, als Anita ging, und er war so lieb und reumütig gewesen, was Emmett betraf, daß Sam ihn die Nacht über bleiben ließ. Als sie um Mitternacht, zwei Stunden über der Zeit, ihre Antibabypille in den Mund steckte, fragte sie sich, was 99% Wirksamkeit wohl bedeutete. Bedeutete es, daß man damit rechnen mußte, schwanger zu werden, wenn man hundertmal mit jemandem schlief? Im Bett arbeitete Lonnie über ihr, drückte ihre Brüste, und innerhalb von ungefähr dreißig Sekunden schossen eine Billion schwänzelnder Wesen, die alle Lonnie Malones Namen trugen, durch sie hindurch. Im Zimmer am Ende des Flurs rülpste Emmett. Es war das Tomatenketchup in der Lasagne.

Ein Pontiac Firebird mit Schiebedach schoß am Burger Boy vorbei, dann ein Trans Am.
Dawn sagte: »Du kennst doch Yvonne, dieses schwarze Mädchen, das um vier Uhr dreißig anfängt? Sie hat mich ihre kleinen Zöpfchen flechten lassen!«
»Wie hat sich ihr Haar angefühlt?« fragte Sam beeindruckt.
»Es war irre. Wußtest du, daß sie sich Fett in die Haare schmieren müssen, damit sie keine Schuppen bekommen? Ihr Haar ist von Natur aus trocken!«
»Ich dachte, es wär von Natur aus fettig.«
»Nein. Sie schmieren sich Fett rein. Wenn wir uns Fett reinschmieren, kriegen wir Schuppen, aber bei denen ist es genau umgekehrt.«
»Wie hat es sich angefühlt?«
»Es ist richtig weich. Wie richtig weiches Schamhaar. Und es ist eigentlich nicht wirklich so kraus, wenn sie nicht Fett reinmachen. Das war 'n Erlebnis. Ich bin mir ganz auserwählt vorgekommen.« Dawn klimperte mit dem Wechselgeld in ihrer Schürze. Orange und braun standen ihr nicht besonders. »Yvonne hat einen Bruder, der ein Video machen will«, sagte sie. »Er hat eine eigene Kamera. Ich werd ihn bitten, uns mitspielen zu lassen.«
»Wirklich? Paaah!«
»Ja. Ich will was richtig Wildes machen. Ich bin sauer auf die ganze Welt.«
»Wir könnten schwarze Lederhosen und knallrosa Sonnenbrillen tragen.«
»Ja. Wenn er uns mitmachen läßt, könnten wir bloß so herumstolzieren und dabei cool aussehen. Wir brauchten nicht zu singen. Wir brauchten nur stark aussehen. Das könnte richtig toll werden. Jeder würde dann wissen, wer wir sind.« Dawn verlagerte ihr Gewicht auf dem Geländer, und der Rock ihrer Uniform rutschte hoch. »Weißt du, was wir machen könnten?«

»Was?«
»Wir könnten uns so anziehen und ein Foto von uns machen lassen und dann eine Anzeige in die Zeitung setzen. Wir sagen, wir sind 'ne Gruppe aus Kalifornien, und wir geben im Einkaufs-Center Autogramme, und dann gucken wir, wer alles kommt.« Dawn lachte, und dann lachte Sam. »Weißt du, wir wir uns nennen könnten? Das haut dich um. Wir nennen uns die ›Fröhlichen Betrüger‹. Du errätst nie, was das bedeutet.«
»Was denn?«
»Es bedeutet Einlagen!« Dawn griff sich mit den Händen unter die Brüste und hob sie an. »Verstehst du? Die ›Betrüger‹. Das ist ein richtig altmodischer Ausdruck. Ich hab ihn in einem Buch von meiner Mutter gefunden. Ist das nicht witzig?«
Sam bog sich vor Lachen. »Einlagen!«
»Trägt Emmetts Freundin Einlagen?«
»Ich glaub nicht.«
»Sie hat den größten Busen, den ich je an jemandem gesehen hab, der sonst nicht dick ist.«
»He, Dawn!« schrie jemand in einem Dodge Dart. »Ich hab Ken unten bei Boss Carwash getroffen. Ich soll dir sagen, daß er länger arbeiten muß und dich nicht abholen kann.«
»Wie soll ich nach Hause kommen?« fragte Dawn die Straße. Der Dodge Dart war schon weg. »Scheiße. Jetzt muß ich meinen Bruder anrufen.«
»Ich hab auch niemanden, der mich irgendwohin fährt, jetzt, wo Lonnie mit Kevin und den andern am See ist.«
Als Sam Dawn von der Männerparty und dem Slip, den Lonnie mitgenommen hatte, erzählte, sagte Dawn: »Ken ist auch mal auf so'ner Party gewesen, und sie waren drei Tage lang betrunken. Sie haben sich schweinische Filme angeguckt! Ich würd gern in einem schweinischen Film mitspielen. Genau dazu hätt ich jetzt Lust.« Dawn knib-

belte an ihrem Nagellack. Ihr Nagellack war hellila mit Goldglimmer. Sie seufzte: »Mein Gott, ich will nicht schwanger sein.«
»Der Test stimmt vielleicht gar nicht. Es ist noch früh.«
»Ich mach ihn nochmal, wenn ich genug Geld zusammenkratzen kann für noch so eine doofe Packung.«
Sam sagte: »Warum hauen wir nicht ab, so wie wir es schon mal besprochen haben? Du könntest das Baby in Florida bekommen, und wir könnten in Disney World arbeiten. Ken brauchte noch nicht mal was von dem Baby zu wissen.« Kaum hatte sie das gesagt, bereute Sam den Gedanken. Sie wollte sich nicht von einem Baby anbinden lassen.
»Ich hab immer Mutter gespielt«, sagte Dawn. »Es hängt mir zum Hals raus, Mutter zu spielen. Ich möchte Vater spielen. Nein, ich will in Las Vegas spielen. Das ist komisch!« Sie sah auf die Uhr. »Ich muß rein, sonst kommt Walt hier raus und schleppt mich rein. Er ist ein gemeiner Boss. Soll ich dir eine Cola rausschmuggeln?«
»Nein danke, ist schon in Ordnung. Ich will dich nicht in Schwierigkeiten bringen.«
Ein Haufen Jungs stieg aus einem Buick. Sie waren braun und schwitzten, und keiner von ihnen war wirklich süß.
»Tschüß, Dawn«, rief Sam.
»Bis später.«

16

In der Nacht vor der Tanzveranstaltung gab es ein Gewitter. Mitten in der Nacht hörte Sam, wie Emmett die Fenster schloß. Der Regen würde die Bewährungsprobe für seine Arbeit an der undichten Stelle im Keller sein. Mrs. Biggs hatte ihn unterrichtet, daß alle Keller undicht seien und daß er sich bloß eine Saugpumpe bei Sears zu kaufen brauche, aber Emmett hatte ihr gesagt, daß er nach einem Plan vorgehe.

Als sie am nächsten Morgen hinaus in den Nieselregen gingen, um den Graben zu überprüfen, sagte Emmett sorgenvoll: »Vielleicht muß ich auch die Südwand entlang einen Graben ausheben.«
»Ein Frosch ist in deinem Graben«, sagte Sam. Sie konnte die Augen des Frosches sehen, wie er sie durch das schlammige Wasser hindurch anblinzelte.
»Raus da, Frosch!« rief Emmett. Er verschwand im Matsch. »Sickerwasser unterm Haus brütet alle möglichen Lebewesen aus«, sagte Emmett schaudernd. »Moskitos, Kaulquappen, Wasserwanzen, Pilze, Schwämme, alle Arten Würmer und Schnecken.«
Das Haus war feucht und modrig, und durch die Feuchtigkeit wurden Gerüche aus längst vergangenen Zeiten in dem alten Haus noch verstärkt. Die Tapete löste sich langsam von den Wänden. Sie bestand aus mehreren Schichten geschmackloser Blumenmuster – wie ein unterdrücktes Leben, das jetzt ans Licht wollte. Emmett untersuchte den Keller und entdeckte einige feuchte Stellen, die er nicht mit Sicherheit auf einen Riß zurückführen konnte. Sein Gesicht war feucht von der Salbe, die er benutzte. Manchmal sah er aus, als hätte er geweint. Sam erinnerte sich an die Zeit im letzten Jahr, als sie zusammen mit den meisten Leuten im Land die Schlußfolge von M.A.S.H gesehen hatten. Irene hatte im voraus eine doppelte Portion Popcorn gemacht und sie im Ofen warmgestellt, und sie hatten wie gebannt auf den Fernseher gestarrt. Die ganze letzte halbe Stunde, als sich die Gestalten am Ende des Koreakrieges voneinander verabschiedeten, hatte Emmett einen Kloß im Hals gehabt. Sogar Irene hatte geschluchzt, Sam jedoch hatte die Tränen unterdrückt. Später dachte sie, wie komisch jemandem dieses lange, tränenreiche Ende erscheinen mußte, der all die übrigen Folgen der Sendung nicht gesehen hatte.

Als Emmett später am Morgen von McDonald's zurückkam, sagte er: »Ich hab Jim getroffen, und man merkt ihm an, daß er völlig am Ende ist, weil seine Frau abgehauen ist, aber er will es nicht zugeben.« Emmett machte die Schnürbänder seiner Turnschuhe auf, die vom Regen durchweicht waren und quatschten. Er schüttelte traurig den Kopf.

»Anita hat gesagt, daß er soviel für den Tanz gemacht hat«, sagte Sam.

»Verdammt, ja. Er hat die Musik und Essen und die Dekoration und alles rangeschafft. Er hat sich zu Tode geschuftet. Und dann geht seine Frau auf und davon.«

»Weshalb hat sie's getan? Weil er sich so sehr um die Vets gekümmert hat?«

»Nein, glaub ich nicht.«

»Ich wette doch. Kann sein, daß er sie regelrecht weggetrieben hat. Kommt mir so vor, als wenn einige Vets, deren Namen ich nennen könnte, Angst vor Frauen haben.«

»Frauen sind nicht drüben gewesen«, schnauzte Emmett. »Deshalb können sie's auch nicht wirklich verstehen.«

»Also, Mama hat sich all die Jahre um dich gekümmert, und du meinst, sie hätte nichts verstanden?« sagte Sam ärgerlich. »Und was ist mit mir? Es scheint mir so, als wenn es eine große Verschwörung gegen mich gibt. Wie etwas, wo der CIA mitmischt.« Sam griff eines ihrer Vietnambücher vom Tisch und wedelte damit in der Luft herum. »Aber ich weiß, was da gelaufen ist.«

»Wirf mir das nicht an den Kopf«, sagte Emmett und verzog das Gesicht.

Sam dachte, er hätte das Buch gemeint, aber dann wurde ihr klar, daß er das, was in dem Buch stand, gemeint hatte. Er wollte nicht erinnert werden. Sie sagte: »Es waren doch auch Frauen in Vietnam. Anita kennt eine Krankenschwester, die drüben gewesen ist. Anita könnte verstehen, wovon du sprichst.«

»Anita ist einfach viel zu weichherzig. Sie läßt sich ausnutzen.« Emmett neigte den Kopf und spähte in den Kühlschrank, und Sam berührte seinen Nacken und hob seinen Kopf zu sich, um den Ausschlag sehen zu können.

»Es geht weg«, sagte er.

Der Ausschlag heilte ab, und der Schorf machte ein kleines Muster auf seinem Nacken. Sam dachte an das geheimnisvolle Mal »X«, das die Mutter in einem Science-fiction-Film, dessen Titel sie vergessen hatte, hinten auf dem Nacken trug. Die Außerirdischen hatten die Frau wie eine Kuh gebrandmarkt, um ihren Geist zu kontrollieren.

Emmett nahm ein Paket Hackfleisch zum Auftauen heraus. »Ich hab 'ne Idee«, sagte er. »Wenn ich das mit der Grundmauer erledigt hab, mach ich mich daran, das Haus zu isolieren, damit es dichter wird. Ich werd mal sehen, ob ich irgendwo ein paar gebrauchte Jalousien auftreiben kann, oder vielleicht kleb ich Moltofix auf die Innenseiten, damit wir's in diesem Winter wärmer haben.«

»Die Fenster mit diesem Klebestreifen abdichten, das tun arme Leute.«

»Ich bin nicht stolz.«

»Wenn du einen Job hättest, könntest du deine Schulden bezahlen und Jalousien kaufen. Ich kann's nicht mehr ertragen, daß alles so schäbig ist.« Sam kam es plötzlich so vor, als sei ihr ganzes Leben auf eben die gleiche prekäre Art und Weise notdürftig zusammengehalten wie einige von Emmetts Machwerken.

Er ließ das gefrorene Fleisch in den Ausguß plumpsen. »Du brauchst mir bloß einen Job zu zeigen, der sich lohnt. Ich hätte 'nen Job haben können, im Haushaltswarengeschäft im Einkaufs-Center, Mikrowellenherde verkaufen. Aber das ist vielleicht sogar unmoralisch. Eine Menge Jobs sind nicht gut, wenn du mich fragst. Mikrowellen verursachen Krebs.«

»Mikrowellen verursachen Krebs und Agent Orange

nicht?« fragte Sam sarkastisch. »Es gibt 'ne Menge Jobs, die sich lohnen. Du könntest Discjockey werden.«
»Ha ha.«
»Oder ins Videogeschäft einsteigen. Das ist doch etwas, was dir gefällt. Der Typ, der die Spielhalle führt, kann den ganzen Tag umsonst Pac Man spielen. Er läßt niemand sonst an die Pac-Man-Maschine ran.«
»Das ist blöd.«
»Schlammringkämpfe«, sagte Sam. »Du könntest eine Frauenmannschaft trainieren, die im Schlamm ringen. Das wär 'ne Goldgrube. Die Leute sind verrückt nach Schlammringkämpfen.«
»Hör auf, mich verrückt zu machen, Sam. Ich hab Jim gesagt, ich komm zu dem Tanz, und das ist im Augenblick alles, was ich verkraften kann.«
»He, in Ordnung! Toll. Aber du mußt versprechen, daß du mit Anita tanzst.«
»Okay.«
»Erst recht, wenn sie das Flamingokleid anhat.«
»Oh, glaubst du, Anita kommt in ihrem Flamingokleid?« fragte Emmett, und sein Gesicht hellte sich auf.
»Vielleicht.«

17

An dem Tag, als der Tanz stattfand, rief Lonnie vom See aus an. Kevins Vater hatte sie den Abend zuvor zu Steaks eingeladen. Lonnie erzählte Sam, daß er mit ihrem Slip unter dem Kopfkissen geschlafen hatte. »Hast du erwartet, daß dir das Sandmännchen erscheinen würde?« fragte Sam. Sie stellte Lonnie gut ein Dutzend Fragen nach der Hütte und dem Steak-Haus. Lonnie wollte wissen, was sie für seinen Bruder als Hochzeitsgeschenk kaufen würde. Sam sagte, darüber habe sie sich noch keine Gedanken gemacht. Sie fragte ihn nach den Vögeln im Naturschutzgebiet. »Denk dran und merk dir die Vögel, die du siehst«, sagte sie. »Emmett wird dich bestimmt danach fragen.« Sie erwähnte den Tanz nicht.

Sam trug an diesem Abend enge Jeans mit ihrem Nietengürtel und eine türkisfarbene schulterfreie Bluse. Der Tanz fand im Gemeindezentrum statt, das eine Turnhalle hatte. Lonnie hatte Sam dort letztes Jahr auf dem Halloween-Tanz seinen Ring gegeben. Jetzt trug sie seinen Ring nicht. Er lag in ihrer Schublade bei den Socken.

An der Tür begrüßte Allen Wilkins Sam und Emmett. In seinem grünen Armee-Arbeitsanzug sah Allen ganz anders aus. Sam kannte ihn nur gut angezogen hinter dem Verkaufstisch seines Herrenbekleidungsgeschäftes.

»Benimm dich jetzt anständig, Sam«, sagte er und zwinkerte ihr zu. »Sonst rückt uns die Polizei aufs Fell, weil wir Minderjährige hier haben.«

»Gehör ich etwa nicht hierher?« fragte Sam unschuldig. »Mein Daddy war im Krieg.«

»Sicher doch, Sam, ganz bestimmt.«

Jim Hollys laute Stimme dröhnte los: »Emmett, altes Haus! Wenn du nicht gekommen wärst, hätt ich mich persönlich auf den Weg gemacht und dich hierhergeschleift.«

»Ich komm mir vor wie'n Mauerblümchen auf seinem ersten Tanz, mit meinem Ausschlag im Gesicht!« sagte Emmett grinsend und boxte Jim auf den Oberarm.

»Wir bringen dich nach Louisville, und du läßt da den Orange Test machen«, sagte Jim.

»Mein Keller ist überschwemmt, und meine Grundmauer wackelt«, sagte Emmett grinsend. »Und mein Haus kann einstürzen, während ich hier bin.«

»Dein Haus wird nicht so leicht einstürzen wie meins«, sagte Jim und schüttelte den Kopf.

»Mmm, Sue Ann wird's bereuen, daß sie abgehauen ist«, sagte Emmett.

»Jaaaa.« Jim trank einen Schluck Bier aus seinem Pappbecher. »Man hat ihr einen Job angeboten, da, wo sie früher gearbeitet hat. Sie wird's einfach ausprobieren. Vielleicht führen wir dann eine von diesen Wochenendehen.« Er lachte. »Wir haben immer versucht, modern zu sein.«
Sam sah sich nach Tom um. Am Morgen war sie an seiner Werkstatt vorbeigelaufen, und sie hatte ihn in seiner dunklen Höhle arbeiten sehen, mit dieser merkwürdigen Rükkenhaltung. Der VW mit seinen Rostflecken war noch dort gewesen. Sie hatte sich sehnlichst gewünscht, daß Tom ihn für sie aufbewahrte.
Die Turnhalle war mit rot-weiß-blauen Girlanden aus Kreppapier und Luftballons geschmückt, wie für eine Geburtstagsparty. In einer Ecke bei den Tribünen war ein grüner Panzer aus Pappe aufgestellt, seine Kanone ragte weit hervor. Unter dem einen Basketballring war ein Stand mit Erfrischungen aufgebaut, mit einem Fäßchen Bier, Säften und Kartoffelchips. Emmett hatte eine Platte Minipizzas mitgebracht, und zwei Frauen hatten Dips gemacht. Unter dem anderen Basketballring standen Lautsprecher und ein Plattenspieler. Bob Dylan näselte vor sich hin. Sam nahm sich einen Pappbecher mit 7-Up und eine Handvoll Chips und sah sich die Platten an. Sie ging den Stapel durch – die Beatles, die Stones, die Who, eine Menge bekannter Gruppen – und sortierte ein paar aus, die sie hören wollte.
Allen Wilkins kam zu ihr, gerade als die Beatles anfingen zu singen: *All You Need is Love.* »Ich hab das Lied bestimmt hundertmal gehört, als ich im Feld war«, sagte er mit einem wehmütigen Lächeln.
»Hast du die Beatles in Vietnam gehört?« fragte Sam überrascht.
»Ja. Ein Typ aus meiner Einheit hatte ein Tonbandgerät, und seine Freundin schickte ihm immer die neuesten Sachen. Und dann hatten wir ja auch das Armed Forces

Radio.« Er machte eine Pause und sah verträumt auf einen Luftballon, der vom Basketballring herunterhing.
»Wenn du im Feld bist, dann gibt es so wenig Verbindung mit der Welt, aber diese Lieder – das war für uns die engste Verbindung.«
»Habt ihr da draußen im Dschungel Musik gehört?« fragte Sam.
»Ja, natürlich mußte man die meiste Zeit still sein, aber hin und wieder fand man manchmal einen sicheren Ort, wo man loslegen konnte.« Allen lächelte. »Mein Lieblingslied war *White Rabbit.*«
Sam versuchte sich vorzustellen, wie Grace Slick dem Feind entgegenbrüllte. Warum hatten die Nordvietnamesen bei dieser Art von Musik nicht einfach die Waffen niedergelegt und sich bekifft? Wenn sie Englisch verstanden hätten, vielleicht hätte die Musik dann den Krieg gewonnen. Aber während sie jetzt *All You Need is Love* hörte, merkte sie, wie naiv der Text war. Liebe löste noch nicht mal die Probleme zweier Menschen, noch viel weniger die der Welt, dachte sie. Aber es kam nicht nur auf den Text an, dachte sie. Manchmal war die Musik so voller Energie und Hoffnung, daß sie den Worten genau zu widersprechen schien. Emmett hatte gesagt, Rock 'n' Roll sei fröhliche Musik über traurige Dinge.
Sam hörte, wie zwei Typen sich über Buddy Mangrum unterhielten. Einer von ihnen sagte: »Ist es nicht 'n Jammer, daß Buddy nicht kommen konnte? Er hat sich einfach nicht danach gefühlt. Der arme Kerl hat jedes Symptom gehabt, das es überhaupt gibt, und das Vet-Büro hat ihm einfach nur ins Gesicht gelacht. Übelkeit, Durchfall, Gelbsucht, Chlorakne. Er hat Muskelzuckungen, kann nicht schlafen und hat abgenommen. Er kann noch nicht mal mehr ein Bier trinken. Er ist immer gleich voll wie 'ne Haubitze.«
»Das hört sich genau nach Agent Orange an. Ich hab gehört, er hat Blut im Urin.«

»Ja. Sein Kind ist unten in Memphis operiert worden. Sie verlegen ihren Darm, weil alles so verschlungen ist.«
Gerade in diesem Augenblick entdeckte Sam Pete Simms, der mit seiner Frau, die älter als er aussah, hereinkam. Sie brachte ein Brett mit einer Käserolle mit.
Während sie Sams Ohrringe bestaunte, sagte sie: »Mädchen, ich würd mich nicht trauen, so viele Löcher in mein Ohr machen zu lassen.«
Sam hatte die Hufnägel drin, die Dawn ihr geschenkt hatte, und die Herzstecker. Die neuen Löcher waren beinah verheilt.
Später sagte Pete zu Sam: »Sag meiner Frau nichts davon, daß ich dir meine Tätowierung gezeigt hab.«
»Was könnte sie mir antun?«
»Darum geht's nicht. Es geht darum, was sie *mir* antut.« Er lachte und gab Sam einen Klaps auf den Hintern. Seine Hand war groß und suchend. Diese Hand hatte Gewehre abgefeuert, dachte sie, als sie sich von ihm wegdrehte.
Sam trank ihr 7-Up und studierte die Fotos, die am schwarzen Brett aufgehängt waren. Grinsende Soldaten in Kampfanzügen und Dschungelstiefeln standen da vor Zelten und Hütten. Es gab keinen Hintergrund, keine Landschaft, bloß festgestampfter Lehm, ein paar Holzbuden, ein Jeep. Die Jungen posierten vor der Kamera; die Hände in den Hüften, versuchten sie, hart auszusehen. Sie waren nichts als Jungen, wie Lonnie, keine alternden Männer wie hier in diesem Raum. Sam entdeckte Sandsäcke, einen gefleckten Hund, einige Ölfässer. Hopewell hatte Dutzende von Jungen in den Krieg geschickt. Drei aus einer Klasse waren in zwei Monaten gefallen. Sam fand den Namen ihres Vaters nicht auf der Totenliste, die auf liniertes Papier geschrieben war und neben einigen Erkennungsmarken hing. Er kam nicht aus Hopewell. Er kam aus einer kleinen Gemeinde weit weg am Rand des Countys.

Sam fand Emmett, der sich mit einem Mann, den sie nicht kannte, einen Tisch voller Plastikspielzeug ansah – M-16 und M-60, Panzer, Granatwerfer, Hubschrauber, Kampfflugzeuge. »Sie sehen genauso aus wie die Modelle, die wir früher gemacht haben, Sam«, sagte Emmett und hielt eine Phantom II hoch. Da lagen auch noch andere Ausrüstungsgegenstände vom Krieg – ein Eßgeschirr, eine Flakjacke, ein Regenumhang, sogar ein Helm. Der Helm sah unwahrscheinlich klein und zerbrechlich aus.

»Erinnerst du dich an das hier, Earl?« sagte Emmett und hielt den Poncho hoch.

»Zu gut«, sagte der Mann. Er hob seinen Bierbecher und trank. Er hatte Übergewicht, und er war klein.

Emmett sagte: »Guck, Sam, so haben wir das immer gemacht. Du nimmst deinen Poncho und machst dir daraus ein Zelt und schläfst darin. Und deinen Helm benutzt du zum Waschen und Rasieren. Und das hier ist die Notration. Da hast du Schinken und Arschlöcher drin.«

Earl sagte: »Die werd ich nie wieder essen. Ich kann Schinken und Bohnen nicht mehr sehen – ganz gleich, was für welche.«

»Ich auch nicht.« Emmett lachte und klopfte an den Pappanzer. »Ich hätt nie gedacht, daß ich sowas noch mal wiedersehen würde.« Jim stand in der Nähe, und Emmett sagte: »Verdammt, Jimbo, dieses Maschinengewehr hier sieht wie ein Elefantenpimmel aus.«

»Anita hat dabei geholfen«, sagte Jim. »Das Mädchen ist wirklich künstlerisch begabt. Wo *ist* Anita? Sie sollte eigentlich längst hier sein.«

»Diese alten Dinger sehen wie Antiquitäten aus«, sagte Emmett und nahm die alte, abgenutzte Packung der Notration in die Hand.

Cindy erschien mit einem Getränk und einer von Emmetts kleinen Pizzas. »Ihr habt alle gute Arbeit geleistet, Jim«, sagte sie.

»Ich fänd's gut, wenn mehr Leute kämen«, sagte Jim bekümmert. »Es sind einfach zu wenige hier.«
»Die Waffen da sehen echt aus«, sagte Cindy und aß ihre Pizza auf.
Earl sagte zu Jim: »Im Fernsehen stellen sie uns alle als Psychos und Killer dar. Aber die meisten von uns haben sich wieder ganz gut eingelebt. Ich hab absolut keine Probleme gehabt. Ich hab 'n guten Job.«
»Schön für dich, Earl. Wir sind stolz auf dich.«
»Ich geh nicht rum und mach Ärger. Sicher, ich hab Erinnerungen, aber ich hab auch Verantwortung gelernt. Ich hab mich mit dem, was ich getan hab, arrangiert. Man vergißt das nie, aber man lebt weiter. Man muß. Man muß an die Zukunft denken. An die Kinder. Man muß dafür sorgen, daß sie nicht in so einen Krieg reingezogen werden, den sie nicht gewinnen können, wie wir.«
»Einspruch«, sagte Pete. »Einen Krieg, den sie uns nicht gewinnen *lassen* wollten. Wir hätten ihn gewinnen können, und du weißt das.«
»Aber der springende Punkt ist doch, daß man nicht in der Vergangenheit leben kann. Das macht einen krank.« Earl zeigte auf die Dekoration im Raum. »Luftballons. Spielzeug.« Er trat mit dem Fuß gegen den Panzer. »Was sollen die Sachen, die einen bloß erinnern? Das ist blöd.«
»Blöd, he?« sagte Pete. »Rein zufällig hab ich 'n Panzer wie den hier gefahren, und darauf bin ich mächtig stolz.«
Earl machte Sam nervös. Sie stand bei den Spielsachen und hörte zu. Sie fürchtete, daß Earl betrunken war.
»Mach dir nichts draus«, sagte Emmett und stieß ihren Ellbogen an. »Earl markiert gern den starken Mann, und Pete ärgert ihn gern.«
Jim war zwischen den beiden gefangen. Pete verteidigte ihn, und Earl wollte nicht aufhören. Er starrte Pete und Jim an. Er sagte: »Man kann nicht in der Vergangenheit

leben, und man kann nicht in Erinnerungen ertrinken. Die Frage ist, was man *im Augenblick* macht. Ich hab keine Schwierigkeiten gehabt, als ich zurückkam, und wißt ihr, weshalb nicht? Ich hab nicht gejammert. Deshalb. Ich hab meine Arbeit gemacht, und ich würd's wieder genauso machen.« Er deutete mit dem Becher in der Hand auf Jim, und das Bier schwappte über. »Ihr wehleidigen Typen kotzt mich an.«

»Wenn Earl nicht aufpaßt, haut Pete ihm eine rein«, sagte Emmett, während er Sam durch die Turnhalle manövrierte. Zwei Paare tanzten. »He, da ist Anita! Sieh sie dir an! He!«

Anita trug enge Jeans und hohe Absätze und ein leuchtend rotes Top mit Spaghettiträgern. Ihre Brüste füllten das Top aus.

»Heut abend ist sie kein Flamingo«, sagte Sam.

»Nein. Sie ist ein Rotkehlchen. Ein Kentucky Rotkehlchen.«

»Emmett – also, wie zum Teufel geht's dir!« rief Anita und umarmte ihn. Er wand sich verlegen und wurde rot. »Hallo, Sam! Du siehst süß aus! Ich *liebe* deine Ohrringe!«

Anita umarmte Sam. Sie roch gut, wie der eine Laden im Einkaufs-Center, der im Eingang einen Parfumzerstäuber hatte. Sie hatte große Kupferscheiben an den Ohren, und sie lachte.

Sam ließ Emmett und Anita, die zusammen lachten, stehen und holte sich ein paar Chips und etwas von dem Dip. Sie aß drei von Emmetts Minipizzas und stand eine Weile herum und beobachtete die Leute. Es war deprimierend, daß nur so wenige Vets gekommen waren. Pete und Cindy tanzten. Sam versuchte sich vorzustellen, wie Cindy einen Mann herumkommandierte, der ein Schrotgewehr schwang, wie Emmett gesagt hatte. In der Käserolle, die sie mitgebracht hatte, war auch Blauschimmelkäse.

Blauschimmelkäse roch wie ungewaschene Füße. Sam würgte.
Jetzt tanzten Emmett und Anita wirklich. Anita tanzte mit sparsamen, feinen Bewegungen wie die jungen Schwarzen tanzten, und ihr dichtes Haar und das rote Top waren sehr auffällig. Emmett bewegte sich mit verlegenen ruckartigen Bewegungen und blickte sie so an, wie er aussah, wenn er Vögel beobachtete.
Sam sah die Platten durch und wünschte, sie könnte eine von den Doors finden – die mit *The End* aus *Apocalypse Now!* –, als Anita sich zu ihr stellte.
»Ich hab ganz schön einen sitzen«, sagte Anita und wakkelte auf ihren hohen Absätzen. »Ich war so nervös, Emmett wiederzusehen, daß ich schon vorher ein paar getrunken hab. Merkt man was?«
»Du siehst gut aus«, sagte Sam.
»Emmett ist für kleine Jungen gegangen. Oh, er ist so süß«, sagte Anita mit einem Seufzer. »Er kann Sachen sagen, die mich einfach sprachlos machen. Weißt du, was er gerade gesagt hat? Er hat gesagt: Alles, was ich hab, ist 'n hartes Leben und Kaugummi, und Kaugummi ist mir gerade ausgegangen. Ich find das so komisch. Er bringt mich zum Lachen. Ich mag Männer, die mich zum Lachen bringen.«
»Ich hör euch gerne lachen.«
»Ich hab Emmett immer zu Fuß rumlaufen sehen, und ich hab ihn dann mitgenommen. Ich hatte einen Mustang, knallrot, und ich dachte, ich wär scharf. Nicht nur einfach *scharf*. Ich dachte, ich wär *heiß!*« Sie lachte. Sie hatte ein herzliches, warmes Lachen, wie hochgehender frischer Teig im Ofen, dachte Sam. »So hab ich Emmett kennengelernt, weil ich ihn immer mitgenommen hab«, sagte Anita. Sie trank etwas, das die Farbe von frischem Holz hatte. Sie sagte: »Ich kann mir vorstellen, daß du dein Leben lang Geschichten über Vietnam gehört hast, oder, Sam?«

»Irgendwie schon.«

»Laß mich dir meine Vietnamgeschichte erzählen«, sagte Anita. Ihre Augen hielten weiterhin nach Emmett Ausschau, und Sam sah sich weiterhin nach Tom um. Sie waren zwei verzweifelte Frauen, die nach Männern Ausschau hielten. Wieso glaubten sie, es mit Ohrringen zu schaffen? Sam kam sich im Vergleich zu Anita schäbig vor. Anita sagte: »Als Vietnam passierte, lebte ich wie im Nebel. Meine Ehe war kaputt, und 1967 fing ich meine Ausbildung als Krankenschwester an. Ich hab viel gearbeitet und nicht an den Krieg gedacht. Ich kannte niemanden, der rübergegangen war, und es kam mir einfach zu weit weg vor. Aber an einem Wochenende im Frühling 1969 saß ich im Bus nach Bowling Green, weil ich meine Tante besuchen wollte, und ein paar Jungs stiegen bei Fort Campbell zu. Sie waren Soldaten in Uniform, mit diesen weiten grünen Hosen und schwarzen Stiefeln, wie Pete sie anhat. Einer von ihnen setzte sich mir gegenüber und redete mit mir. Ich las gerade in einem Gedichtband. Dieser Junge hatte vorher versucht, über meine Schulter hinweg mitzulesen, und er sagte mir, daß er Gedichte liebe. Also, das hat mich wirklich beeindruckt, denn wie viele Jungen lesen schon ein Gedicht? Er hat es auch nicht gesagt, weil er mit mir flirten wollte, er hat mir von ein paar Gedichten erzählt, die er gelesen hatte. Und dann hat er mir erzählt, daß er am nächsten Tag nach Vietnam verlegt würde. Die andern auch. Und das hat mich wirklich fertiggemacht. Ich dachte – Gott, er könnte rübergehen und *sterben!* Das hat mich echt aufgeregt. Ich hab nie rausgefunden, wer er war oder ob er lebend zurückgekommen ist. Aber weißt du, jahrelang hab ich niemanden gekannt, der da drüben gefallen ist. Die Jungs in meiner Klasse waren ein wenig älter und haben es verpaßt. Ich bin neununddreißig. Wußtest du das? Aber jahrelang hab ich gedacht – das war *mein* Vietnamerlebnis. Es klang immer albern, wenn ich davon erzählt hab, aber ich glaub, es hat mich mehr berührt als das, was ich in den Nachrichten über den Krieg gehört hab. Weil, es war *wirklich*, und ich war dabei, in dem Bus mit all diesen Jungs. Ich weiß einfach, einige von ihnen sind nicht zurückgekommen.«

»Mann«, sagte Sam. Sie wußte nicht, was sie sagen sollte.

Anita sagte: »Was ich mir sage, ist, wenn mich das schon so sehr trifft, dann stell dir vor, wie sehr muß jemand getroffen sein, der einen Freund da drüben hatte, und der ist nicht zurückgekommen. Oder wenn sie einen Mann da drüben hatten, und der ist zurückgekommen und durch diese Hölle da gegangen. Und als ich mit Emmett zusammen war, dachte ich, ich wüßte es. Verstehst du, wovon ich rede? Oh, verdammt noch mal, ich bin betrunken. Ich komm mir so blöd vor. Verstehst du, wovon ich rede?«

»Ja.«

»Ich red davon, daß ich deine Situation richtig einschätzen kann, Sam. Ich kann's wirklich. Ich versuch's. Ich versuch's so sehr.« Sie zog an ihrem Träger. »Da kommt Emmett. Ich will, daß er wieder mit mir tanzt.« Sie schwebte weg, und ihr helles Lachen klang durch den Raum.

Schließlich tauchte Tom auf. Sam merkte, wie sie rot wurde. Er kam mit einer Papiertüte herein, und er trug Jeans und ein blaues T-Shirt. Er sah mit sich selbst einverstanden aus. Das war es, was einen Typ sexy machte, bemerkte Sam, als sie durch den Raum schoß, und dabei ein bißchen 7-Up verschüttete.

»Hallo, Sam.« Er grinste und griff nach einer Zigarette. »Wo ist Emmett?«

»Er ist hier. Ich hab ihn hergekriegt.«

»Ich hätte dich ja gefragt, mit mir zu kommen, aber ich hab nicht geglaubt, daß du mit mir ausgehen würdest«, sagte Tom in witzelndem Ton.

»Ich wär mit dir gekommen.«
»Was ist mit deinem Freund, Sam? Ist er hier?«
»Welcher Freund?« sagte Sam.
Tom nickte und sah dann weg von ihr. »Also, gut«, sagte er. »Willst du was zu trinken?«
»Gerne. Laß uns Cola holen.« Sie führte ihn an den Tisch mit den Erfrischungen.
»Ich meine, willst du was drin haben?«
»Wenn du meinst.«
»Ich tu 'n kleinen Schuß rein. Nur um dich ein bißchen in Schwung zu bringen«, sagte er.
Die Cola in dem Pappbecher schäumte leicht. Sie schmeckte bitter und stark. Es war Jim Beam Whisky, und Sam dachte an Lorenzo Jones' Sammlung von Jim Beam Flaschen. Ihre Augen fielen auf den Spielzeugpanzer und die Flugzeuge auf dem Tisch unter dem Basketballring.
»Heh, guck mal«, sagte Tom. »Emmett tanzt mit Anita.«
»Ich glaub, die beiden fangen wieder was an«, sagte Sam.
»Ich hoffe es. Ich mag sie. Sie ist neulich zu uns rübergekommen, und wir haben zusammen ferngesehen.«
Erst beim Tanzen bemerkte Sam, wie groß Tom eigentlich war. Er war groß, so wie Colonel Blake. Seine Bewegungen waren weicher, als sie gedacht hatte, als hätte er sie durch Übungen aufgelockert. Nur wenige Paare tanzten. Anita und Emmett saßen jetzt, und Anita hatte ihre Hand auf Emmetts Schulter gelegt und redete mit ihm. Sie berührte besorgt sein Gesicht. Emmett sah verlegen auf den Basketballring auf der anderen Seite der Turnhalle, als wollte er jeden Augenblick einen Korb werfen. Sam sah, daß Jim mit Allen und Betty Wilkins redete. Er gestikulierte theatralisch. Tom reichte Sam einen Luftballon, und sie wikkelte das Band um ihren Finger und ließ den Ballon über sich auf und ab hüpfen, während sie tanzten. In einer Ecke stand kaum sichtbar im zuckenden Scheinwerferlicht, das

Jim angebracht hatte, das Pappmodell des Panzers wie ein lauerndes Ungeheuer. Als ein langsames Lied von den Mamas und den Papas begann, tanzten Sam und Tom eng umschlungen, und Sam ließ den Ballon fliegen.

»Du tanzt gut«, sagte Tom ihr ins Ohr.

»Du auch.« Sein Aftershave roch ein bißchen nach Pfirsich, sie kannte es nicht.

Als das Lied zu Ende war, standen sie neben dem Tisch mit den Spielzeugwaffen. Tom streichelte ein M-16.

»Das hier ist kleiner als das wirkliche Ding«, sagte er und nahm es auf. »Aber das M-16 ist aus Plastik, deshalb ist es wirklich leicht und einfach zu handhaben. Es hatte bloß immer die Angewohnheit, Ladehemmung zu kriegen.«

»Emmett hat früher immer solche Modelle gebaut«, sagte Sam. »Ich hab ihm dabei geholfen. Hier ist mein Liebling. Der C-141-Starlifter. Er ist so groß. Emmett hat mir immer erzählt, wie groß er war. Aber er hat dabei übertrieben. Er sagte, er wär so groß wie das Astrodom.«

»Das hier ist wirklich schrecklich für Jim«, sagte Tom, während er das Gewehr wieder auf den Tisch legte und die Handvoll Leute überblickte. »Er hat viel mehr erwartet. Komm, laß uns mit ihm reden.«

»Ich begreif nicht, warum Sue Ann nicht warten konnte und nach diesem Tanz nach Lexington gegangen ist«, sagte Jim zu Tom. »Das hier ist peinlich.« Er spielte mit einem Stück Kreppapier herum, knüllte es zusammen und zerriß es dann in Fetzen.

»Oh, wir verstehen das alle, Jim.«

»Ich glaub nicht, daß sie wirklich nachgedacht hat. Sie stürzt sich immer Hals über Kopf in irgendwas hinein.«

»Sie war wahrscheinlich ganz aus dem Häuschen wegen des neuen Jobs.«

»Ja. Da verdient sie das Doppelte wie vorher. Da kann man nichts sagen.«

Sam wurde langsam betrunken. Tom gab ihr noch etwas

mehr Whisky. Sie gewöhnte sich nach und nach an den Geschmack, und das Gefühl danach gefiel ihr. Einige Vets kamen und machten ihre Bemerkungen: »Schön, dich hier zu sehen, Sam. Weshalb gibst du dich mit einem Haufen verrückter alter Soldaten ab?« Oder: »Nimm dich in acht vor Tom. Er ist bekannt dafür!« Es war alles nur Spaß. Es war so, wie die Leute hier miteinander umgingen, die meisten, dachte sie. Sie sah Pete an dem Tisch mit den Getränken. Er diskutierte wieder mit Earl. Sie gestikulierten wild und fuchtelten einander mit ihren Pappbechern vor der Nase herum.

Ein Vet, den Sam nicht kannte, sagte zu ihr: »Ich bin mit deinem Daddy zur Schule gegangen, Sam. Er war in der letzten Klasse, und ich war zwei Klassen drunter. Damals war er mit Irene zusammen, und die beiden sahen gut aus miteinander.«

»Oh, erzähl mir, woran du dich erinnern kannst! Was noch?«

»Er und sie fuhren an den Wochenenden immer nach Paducah und unternahmen da was. Er war kein wilder Typ. Er war ein guter Junge.«

»Wie war er?«

»Er war einer von der ruhigen Sorte. Er redete nie viel.«

»Was noch?« Es konnte einen verrückt machen, daß niemand wirklich etwas wußte. Selbst Emmett hatte ihr wenig zu erzählen. Er hatte Dwayne nicht so gut gekannt.

»Laß mich dir eins sagen, Sam. Dwayne hat Glück gehabt. Er hat verdammt Glück gehabt. Er war tot, bevor er überhaupt wußte, was ihm geschah.«

»Glück gehabt? Ist es nicht auf jeden Fall besser, am Leben zu sein, egal was?«

Der Mann antwortete nicht. Er ballte die Hände zu Fäusten, öffnete und schloß sie.

»Ich frag mich, ob er mit Agent Orange in Berührung gekommen ist«, sagte Sam.

»Wenn ja, dann hat er doppelt Glück gehabt, daß er tot ist.«

Tom umfaßte ihre Taille und steuerte sie so durch den Raum. »Glaub das nicht, Sam«, sagte er. »Dein Daddy hat überhaupt kein Glück gehabt. Er hat dich nie kennengelernt.«

Er versuchte immer noch, sie zu schützen. Aber jetzt war sie ihm dankbar dafür. Und sie empfand das, was er ihr gerade gesagt hatte, als ein großes Kompliment. Sie hatte ein Gefühl, als schwebe sie. Tom starrte sie an, als ob er etwas sagen wollte.

»Woran denkst du?« sagte sie.

»An dich.«

»Oh.«

Emmett und Anita unterbrachen sie. Die beiden lachten hysterisch. »Oh, nein, jetzt hab ich meinen ganzen Whisky über mein gutes Oberteil verschüttet«, rief Anita.

»Das *ist* ein gutes Oberteil, Anita«, sagte Emmett und starrte direkt auf ihren Busen. »Da hast du das richtige Wort gefunden.« In diesem Licht sah man seine Pickel kaum. Er wirkte glücklich.

Sam reichte Anita ein Kleenex aus ihrer Umhängetasche. Sie hatte es zufällig bei sich, denn sie hatte eine Handvoll aus Marthas Badezimmer mitgenommen, als sie das letzte Mal drüben gewesen war. Es kam ihr Jahre her vor. Die Kleenex waren rosa, passend zu ihrem niedlichen Badezimmer. Sam dachte an Marthas Tee und die Geschenke und die Jeep-Hochzeit. Sie mußte noch etwas Besonderes zur Hochzeit kaufen. Vielleicht könnte sie statt dessen ein Modell von einem C-141-Starlifter oder einer Huey Cobra nehmen. Sie könnten sich das an die Decke hängen.

Tom drückte ihre Hand und sagte: »Ich bin gleich wieder da.«

Sam ließ sich auf einen Klappstuhl nieder und wartete auf Tom. Zwei Vets, die sie nicht kannte, zielten mit den

Spielzeug-M-16 aus Spaß aufeinander. Cindy ging vorbei. Sie sah gelangweilt aus. Vielleicht war ihr das mit der Käserolle peinlich. Sie war hart, die Kiefer fest zusammengebissen, wie ein weiblicher Lastwagenfahrer. Jim trank viel, und Earl, der Typ, der den Streit angefangen hatte, schien sich jetzt mit jemand anderem herumzustreiten. Die verschlungenen roten und weißen und blauen Girlanden flatterten im Luftzug des Ventilators. Genauso waren die Gedärme von Buddy Mangrums Kind verschlungen.

In dem Zeitungsbericht über Marthas Tee hatte gestanden, daß sie ihr Haus mit Satinstoff und Girlanden aus Krepp geschmückt hatte. Sam dachte an den Typ, der diese Inseln in der Nähe von Florida mit rosa Plastik umgeben hatte. Emmett war wütend gewesen wegen der Ökologie – all die toten Vögel, hatte er gestöhnt. Aber Sam hatte das gut gefunden, was der Künstler da gemacht hatte, denn er schien sich damit über die ganze Verpackungsindustrie lustig zu machen. Man konnte sich noch so viel Mühe geben, wenn man ein Päckchen zurechtmachte, schönes Papier kaufen und hübsches Geschenkband und ein Namensschild, aber dann riß der Empfänger doch alles auf, um nachzusehen, was darin war. Verpackung war dazu da, um zu täuschen, dachte Sam, aber sie tat es nie wirklich.

Ihr Vater war in einem Plastiksack aus dem Krieg zurückgekommen. Attraktiv und praktisch. Eine gute Verkleidung. Die Leichensäcke hätten rot, weiß und blau gewesen sein sollen, über und über mit Sternen bedeckt, so wie die Sterne aussahen, die sie früher immer auf ihren Noten hatte, als sie Klavierstunden nahm. Ihre Großmutter Hughes war eine Mutter, die mit dem Goldenen Stern ausgezeichnet worden war. Sam hatte einen goldenen Stern bekommen, weil sie *Für Elise*, ein Stück von Beethoven, gut vorgespielt hatte. Aber nach einem Jahr hatte sie das Klavierspielen aufgegeben, weil sie den Liverpool Sound spielen wollte. Die Musiklehrerin hatte noch nie was von den Kinks oder den Beatles gehört und wollte, daß sie Übungsstücke spielte, die ohne jede Melodie waren. »Stell dir das mal vor«, sagte Sam laut vor sich hin. »Niemals die Beatles gehört.« *Imagine there's no heaven ... nothing to kill or die for.*

Die Turnhalle flimmerte in dem zuckenden Licht, und in den Ecken war es dunkel wie in einem Schützengraben, wo ein Infanterist unter seinem Poncho lag. Die Stelle wäre bestimmt feucht und schmutzig. Wie sah die Erde in Vietnam aus? *Im Feld*, sagten sie. War es matschiger Lehm, wie in Emmetts Graben, oder war es rot wie die Erde in Georgia? Sie hatte Fotos davon gesehen. Sie wußte es nicht. Ratten und Spinnen würden hereinkrabbeln und die Nacht über herumrennen, und oben am Himmel wären blitzende Lichter, die Leuchtspurgeschosse, die über den Himmel strömten und das Kreuzfeuer eines fernen Gefechts bezeichneten. Das zuckende Licht war genauso. Der Schmerz in Emmetts Kopf. Sam konnte nicht verstehen, wieso diese Szene hier in der Turnhalle nicht bei allen Vets einen gemeinsamen Flashback hervorrief. Das Spielzeug flimmerte in dem zuckenden Licht. Sam konnte durch halbzugekniffene Augen auf den Tisch mit den Modellen blinzeln und sich einbilden, sie sähe wirkliche Transportflugzeuge und Panzer aus der Ferne durch einen Nebel, durch Geschützfeuer, durch Mörsergranaten, die in der Nacht explodieren und wilde Farben aufleuchten lassen. Auf den Modellen, die sie mit Emmett zusammen gemacht hatte, sammelte sich Staub, und als die aufgeklebten Abzeichen abblätterten, hatte Irene sie weggeworfen. Sam dachte an Scharfschützen, die sich im tropischen Blattwerk verborgen hielten. Die Soldaten behaupteten, sie hätten es gefühlt, wenn sie von Scharfschützen beobachtet wurden. Der Pappanzer war hohl. Das Rot, Weiß und Blau waren tote Farben.

»Ich mußte mit einem Mann wegen einem Hund sprechen«, sagte Tom lächelnd, als er sich neben sie setzte. Er berührte wieder ihre Hand, und Sam hörte, daß die Musik aus dem Lautsprecher von den Animals war, *The House of the Rising Sun*. Emmett hatte ihr gesagt, daß es in dem Lied um ein Bordell ging. Sie entdeckte Allen und seine Frau. Die beiden waren das einzige Paar auf der Tanzfläche, und sie bewegten sich langsam und hielten einander eng umschlungen.

Sam sagte zu Tom: »Hast du zu Hause eine Freundin gehabt, der du geschrieben hast, als du da drüben warst – im Feld?«

»Ja. Aber sie hatte genug von mir. Ich hab ihr Briefe geschrieben, aber sie hatte keine Lust mehr zu warten.«

»Hat sie einen andern geheiratet?«

»Ja. Aber es war okay. Sie wär nicht mit mir zurechtgekommen, als ich zurück war. Sie wollte alles ganz normal, eine Familie und ein Ranchhaus mit 'ner Garage für zwei Wagen. Sie hätte nicht in meine Geschichte gepaßt. Also hat sie den ersten besten braven Mann geheiratet, der ihr über den Weg lief. Aber weißt du was, Sam?«

»Was?«

Er berührte ihre Ohrringe. »Diese Ohrringe sind ganz was Besonderes«, sagte er.

Sie hörten laute Stimmen. Es waren wieder Pete und Earl. Sie standen auf der anderen Seite der Halle, und Sam konnte nicht verstehen, was sie sagten, aber dann sah sie, wie Pete urplötzlich in den Pappanzer krachte. Earl hatte ihn niedergeschlagen.

»Oh, Pete wird sich das nicht gefallen lassen!« rief Tom und lief auf die beiden zu.

Pete und Earl hatten sich ineinander verknäult. Sie fielen auf den Panzer und zerdrückten ihn.

»Oh, meine ganze Arbeit«, stöhnte Jim. »Und die teure Sprühfarbe.«

Emmett war derjenige, der den Kampf beendete. Sam war nicht klar, wie er das schaffte, aber die beiden Männer schienen Emmett zu respektieren. Sam war überrascht. Sie sah, daß Earl ging, und Pete hatte ein breites Grinsen im Gesicht. Er war nicht verletzt. »Ich mußte den Panzer verteidigen«, sagte er, »aber es sieht so aus, als ob ich ihn dabei ruiniert habe.« Er lachte und trank sein Bier aus. »Earl ist sehr drauf aus, seinen Arsch und seinen Kopf zurechtgebogen zu bekommen. Das ist nun wirklich jemand, der Probleme hat. Selbst das Vet-Büro würd sofort sehen, daß der Probleme hat.«
Sam traf Cindy auf der Toilette. Sie malte sich gerade die Lippen an.
»Immer passiert gerade mir sowas Peinliches«, sagte sie. »Aber diesmal hatte Pete recht. Earl hat geradezu nach einer Schlägerei gelechzt.«
»Ich glaub, er ist betrunken«, sagte Sam.
»Er verträgt keinen Alkohol«, sagte Cindy und tupfte ihren Lippenstift mit einem gelben Kleenex ab. »Ist das mit Buddy Mangrums kleinem Mädchen nicht furchtbar?«
»Ja.«
»Ich hab gehört, daß Emmett es mit der Leber hat, Sam. Ist das wahr?«
»Nein. Ich glaub nicht. Ich hoffe nicht.«
»Ich hab gesehen, wie er Bier getrunken hat, und ich hab gedacht, daß er lieber nicht trinken sollte, wenn er Probleme mit der Leber hat.«
»Er hat viele Probleme, aber nicht mit der Leber.« Panik überfiel Sam. An die Leber hatte sie noch gar nicht gedacht.
»Buddy kann noch nicht mal ein Bier trinken.« Cindy zupfte mit der Plastikspitze eines Kamms an ihrem kurzen, krausen Haar herum. »Emmetts Gesicht sieht jetzt gar nicht so schlimm aus.«
»Er benutzt eine Heilsalbe.« Cindy war so neugierig. Sam

haßte es, wie in Hopewell jeder über jeden Bescheid wußte.
»Sieht so aus, als amüsierte er sich gut mit Anita«, sagte Cindy.
»Ja. Sie ist nett.«
»Die Frau ist seit Jahren hinter ihm her. Wußtest du das?«
Als Sam sich die Haare kämmte, sagte Cindy: »Ich hätt nicht den Mut, all diese Ohrringe zu tragen. Wie machst du das nur?«
»Es ist nicht weiter schwer. Meine Freundin Dawn hat vier Löcher in jedem Ohr. Sie hat fünfzig Paar Ohrringe.«
»Das erinnert mich an das, was diese Typen da drüben gemacht haben.«
»Was?«
Cindy schauderte und zerrte an ihrem Haar. »Du bist wahrscheinlich noch zu jung dafür, aber ein paar von denen haben den Feinden die Ohren abgeschnitten und sie als Souvenirs mitgenommen. Es war fürchterlich. Sie brachten sie nach Hause und gaben damit an. Pete hat auch ein paar mitgebracht, und eine lange Zeit hab ich mir nichts dabei gedacht. Er war stolz, daß er seinem Land gedient hatte, und ich war auch stolz darauf. Und es dauerte Jahre, bis mir überhaupt klar wurde, wie grausig das mit den Ohren war. Ich schaff das nicht mehr, Ohrringe zu tragen. Ich muß immer an diese Ohren denken. Sie sehen so süß aus. Und braun. Wie kleine, junge Pilze. Kleine Mauseohren. Oooh! Seit Jahren will ich sie loswerden, aber wo soll ich mit ihnen hin?«
Sam wollte nichts über Ohrensammlungen hören. Sie glaubte Cindy nicht. Sie ging schnell hinaus. Cindy war keine Frau, die wie Anita gerne lachte. In der Turnhalle sang Donovan *Sunshine Superman*. »I know a beach where, baby, it never ends.« Es war ein Lied voller Geheimnisse. Sam sehnte sich nach den Sechzigern.

Sie wünschte, sie könnte zu Toms Werkstatt gehen und ihm zusehen, wie er an einem Geländemotorrad arbeitete. Sie wollte seine Narben sehen. Vielleicht brauchte er ein wenig Körpertherapie in einem Whirlpool. Oder in heißem Badewasser. Tom sah in Jeans noch besser aus als in den weiten Armeehosen. Er hatte kräftige Beine und einen flachen Hintern. Als sie mit ihm getanzt hatte, war er über der Taille unbeweglich wie eine Schaufensterpuppe gewesen, aber das gab ihm ein gewisses Flair. Sie mochte das.

Als sie zurückkam, stand Tom bei Jim und Allen. Jim weinte. »Den Leuten ist eigentlich alles egal. Warum sind nicht mehr gekommen? Warum haben sie nicht getanzt? Die Menschen kümmern sich nicht wirklich um Menschen, Sam. Ich hab mir selbst was vorgemacht. Es ist enttäuschend.«

Allen versuchte, Jim zu beruhigen, aber Jim füllte sich noch einmal seinen Becher am Bierfaß. Er wurde lauter und weinerlicher. Er sagte: »Ich hab gedacht, daß es was bedeuten würde, wenn man zusammen sowas wie einen Krieg durchgemacht hat.«

»Tut es doch auch, Jim«, sagte Tom.

»Meint Emmett das auch, Sam?«

»Ich glaub ja.«

»Er hat 'ne Menge Kumpel dort verloren. Ne *Menge* Kumpel.« Jim trank etwas Bier und sagte: »Die Leute verstehen nicht immer, wieso Nam was anderes war. Nehmt meinen Daddy. Er denkt, ich hätt's genauso machen sollen wie er, als er im Zweiten Weltkrieg im Pazifik kämpfte. Aber er war draußen auf'm Schiff, und er konnte die Japaner kommen sehen. Er wußte, wer der Feind war. Er wußte, wofür er kämpfte. Er will nicht verstehen, wieso Vietnam was anderes gewesen sein soll. Er hat einen Dickkopf.«

Sam fühlte sich nicht wohl in Jims Nähe, und sie war froh, als Tom ihre Hand drückte und sie fragte, ob sie gehen wolle.

»Schaffst du's nach Haus, Jim?« fragte Tom.
»Ja. Ich werd noch 'n bißchen aufräumen und dann runter zu McDonald's gehen und 'n Kaffee trinken.«
»Ich fahr dich«, sagte Allen und berührte Jim am Ellenbogen.
Sam bemerkte, daß Anita und Emmett gegangen waren. Sie folgte Tom nach draußen zu seinem Wagen. Er hielt eine Hand nach hinten ausgestreckt, und sie nahm sie, als sie über den Parkplatz gingen. Sie kam sich vor, als wenn sie etwas höchst Gewagtes täte, so etwas, wie einem Soldaten folgen, der die Vorhut bildete. Eine Pfütze orangefarbenen Lichtes von einer Straßenlaterne sah aus wie Napalm. Eine in der Zeit erstarrte Napalmbombe, dachte sie. Palmen unter dem Licht. Na-palmen. Nicht-Palmen.
Zuerst dachte sie, sie hätte ein Kaninchen im Schoß, aber es war Toms Hand. Sie war lang, dünn, kräftig, ein Vogel mit kleinen Krallen. Sie fand die Schmiere unter seinen Nägeln. Toms Lippen waren so anders als Lonnies. Lonnies waren hart und faltig, und Toms waren breit und weich und hüllten sie ein.
»Was machst du mit mir?« sagte er schließlich. »Ich fahr dich besser nach Haus. Ich fürchte, ich hab dich 'n bißchen zuviel trinken lassen.«
»Nein. Ich muß nicht nach Haus. Es gibt bei mir keine Sperrstunde.«
»Was meinst du, wo wir hinfahren sollen?« Er saß da und wartete – daß sie eine Entscheidung traf, so als wollte er nicht verantwortlich sein.
»Ich muß nicht nach Haus. Emmett wird nicht da sein. Er wird's nicht erfahren, wenn ich nicht nach Haus komm. Er ist zu Anita gegangen.«
»Ich bin ganz weg vor Freude, daß er wieder mit Anita zusammen ist«, sagte Tom und drehte den Zündschlüssel. Er saß einen Moment da, wartete und fuhr dann aus der Parklücke.

Sam stellte das Radio an und suchte Rock-95. Rock-95 spielte wieder das Beatleslied. Sie würde die Beatles überall wiedererkennen. John war der Sänger. »You better leave my kitten all alone«, sang er. »I told you, big fat bulldog, you better leave her alone.« Sam mußte diese Platte finden. Sie wollte sie für jeden, den sie liebte, spielen. Es war eine neue Botschaft aus der Vergangenheit, etwas, woran man sich halten konnte.

18

»Es *war* eine neue Platte von den Beatles«, sagte Sam, als sie die Außentreppe zu Toms Wohnung hinaufgingen. Er folgte ihr, seine Schlüssel klimperten. Jetzt bildete sie die Vorhut.

»Ich hab nicht gewußt, daß sie immer noch singen.«

»Man kann nicht sagen, daß es neu ist, aber es ist jetzt erst gerade rausgekommen. Meine Mutter war früher verrückt nach ihnen. Sie hatte all ihre alten Platten, aber diese eine hatte sie nicht.«

Tom hatte sein Außenlicht angelassen. Er schloß die Tür auf und knipste das Küchenlicht an. Seine Küche hatte eine alte, einteilige Spüle aus Porzellan, voll mit schmutzigem Geschirr. Der Tisch, ein Kartentisch, war mit einer Wachstuchdecke bezogen. Er war voller Essensreste und Krümel. Tom nahm einen Haufen Kleidungsstücke vom Boden auf.

»Wenn ich gewußt hätte, daß ich Gesellschaft krieg, hätt ich aufgeräumt«, sagte er entschuldigend.

Er brachte die Kleider ins Badezimmer, und als er herauskam, ging Sam hinein. Es schien, als wäre keine Zeit vergangen, aber er hatte die Toilette abgezogen, und das Wasser strudelte immer noch nach unten, gegen den Uhrzeigersinn. Wenn man am Südpol die Toilette abzog, floß es mit dem Uhrzeigersinn. Woher wußten sie das? Wie

viele Toiletten gab es am Südpol? Man mußte schon sehr genau hinsehen, um so etwas zu bemerken. Vielleicht hatten einige Entdecker ein paar mobile Toiletten mitgenommen. Im Dschungel war in der Notration auch Toilettenpapier. In Sams Kopf drehte sich alles – mit dem Uhrzeigersinn oder gegen den Uhrzeigersinn? Sie bespritzte sich das Gesicht mit Wasser. Sie trocknete das Gesicht an einem feuchten, riechenden Handtuch und strich sich das Haar hinter die Ohren, so daß ihre Ohrringe zu sehen waren. Ihr war klar, daß etwas geschehen würde, wie eine vertraute Szene aus einem Film, die Stelle in Zeitlupe, wo sich das Paar zwischen den Laken wälzt und die Zeit vergeht. Sie hoffte, daß es keine plötzlichen Schnitte geben würde. Sie wollte nichts verpassen.
Tom warf gerade eine gesteppte Decke über das Bett. Großmutter Smith hatte eine ähnliche. Der Gedanke, daß ein Typ wie Tom eine gesteppte Patchwork-Decke hatte, war angenehm. Sie überlegte, ob seine Großmutter sie genäht hatte, aber dann kam es ihr unpassend vor, danach zu fragen. Im Dschungel hatten sie Ponchos, die zur Militärausrüstung gehörten, um sich vor Regen zu schützen. Sie schliefen in matschigen Gräben.
Tom hatte sein Hemd ausgezogen. Er war nicht besonders behaart. Seine Körperhaltung war gar nicht so schlecht. Und sie sah keine Narbe. Jetzt erinnerte sie sich daran, wie sie vor zwei Minuten, als er im Bad gewesen war, in der Schlafzimmertür gestanden hatte. Sie hatte da gestanden und auf sein ungemachtes Bett gestarrt, an dessen Fußende zusammengedrückt die gesteppte Decke gelegen hatte. Der Film lief rückwärts. Nochmal von vorn.
»Komm zu mir«, sagte er. »Ich möchte dich kennenlernen.«
Seine Schultern waren kräftig und starr. Sie legte langsam die Arme um ihn und erforschte sanft seinen Rücken. Seine Muskeln waren fest wie Vorhangskordeln. Sie wollte ihm

nicht wehtun. Sie hatte Angst, er könne Schmerzen haben, wenn er sich im Bett hin- und herwarf und seine Schultern so drehte, wie sie es nicht vertrugen.

Das Licht aus dem Badezimmer war das einzige Licht, und sie konnte sein Gesicht nicht ganz sehen, aber sie konnte winzige Unebenheiten auf seinem Rücken fühlen.

»Shrapnell«, sagte er. »Das ist nichts weiter.«

Er hielt ihre Brüste und hob sie sehr langsam, nicht so, wie Lonnie das machte, nicht so grob und schnell, als drücke er rote Gummibälle.

Nach einer Weile bemerkte sie, daß das Radio spielte. Rock-95. Pat Benatar schrie: »Hell is for children!«

»Fühlst du dich gut?« sagte Tom.

Sam nickte. Sie versuchte mit aller Gewalt, sich zu konzentrieren. Der Streifen hellen Lichts unter der Badezimmertür sah wie ein gelber Markierungsstift aus, der die Hauptthemen ihres Lebens hervorhob. Sie hatte Angst, daß sie sich übergeben müßte. Sie nahm die Zeitlupeneinstellungen und die plötzlichen Schnitte wahr, aber sie schienen nirgendwo hinzuführen. Nach einer Weile ließ er sie los und lehnte sich in das Kissen. Herpes, dachte Sam. Er hat Herpes.

»Das hier ist peinlich«, sagte er und legte sich zurück, die Hände über den Augen. Ihre Hand glitt hinunter. Sie fühlte etwas wie ein Knäuel junger Kätzchen. Er hatte noch nicht einmal eine Erektion. Sam erinnerte sich, wie sie auf einer dieser Halloweenparties gewesen war, wo man im Dunkeln komische Dinge erfühlen mußte. Vielleicht hatte er zuviel getrunken. Vielleicht war er zu alt, es zu tun.

»Du bist so ein nettes Mädchen«, sagte er. »Versprich mir, daß du nicht lachst.«

»Was meinst du?«

Er griff nach einer Zigarette in seinen Sachen auf dem Boden. Er klopfte sie gegen seine Handfläche und zündete

ein Streichholz an. In der Flamme standen die Impfnarben auf seinen Oberarmen hervor. »Ich hätt dich nicht herbringen sollen. Das hier ist schrecklich.«
»Was ist los?«
»Ich bin ganz heiß auf dich, aber ich kann nichts machen. Du machst mich wahnsinnig, so verrückt bin ich nach dir.«
Sam schmiegte den Kopf an seine Schulter, aber er wandte sich ihr nicht zu. Er rauchte seine Zigarette. Das Radio spielte ein New-Wave-Lied, dessen Titel ihr nicht einfiel, von einer Gruppe, die sie nicht kannte. So saßen sie eine Zeitlang, und Sams Kopf wurde langsam klarer.
»Das hier kann man nicht gerade Verführung Minderjähriger nennen«, sagte er bitter. »Ich hab gedacht, daß es vielleicht klappt, weil du mich so sehr angetörnt hast.«
Er langte über Sam hinweg und schnipste Asche in den Aschenbecher am Bett. Sam nahm den Aschenbecher und hielt ihn für ihn. Es hatte sie noch nicht einmal gestört, daß sein Atem nach Tabak roch.
»Bist du da unten auch verwundet worden?« fragte sie. »Liegt's daran?«
»Nein. Es ist nur in meinem Kopf. Wie eine Mauer aus Ziegelstein. Die Große Chinesische Mauer. Ich renn mir den Kopf daran ein.«
»Von sowas hab ich noch nie gehört. Bist du am Kopf getroffen worden?«
»Nein. Da ist bei mir alles in Ordnung. Es ist nur in meinem Kopf. Hast du schon mal was vom Sieg des Geistes über die Materie gehört?«
»Ja.«
»Ja, also, meine Gedanken kommen dazwischen. Sie bringen mich dahin, wo ich nicht hin will. Ich hab gedacht, mit dir wär's anders, ist es aber nicht.« Er zog an seiner Zigarette und legte dann den Arm um sie. »Ich hab das nicht als Vorwurf gemeint. Ich bin schuld.«

Sam legte den Kopf an ihn und versuchte, näher bei ihm zu sein. Noch nie hatte sie sowas Schreckliches erlebt. Sie verstand nicht, wovon er sprach. Ihr wurde übel. Das Licht aus dem Badezimmer verbreitete einen kranken Schein im Raum. Sie lagen da, ohne sich zu bewegen, bis er seine Zigarette zu Ende geraucht hatte.

»Es ist nichts Ungewöhnliches«, sagte er. »Viele haben das gleiche Problem.« Er drückte seine Zigarette aus und zog die Decke über seine und ihre Schultern. Aus seiner Klimaanlage kam kalte Luft. Er sagte: »Ich hab diese Sendung im Fernsehen gesehen, wo man sich operieren lassen kann. Sie legen dir ein Ding ein, das du aufpumpen kannst, wenn du auf eine Taste drückst. Das ist die unglaublichste Sache von der Welt. Du drückst eine Taste, und er füllt sich mit Salzwasser, das in einem kleinen Gummibeutel aufbewahrt wird, und er bleibt steif von jetzt bis Weihnachten, wenn du willst. Da gibt's dann auch noch eine andere Taste zum Abschwellen. Ich hab das gesehen, und ich hab gedacht, Mann, genau das brauchst du! Das wär so, wie wenn dein Auto immer sofort anspringt, auch wenn's morgens im Winter kalt ist.«

»Oh, paaah. So'n Ding mußt du dir besorgen.«

»Ha! Nur daß die zehntausend Dollar kosten. Wo soll ich zehntausend Dollar hernehmen!«

»Machen sie diese Operation auch übers Vet-Büro?«

»Da würd ich riskieren, daß ich am Schluß amputiert wär, so wie die da arbeiten.«

Sam stellte sich vor, wie sich sein Penis ausdehnte und wuchs wie Pinocchios Nase. Die moderne Technologie brachte alles zustande, dachte sie. Wenn man das nötige Geld hatte.

»Sie machen sie den Querschnittsgelähmten, damit sie einen Steifen bekommen und ihre Frauen bedienen können«, sagte Tom. »Aber die sind ohne Empfindung. Versteh mich nicht falsch, Sam. Ich bin nicht ohne Empfindung. Ich kann empfinden, und es treibt mich zum Wahnsinn.«

»Bekommst du dafür Versehrtengeld?«

»Das glaubst du doch selbst nicht!«

»Bist du schon beim Vet-Büro gewesen?« Das hier war wirklich deprimierend. Ihr ganzes Leben drehte sich um zwei Männer, die der Gnade des Vet-Büros ausgeliefert waren.

»Ja. Sie haben mir Valium gegeben und mich zu einer Gesprächsgruppe geschickt, aber ich bin nicht mehr hingegangen, als ich von St. Louis hierher zurückgezogen bin. Sie bringen nichts.« Er drehte sich auf die Seite, weg von ihr.

Sam wußte nicht, was sie sagen sollte. Es war ihr fast nach Kichern zumute, aber sie wollte nicht, daß er es falsch auffaßte. Das Ganze war absurd. Sie streichelte sein Gesicht. Es fühlte sich wie zerknittertes Vinyl an, sein Kinn war stoppelig.

»Niemand weiß was davon«, sagte Tom. »Wenn die andern das wüßten, würden sie mich ständig mit diesen Pimmelpumpen hochnehmen. Ich hätte dich nicht herkommen lassen sollen. Du bist ein zu nettes Mädchen.«

»Wieso denkst du, ich wär so ein nettes Mädchen? Ich bin rauschgiftsüchtig, und im Augenblick bin ich betrunken, und mein Onkel ist verrückt. Hast du Angst, daß ich Emmett was sag?«

»Nein.« Er setzte sich auf und nahm wieder eine Zigarette. Ehe er sie anzünden konnte, legte Sam die Arme um ihn und kuschelte sich dichter an ihn, sie versuchte, ihm wirklich nahe zu sein. Da er schon nicht in sie eindringen konnte, wollte sie ihn wenigstens mit den Armen umschließen.

»Halt mich«, sagte er. »Bleib einfach nur richtig nah.« Er grub seinen Kopf in ihr Haar.

»Mein Gott, Sam«, sagte er, als er hochkam, um Luft zu

holen. »Ich hab noch nie solche Muskeln bei einem Mädchen gefühlt.«
Das war ein Kompliment, dachte sie. Als sie ein paar Stunden später wach wurde und sich ihr Kopf im Dunkeln drehte, klammerte er sich noch immer im Schlaf an sie.

19

Am nächsten Morgen hatte sie Kopfschmerzen und einen Geschmack von Rost im Mund. Früher am Morgen hatten sie sich einander zugedreht, und sie hatte seinen sauren Atem gerochen. Sie war wieder eingeschlafen, und als sie aufwachte, war er weg. Die Laken rochen. Im Kühlschrank fand sie eine Cola, und sie war so durstig, daß sie die Hälfte ohne abzusetzen in sich reingluckern ließ. Von der Cola fühlte sie sich taumelig, und ihr wurde schlecht.
Sie fand Tom unten, er bastelte an einem Geländemotorrad herum. Er war schon schmutzig von der Arbeit. Er fragte sie, ob sie ein paar Eier wolle, und sie sagte ja und dachte, er würde mit ihr zusammen wieder hochgehen, statt dessen sagte er ihr, wo Brot und Eier waren. Sie sollte sich bedienen. Er trank eine Cola und rauchte. Sie sagte, daß sie vielleicht doch lieber laufen wollte. Sie wollte nach Hause gehen und sich umziehen.
»Sag mir Bescheid, wenn du den VW kaufen willst, Sam«, sagte er. »Ich hab 'n bißchen was dran gemacht.«
Er deutete auf das Auto, das noch immer da stand, wo es den ganzen Sommer über gestanden hatte. Die rostigen Flecken ähnelten Pilzen, die darauf gewachsen waren.
Während sie in der blendenden Sonne nach Hause ging, spielte sich die Nacht noch einmal in ihrem Kopf ab. Ihr wurde klar, daß er so verlegen gewesen war, daß er ihr bei Tageslicht nicht in die Augen sehen konnte. Er schämte sich zu sehr. Sie hatte nicht gewußt, was sie sagen sollte. Es

machte sie rasend, daß ihr niemals die passenden Worte einfielen. Letzte Nacht war sie zu betrunken gewesen, und heute morgen hatte sie sich von seiner Verlegenheit einschüchtern lassen.

Als sie McDonald's sah, dachte sie an Emmett. Und dann fiel ihr ein, daß Emmett vielleicht das gleiche Problem wie Tom hatte. Das schien ihr jetzt ganz klar. Das war's, weshalb er keine Freundin hatte. Vielleicht hatte Emmett sogar eine echte Verletzung, irgendeine Art von zerstörtem Nerv. Tom hatte gesagt, Emmett habe keine Verletzung, aber vielleicht hatte er doch eine. Emmett wollte keinen Job, weil Männer Jobs hatten, um eine Familie ernähren zu können, und wenn sie keine Familien haben konnten, wozu sich dann bemühen? Dies schien eine einfache Erklärung. Frauen wollten Jobs, um etwas zu beweisen, aber Männer hatten Jobs wegen Frauen.

Tom *mußte* eine von diesen Pumpen haben, dachte sie. Und vielleicht brauchte Emmett auch eine. Sie fragte sich, was letzte Nacht zwischen ihm und Anita passiert war. In ihrem Kopf hatte sie ein so schönes Bild gehabt, wie die beiden zusammen in Anitas Wohnung waren. Aber jetzt war sie sich nicht mehr so sicher.

Ihr wurde klar, daß ein Lied in ihrem Kopf spielte.

You can't start a fire without a spark
This gun's for hire
Even if we're just dancing in the dark

Emmett war nicht zu Hause. Moon Pie war noch drinnen, und Sam fütterte ihn und ließ ihn raus. Ihr war nicht nach Laufen zumute. Seit gestern morgen hatte sie ihre Ohren nicht mehr mit Alkohol betupft, und vom Druck der neuen Ohrringe hatte sich eine Kruste gebildet. Nachdem sie ihre Ohren gesäubert hatte, aß sie eine Schüssel Total, legte sich aufs Sofa und sah MTV, bis sie einschlief.

Am Nachmittag ging sie ins Einkaufs-Center. Sie hatte

vor, nach einem Geschenk für die Hochzeit von Lonnies Bruder zu gucken, aber dann fiel ihr ein, daß sie gar nicht zu der Hochzeit gehen mußte, wenn sie mit Lonnie Schluß machte. Angemessene Hochzeitsgeschenke waren zu teuer. Bei Penney's ging sie schnell durch die Abteilungen, Lampen, Koffer, Schreibmaschinen. Sie sah sich Silber, Porzellan und künstliche Blumen an. Martha hatte häufig das Muster von Jennifers Eßgeschirr erwähnt, aber ihr fiel die Marke nicht ein, und die Geschenkliste der Braut lag in einem Geschäft unten in der Stadt. Sets kosteten vier Dollar. Ein Set würde nicht reichen. Während sie sich Bettwäsche ansah, erinnerte sie sich an das Bett von Lonnies Mutter. Als sie da eines Abends mit Lonnie allein gewesen war, war sie versucht gewesen, sich in das Himmelbett seiner Eltern zu legen, aber Lonnie hatte sich nicht getraut. Statt dessen hatten sie in Lonnies Superman-Laken gelegen, und Sam war Lois Lane gewesen, die in Supermans Armen wegflog. Es war so ähnlich gewesen, wie ein Flug mit einem Segeldrachen.

Jetzt spürte sie überhaupt keine Sehnsucht nach Lonnie. Sie hatte sie verloren, so wie sie einmal Weihnachten plötzlich von Kirschen in Schokolade genug gehabt hatte. Jetzt zitterte sie vor Sehnsucht nach Tom. Sie mußte sich was einfallen lassen, damit es mit ihm klappte. Sie hätte sexyer sein sollen, erwachsener, verständnisvoller. Der Reiz, mit einem älteren Mann zusammen zu sein, war zu überwältigend gewesen. Sie hatte nicht gewußt, wie sie das in den Griff kriegen sollte. Später hätte sie Dawn so viel zu erzählen.

Sie ging von Penney's zum K-Mart am anderen Ende des Einkaufs-Centers. Bettwäsche war dort billiger. Die Sets sahen nach nichts aus. In der Sportabteilung sah sie sich Tops an, aber sie wirkten alle billig, nicht sexy wie Anitas. Nachdem sie eine Weile in dem Geschäft ziellos hin- und hergewandert war, hatte Sam das plötzliche Bedürfnis, eine leuchtend rote Keramikkatze mit einem breiten Grinsen im Gesicht und einem Schlitz für Münzen auf dem Rükken zu kaufen. Die Katze war rund und dick und so groß wie eine Wassermelone. Ihr breites Gesicht erinnerte sie an Moon Pie. Sie war genau das Richtige für ihre Mutter. Sie war exzentrisch und persönlich, sehr ausdrucksvoll, dachte sie. Irene würde ihren Spaß daran haben. Sie würde lachen. Sam wollte ihre Mutter lachen hören.

»Die Leute kaufen diese Katzen und stellen sie neben ihren Kamin«, sagte die Kassiererin.

»Sie ist unserem Kater zu Hause wie aus dem Gesicht geschnitten«, sagte Sam. »Nur daß er schwarz ist.«

Sie bezahlte die Katze, und die Kassiererin sagte: »Vielen Dank für Ihren Einkauf im K-Mart.«

In der Tür traf Sam Pete Simms.

»Seh ich recht«, sagte er. »Hallo, Sambo.«

»Hallo.«

»Ist Emmett gut nach Haus gekommen?«

»Ich hab ihn heute noch nicht gesehen. Hast du dich von deiner wilden Schlägerei erholt?« fragte sie zum Spaß.

»Mann. Der Kerl hat um Schläge gebettelt. Was hast du da in dem Päckchen?«

»Ein Geschenk für Mama.«

Sam hatte keine Lust, sich mit Pete zu unterhalten. Sie war verkatert, und sie wollte nach Hause, aber sie wollte Pete nicht fragen, ob er sie mitnahm.

»Was hast du ihr gekauft?«

»Nur was Albernes«, sagte sie verlegen. »Es ist eine Katze aus Porzellan. Man stellt sie neben den Kamin. Das ist der letzte Schrei.«

»Oh.« Er schien nicht beeindruckt.

»Außerdem ist sie ein Sparschwein, wenn's dich interessiert. Aber du willst mich ja nur ärgern.«

»Ich ärger die Leute gern. Meine Frau kann's nicht ertragen, wenn ich sie ärger.«

»Kann ich verstehen.« Sam verzog das Gesicht, als sie sich daran erinnerte, was Cindy ihr am Abend vorher auf der Toilette erzählt hatte. Es schien unwirklich.

Pete lachte. »Meine Frau, sie spielt die feine Dame und sagt: ›Laß das!‹« Er machte sie mit einer komischen Fistelstimme nach, so wie Mick Jagger die BeeGees in *Emotional Rescue* nachmachte.

Pete griff nach Sams Ellbogen und traf sie am Musikknochen. »He, hast du Lust, mit mir runter ins ›Bottom‹ zu kommen? Es ist noch früh, und wir haben einen schönen langen Samstagabend vor uns.«

»Nö. Kann nicht. Hab was anderes vor.« Pete war unrasiert und hatte auf der Oberlippe einen Streifen Zahnpasta oder Creme. Seine Jeans hingen so tief auf den Hüften, daß sie runterzufallen drohten.

»Du hast viel für Tom übrig, oder?« sagte er und starrte sie an. »Ich hab gesehn, wie du ihn angeguckt hast. Ich hab gesehn, wie ihr beide getanzt habt.«

Sam antwortete nicht.

Er sagte: »Komm, ich spendier 'ne Cola. Wenn du schon nicht mit mir ins ›Bottom‹ willst.«

»Na gut.« Sie hatte Durst, und gegen eine Cola umsonst war nichts einzuwenden. Wenigstens könnte er im K-Mart nichts versuchen.

Sam und Pete setzten sich in eine Nische hinten im K-Mart, tranken Cola und unterhielten sich über Toms VW.

»Meine Mama hatte früher einen VW, und mir gefällt's, wie sie sich fahren.« Sam zwirbelte mit dem Strohhalm. »Ich hab keine Lust mehr, überallhin zu Fuß zu gehen.«

»Emmett macht's nichts aus, wenn er überallhin zu Fuß geht, oder?«

»Nein. Er tut's gern. Er will auch nirgendwo Besonderes hin. Wenn er ins ›Bottom‹ will, kann er mit dir oder Tom oder sonst jemand fahren.«

»Ist er gestern abend mit zu Anita gegangen?«
»Ich glaub schon. Ich hab ihn nicht mehr gesehen.«
»Ich hab Anitas Auto heute morgen an der Tankstelle stehen sehen. Sie hat die Reifen prüfen lassen. Emmett war nicht dabei.«
»Das ist komisch.« Sam war durcheinander. Vielleicht hatten Anita und Emmett vor, irgendwo hinzufahren, und sie ließ den Wagen nachsehen.
»Emmett schießt den Vogel ab«, sagte Pete lachend. Er schüttelte den Kopf, als kennte er die ganze Welt.
»Emmett hat mir erzählt, daß du Vietnam richtig vermißt hast«, sagte Sam vorsichtig. »Er hat mir erzählt, daß du lieber wieder dort wärst. Stimmt das?«
Pete besah seine Knöchel und streckte die Finger und scheuerte dann mit den Ellbogen auf dem Tisch herum. »Es war da okay«, sagte er und nickte langsam. »In gewisser Weise war es das beste Leben, das ich je gehabt hab. Das war wirklich was.«
»Emmett hat nie sowas gesagt. Er hat gesagt, es wär fürchterlich gewesen.«
»Naja, vieles davon war's auch. Aber man hat da Sachen erlebt, die man sonst nirgendwo erleben kann.«
»Wie was zum Beispiel?«
»Oh, ich weiß nicht. Das ist schwer zu erklären. Es war einfach das Intensive an der Sache, das, was man da alles zusammen durchgemacht hat. Das bedeutete was.«
Er trank etwas von seiner Cola und sagte: »Zum Teufel, ja, ich geb's zu. Ich hab's genossen. Ich hab mich da drüben gut gefühlt. Ich hab gewußt, was ich tat. 'N paar Sachen wußte ich. Es gab da eine Trennungslinie. Leben und Tod. Aber es war frustrierend. Der Krieg wär bestens gewesen, wenn sie uns hätten gewinnen lassen.«
»Wie meinst du das?«
Er zog an seinem Strohhalm. »Heh, sie haben uns da reingeschickt, wir sollten unseren Job machen, und dann

haben sie uns rausgeholt, und wir mußten dann wieder von vorn anfangen oder mußten's einfach laufenlassen. Wir wurden die ganze Zeit immer wieder aus dem Hinterhalt angegriffen, und wir haben überhaupt kein Gelände besetzt. Wir sollten keinen neuen Krieg anfangen, wenn wir ihn nicht auch *gewinnen* wollen. Du weißt doch, daß ich hier beim Straßenbau arbeite und wie wir den Zubringer zur I-24 gebaut haben? Mann, wir haben die Straße da einfach hingelegt, sie direkt mit dem Bulldozer ausgehoben und durch die kleinen Hügel geschnitten, einfach so, klatsch hingelegt, und heute kannst du die ganze Strecke von hier nach Paducah auf der I-24 fahren. Wenn wir so ein Straßenprojekt da drüben gehabt hätten, hätten wir den Krieg gewinnen können. Wenn wir irgendwas da drüben mit dieser Art von Entschlossenheit gemacht hätten.« Er lachte. »Wir hätten den Ho-Chi-Minh-Pfad asphaltieren und eine vierspurige Autobahn daraus machen sollen. Dann hätten wir sehen können, wo Charlie sich versteckt hielt, und wir wären auf ihn vorbereitet gewesen. Mit 'ner Autobahn weißt du immer, wo's lang geht.«

»Die grünen Schilder sagen dir's«, sagte Sam.

»Ich hab mir vorgestellt, das ganze Land da umzupflügen, so wie man im Frühling die Erde umgräbt.« Er lachte. »Aber ich weiß nicht. Das Wetter war unser großes Problem. Die Panzer sind einfach im Matsch steckengeblieben. Aber all die Feuerkraft, die wir hatten – wir hätten sie zehnmal damit wegpusten können, wenn sie uns nur gelassen hätten. Die Taktik war ganz falsch. Wir hatten die Technologie, diesen Krieg zu gewinnen. Gar keine Frage, wir *hatten* die Technologie. Wir haben diesen Krieg ganz falsch angefaßt. Wir haben unsere *wirkliche* Technologie nicht eingesetzt. Wir haben gerade nur soviel eingesetzt, daß die Schlitzaugen uns ausrechnen und fertigmachen konnten. Sie kriegten unsere Einsatzpläne raus, unseren

Tagesablauf. Sie wußten, wann wir mit unserer Artillerie rausgingen, sie wußten, wann die Hubschrauber kamen. Wenn man ein Nachschubdepot zerstört hatte, legten sie einfach ein neues an einem unerwarteten Ort an. Sie hatten ganze Reservesysteme. Sie waren gerissen, die gerissensten kleinen Bastarde, die man sich vorstellen kann.« Er schlug mit der Faust auf den Tisch. »Es gibt nichts, das so verschlagen ist wie der Asiate. Weißt du, was die gemacht haben? Drüben in der Nähe von Nashville ist doch dieser kleine Zoo, wo's Präriehunde gibt? Man sieht über eine Betonbrüstung all die Löcher im Boden, und die Präriehunde haben ein unterirdisches Netz von Tunneln angelegt. Sie rennen in den Tunneln rum, und man kriegt sie nur raus, wenn man Bomben schmeißt oder sie ausräuchert. Der Feind war genauso. Ich könnte schwören, die hatten die ganze Strecke von Hanoi bis Saigon solche Tunnel. Man hätte eine Menge Bomben gebraucht, aber wir hätten's schaffen können. Das wär wenigstens was Konstruktives gewesen.«
»Wie kann sie in die Luft jagen was Konstruktives sein?«
Darauf antwortete Pete nicht. Er sagte: »Wenigstens hat dein Daddy da drüben seine Arbeit gemacht, bevor die Moral in den Arsch ging. Entschuldige den Ausdruck, Süße. Ich glaub, er hat gewußt, was er wollte. Später haben die Soldaten sich einfach gehenlassen. Sie haben nicht mehr gekämpft, und sie haben sich bekifft, und das machte es für alle schwer.«
»Hattest du drüben manchmal große Angst?«
»Ja, aber wenn man sich erinnert, denkt man nicht daran.«
»Woran denkst du dann?«
»Oh, an eine ganze Menge.« Pete lachte – ein diabolisches Lachen, so wie Frank Burns in M.A.S.H gelacht hatte, als er mit einem Panzer in die Frauenduschräume gefahren war. Als Burns in Colonel Potters Jeep hineingefahren war, hatte der Colonel seine Pistole gezogen und den Jeep

erschossen. Er war im Ersten Weltkrieg in der Kavallerie gewesen.
Sam sagte: »Meine Mama sagt immer, daß der Krieg Emmett durcheinandergebracht hat. Hat er dich auch durcheinandergebracht?«
»Sie haben mir nicht die Beine weggeschossen, also kann ich mich nicht beklagen. Ich krieg keine feste Arbeit, aber ich mein, verdammt, wer kriegt die hier schon? Das ist meine Meinung.« Er stach den Strohhalm in seine Cola und ließ das Eis kreiseln. »Hör auf, über Vietnam nachzudenken, Sambo. Du weißt nicht, wie's gewesen ist, und du wirst's nie wissen. Du wirst es nie verstehen können. Also vergiß es einfach. Außer, wenn man sich da durchgeschlagen hat, sonst versteht man's nicht.«
»Was meinst du mit durchgeschlagen?«
»Das bedeutet, in eine gottverdammte Wildnis gehn und das tun, was du tun mußt, wenn du überleben willst. Aber ich hab überlebt, und ich will's jetzt auskosten.« Er lachte. »Wenn sie jetzt meine Frau in diese Beratungsgruppe kriegen und ihr ein bißchen Verstand einprügeln, hätt ich nichts dagegen. Hoffentlich biegen sie sie zurecht.«
Die Bemerkung über seine Frau war Spaß. Sam war sicher, daß er einfach nur drauflosredete. Er stand auf und quetschte seinen Colabecher in einen orangenen Abfalleimer. »Ich muß gehen. Und du willst wirklich nicht mit?«
»Nö. Ich bin noch nicht mit dem Einkaufen fertig.«
»Also, paß auf, Sambo. Laß deinen Onkel nicht zuviele schmutzige Filme im Kabelfernsehen sehen.«
Sam winkte ihm nach. Er lief den Gang durch die Haushaltswaren hinunter. Pete war sentimental, dachte sie. Jeder, der sich eine Karte auf seine Brust tätowieren ließ, auf der die Stelle markiert war, wo sein Auto immer stand, war sentimental, ganz egal, wie hart er über Frauen sprach. Er überspielte nur seine Gefühle, dachte sie.
»Sag Tom, daß du den kleinen VW haben willst«, rief er

im Weggehen. »Eh du's dich versiehst, ist das ein Klassiker.«
»Okay. Wenn ich anfang zu arbeiten.«
»Tschüß jetzt, Sambo.«
»Heh, nenn mich nicht Sambo«, sagte sie.
Pete ist eine Pappnase, dachte sie, eine richtige Pappnase.

20

Bei Kroger's haute Sam einen Teil des Einkaufsgeldes für ausgefallene Delikatessen aus der Feinschmeckerabteilung auf den Kopf – Cocktailwürstchen, geräucherte Babyaustern, besonders geformte Cracker, sogar eine Dose geräucherten Tintenfisch. Dann kaufte sie Katzenfutter und zwei Päckchen mit kleinen Moon Pies, Grannycakes, die aus der Keksfabrik in Hopewell stammten.
Als sie zu Hause ankam, war sie schweißgebadet, und ihre Arme taten ihr vom Tragen weh. Die Keramikkatze und die Einkaufstüte waren schwer gewesen. Emmett war immer noch nicht zu Hause. Sie rief Moon Pie, aber er kam nicht. Sie duschte und zog frische Shorts und ein Wildcats-T-Shirt an. Sie betupfte die Ohren mit Alkohol.
In Emmetts Zimmer lagen die Laken zusammengeknüllt in der Mitte des Bettes. Sie fragte sich, ob sie wohl so wie Toms rochen. Vielleicht würde Tom sie anrufen und sich für letzte Nacht entschuldigen. Aber es war nicht sein Fehler gewesen. Vielleicht würde er das denken. Er würde ihr vorschlagen, sich wieder mit ihm zu treffen. Diesmal würde sie das Richtige sagen. Sie war so betrunken gewesen.
Sie fand einen Joint, den Emmett in der Kakaopulverdose versteckt hatte. High zu sein war was anderes, als betrunken zu sein. Sie fühlte sich dann nie schlecht hinterher, und jemand hatte mal gesagt, Pot sei gut gegen einen Kater.

Der Joint schmeckte gut, wie Schokolade. Sie hatte eine Idee. Sie ging in Irenes altes Zimmer und kramte in ihrem Schmuckkästchen. Einige der Schmuckstücke waren von ihrer Großtante Bessie, der auch das Haus gehört hatte. Sam nahm das Kästchen mit in die Küche und durchstöberte es. Unechte Perlen, bunte Glasperlen, Hippieketten aus Apfelkernen, Halsketten und Broschen aus Rheinkieseln (Sterne und Rosetten), büschelförmige Clips und Irenes Highschool-Ring mit ihren eingravierten Initialen. Sam steckte sich ein Paar Ohrringe an und sah in den kleinen Spiegel neben dem Kühlschrank. Sie drückten. Sie stellte sich zwei vollgesogene Zecken an ihren Ohren vor. Sie nahm sie ab.

Sie wusch ein paar schmutzige Teller ab und wischte über die Wachstuchdecke. Dann stellte sie die rote Keramikkatze mitten auf den Tisch und betrachtete sie andächtig, während sie den Joint zuenderauchte. Die Katze grinste sie an. Sie steckte den Jointstummel in den Schlitz auf dem Rücken der Katze. Die Katze gefiel ihr, und sie war froh, daß sie sie Pete Simms nicht gezeigt hatte. Sie würde sie auch Lonnie nicht zeigen. Er würde ihr die Hölle heiß machen, weil sie nicht irgendein ausgefallenes Stück aus Porzellan gekauft hatte, um damit seinen Bruder zu beeindrucken. Was Lonnie in Wahrheit brauchte, war ein Mädchen wie Jennifer, die Verlobte seines Bruders. Eins von diesen Mädchen mit glänzendem Haar und schimmernder Haut und einem künstlichen Lächeln, ein Mädchen, das nie etwas Seltsames tun und ihn nie in Verlegenheit bringen würde. Wie all die seltsamen Dinge, die Sam letzte Nacht getan hatte. Oder die Löcher in ihren Ohren. Oder die Cola mit Pete. Sie wollte nicht an Pete denken.

Sie stellte das Radio an und hoffte, Bruce Springsteen würde singen. Irgendwie war in seinen Liedern ein geheimes Wissen, als kenne er ihre Gefühle haargenau. Irgendein schwachsinniger Song von den Thompson Twins

wurde gespielt. Sie kippte die Schmucksachen auf den Tisch. Die Katze war von wunderschönen, strahlenden Farben umgeben. Sie dachte an einen Film, den sie vor langer Zeit gesehen hatte, *King Solomon's Mines* mit Deborah Kerr. Sie glaubte, sich an eine Höhle voller phantastischer Juwelen zu erinnern, die leuchtend und farbenprächtig gewesen waren, aber ihr war klar, daß sie den Film in ihrem alten Schwarzweißfernseher gesehen haben mußte. Die Leute, die *Psycho* gesehen hatten, konnten schwören, das rote Blut in der Dusche gesehen zu haben, obwohl der Film nicht in Farbe gedreht war. Es war komisch, wie deutlich manche Erinnerungen waren. Sie wünschte, sie würden stillhalten wie Fotos.
Nachdem Sam mehrere Regale voller Plunder durchwühlt hatte, fand sie eine Tube Klebstoff. Auf der Packung war ein Bild von einer Kuh. Der Klebstoff war wie Vollmilch, die zu Syrup verdickt war. Sie überlegte, ob Muttermilch dick war und wie Syrup. Irene hatte voller Stolz erzählt, daß sie das neue Baby stillte. Aber als Sam groß geworden war, hatte sie damit angegeben, daß Sam ein Flaschenbaby gewesen war. Sam würde ihr eigenes Baby stillen, das wär viel sexyer. Lonnie ging rauh mit ihren Brüsten um, aber Tom machte etwas anderes, etwas unglaublich Sanftes und Erregendes. Sie wünschte verzweifelt, daß er anriefe. Sie stellte sich vor, er käme jetzt angefahren. »Ich bin rübergekommen, weil ich mit deinen Brüsten spielen will«, könnte er sagen. Jetzt sang Billy Joel. Sie dachte daran, wie kühl und geschäftsmäßig er in diesem Video gewesen war, wo er einen Overall getragen hatte. Sie wünschte, Tom würde den VW aus seiner Werkstatt herfahren. »Ich bin gekommen, weil ich dir das Auto bringen wollte, und wo ich schon mal da bin, will ich deine Brüste wieder halten.«
Sam legte der roten Katze mehrere Halsketten um. Sie lachte. Sie wünschte, Moon Pie würde reinkommen, damit sie ihm ein paar Ketten umlegen konnte. Sie fühlte sich so,

wie Emmett sich beim Vogelbeobachten fühlen mußte. Es war, als lägen in der allereinfachsten Sache tausende von Bedeutungen. Emmett hatte ihr von einer Zen-Übung zur Gedankenkontrolle erzählt. Es ging darum, die Gedanken jedes Mal zu fassen und zurückzubringen, wenn sie anfingen zu wandern. Damals hatte sie sich nicht dafür interessiert, aber vielleicht, dachte sie jetzt, versuchte Emmett die Gedanken festzuhalten, wenn er seine Vögel beobachtete. Das war wie ein altes Beatles-Lied: »I'm fixing a hole where the rain gets in/And stops my mind from wandering.« Das war's, was Emmett mit seinem Loch machte, er wollte den Regen nicht reinkommen lassen. Wenn er sich auf etwas Faszinierendes und Aufregendes konzentrierte, zum Beispiel auf Vögel, die still mit ausgebreiteten Flügeln kreisten, kam der Schmerz seiner Erinnerungen nicht durch. Seine Gedanken mußten voller Vögel sein. Bloß Vögel und keine Erinnerungen. Flug. Flucht.

Die Oldies-Show am Samstag lief. Die stampfenden Rhythmen der Doors mit *Light My Fire* waren zu hören. Sie stellte das Radio lauter. Als das Lied zu Ende war, sagte der Diskjockey: »Wir spielen Kick-ass-rock'n-roll.« Die Diskjockeys auf Rock-95 waren Studenten, und wenn sie die Nachrichten sprachen, brachen sie häufig in Kichern aus. Eine Meldung über eine verlorengegangene Katze wurde durchgegeben. Moon Pie war verlorengegangen, aber Moon Pie unternahm manchmal kleine Ausflüge. Emmett war auch verlorengegangen. Sam sah zu, wie eine Ameise in eine Steckdose kroch. Einen Augenblick später kam sie wieder herausgekrochen.

Nach den Nachrichten erzählte der Diskjockey einen Witz: »Was macht 'ne Nonne auf dem Spargelfeld? Gebt ihr auf? Liegestütz. Und jetzt haben wir hier den unsterblichen Ubangi Stomp. Wißt ihr noch?« Sam haßte die geschmacklosen Witze auf Rock-95 – besonders die über Behinderte und tote Babys. Die Diskjockeys waren Schwachköpfe.

Mit einer Nagelschere schnitt Sam den Faden einer Perlenkette durch, und die Perlen stürzten losgelassen herab. Es war ein angenehmes Geräusch. Sie rollten über den Tisch, und einige kullerten auf den Küchenboden. Sie durchschnitt mehr Fäden und häufte alle Glasperlen in eine Schüssel. Sie schnitt auch die Apfelkernkette durch und zog die Kerne von dem brüchigen Faden. Dann schmückte sie die Katze. Sie klebte die Glasperlen und Rheinkiesel in Reihen auf und machte ihr damit Tigerstreifen. Sie legte der Katze Rheinkiesel als Halsband um und verkürzte es, damit es paßte. Sie arbeitete methodisch und geduldig. Im Radio wurden mehrere Lieder aus den Sechzigern gespielt, und sie gab acht auf jedes Wort und versuchte, nicht eins zu überhören. Worte waren wichtig. So konzentriert hatten sie und Emmett vor langer Zeit über ihrer Briefmarkensammlung gesessen.

Oben fand Sam ein altes Abendkleid ihrer Mutter, das sie auf der Party eines Zahnarztes getragen hatte, dem »Bakkenzahnball«, wie Emmett ihn genannt hatte. »Backenzahnderby« dachte Sam. Sie nahm das Abendkleid mit runter und schnitt die Ziermünzen ab. Sie waren purpurrot. Das gefiel ihr. Purpurrot an einer roten Katze würde königlich aussehen. Sie umrahmte die Augen der Katze mit purpurroten Ziermünzen, und sie zog damit Linien, die die Barthaare darstellten. Sie sah aus wie ein Punkmaharadscha. Die Katze lächelte – eher ein verächtliches Grinsen als ein Lächeln. Sam klebte Rheinkiesel auf die Vorderpfoten. Dies kleine Schweinchen.

Sie stellte MTV an. Cyndi Lauper mit ihrem fetten Gesicht. Auf Kanal 7 ging gerade *Die Hunde des Krieges* zu Ende. Sam dachte sich, daß es viel aufregender wäre, Söldner in Afrika zu sein, als alles, was man in der Gegend von Hopewell anstellen konnte. Sie schaltete zurück auf MTV und hoffte, das Springsteen Video würde laufen. Toms Lächeln war wie das von Bruce. Tom war das einzig

Aufregende, was Hopewell zu bieten hatte. Das Einzige, was sie dahielt, war die Arbeit im Burger Boy, wo sie darauf warten konnte, daß Tom hereinkam. Die ganze Traurigkeit seiner Verletzung traf sie plötzlich wie eine Lawine. Sie dachte an all die Leben, die im Krieg verschwendet worden waren. Sie wollte weinen, aber dann wollte sie brüllen und schreien und treten. Sie konnte sich vorstellen zu kämpfen, aber nur gegen den Krieg. All die Jungen, die im Krieg gefallen waren, auf beiden Seiten. All die Jungen, die verstümmelt wurden. Und denen dann nicht erlaubt wurde, erwachsen zu werden. Das war's – sie konnten nicht erwachsen und normale Menschen werden. Sie mußten draußen bleiben, Spiele spielen, herumalbern, sich wie kleine Highschooljungen benehmen, die keine Freundinnen bekommen konnten. Es war absurd. Sie hatte das Gefühl, abzustürzen.

Sie befestigte eine Ziermünze an der Wange der Katze. Eine Katze wie diese hier könnte man zum Drogenschmuggel benutzen. Oder als Terroristenbombe. Sie hatte einen geheimnisvollen Schlitz auf dem Rücken. Hubert Humphrey hatte einen Schlitz im Unterleib, für einen Urinbehälter. Auch Mr. Watterson hatte so einen, der Lehrer für Staatsbürgerkunde an ihrer Schule. Einige von den Jungs hatten behauptet, ihn gesehen zu haben. Sie hatten sich auf die Lehrertoilette geschlichen und von einer Toilette aus gesehen, wie er ihn ausgeleert hatte. Sam glaubte nicht daran, daß sie es wirklich getan hatten.

Hubert Humphrey starb, als sie vierzehn war. Sie hatte die Beerdigung in der Schule im Fernsehen gesehen. Einige Schüler hatten geweint, und einige hatten gekichert. Sam hatte nicht geweint. Sie war nicht sentimental. Pete war sentimental.

Sie pflückte eine Ringelblume im Garten und steckte sie in den Schlitz der Katze. Sie sah wie eine Königin aus, fett geworden von all den Steuern, die sie eingenommen hatte.

Sie war psychedelisch. Es gefiel Sam, daß die Katzen immer das taten, wozu sie gerade Lust hatten und auf die öffentliche Meinung nichts gaben. Dawn sagte, Katzen seien *funk*edelisch. Sie hatte von Yvonne eine Menge Ausdrücke aus der Szenensprache. Moon Pie war nicht da. Normalerweise war er gegen fünf an der Tür. Und von Emmett keine Spur.

Im Fernsehen fing *Blow Out* an. Lonnie hatte das Wort »blow-out« im Zusammenhang mit seiner Männerparty benutzt. Sie drückte 31 Programme durch – eine Wiederaufnahme von *Mayberry R.F.D.*, Baseball, CNN-Nachrichten, eine Predigt. Sie schaltete wieder auf MTV zurück und sah sich ein Viedo von Queen an.

Sie war hungrig. Ihr Magen machte genau das gleiche Geräusch wie das Gebläse des Elektroherdes. Einmal hatte sie eine Pfanne mit Hähnchenresten im Herd vergessen und verbrennen lassen. Sie hatte dann die winzigen, grauschwarzen Knochen in der Pfanne gefunden, und sie hatte nicht gewollt, daß Emmett sie sah, denn sie wußte, er würde bei dem Gedanken, daß es ein Vogel sein könnte, einen Anfall bekommen.

Sie rief Dawn an.

»Ich hab versucht, dich heut nachmittag zu erreichen«, sagte Dawn unruhig. »Ich hab noch so'n Test gekauft und ihn wieder gemacht. Und er ist wieder positiv. Was soll ich bloß machen? Im Magen hab ich die ganze Zeit das verrückte Gefühl, als ob mein ganzes Blut dahin fließen würde.«

»Wart ab, was der Arzt dir sagt«, sagte Sam mit einem merkwürdig distanzierten Gefühl. »Es ist noch so früh. Es ist sogar für eine Abtreibung noch zu früh.«

»Das Wort hab ich nicht gehört«, sagte Dawn. »Ich hab Ken noch kein Wort gesagt. Er findet, daß ich mich komisch benehm, aber ich werd's ihm erst sagen, wenn ich ganz sicher bin.«

»Komm doch rüber und laß uns zusammen heute abend fernsehen«, sagte Sam. »Emmett ist nicht da, und ich bin irgendwie so kaputt.«
»Du hast was Gutes zu rauchen gehabt, he?«
Sam kicherte. »Emmett nennt's seinen süßen Stoff. Es schmeckt wie Schokolade. Ich hab soviel zu erzählen von dem Tanz gestern abend. Komm doch rüber.«
»Ich kann nicht, weil ich meinem Bruder versprochen hab, beim Kelleranmalen zu helfen. Er zahlt mir was dafür. Er richtet sich 'ne Bar in seinem Hobbykeller ein.«
»Hier ist alles so unheimlich. Emmett ist seit gestern abend weg. Ich glaub, er ist mit zu Anita gegangen.«
»Heh! Toll!«
»Ich find Anita wirklich nett. Ich wollte, die beiden würden wieder zusammenkommen. Wann triffst du Ken?«
»Morgen. Wir fahren nach der Kirche nach Paducah. Wenn ich ihm sag, daß ich schwanger bin, wird er sagen, daß ich das mit Absicht gemacht hab. Ich hasse es, daß die Typen immer glauben, man denke sich irgendeinen gemeinen Trick aus.«
Nach dem Gespräch mit Dawn wählte Sam, ohne zu überlegen, Anitas Nummer, aber niemand nahm ab. Dawn bekam ein Baby. Die Neuigkeit hörte sich noch unwirklich an. Jetzt würde Dawn nie nach Disney World kommen. Sie würde in Hopewell leben und sterben. Sam würde Dawn dazu ermutigen müssen, das Baby zu stillen.
Sie rieb Pfefferkäse über die Tacos und stellte sie in den Ofen. Sie aß sie draußen auf der Veranda und trank dazu eine Pepsi. Nebenan fuhr Mrs. Biggs in ihrem kotzgelben Plymouth die Einfahrt rein und schleppte ihre Einkaufstüte ins Haus.
»Ich bin einkaufen gefahren und hab mein Portemonnaie vergessen«, rief sie zu Sam herüber. »Aber sie haben's mir angeschrieben. Ich würd nochmal meinen Kopf verlieren, wenn er nicht angeschraubt wär.«

»Haben Sie Emmett gesehen?« fragte Sam. In ihrem Kopf schwirrte alles durcheinander. Das Licht draußen schimmerte, und Mrs. Biggs sah wie eine riesige Kröte aus.
»Nicht seit er mir neulich den Rasen gemäht hat. Er hat unter meinen Forsythien für mich gemäht. Ich komm einfach nicht unter all die Zweige, sie sind so gewuchert.«
»Heute morgen haben Sie ihn nicht gesehen?«
»Ich bin hier ungefähr um zehn zu meiner Tochter losgefahren. Meine Tochter hat diese Woche Urlaub, und sie macht Brombeergelee. Was für eine Schmiererei! Ihre ganze Küche ist lila.«
Sam sah sich die Nachrichten an. Der Präsident hielt sich in Kalifornien auf. Ein AmTrak-Zug war in Vermont entgleist. Sam entdeckte eine Ähnlichkeit zwischen Dagwood Bumstead und Ronald Reagan. Sie dachte, sie hätte Lonnies Bus gehört, aber es war eine Fehlzündung am Auto eines Nachbarn. Im Fernsehen wurde berichtet, daß im Nordosten eine Überschwemmung viele Leute abgeschnitten hatte. Solch eine Überschwemmung könnte in Westkentucky wegen der künstlichen TVA-Seen nie passieren. Sie trennten das Gebiet vom Rest des Staates. Es war so, wie auf einer Insel abgeschnitten zu sein. Weit weg von jeder Zivilisation. Wenn sie wirklich auf einer einsamen Insel strandete, würde sie eine Menge Colas mitnehmen wollen. Einmal hatte sie einen Aufsatz darüber schreiben müssen, welches Buch sie bei sich haben wollte, wenn sie auf einer einsamen Insel gestrandet wäre. Es war eine dumme Frage. Es war höchst unwahrscheinlich, daß irgendjemand aus der Klasse auf einer einsamen Insel stranden würde. Miss Castle hatte gewollt, daß sie sich für Shakespeare oder die Bibel entschieden, aber Sam hatte sich trotzig für ein Wörterbuch entschieden. Sam hatte gedacht, daß es krank war, die ganze Zeit mit dem Lieblingsbuch herumzulaufen für den Fall, daß man auf einer einsamen Insel strandete. Wenn es dann endlich soweit

wäre, hätte man das Buch über. Mit einem Wörterbuch konnte sie sich jedes beliebige Buch selbst ausdenken. Sie aß zwei Granny-Kekse und überlegte, ob sie Tom anrufen sollte. Sie könnte ihn fragen, ob er Emmett gesehen hätte. Stattdessen rief sie Jim Holly an, aber es meldete sich niemand. *Blow Out* war halb zu Ende. John Travolta ließ sein Grübchen spielen. Die rote Katze schien eine neue Persönlichkeit anzunehmen, eher zufrieden mit ihrer neuen Erscheinung als verächtlich grinsend. Vorsichtig setzte sie sie in eine Schublade, deren Inhalt sie vorher in ihrem Zimmer ausgeleert hatte.

Später, als es kühler geworden war, ging sie laufen. Sie lief durch das neue Tennisclubviertel, wo Emmett vor kurzem hingegangen war, weil er zusehen wollte, wie sie da ein neues Haus bauten. Sie erinnerte sich daran, wie sie und ihre Mutter ihn betrunken unter einem Busch an der Highschool gefunden hatten. Die Zeiten, wo er sowas getan hatte, waren längst vorbei. Sie dachte, daß ihr regelmäßiges Fernsehen ihn davor bewahrt hatte, zum Alkoholiker zu werden. Emmett war es nicht gewohnt, seine Routine zu durchbrechen, und sie hoffte, Anita würde wissen, was sie zu tun hatte.

Sie sah sich die neuen Häuser gerne an. Sie waren so phantasievoll. Nicht zwei waren gleich. Die alten Häuser in der Stadt sahen alle ähnlich aus. Aus weißem Holz oder aus Ziegelstein. Aber die neuen Häuser waren groß und elegant und so abwechslungsreich wie die Damenmode. Sie hatten Tudorbalken, Erkerfenster, Cape-Cod-Giebel. Sie lief die Golfclubstraße hoch bis zur Tennisanlage. Dann lief sie den County Crescent runter. Als sie über den Paradise Weg lief, überholte sie ein kleines Mädchen auf einem Plastikdreirad, das wie ein Rennwagen gebaut war. Das Kind hatte einen Schnuller im Mund und trat wild in die Pedalen. Sam sah außer dem Kind auf dem Dreirad keine Menschenseele in dem ganzen Viertel, aber der

Geruch von den Holzkohlegrills war berauschend. Sie erinnerte sich, wie Moon Pie einmal ein halbes gegrilltes Hähnchen von irgendeinem Grill nach Hause gebracht hatte. Sie und Emmett hatten gelacht, bis sie nicht mehr konnten. Sie hätte gern gewußt, wo Emmett war, aber wenn er mit Anita zusammen war, war es okay. Er sollte für immer bei Anita bleiben. Die beiden sollten heiraten, nicht Dawn.

21

Am Sonntag war Emmett nicht zurück, und Moon Pie fehlte auch. Sam wählte Anitas Nummer, aber niemand meldete sich. Sie ging in der Hitze des späten Vormittags laufen. Während sie lief, war ihr Kopf klar, und alles schien neu zu sein wie nach einem Gewitter. *Eddie and the Cruisers,* der Film, den sie den Abend zuvor im Kabelfernsehen gesehen hatte, ging ihr ständig im Kopf herum. Eddie und die Cruisers lebten in der Zukunft – eine Rockgruppe in einer Zeitfalte. Eddie war verschwunden, wie Emmett.

Emmett war nicht bei McDonald's – nur die Kirchgänger in ihrer Sonntagskleidung. Sam ging wieder hinaus und lief zum Burger Boy. Da waren die Baptisten aus der Kirche auf der anderen Straßenseite versammelt. Sie verbrachten dort die Zeit zwischen Sonntagsschule und Gottesdienst.

Walt, der neue Geschäftsführer, der sie für den Herbst angestellt hatte, sagte: »Heh, Sam! In dem Aufzug wirst du hier ja wohl nicht arbeiten wollen, oder?«

»Nein. Haben Sie meinen Onkel gesehen?«

»Nein. Ist er verlorengegangen?«

»Nein. Ich such ihn nur. Ich dachte, er wär vielleicht hier.«

Walt war ein übergewichtiger Mann in einem dünnen weißen Hemd mit Krawatte und blauen Hosen. Als er sie eingestellt hatte, sagte er, er brauche ein bißchen was Knackiges, um den Laden in Schwung zu bringen. Er hatte das auch Dawn gesagt.

»Tschüß, Walt«, sagte Sam.

Mittags kam Großmutter Smith vorbei und nahm Sam zum Sonntagsessen mit nach Hause. Sie war in der Kirche gewesen. Sie war eine große Frau, hatte krauses, graues Haar und ein strahlendes, sonnengebräuntes Gesicht, das Falten hatte wie ein ausgetrockneter Apfel. Sie hatte einen babyblauen Hosenanzug an, aber normalerweise trug sie Jeans und Tennisschuhe. Während der Fahrt redete sie unablässig von Florida. Sam sagte nicht, daß sie Emmett suchte, aber offensichtlich hatte Großmutter ihn nicht gesehen, denn sonst hätte sie ihn erwähnt.

»Ich bin ganz schön aufgeregt«, sagte Großmutter, als sie aus der Stadt hinausfuhren. »George will einfach kein Geld für die Reise rausrücken – es ist ein Pauschalpreis, Hotel und Essen inbegriffen – und er hat mich so durcheinandergebracht, daß ich gestern vergessen hab, der wievielte es war, und ich hab meine Lieblingssendung im Fernsehen verpaßt. Und dann hab ich Gurken gegessen, was ich lieber hätte bleiben lassen sollen. Aber ich glaub, ich komm schon irgendwie nach Florida. Ich hab vor zu fahren, auch wenn ich im Schuldturm lande. Das ist ein altmodischer Ausdruck, den du wahrscheinlich noch nie gehört hast.«

Das Haus von Sams Großeltern lag an der Landstraße fünf Meilen südlich der Stadt. Seine Seitenwände hatten imitierte Ziegelsteinfassaden, es hatte eine neue Küche und eine Diele und einen offenen Kamin aus Ziegelsteinen. Die Veranda hatte ein Geländer aus Kunstschmiedeeisen und einen robusten grünen Bodenbelag. Als Großmutter die Einfahrt hinauffuhr, stellte Sam sich plötzlich vor, wie Emmett aus dem Krieg zurückgekehrt war. Obwohl sie sich eigentlich nicht daran erinnern konnte, hatte sie doch ein genaues Bild von ihm in ihrer Vorstellung – der leere Blick in seinen Augen, sein Schweigen, seine Gereiztheit. Man hatte ihr erzählt, wie Großmutter ihm Landschinken und Bohnen und Roggenbrot gemacht hatte, aber er schien sich nicht darüber gefreut zu haben. Er stand immer früh auf und kippte eine Pepsi runter und ging durch die Felder spazieren. Wenn er zurückkam, war er vom Tau durchnäßt wie eine Katze, die in der Morgendämmerung herumstreicht. Später ging er in den Westen, und als er zurückkam, brachte er diese Hippies mit.

»Ist Emmett mit seinem Graben fertig?« fragte Großvater Sam, als sie ankamen. Er ging nie zur Kirche.

»Fast. Er muß nur noch 'ne Schicht Isolierfarbe drüberstreichen und den Graben auffüllen.« Sam schlug die Autotür zu und streichelte Buster, den Schäferhund.

»Er muß immer mit irgendwas die Zeit vertrödeln«, sagte Großmutter und lachte vor sich hin. »Ich nenn das Däumchen drehen.«

»Was ist mit Rusty passiert?« fragte Sam. Rusty war der nervöse kleine Köter.

»Oh, ich hab ihn weggegeben«, sagte Großvater. »Er war zu nichts nütze.« Er begann zu lachen.

»Was ist daran so komisch?«

Er schüttelte den Kopf und lachte so sehr, daß er nicht antworten konnte.

»Er lacht über die Zeugen Jehovas, die gestern hier waren«, sagte Großmutter. »Das war schon das zweite Mal, das die hier draußen waren, und sie sollten eigentlich wissen, daß sie von dem alten Geizkragen da nichts bekommen.«

»Ich bin kein Geizkragen!«

»Er will einfach keinen Dollar lockermachen«, sagte Großmutter zu Sam. »Ich muß Ende des Monats für die Floridareise eine Anzahlung machen, und ich werd bei ihm auch nicht mehr Glück haben als die Zeugen Jehovas.«

Großvater kicherte. »Diese alten Narren. Sie kommen hier an, und ich bin draußen und mit dem Rasenmäher beschäftigt, und der Fahrer kurbelt das Fenster runter und sagt: ›Heh, rufen Sie Ihren Hund zurück, damit wir aussteigen können. Ich möchte mit Ihnen reden.‹ Ich hab sie gleich wiedererkannt, und Buster hat den ganzen Hof zusammengebellt. Und weißt du, was ich gesagt hab? Ich hab gesagt: ›Wenn ihr Gottvertrauen habt, könnt ihr vor dem Hund keine Angst haben.‹ Das hat ihnen die Sprache verschlagen! Sie wurden böse und fuhren weg!«

Großvater lachte immer weiter und hielt sich die Seiten.

Großmutter sagte: »Und ich weiß, daß einer von denen im Auto einer von der Getreidemühle war, mit dem er geschäftlich zu tun hat. Mir ist das so peinlich.«

»Wenn sie Gottvertrauen gehabt hätten, hätten sie vor Buster keine Angst gehabt«, sagte Großvater und streichelte den Hund. Der Hund legte verlegen die Ohren zurück.

»Gottvertrauen ist das, was ich brauche«, sagte Sam. »Wenn ich genug Gottvertrauen hätte, könnte ich dann ein Auto und einen guten Job bekommen?« Würde Tom mit Gottvertrauen eine von diesen Pumpen bekommen? fragte sie sich.

»Sei ernst, Sam«, sagte Großmutter. »Ihr jungen Leute verliert euren Glauben, und in der Kirche sitzen nur noch die Alten.«

»Vielleicht sollte ich ein Zeuge Jehovas werden«, sagte Sam. »Sie kommen weit rum und sehen die Welt.«

»Ich frag mich, warum sie immer 'ne ganze Wagenladung vollpacken müssen, wenn sie rumfahren«, sagte Großvater. »In dem Auto müssen mindestens sechs Erwachsene und zwei oder drei Kleine gewesen sein.«

»Ich weiß nicht«, sagte Sam. »Um Benzin zu sparen?«

»Hört auf mit dem Unsinn und kommt rein zum Essen«,

sagte Großmutter. »Wir essen, sobald ich mich umgezogen hab. Wir essen immer noch von dem geräucherten Schinken, den ich letzte Woche für 79 Cents das Pfund bei Sureway bekommen hab. Sam, willst du Eistee oder süße Milch?«

Während des Essens, bei dem auch Großmutters Spezialität, Waldorfsalat mit kleinen Marshmallows, nicht fehlte, fragte Sam Großvater nach den Hippies, die Emmett vor Jahren nach Hopewell gebracht hatte. »Stimmt es, daß du sie weggejagt hast?« fragte sie.

»Zum Teufel, ich hab mit diesen Idioten noch 'ne Rechnung zu begleichen.«

»Wie du redest, George«, sagte Großmutter.

»Oh, sie kennt ›zum Teufel‹ aus dem Fernsehen.«

Großvater stand auf und zeigte durchs Fenster auf einen Busch an der Biegung der Auffahrt seitlich vorm Haus. »Siehst du den falschen Jasmin da drüben? Da war mal'n Rosenbeet. Und eines Tages blieben die Hippies beim Wenden stecken, und sie pflügten in das Rosenbeet rein. Beim Wenden mit ihrem vollgemalten VW haben sie zwei tiefe Furchen in den Rasen gemacht. Ich mußte den Traktor holen und sie rausziehen. Sie haben sich nie entschuldigt oder sonstwas, und diese Furchen sind solange geblieben, bis ich sie aufgefüllt hab. Warum, um alles in der Welt, mußten sie unbedingt auf dem Rasen wenden, und das an einem Regentag?«

»Das war zu der Zeit, als sich alles änderte, fand ich«, sagte Großmutter traurig. »Hopewell war früher ein wirklich guter Ort, um Kinder aufzuziehen, aber jetzt nicht mehr. Die jungen Leute wissen nicht zu schätzen, was sie haben. Sie glauben, sie müßten alles auf einmal haben, auf der Stelle.« Sie kaute auf einer rohen Zwiebel. Großvater setzte sich wieder und machte sich an ein neues Stück Schinken.

Später rauchte er eine Zigarette, lehnte sich an das Verandageländer und besah sich seine Sojabohnen. Die Keksfabrik auf dem Industriegelände hinter den Feldern hatte ihr Abflußrohr durch seinen Grund und Boden gelegt. Sie hatten Großvater keinen Pfennig dafür bezahlt, daß sie Gräben durch sein Land gezogen hatten, aber sie hatten ihm versprochen, daß er die Kanalisation an ihr Rohr anschließen konnte, falls er jemals das Land in Baugelände verwandeln wollte. Das würde niemals passieren, hatte Großvater ihnen gesagt. Resigniert hatte er eine Einverständniserklärung unterschrieben.

Er rauchte seine Zigarette zu Ende und kam ins Haus zurück. Sam und Großmutter räumten gerade die Geschirrspülmaschine ein. Sam fragte ihre Großeltern, ob sie sich an die Zeit erinnern könnten, als Irene Sam, die damals noch ein kleines Kind war, mit nach Lexington genommen hatte.

»Mein Gott, ja, Süße«, sagte Großmutter. »Das war, als sie sich mit dieser wilden Hyäne einließ, die Emmett mitgebracht hatte. Er hatte die widerlichsten Haare, die ich je gesehen hab.«

»Ich kann mich ein bißchen an ihn erinnern. Er hatte komische blaue Augen.«

»Und jetzt ist Irene wieder in Lexington!« rief Großmutter aus. »Diesmal mit einem andern Baby. Irgend etwas in dem Mädchen zwingt sie dazu, Babys nach Lexington zu schleppen.«

»Ich war damals nicht gerade ein Baby«, sagte Sam.

Großmutter sagte: »Irene war zu alt, um dies Baby zu bekommen. Aber als sie dich bekam, war sie zu jung. Sie hat's beidesmal schwer gehabt.«

»Irene hat nie was auf die normale Art und Weise erledigt«, sagte Großvater.

»Sie hat Glück gehabt, daß keins von uns beiden mit Geburtsfehlern zur Welt gekommen ist«, sagte Sam. »Habt ihr je daran gedacht, daß sie, wenn mein Daddy aus

Vietnam zurückgekommen wär, daß sie dann vielleicht ein Baby mit Geburtsfehlern bekommen hätte? Die Armee hat alle möglichen Chemikalien da drüben versprüht. Wenn sie abgewartet und mich später bekommen hätten, wär ich vielleicht ohne Wirbelsäule geboren worden, oder ich hätte vielleicht Schwimmflossen.«

»Sam, denk nicht sowas.« Großmutter kniff Sam in die Wange und sagte: »Ich würd dich auch mit Schwimmflossen lieben.«

»Mama hat immer gesagt, der Krieg hätte Emmetts Kopf durcheinandergebracht«, sagte Sam.

»Ich werd seinen Hintern durcheinander bringen«, murmelte Großvater.

»Dieser Krieg hat ihn beinah getötet!« rief Sam. »Er hat vielleicht sogar Krebs. Von seinen Nerven und seinen Alpträumen ganz zu schweigen.«

»Schsch, Sam«, sagte Großmutter. »Dein Großvater weiß das alles.«

»Er war ganz versessen darauf, rüberzugehen und zu kämpfen«, sagte Großvater.

»Und ihr wart alle dafür, daß er ging!« rief Großmutter böse. »Ihr habt gesagt, die Armee würde einen Mann aus ihm machen. Aber sieh dir nur an, was sie aus ihm gemacht hat.«

»Es ist noch nicht zu spät«, sagte Großvater. »Es ist noch nicht zu spät, daß er sich zusammenreißt und ein klein bißchen Stolz zeigt.«

Er ging hinaus, um nach seinen Kälbern zu sehen, und während Sam Großmutter in der Küche half, fragte sie, ob Emmett vielleicht irgendwas im Krieg passiert war, so daß er jetzt nicht mehr mit Frauen zusammen sein konnte. Es war eine heikle Frage, und sie drückte sie umständlich aus.

»Gibt es nicht einige Männer, die wegen der Sachen, die ihnen im Krieg passiert sind, einfach nicht heiraten können?« fragte sie.

Großmutter sagte: »Es liegt nicht am Krieg. Ich hab immer gedacht, daß es am Mumps liegt.«
»Am Mumps?«
»Er war ungefähr elf, und er hatte Mumps. Mumps in dem Alter ist wirklich gefährlich. Er kam kaum aus dem Bett, aber er stand auf und machte seine Tür auf, und da hat ihn der Mumps befallen. Er hätte niemals die Tür aufmachen sollen.«
»Was heißt das?«
»Er war zu schwach, um aufzustehen, aber er tat's trotzdem, und er öffnete die Tür, und dann hat er sich wieder ins Bett gelegt, und er war so schwach, daß er keinen Finger rühren konnte. Es hat mir das Herz gebrochen. Ich hab genau gewußt, daß der Mumps ihn befallen hatte.«
»Wovon redest du eigentlich?« Großmutter sagte viele merkwürdige Dinge, und sie erwartete, daß man sie verstand.
»Weißt du nicht, was das heißt, vom Mumps befallen? Er befällt Jungen an ihren – Hoden – und wenn sie groß werden, können sie keine Kinder haben.» Großmutter flüsterte das Wort »Hoden«. »Manchmal befällt er eine Seite, und manchmal die andere. Aber manchmal befällt er auch beide. Wenn er eine Seite befällt, kann man keine Mädchen bekommen, und auf der anderen kann man keine Jungen bekommen. Ich hab vergessen, wie rum. Estelle Williams hatte einen Bruder, und der Mumps befiel ihn, und sie hat gesagt, daß der eine bei ihm so groß wie ein Eimer wurde!«
»Augenblick mal«, sagte Sam und versuchte, nicht zu grinsen. Es war irre, sich mit Großmutter über Hoden zu unterhalten. Großmutter würde sterben, wenn sie wüßte, was Sam mit Tom Hudson gemacht hatte. Sam sagte: »Wenn man Mumps hat, schwellen die Drüsen am Hals an, und dann geht es den ganzen Körper durch?«
»Nein, so geht das nicht. Es ist einfach so, daß man sagt,

der Mumps hat einen befallen, wenn einer groß wird oder wenn man nicht gehen kann. Mein Gott, Kleines, das ist keine passende Unterhaltung für Mädchen! Aber ich hab gehört, daß es auch Mädchen passieren kann.«
»Wie?«
»Ja, sie bekommen innen eine Entzündung und können keine Babys kriegen.«
»Hab ich Mumps gehabt?«
»Nein. Du bist dagegen geimpft.« Großmutter trocknete sich die Hände am Küchenhandtuch und fuhr sich dann mit den Fingern durchs Haar. »Sam, red über das hier nicht. Es gehört sich nicht, davon zu sprechen.«
»Glaubst du, daß Emmett deswegen nicht heiratet?«
»Dein Großvater glaubt, die ganze Geschichte ist verrückt, aber ich weiß nicht recht. Manchmal denk ich, hätte ich doch bloß nicht immer von dem Mumps geredet, dann würde er den Unterschied vielleicht gar nicht kennen, und er hätte wenigstens geheiratet.«
»Mama hat immer alles auf den Krieg geschoben. Glaubst du, daß er verletzt worden sein könnte – du weißt schon, wo?«
Großmutter schüttelte den Kopf. »Ich hab nie was davon gehört.«
»Vielleicht hat er sich nicht getraut, was zu sagen.«
»Worüber sprecht ihr Mädchen?« fragte Großvater im Spaß. Er war plötzlich mit einem Kalbeimer in die Küche gekommen. Der Eimer hatte eine große Gummizitze an der Seite, an der die Kälber nuckelten.
»Mädchengeschichten«, sagte Großmutter und schlug mit dem Trockentuch nach ihm.

22

Am nächsten Tag schlief Sam fast bis Mittag. Sie wanderte durchs Haus, aber nirgendwo gab es ein Zeichen, daß Emmett dagewesen war. Sie hatte die Seitentür für den Fall, daß er zurückkäme, offengelassen. Moon Pie war noch immer weg, aber um ihn sorgte sie sich weniger als um Emmett. Sam war den Abend vorher lange aufgeblieben, sie hatte sich auf Rock-95 eine Talkshow angehört. Zwischen den Platten riefen Studenten im Studio an und gaben ihre Meinung zu politischen Themen zum besten. Einige Anrufer äußerten sich positiv über den Ku-Klux-Klan und bestritten, daß der Klan gewalttätig war. »Sie haben auch ein Recht auf ihre Meinung«, sagten die meisten Anrufer nachdrücklich. Nach Mitternacht sah Sam *Jesse James Meets Frankenstein's Daughter,* aber es war enttäuschend.

Es war noch zu früh, um die Polizei zu benachrichtigen. Den Kriminalfilmen im Fernsehen zufolge mußte man drei Tage lang verschwunden sein. Das Bild ihres Vaters im Zimmer starrte sie aus dem Spiegelrahmen anklagend an. Sie aß etwas Müsli und wählte dann Dawns Nummer.

»Komm rüber«, sagte sie zu Dawn.

»Ich kann nicht. Ich muß heute früh zur Arbeit.«

»Hast du Ken gestern gesehen?«

»Ja. Wir haben bei seiner Mama und seinem Daddy gegessen, und dann sind wir weiter nach Paducah gefahren.«

»Was hast du angehabt?«

»Das schockrosa Top und den bedruckten Rüschenrock.«

»Und ungefähr zwei Dutzend Ohrringe.«

»Ja.« Dawn kicherte. »Rat mal, was passiert ist.«

»Was?«

»Ken hat die einmalige Gelegenheit, unten in der Stadt in Jones' Möbelgeschäft eine Wohnung wirklich billig zu mieten. Und jetzt redet er vom Heiraten. Kannst du dir das vorstellen! Und ich hab ihm kein Sterbenswörtchen gesagt. Zumindest ist er jetzt für die Neuigkeit in der richtigen Stimmung.«

»Du hörst dich gar nicht mehr so deprimiert an.«

»Ja, vielleicht wird ja alles gut, nicht? Ich hab dran gedacht, wie gern ich meine kleinen Nichten hab, und ich such nach einem Vorwand, um hier rauszukommen.«

Sam hatte immer noch vor, Dawn zu einer Abtreibung zu überreden, aber sie konnte keinen klaren Gedanken fassen. Erstmal mußte sie Emmett finden.

Dawn sagte: »Halt mir die Daumen, Mädchen.«

»Tu ich. Bis später.«

»Bis später.«

»Tschüß.«

Sam fand die Taschenlampe und ging in den Keller hinunter. Gestern abend hatte sie dort nicht nachsehen mögen. Obwohl der Keller getrocknet war, nachdem Emmett die undichten Stellen ausgebessert hatte, war er noch immer feucht und schimmelig. Er war voller Gerümpel und Abfall. In einer Ecke lag der *Hopewell Citizen,* über die Jahre hinweg aufgestapelt. Sie hatten ihn für die Altpapiersammlung aufbewahrt, waren dann aber nicht dazu gekommen, die Zeitungen zu bündeln. Daneben lagen Stapel von alten *Reader's Digest.* Sie waren aufgedunsen und breiig. Die *Upper Room* von Tante Bessie lagen säuberlich Kante auf Kante im Regal, und ihre Blumenkübel standen in einer modrigen Ecke. Irene hatte sie aus Nachlässigkeit da stehenlassen und sie in dem Frühling, nachdem Bessie gestorben war und sie hier eingezogen waren, nicht rausgestellt. Sam erinnerte sich, wie sie in dem dunklen Keller hartnäkkig jedes Frühjahr grüne Schößlinge hervortrieben, aber schließlich hatten es alle Pflanzen aufgegeben, das Licht zu suchen. Sie erinnerte sich nicht, in welchem Jahr sie gestorben waren. Die toten Stiele in den Kübeln jagten ihr einen

Schauer über den Rücken. Sie waren bedrückend, etwas Unnützes und Lächerliches, das sie ihr Leben lang hatte ansehen müssen. Wie auch der Abfalleimer voller leerer Schnapsflaschen, der schon immer da gestanden hatte. Sie waren von Bessies Mann. Sie hatte die Flaschen nicht weggeworfen, weil sie nicht wollte, daß die Leute in ihrem Abfall die Schnapsflaschen sahen.

In einer Ecke lag ein Gewirr ineinander verkeilter Stühle, der rosa Lack blätterte ab, Reste von Brettern und Balken, Fetzen von Formica und Vinyl, die übriggeblieben waren, als sie die Küche renoviert hatten. Sam leuchtete hinter den Heizkessel. Da war nichts. Sie öffnete einen großen Schrank, in dem Platz genug war, um ein Mordopfer zu verbergen. Darin standen rostige Farbdosen, und der Geruch von Schimmel, Schmutz und Maschinenöl schlug ihr entgegen. Sie lief schnell die Treppe hinauf.

Draußen sah sie, daß Emmetts Graben abgetrocknet war. Er hatte ihn fast wieder zugeschüttet, aber unter der Küche vor dem kleinen Keller war noch ein ziemliches Loch. Das Stück Sperrholz, das Emmett zum Abstützen vor das Loch gesetzt hatte, war heruntergefallen. Sam leuchtete mit der Taschenlampe in die dunkle Öffnung und rief: »Miez, Miez!« Ihr schauderte bei dem Gedanken, Emmett könne einen Herzanfall gehabt haben und da unten liegen.

Lautes Hupen ertönte an der Einfahrt. Das Auto war ein roter TransAm. Irene sprang heraus und rief mit ausgebreiteten Armen: »Überfall!«

Sam wäre beinahe in das Loch gefallen.

Ihre Mutter trug Sandalen mit hohen Absätzen und rosa Shorts. Sie hatte eine neue Dauerwelle, die ihr Haar ein wenig wie Mrs. Biggs' ausladenden Forsythienbusch aussehen ließ. Sie trug ein weißes tiefausgeschnittenes T-Shirt, und Sommersprossen zogen sich ihre blasse Haut hinunter und verstreuten sich zwischen ihren Brüsten. Als sie Sam umarmte, stieß sie mit ihrer lila gerandeten

Sonnenbrille gegen die Hufnägel in Sams Ohren. Irene trat einen Schritt zurück und hielt Sam an den Schultern.
»Laß dich ansehen!« sagte sie. Sie faßte Sams Ohrringe an und sah dann zu ihrem Auto. »Rat mal, wen ich da hab.«
Sam brauchte nicht zu raten. Auf dem Rücksitz des Wagens lag das Baby, ein Bündel in einer Windel, das im Schlaf schmatzende Geräusche von sich gab. Und auf dem Vordersitz, zusammengekrümmt, den Kopf auf einem Kissen, saß Emmett, fest schlafend wie das Baby. Sein T-Shirt war aus der Hose gerutscht, der Knopf seiner Jeans stand offen. Seine Haut war rauh und fleckig.
»Rat mal, wer mitten in der Nacht vor meiner Tür steht – sinnlos betrunken?«
»Warum hast du mich nicht angerufen?« rief Sam wütend.
»Großmutter hätte mich angerufen, wenn er zu ihr gekommen wär. Sie hätte gewußt, daß ich mir Sorgen mach.«
»Mama macht sich Sorgen, weil sie sonst nichts zu tun hat. Das ist ihr Hobby.«
Als Irene das Baby heraushob, rührte sich Emmett. »Komm da runter«, sagte er und boxte im Schlaf in die Luft.
»Das hab ich seit Lexington aushalten müssen«, sagte Irene mit einem Seufzer.
»Ja, und ich lauf wie 'ne Blöde rum und such nach ihm«, sagte Sam.
Sie ließen Emmett im Auto weiterschlafen und gingen mit dem Baby ins Haus. Sam trug einen Karton Windeln und eine blaue Umhängetasche. Irene sagte Sam, daß sie die Fahrt von Lexington in viereinhalb Stunden geschafft und nur angehalten habe, um dem Baby eine neue Windel zu machen und um zu tanken. Emmett habe aus dem Fenster gestarrt. In der Gegend von Elizabethtown sei er eingeschlafen. Sie sagte, ein Typ in einem Pickup habe ihn in Lexington abgesetzt.

»Er hat gesagt, er wär gestrandet«, sagte Irene. »Larry war schon im Bett, und ich war auf und hab den Spätfilm gesehen – kennst du *Invasion of the Body Snatchers?* Den neuen, nicht den alten. Es war wirklich seltsam. Jedenfalls klingelte es, und da stand Emmett. Ich hab nicht mehr sehen können, wie die *Body Snatchers* ausgingen.«

»Sie sind alle geschnappt worden«, sagte Sam.

»Hab ich mir gedacht, daß es so ausgehen mußte. Aber irgendwie kam's mir nicht richtig vor.«

Das Baby auf der Couch schrie, und Irene beruhigte es mit sanften Lauten. Das Baby hatte ein Pfannkuchengesicht. Dieser Familienzug deprimierte Sam. Moon Pie war immer noch nicht da, und sie hatte Angst, es Emmett zu sagen.

»Hast du schon *Ghostbusters* gesehen?« fragte Irene.

»Nein.«

»Der ist wirklich lustig. Jedenfalls, Emmett stand einfach da und lehnte gegen diesen großen Busch. Der Busch ist so stark und dicht, daß er ihn stützte, und er lehnte sich dagegen mit einem komischen Lächeln im Gesicht, als hätte er was Böses getan. Nichts als ein kleines dümmliches Lächeln – dieser wirklich niedliche Blick, den er immer dann bekommt, wenn er was angestellt hat. Also hab ich gesagt: ›Komm rein, Emmett, und laß den Busch los.‹ Er taumelt rein wie einer von diesen Clowns im Zirkus mit den übertriebenen Bewegungen, die so tun, als könnten sie nicht reden. Naja, er konnte wirklich nicht reden, er war zu betrunken. Zuerst hab ich gedacht, er wär wieder ausgeflippt, aber dann grinste er dies alberne Grinsen. Er gibt eben gerne an.«

»Warum hast du ihn selbst zurückgebracht?« fragte Sam.

»Also, ich konnte ihn ja wohl nicht gut in den Bus setzen. Der Bus braucht sechzehn Stunden. Er hält in jedem Kuhdorf.«

Emmett stolperte durch die Küchentür. Er hatte das dümmliche Grinsen, aber es war nicht wirklich niedlich.
»Ihr erzählt Geschichten über mich«, sagte er.
»Heh, Emmett«, sagte Sam.
Er holte sich eine Pepsi aus dem Kühlschrank und drehte den Verschluß auf. Die Pepsi zischte. Er schüttete die Pepsi in ein Glas und trank sie ohne Eis.
Irene steckte ihre lilafarbene Sonnenbrille in ein Seitenfach ihrer Tasche, wühlte darin herum und zog ein Kleenex heraus, so wie ein Zauberer, der eine weiße Taube aus einem unwahrscheinlichen Nest zieht. Sie sagte: »Sam, bist du sicher, daß alle in dem Film geschnappt worden sind? Das kommt mir nicht richtig vor. Normalerweise gibt es in solchen Filmen immer irgendwas, was alles wieder gut macht – der Held rettet das Mädchen, und sie entkommen.«
»Niemand wird gerettet.« Sam sah sich Emmett genauer an. Er hatte sich die Hose zugemacht. Seine Sachen waren schmutzig. Er hatte dasselbe an, das er auf dem Tanz getragen hatte, sogar seine Armeestiefel. »Wo bist du das ganze Wochenende über gewesen, Emmett? Ich hab mir Sorgen gemacht.«
»Schwer zu sagen«, sagte er. Er sah müde aus und verängstigt. Seine Hände zitterten.
Irene ließ sich ein Glas Wasser einlaufen. Sie hatte das Baby in ein Tragegestell aus Plastik auf den Boden gesetzt, und das Baby strampelte mit den Beinen und gluckste. Sam fragte sich, ob das Tragegestell die Wibelsäule des Babys verkrümmen würde. Sie hatte sich früher winzige nackte Gummipüppchen mit verbogenen Rücken aus dem Kaugummiautomaten im Einkaufs-Center geholt.
»Zeig dein Tähnchen, Heather«, sagte Irene. Das Baby krähte und spuckte.
»Ist sie nicht zu klein, um Zähne zu haben?« fragte Emmett und zeigte mit dem Glas auf das Baby.
»Sie ist frühreif.«

»Beißt sie dir nicht in die Brust?«
»Nein. Sie ist vorsichtig.«
»Ich hab von Babys gehört, die mit Zähnen auf die Welt gekommen sind«, sagte Sam. »Und mit Schwänzen auch. Eins von hunderttausend Babys wird mit einem Schwanz geboren. Hat dies Baby einen Schwanz?«
»Allein der Gedanke, Sam! Wo hast du das bloß her?«
Sam ging auf die Toilette. Ihr Magen war durcheinander, und es machte sie nervös, das Baby zu sehen. Dawn bekam so ein Baby, und sie würde es überallhin mitnehmen müssen. Es war deprimierend. Es war, als wäre Dawn von den Body Snatchers geschnappt worden.
Als Sam in die Küche zurückging, war Emmett dabei, kalte Erbsensuppe aus der Dose zu essen, und Irene durchstöberte die Schränke.
»Die Suppe von Campbell ist voller Salz«, sagte sie. Sie nahm Gläser mit Babynahrung aus einer ihrer Taschen. Blaubeeren, pürierte Leber, pürierte Karotten.
»Kann ich ein bißchen von dem Blaubeerbrei haben?« fragte Sam. »Ich mag das Zeug so gerne!«
»Sam, jetzt geht's aber los! Ich brauch das für Heather.« Irene drehte das Gläschen mit Leber auf und steckte einen Löffel hinein. »Zu Hause bekommt sie frische Sachen, ich mach das mit dem Mixer.«
»Was macht Lorenzo Jones?«
»Larry ist nach Hazard gefahren, um seinen Bruder zu besuchen. Ron sollte eigentlich raufkommen und an unserem Dach arbeiten, aber er liegt mit einer Bandscheibengeschichte im Krankenhaus.«
»Ich werd nächstes Jahr an diesem Dach hier arbeiten«, sagte Emmett. Er stellte seine Suppendose auf die Zeitung, die Sam vor zwei Tagen unter die Keramikkatze gelegt hatte. Er fegte eine Perle auf den Boden, und Irene stürzte sich auf sie. »Heather könnte sie in die Finger kriegen«, sagte sie.

»Was ist mit dem Schmerz in deinem Kopf, Emmett?« fragte Sam.
»Er kommt und geht«, sagte er.
Irene fütterte das Baby. Es schlürfte die Leber, und Irene wischte ihm mit einem nassen Handtuch den Mund ab. Irene sagte: »Sam, hat Mama wirklich vor, Daddy zu überreden, nach Florida zu fahren? Ich hab sie letzte Woche angerufen, und sie konnte von nichts anderem reden.«
Sam erklärte ihr die Lage. »Sie ist ganz aus dem Häuschen wegen Großvater, er hat noch nicht ja gesagt.«
»Das macht er gerne, sie aufregen«, sagte Irene. »Sie quälen sich gern gegenseitig. Ich wette, er fährt nicht. Manche Leute wollen einfach nichts riskieren. Mann, manche Leute würden lieber auf der Stelle ihren Grabstein bestellen, als sich auf die Landstraße rauswagen! Zum Glück bin ich hier rausgekommen.«
Irene hielt einen Löffel voll Möhrenbrei vor den Mund des Babys, während sie redete, und das Baby hatte den Mund offen wie ein Vogelbaby, das darauf wartet, daß die Vogelmutter ihm Futter in den offenen Schnabel würgt. Als Irene sah, daß das Baby wartete und ihm schon der Speichel aus dem Mund lief, kicherte sie und entschuldigte sich in Babysprache.
»Wolltest du eigentlich gar nicht kommen und uns besuchen?« fragte Sam.
»Doch, aber ich möchte, daß du raufkommst! Ich kann diese Stadt nicht mehr sehen. Das Haus hier ist ’ne Bruchbude, und ich wär froh, wenn ich Hopewell nie mehr im Leben wiedersehen müßte.« Das Baby gurgelte, und Irene legte es über die Schulter und klopfte ihm auf den Rücken, bis es sein Bäuerchen machte und dabei Leber und Karotten auf Irenes Schulter sabberte.
»Ooooh, du kleines Schweinchen!« sagte sie. Sie stand auf und hielt die freie Hand unter fließendes Wasser und

wusch sich die nackte Schulter ab. Sie wischte dem Baby über den Mund und küßte es auf die Lippen.
Sam zog an einem eingerissenen Fingernagel. »Willst du dich jetzt nicht mal äußern, Emmett?« fragte sie. »Hat Anita dich nach Lexington gefahren?«
Er schüttelte den Kopf. Er gähnte und spannte seine Muskeln wie Popeye. Aber Emmett würde nie Popeyes Kräfte bekommen, weil er nach Spinat immer Blähungen hatte. »Gut, Sir«, sagte er nachdenklich und drehte sein Glas, das einen nassen Fleck auf der Zeitung hinterließ. Sam dachte an die aufgeweichten Zeitschriften im Keller, und sie war wütend auf Emmett, weil sie seinetwegen da unten reingegangen war. Er sagte: »Ich glaub, mein Körper ist von Außerirdischen übernommen worden, und sie haben mich nach Lexington überführt.« Er hob die Augenbrauen. »Es war kein Zufall, daß Irene gerade den Film über die Body Snatcher sah. Mein Körper ist von einem Plantat übernommen worden. Es ist in unserem kleinen Keller unter der Küche gewachsen und ...«
»Ich hab dich in dem kleinen Keller gesucht«, sagte Sam. »Ich hab gedacht, du hättest vielleicht einen Herzanfall gehabt und lägst tot unterm Haus.«
»Du meinst, du bist nach Lexington gestrahlt worden wie in *Star Trek*?« fragte Irene. Sie hatte das Baby auf die Couch im Wohnzimmer gelegt und nahm ihm die Windel ab.
»Kleines Stinkerchen!« sagte sie zu dem Baby.
»Ich stand vor Irenes Tür, gerade als der Film auf seinem Höhepunkt war«, sagte Emmett zu Sam. »Es war das Ende ihres Films. Sie hat mich gerettet, und so war das Ende doch nicht ganz so traurig.«
»Das ist nicht das erste Mal, daß du's mit diesem Trick versuchst«, sagte Irene und griff in ihren Windelkarton. Das Baby strampelte mit den Beinen in der Luft herum, als führe es Fahrrad.

»Ich weiß nicht, was über mich gekommen ist«, sagte Emmett. Er befühlte sich die Schläfe.
Sam dachte an einen Mann am anderen Ende der Stadt. Er war vor zwei Jahren mit seinem Pickup weggefahren und seitdem nicht mehr gesehen worden. Er war einfach weggefahren.
»Ich wär froh, wenn du die Sache so erzählen würdest, wie sie wirklich war«, sagte sie. »Ich dachte, du wärst bei Anita gewesen.«
»Anita Stevens?« fragte Irene. »Ist die wieder auf dem Kriegspfad?« Sie nahm das Baby hoch und schüttelte es leicht und küßte es. »Zeig das Tähnchen!« Das Baby grinste, und sein Zahn leuchtete wie das eingelegte Stück Elfenbein an Irenes Anhänger.
Sam fragte nach dem Anhänger, und Irene sagte verlegen: »Er ist selbstgemacht. Er ist aus Elfenbein, aber ich hab dafür nicht erst einen Elefanten umgebracht. Er ist aus alten Klaviertasten.«
»Ich hab auch nicht geglaubt, daß du einen Elefanten umgebracht hättest«, sagte Sam.
»Ein Mädchen aus meiner Kunsthandwerksgruppe hat ihn gemacht. Entschuldigung. Eine Frau, kein Mädchen. Wir sollen jetzt ›Frau‹ sagen. *Nicht* ›die Mädchen im Büro‹.« Sie lachte und warf die schmutzige Windel in den Abfall unter dem Ausguß.
»Wo ist Moon Pie?« fragte Emmett.
»Irgendwo draußen. Er war grad noch hier«, log Sam.
»Auf dieser Couch wimmelt's von Flöhen!« sagte er.
»Emmett sieht überall Flöhe«, sagte Sam zu ihrer Mutter.
»Früher warn's Zecken«, sagte Irene unbeeindruckt. »Emmett, du solltest dir eine von diesen Ungezieferbomben besorgen und das Haus ausräuchern.«
Emmett schaltete den Fernseher ein und drückte die Programme durch. Auf MTV bearbeitete Chrissie Hynde mit den Pretenders ihre Gitarre, sie stand breitbeinig da und

sah hart aus. Sie sang *Back on the Chain Gang.* Männer schwangen Spitzhacken dazu.
»Kennst du den Song?« fragte Sam ihre Mutter besorgt.
»Nein.« Irene sah kurz zum Fernseher und beschäftigte sich dann mit dem Baby.
Chrissie Hynde hatte ein Baby, und der Vater war einer von den Kinks, einer alten englischen Gruppe, die Irene früher gern gehört hatte. Aber Sam war klar, daß ihre Mutter wahrscheinlich nicht an dieser Information interessiert war.
Als der Song zu Ende war, fing Emmett an, Pac Man zu spielen, und Irene sagte, sie würde sich mit Heather ein wenig hinlegen. Draußen begann es zu nieseln. Sam ging nach oben und spielte eine Kinks-Platte. Sie hoffte, ihre Mutter würde sie hören und sich an die alten Zeiten erinnern. Es wäre okay, wenn man als großer Rockstar ein Baby hätte, dachte Sam, auch wenn es unbequem wär, aber Dawn würde keine Chance haben. Vielleicht war es ganz in Ordnung so, daß Tom es mit Sam nicht schaffte. Sex ruinierte das Leben. Aber sie wollte ihn so sehr, daß ihr das eigentlich egal war. Während die Platte spielte, stand Sam am Fenster. Es regnete jetzt richtig. Sie sah, daß es ein sanfter, langsamer Regen war, ohne Donner, ein Regen, der sie mit einer erregenden Melancholie erfüllte. Sie beobachtete eine Trauertaube, die sich auf einem Stromkabel im Regen badete. Sie hob den Flügel und duschte die Schwinge. Sie lehnte sich weit über, um die Unterseite ihres Flügels naß regnen zu lassen. Dann streckte sie die andere Schwinge aus und lehnte sich auf die andere Seite. Sam sah, wie Moon Pie durch den Regen über den Rasen zur Veranda strich. Jetzt waren alle zu Hause.

23

Sams Mutter bestand darauf, mit ihnen in ein Restaurant in Paducah zu fahren, das sie ganz toll fand. Es war eines von denen, in die Lorenzo Jones früher mit ihr gegangen war. Sovieles hatte sich verändert seit den Samstagabenden, an denen sie zusammen die Witzfilme im Fernsehen gesehen hatten. Jetzt hatte Irene ein Baby, und Haare wie einen Busch und einen Mann mit Geld und einen TransAm. Emmett hatte Agent Orange und einen unheilvollen Schmerz im Kopf. Dawn bekam ein Baby. Während sie im Nieselregen die I-24 entlangschossen, hatte Sam das Gefühl, als ob alle in verschiedene Richtungen auseinanderstoben. Lonnie war noch am See. Großmutter fuhr vermutlich nach Florida. Sogar Emmett war aus einer Laune heraus in Lexington gewesen. Sam fragte sich, wo sie hinführe, wenn sie ein eigenes Auto hätte. Irene hatte Sam den TransAm nicht fahren lassen wollen. Sie hatte gesagt, Larry würde einen Anfall bekommen, wenn sie eine Beule ins Auto machte.

Im Restaurant mußten sie einen Hochstuhl für Heather besorgen. Sie schlug auf ihrem Tablett herum wie auf einer Trommel und warf eine Gabel auf den Boden.

»Seht euch doch nur diese bildschönen antiken Stühle an!« sagte Irene.

»Sie sehen genauso aus wie unsere gammligen alten Stühle im Keller«, sagte Sam. »Du hast sie mal rosa angestrichen.«

Emmett hatte geduscht und sich rasiert und ein gestreiftes T-Shirt und saubere Jeans angezogen. Seine Pickel ließen ihn jünger aussehen, als er war. Irene hatte abgewinkt, als Sam über Agent Orange sprach. Sie hatte gesagt, viele bekämen Akne, wenn sie schon älter wären. Sie sagte, es sei eine verspätete Reaktion auf das Erwachsensein. Sie redete und redete davon, als Emmett unter der Dusche

war, aber Sam langweilte es zunehmend, und sie wurde gereizt. Ihre Mutter hatte für alles eine Erklärung, jetzt, da sie Psychologie studierte.
Emmett und Irene bestellten Bier, das in Saftgläsern kam.
»Ich komm mir blöd vor, das aus einem Saftglas zu trinken«, sagte Emmett.
»Hier gibt's die besten Rippchen«, beharrte Irene.
»Ich eß sie lieber vom Holzkohlegrill«, sagte Sam. »Ich dachte, du auch.«
»Ja, tu ich auch, aber dies Restaurant ist trotzdem für seine Rippchen berühmt. Normalerweise eß ich sowas Fettes nicht, und ich brat auch nichts mehr.«
Emmett bestellte die große Rippchenplatte mit Krautsalat und weißen Bohnen, und Sam und Irene bestellten die mittlere. Die Kellnerin brachte mit dem Essen einen Haufen Servietten. Die Rippchen machten ihre Gesichter fettig. Das Baby warf eine Handvoll Bohnen über den Tisch.
»Sag doch was, Emmett«, sagte Irene. »Sitz nicht nur so da und friß in dich rein.«
»Ich hab zu tun«, sagte Emmett und zog einen Streifen Fleisch von einer Rippe.
»Erzähl uns von deinem großen Abenteuer in Lexington, Emmett«, sagte Sam. »Mit wem bist du nach Lexington gefahren? Mit Anita?«
»Und komm uns nicht wieder mit diesem Quatsch von den Außerirdischen«, sagte Irene. »Schsch, Heather.«
»Ich und Jim Holly«, sagte Emmett und arbeitete noch immer an dem Rippchen. »Ich bin mit ihm zum See gefahren, und er hatte vor zu fischen, und ich wollte nach ein paar Kleinen Graureihern sehen. Aber er ist auf den Parkway gefahren und hat die richtige Ausfahrt verpaßt, und wir sind einfach weitergefahren. Ich hab bloß gesagt, was zum Teufel soll's. Wir hatten zwei Kartons Bier und 'ne halbe Flasche Jim Beam, und wir sind einfach weitergefahren. Mehr war nicht.«

»Und er hat dich bei mir abgeladen«, sagte Irene.
»Ich hab nicht gewußt, daß er vorhatte, eine Woche lang zu bleiben! Seine Frau und seine kleine Tochter sind da, und er wollte Pammy unbedingt wiedersehen. Sue Ann möchte, daß er nach Lexington zieht, aber ich weiß nicht, ob er jetzt aus dem Geschäft raus kann.«
»Das ist keine besonders dramatische Geschichte«, sagte Irene und stocherte mit einem Knochen in ihrer Sauce herum. »Warum hast du das nicht gleich gesagt? Willst du meine Bohnen, Sam?«
»Nein, ich hab selbst welche.« Sam sagte zu Emmett: »Ich hab gedacht, Sue Ann hätte ihn sitzenlassen.«
»Nein. Das ist komplizierter. Die Dinge sind nicht schwarz-weiß, Sam.« Emmett hob sein Saftglas und sah sich nach der Kellnerin um.
»Ich hätte dich zu Fuß nach Haus gehen lassen sollen, Emmett«, sagte Irene.
»Du wolltest hier runter kommen«, sagte er. »Gib's zu.«
»Wo bist du nach dem Tanz hingegangen, Emmett?« fragte Sam.
Er zuckte die Schultern. »Jim und Allen und seine Frau haben Anita und mich bei McDonald's getroffen, und wir haben da noch 'n bißchen rumgesessen.«
Die Kellnerin brachte Emmett noch ein Saftglas. Irene sagte: »Ich weiß, was wir jetzt machen. Wir bestellen alle einen Schokoladenkuchen mit Pekannüssen, weil's hier den besten Schokopekankuchen in ganz Paducah gibt.«
»Das hast du auch von den Rippchen behauptet«, sagte Emmett.
»Haben sie dir nicht geschmeckt?«
»Ich eß lieber die vom Holzkohlegrill. Aber sie waren schon in Ordnung.«
»Also, okay dann. Sam, iß sie auf, deine Rippchen.« Irene bestellte drei Stück Kuchen. »Wenn wir sie nicht ganz schaffen, nehmen wir sie mit nach Haus.«

»Großmutter macht den besten Pekanschokoladenkuchen in ganz Kentucky«, sagte Sam. Irene hatte Großmutter noch nicht mal angerufen, um ihr Hallo zu sagen.
»Sam, was ist bloß in dich gefahren?« fragte Irene. »Ich hab dich seit zwei Monaten nicht gesehen, und ich komm hier runter und mein das als Überraschung, und du benimmst dich so verstockt. Und ihr fragt euch alle, warum ich hier weg wollte.«
»Wir wollten, daß du zurückkommst«, sagte Emmett.
»Wir nehmen die Rippchen hier mit nach Haus«, sagte Irene zu der Kellnerin, die gerade Sams Teller abräumte.
»Sam war den ganzen Sommer schwierig«, sagte Emmett. »Lonnie hat seinen Job aufgegeben, und sie war darüber unglücklich, und sie hat bis zum nächsten Monat, wenn sie anfängt zu arbeiten, nichts zu tun.«
Sam streckte Emmett die Zunge raus. Sie sagte: »Wenn ich du wär, würd ich die Klappe halten. Von wegen schwierig. Wenn du das nächste Mal losziehst, könntest du 'ne Nachricht hinterlassen oder das Telefon benutzen.«
Irene sagte mit einem wissenden Lächeln zu Emmett: »Sie wird genauso wie Mama, sie macht sich immer zuviel Sorgen. Aber sie hat Daddys Eigensinn.«
Das Baby kreischte und machte ein surrendes Geräusch mit den Lippen.
»Heh, wer hat dich denn aufgezogen?« rief Irene entzückt.
Irene fuhr ihren TransAm durch Paducah wie eine Göttin ihren Streitwagen. Sie schnellte über Bahnübergänge, sie bog an Kreuzungen mit viel Verkehr ohne zu zögern nach links ab. Sam saß auf dem vollgepackten Rücksitz mit dem schlafenden Baby und wünschte, sie könnte das Auto fahren. Vielleicht würde Irene sie morgen fahren lassen. Sie könnte Emmett zu McDonald's bringen und jeden das Auto bewundern lassen. Wenn Irene noch bis zu Lonnies Rückkehr bliebe, könnte sie zu ihm fahren und so tun, als ob ihr der Wagen gehörte, und sehen, was er sagte.

Heather hielt Sams Finger fest in ihrer Faust. Die Babyhand war wie ein nackter kleiner Vogel. Sam war froh, daß ihre Mutter das Baby nicht im Restaurant gestillt hatte. Die Peinlichkeit hatte sie ihr erspart.

Das Baby gab einen sauren Geruch von sich. Die Plantate in dem Body Snatcher Film hatten ungefähr die Größe eines Babys gehabt. Es war ein seltsamer Gedanke. Ein Baby war eher etwas wie ein Gemüse als ein menschliches Wesen – mit seinen komischen Gerüchen und seinem Pulsschlag, wie eine Wassermelone, die schnell wächst in der Nacht. Im Fernsehen hatte Sam eines Morgens in dieser Woche eine Wassermelone gesehen, die 148 Pfund gewogen hatte. Bei acht Cents das Pfund würde sie wieviel kosten – Sam versuchte, den Preis im Kopf auszurechnen, aber die Zahlen verschwanden, sobald sie sie gedacht hatte.

»Ich fahr über die Dörfer, weil ich euch was zeigen will«, sagte Irene.

Emmett drehte sich zu Sam um und sagte: »Ist sie nicht einmalig? Deine Mutter steckt voller Lebensfreude.« Er grinste und klopfte Irene auf die Schulter.

»Hier ist es«, sagte Irene ein paar Minuten später, als sie eine Biegung um einen kleinen Hügel nahm. Sie bog in einen ungepflasterten Seitenweg ein und hielt an. »Guckt mal«, sagte sie und öffnete die Wagentür.

Es hatte aufgehört zu regnen, und die Sonne blitzte durch die Wolken. Es war noch hell, aber die Dämmerung begann hereinzubrechen wie Tinte, die sich in einer riesigen Wassermenge auflöste. Irene mußte ihnen erklären, daß das, was sie sich ansehen sollten, die Landschaft war, ein paar Felder und Bäume, die sich an einem Hang entlangzogen. Die letzten Sonnenstrahlen warfen ein gebrochenes gelbes Licht über alles. In den Feldern standen Büsche und Inseln von Unkraut mit ihren runden Schatten.

»Ich fand diese Stelle schon immer so schön«, sagte Irene. »Mit all diesen Hecken und Büschen, die hier verstreut

sind. Und seht ihr da drüben die Steinhaufen? Und guckt euch da drüben die Holsteiner an.«
»Ich seh keine Kuhreiher«, sagte Sam.
»Davon gibt's hier nicht mehr viele«, sagte Emmett.
Die Felder waren nicht gepflegt. Großvaters Felder waren so sauber und aufgeräumt, daß sie aussahen wie Bettlaken. Auf Großvaters Feldern gab es keinen Baum oder wilde Schößlinge oder Unkraut, aber diese hier sahen aus wie Zimmer, in denen die Möbel wild durcheinander stehen.
»Weshalb ich das hier so mag«, sagte Irene dann, »es ist genau wie England. Ich hab Bilder von England gesehen, die genauso sind wie dies hier.«
»England?« sagte Sam mit belegter Stimme.
»Das ist ein Land, in das ich schon immer mal wollte, aber ich glaub kaum, daß ich je die Gelegenheit haben werde.«
Sie kletterten wieder ins Auto. Sam legte ihren Finger wieder in die Faust des Babys, und das Baby zog daran, während sie in der zunehmenden Dunkelheit nach Hause fuhren. Irene schaltete die Scheinwerfer ein, und sie glitten dahin über die sich windenden Nebenstraßen, vorbei an alten Farmen mit renovierten Wohnhäusern. Alle Häuser standen nahe an der Straße, und die Scheunen waren windschief, und die Silhouetten der Landmaschinen ragten regungslos und still in den Himmel wie von einem Meteoriteneinschlag überraschte Dinosaurier, in der Bewegung erstarrt. Keine der anderen Farmen sah aus wie England.

24

Sam hatte Emmett dabei geholfen, Irenes altes Zimmer aufzuräumen, während ihre Mutter im Fernsehen *Between Friends* sah. Das Bett war beladen mit leeren Purex-Behältern, alten Zeitschriften, Bergen von Einkaufstüten und Kartons mit Kleidern. Emmett brachte einen Teil davon in den Keller, und Sam machte das Bett mit zwei passenden Bettlaken. Sie konnte keine sauberen Bettbezüge finden. Die meisten ihrer Laken waren eingerissen, aber Großmutter hatte versprochen, ihnen zu Weihnachten neues Bettzeug zu schenken.

Sam wurde klar, wieviel von ihrer Mutter noch in dem Zimmer war. In einem Einbauregal nahe am Fenster standen ihre alten Taschenbücher und die 45er Platten. Alle ihre LPs waren in Sams Zimmer. Schränke und Schubladen waren noch immer voll mit Irenes alten Kleidern, und an der Wand hingen Bilder, die sie gemalt hatte, als sie ihre künstlerische Phase durchgemacht hatte. Sie hatte sie aus einem Buch abgemalt. Sie waren abstrakt, so ähnlich wie die Photos von vergrößerten Bakterien bei Geschlechtskrankheiten, die Sam auf einem Informationsblatt im Wartezimmer eines Arztes gesehen hatte.

Irene hatte unbedingt mit Heather zusammen schlafen wollen. Sie lachte, als Sam sie fragte, ob sie keine Angst habe, sich versehentlich auf sie zu legen. Pandabären erstickten so häufig ihre Jungen, hatte Sam ihrer Mutter gesagt. Dann diskutierten sie Sams Zukunft, und Irene sagte, Sam wäre dumm, wenn sie Hopewell nicht verließe und auf eine größere Universität ginge. Irene sagte, sie studiere Psychologie, weil die menschliche Natur sie fasziniere.

In der Nacht hörte Sam das Baby schreien. Moon Pie, der nervös und mit irgend etwas beschäftigt zu sein schien, als habe er während seiner Abwesenheit ein aufreibendes Abenteuer erlebt, hatte am Fußende von Sams Bett geschlafen, aber als er Irene in die Küche hinuntergehen hörte, sprang er hinaus. Draußen fiel sanft der Regen, und ein leichter Wind drückte die Weide gegen die Seitenwand des Hauses. Das Baby war wie ein Gewächs, das sich gelöst hatte, dachte Sam – wie Schorf oder eine Warze – und Irene trug es voller Faszination mit sich herum, unfähig, sich von ihm zu trennen. Affen trugen so ihre toten

Babys mit sich herum. Ein Freund von Emmett kannte viele Witze über tote Babys, aber Sam konnte sich an keinen davon erinnern. In Vietnam hatten Mütter ihre toten Babys so lange mit sich herumgetragen, bis sie zu faulen anfingen. Als Sam wacher wurde, begann sie sich zu fragen, woher sie das wußte. Sie konnte es sich lebhaft vorstellen, auch wenn es ihr so vorkam, als hätte sie sich das Ganze bloß ausgedacht. In der letzten Folge von M.A.S.H war Hawkeye verrückt geworden, nachdem er gesehen hatte, wie eine Mutter das eigene Baby erstickt hatte, damit es nicht weiter weinte. Er hatte so viele Soldaten sterben sehen, aber er war zusammengebrochen, als er ein Baby sterben sah. Es schien folgerichtig, daß Hakweye am Schluß der Serie verrückt wurde. So wußte man doch wenigstens, daß nicht alles ein glückliches Ende nahm. Das wär zu einfach.

Sam lag wach und hörte zu, wie Irene das Baby in den Schlaf summte. Sie konnte die Töne aber nicht deutlich hören, denn die Geräusche des Regens und der Weide legten sich über die Melodie. Und Emmett schnarchte am Ende des Flurs. Er hatte nur schwer einschlafen können wegen der Blähungen, die er von den Rippchen bekommen hatte. Sam hatte ihn noch eine lange Zeit, nachdem sie ins Bett gegangen war, aufstoßen hören. Ein Auto zischte vorbei, die Scheinwerfer warfen ihr Licht an die Wand. Sam konnte die Arme der Weide als Schatten an der Wand sehen, und sie dachte an den kriechenden Wein, der im Dschungel von Vietnam wuchs. Sie fragte sich, ob der so ähnlich war wie Kudzu-Wein. Kudzu überwucherte alles, sogar Autos und leerstehende Gebäude. Selbst Züge brachte er zum Stehen. Sam erinnerte sich an *The Thing* im Spätprogramm. Sie hatte nicht die neue Version gesehen, die sehr viel unheimlicher sein sollte. The Thing war ein Gemüsewesen aus dem All. Nachdem Sam diesen Film gesehen hatte, konnte sie für längere Zeit nicht im Dun-

keln rausgehen, sie dachte immer, die Bäume und Büsche stellten ihr Fallen.
Sie fragte sich, warum Horrorfilme neu bearbeitet werden mußten – vielleicht weil die Welt immer unheimlicher wurde.
Sam tappte leise hinunter, und im Schein der Wohnzimmerlampe kam sie sich wie ein Geist vor. Irene war in der Küche und stopfte dem Baby Löffel mit Blaubeerbrei in den Mund. Das Baby hatte ein blaues Gesicht wie das blaue Baby, von dem der Mann im Rathaus erzählt hatte. Sam konnte die schmutzigen Windeln unter dem Ausguß und die Zigarettenkippen im Aschenbecher auf dem Küchentisch riechen.
»Sam, bist du auf? Wir haben wahrscheinlich die Nachbarschaft aufgeweckt. Heather hat geschrien, sie hatte Hunger.« Irene sagte zu dem Baby: »Du hattest Hunger – nicht?«
»Ich hatte Durst.« Sam goß sich aus einer halbvollen Pepsi ein und trank ohne Eis. Sie schaltete den Fernseher ein und erkannte ein Twister-Sister-Video wieder, das sie schon öfter gesehen hatte. Sie stellte den Fernseher ab.
»Ich hab die Katze rausgelassen«, sagte Irene.
»Oh, Emmett dreht durch!« Sam stürzte zur Tür und entdeckte Moon Pie unter dem TransAm. Sie rannte hinaus und holte ihn rein. Der Regen hatte kleine Perlen auf seinem Fell hinterlassen. Sie sagte zu ihrer Mutter: »Emmett hat Angst, daß er nachts von einem Auto überfahren wird. Katzen werden von den Scheinwerfern geblendet.«
»Du hättest aufbleiben und das Ende von *Between Friends* sehen sollen«, sagte Irene und wischte dem Baby mit einem nassen Papiertuch über den Mund. »Es war wirklich gut.«
»Ich mag bloß witzige Filme. Emmett und ich gucken uns keine an, die auf die Tränendrüsen drücken.«
»Du mußt nicht immer das machen, was Emmett macht.«

»Wie kommst du darauf, daß ich das tu?«

»Nur so.« Irene hielt das Baby auf einer Hüfte und bückte sich, um etwas vom Boden aufzuheben. »Woher kommen bloß all diese Kerne? Das sieht ganz nach der alten Apfelkernkette aus, die ich mal in Lexington in so'nem Freakladen gekauft hab. Mein Gott, daran hätt ich im Traum nicht mehr gedacht.« Sie verzog das Gesicht angewidert.

Sam suchte nach etwas zu essen. Moon Pie strich ihr um die Beine. Die Restetüte mit den Rippchen war der einzige Lichtblick im Kühlschrank. Sie gab Moon Pie ein gegrilltes Rippchen zum Abknabbern, und für sich fand sie eine Tüte Chips. Moon Pie rümpfte die Nase und stolzierte zum Sofa.

»Du ruinierst deine Gesundheit mit all dem Mist«, sagte Irene.

»Na und?«

»Also ehrlich!« Irene setzte das Baby ins Tragegestell und spülte dann mit einer gekonnten Drehung ihres Zeigefingers das Babyglas aus. Sams Mutter machte alles schnell und effizient. Wenn sie Teller abwusch, spülte sie sie, um Zeit zu sparen, nur oben ab, nicht unten.

»Wenn du dir Sorgen um die Gesundheit von irgendjemand machen willst, dann mach dir um Emmett Sorgen«, sagte Sam und zermalmte Kartoffelchips.

»Sein Gesicht sieht gar nicht so schlimm aus. Er hat gesagt, es wird besser.«

»Es geht nicht nur um sein Gesicht. Er hat immer noch diesen irren Schmerz im Kopf. Er will nicht darüber reden, aber er hat ihn die ganze Zeit. Ungefähr alle zwei Minuten hat er ihn.«

»Das hört sich genauso an wie das, was er damals hatte, als er ausgeflippt war.«

»Ja, genau das sag ich ja, aber du hörst ja nicht zu. Er macht mir Angst. Und dies Agent Orange kann alle möglichen Symptome hervorrufen. Buddy Mangrum kann noch nicht mal ein Bier trinken, ohne daß ihm schlecht wird, und seine kleine Tochter hat 'n ganzen Haufen von Geburtsfehlern.«

Irene warf Eiswürfel in ein Glas und goß sich etwas Pepsi ein. Sie sagte: »Das Problem ist, daß ich Emmett all die Jahre mit Samthandschuhen angefaßt hab, wo ich ihm besser Verantwortung beigebracht hätte, und jetzt machst du den gleichen Fehler. Na ja, wenn wir ihn sich selbst überlassen, dann würde er vielleicht von selber anfangen zu arbeiten und zum Beispiel das Geld zurückzahlen.«

»Das fänd ich zu schrecklich.«

»Ich seh's nicht gern, daß du ihn auf dem Hals hast. Du kannst studieren. Du hast es nicht nötig zu arbeiten. Uncle Sam bezahlt alles.«

Sam fragte sich, ob ihre Mutter sie nach Uncle Sam genannt hatte, weil sie eine Last für ihn war oder vielleicht ein Trostpreis von Uncle Sam.

»Gehst du noch immer tanzen?« fragte Sam ihre Mutter.

»Nein. Ich kann nicht mehr wie früher tanzen, jetzt, wo ich's mit der Blase hab. Heather hat zu tief gelegen, als ich schwanger war. Siehst du diesen Jungen, Lonnie, gar nicht mehr? Du hast ihn überhaupt noch nicht erwähnt.«

»Er ist weg. Am See.« Sam überlegte, ob er jetzt im Augenblick wohl immer noch feierte. Am Mittwoch würde er zurück sein.

Das Baby schrie. Irene setzte sich auf die Couch und wiegte es sanft an ihrer Brust. Sie trug ein Nachthemd mit dünnen Streifen, das wie ein Baseballdress aussah. Dann öffnete sie ihr Hemd und gab dem Baby die Brust. Ihre Brust war blaß und oval, und die Brustwarze sah aus wie die Kirsche auf einem Törtchen.

»Du *mußt* zur Uni gehen, Sam. Heutzutage stehen Frauen alle Türen offen, fast alle.«

»Du willst bloß, daß ich hier von Hopewell weggeh und Emmett vergeß, so, wie ich auch alles vergessen soll, was mit meinem Daddy zu tun hat«, brach es aus Sam heraus.

»Du tust so, als wenn es den ganzen Vietnamkrieg nie gegeben hätte, so, als wolltest du mich vor igendwas beschützen. Ich bin kein Baby mehr.« Sie sah zu dem Baby, das selbstvergessen nuckelte.
Ein kurzer Schmerz ging über das Gesicht ihrer Mutter, und Sam bedauerte ihren Ausbruch. Irene sagte langsam: »Ich hab dir alles gesagt, was es zu sagen gibt, Sam. Ich war einen Monat mit ihm verheiratet, als er ging, und ich hab ihn nie wiedergesehen.« Sie zupfte an ihrem Kinn herum. »Ich kann mich kaum an ihn erinnern«, sagte sie.
»Wo habt ihr geheiratet?«
Irene lächelte. »Bei einem Friedensrichter draußen auf dem Land. Er hatte eine Geflügelfarm, und wir wurden auf seiner Veranda getraut. Als wir gingen, flatterte eine Schar Hühner davon, und überall flogen Federn herum. Es waren Rhodeländer, glaub ich.«
»Was hast du mit der Flagge auf seinem Sarg gemacht?«
»Emmett hat sich einen Umhang daraus gemacht. O Gott, das hab ich ganz vergessen! Das war damals, als Emmetts verrückte Freunde hier waren. Ich war so wütend auf ihn. Das hat mich wirklich verletzt, daß er das gemacht hat, aber ich schätz, ich hab die US-Armee nie besonders verehrt, also war's egal.« Sie drückte das Baby an ihre Brust. Sie sagte: »Warum fährst du nicht zu Mama und Papa? Du besuchst sie nie. Sie können dir mehr über Dwayne erzählen als ich. Ich glaub, sie haben noch Sachen von ihm, die du haben kannst.«
»Sie mögen mich nicht.«
»Doch, sie mögen dich. Sie kennen dich bloß nicht mehr.«
»Sie sind nicht zu meiner Abschlußfeier gekommen, und sie haben mir noch nicht mal ein Geschenk geschickt.«
»Oh, du weißt doch, wie die Leute auf dem Land sind. Sie sind reserviert. Mit *mir* sind sie nicht einverstanden, Sam. Ich hab dich da mit hingenommen, aus Pflichtgefühl, obwohl sie mir nie das Gefühl gegeben haben, sonderlich

willkommen zu sein. Aber dich haben sie immer geliebt. Sie haben immer besonders viel Aufhebens um dich gemacht.«
»Ich hab kein Auto. Ich kann sie nicht besuchen.«
»Ich glaub, sie haben noch ein Notizbuch, in das Dwayne drüben Sachen geschrieben hat. Sie würden dich das bestimmt angucken lassen.«
Das Baby hörte auf zu trinken, und es drehte den Kopf. Es sah Sam neugierig an. »Ich glaub, sie hat genug«, sagte Irene und zog sich das Hemd wieder über die Brust. Sie ließ das Baby aufstoßen. Sam dachte an den Witz mit der Nonne auf dem Spargelfeld. Irene sagte: »Sieh sie dir bloß mal an. Ich war neunzehn, nicht viel älter als du jetzt. Stell dir vor, dies kleine Baby wär deins. Wie würdest du mit ihm umgehen? Aber ich kann nicht in der Vergangenheit leben. Es war alles eine so blöde Verschwendung. An nichts von damals möchte ich mich erinnern.«
»Wußte er, daß du mich bekommen würdest?«
»Oh, sicher doch. Wir haben uns geschrieben. Er wußte Bescheid.«
»Emmett hat gesagt, es wär Daddys Idee gewesen, mich Samantha zu nennen.«
»Er mochte den Namen. Ich kann mich nicht genau daran erinnern, wie wir darauf gekommen sind. Es ist gut möglich, daß es seine Idee war.«
»Warum hast du mir das nie gesagt?«
»Ich hab nicht gedacht, daß das irgendwas ausmachen würde«, sagte Irene.
»Doch, tut es.«
Sams Mutter saß da in ihrem Baseballhemd mit einem komischen Lächeln wie die Mona Lisa, und hielt das Baby, als wäre es ein Bündel, das an ihr festklebte. Sam erinnerte sich daran, wo sie die Vietnamesin mit dem toten Baby im Arm gesehen hatte. Es war ein deutliches Bild in ihrer Vorstellung. Es war das Titelbild einer *Newsweek* gewe-

sen. Es war eines Tages mit der Post gekommen, und Sam hatte es als erste gesehen. Als Irene es sah, nahm sie Sam das Heft aus der Hand, riß das Titelblatt ab und verbrannte es.

»Hast du noch die Briefe, die er dir geschrieben hat?« fragte Sam.

»Ich hab sie aufbewahrt, aber ich weiß nicht, wo sie jetzt sind.«

»Hast du sie nicht mitgenommen?«

»Ich glaub nicht. Ich hab 'ne Menge Zeug weggeworfen. Aber vielleicht sind sie noch irgendwo in meinem Zimmer. Sam, ich wünschte, ihr würdet das Zimmer ausräumen – das ganze Haus – und das Zeug verkaufen. Das Haus hier bricht bald zusammen unter der Last von all dem Müll hier drin.«

»Emmett arbeitet gerade an der Grundmauer«, sagte Sam.

»Komm morgen mit mir nach Lexington, Sam«, sagte Irene, streckte ihre Hand nach Sam aus und streichelte leicht ihr Gesicht und strich ihr das Haar aus der Stirn. »Ich fahr mit dir in den Horse Park, und wir machen einen Ausflug runter zur Natural Bridge. Vielleicht können wir auch in dieses Mike Fink Riverboat-Restaurant gehen auf dem Fluß auf der anderen Seite von Cincinnati und da Fisch essen.«

»Ich kann hier genausogut Fisch essen.«

»Oh, Sam!« Irene stand auf, legte das Baby vorsichtig hin und ging in die Küche. Sie goß sich Pepsi ein. »Eigentlich sollte ich sowas nicht trinken«, sagte sie.

»Ich möchte dich was über Emmett fragen«, sagte Sam, als ihre Mutter sich wieder hingesetzt hatte.

»Was?«

»Ist er im Krieg verwundet worden?«

»Nein, warum?«

»Ich dachte, daß das vielleicht ein Grund sein könnte, warum er nie irgendwelche Freundinnen hatte.«

Irene lachte. »Nein, daran liegt's nicht. Und er ist auch nicht schwul, das brauchst du nicht zu denken.« Sie schüttelte das Eis in ihrem Glas und sah sich in dem trüb beleuchteten Wohnzimmer um. »Mein Gott, ich hab Jahre gebraucht, um hier rauszukommen!«
»Wieso bist du damals eigentlich nicht in Lexington geblieben, als ich klein war?«
»Mmmm, was glaubst du, weshalb? Mama und Papa haben mir das Gefühl gegeben, als hätte ich ein *Verbrechen* begangen. Und Emmett hatte solche Ausbrüche. Damals war er in einer wirklich üblen Verfassung.«
»Wer war dieser Bob, der mit uns nach Lexington kam?«
Irene sah in ihr Glas. »Irgendjemand. Damals dachte ich, daß mir an ihm lag. Er hat hinten im Garten gezeltet.«
»Daran erinner ich mich«, sagte Sam. »Er hat mich auf seiner Flöte spielen lassen, hinten im Garten in seinem Zelt.«
»Es war 'ne Blockflöte«, sagte Irene. »Eine Altflöte.«
»Was macht er jetzt?«
»Das letzte, was ich von ihm gehört hab, ist, daß er geheiratet hat und sein Kind Nuclear Ragtime genannt hat. Kannst du dir vorstellen, was für ein Leben das Kind mit dem Namen hat?«
»Wahrscheinlich haben sie ihm irgendeine Lüge erzählt, als sie ihm gesagt haben, weshalb sie es so genannt haben«, sagte Sam.
»Kann sein.« Irene lutschte an einem Stück Eis.
»Jedenfalls, wer waren all die Leute? Was haben sie hier gemacht?«
»Oh, es war alles so verrückt. Aber die Zeit in Lexington war noch verrückter. Ich erinner mich, daß wir einmal zu einem Essen gingen und jeder etwas Weißes mitbringen mußte. Jeder mußte was Weißes anziehen, und das Essen war weiß. Ich hab den ersten Preis für die weißeste Aufmachung gewonnen. Ich hatte ein langes weißes Kleid und weiße Tennisschuhe an. Kannst du dir das vorstellen?«

»Was gab's zum Essen?« fragte Sam.
»Hühnerbrust, Milchsoße und Kekse, Sandkuchen, weißen Wein. Ich erinner mich, daß ich Weißbrot mit abgeschnittener Kruste und Schmelzkäse mitgenommen hab. Das Ganze war ekelhaft, aber es war komisch. Ich glaub, es sollte irgendwas darstellen, aber ich kann mich nicht entsinnen, was.«
»Was hast du als ersten Preis bekommen?«
»Ein Pfund Schaumgebäck. Und ich hasse das.«
»Warst du in Bob verliebt?«
»Ja. Aber zurückgekommen bin ich, weil wir das Haus hier hatten, und sie wollten mich noch immer in meinem alten Job, und alle waren sauer auf mich. Und ich glaubte, Emmett was schuldig zu sein, weil er meinetwegen rübergegangen war.«
»Stimmte das?«
»Ich weiß nicht. Ich glaub nicht, daß Emmett auch nur 'ne Ahnung von dem hatte, was er tat, als er zur Armee ging. Er dachte, es wär sowas wie Karnickelschießen, glaub ich. Er konnte kaum bis drei zählen, als er rüberging. Er war nichts weiter als ein Junge vom Land.«
»Großvater ist im Krieg gewesen«, sagte Sam.
»Der Zweite Weltkrieg war 'ne ganz andere Situation.«
»Die Japaner waren klein, wie die Vietnamesen«, sagte Sam. »Jetzt sind sie allerdings nicht mehr so klein, seitdem sie Rindfleisch essen.« Sie fragte sich, ob die Amerikaner von Tofu-Essen und von Salattellern wohl kleiner würden.
Irene trank ihre Pepsi aus. »Hör mir mal zu«, sagte sie. »Larry kennt in Lexington jemanden, der einen guten Job in der Werbung hat. Der war in Vietnam und hat da 'ne ganze *Familie* in einer Hütte umgebracht: eine Mutter, einen Vater, drei Kinder, und ein paar Onkel und Tanten und eine Großmutter. Er hat jeden einzelnen von ihnen umgebracht, und er hat gesagt, daß ihm erst zwei Jahre später richtig bewußt wurde, was er da getan hatte. Er

nahm Drogen und alles. Aber er hat's letzten Endes doch verarbeitet, und er hat kapiert, daß das einzige, was er tun konnte, war, irgendwas Positives aus seinem Leben zu machen. Jetzt ist er verheiratet und hat Kinder, und er ist sogar in die Kirche eingetreten. Und ich hab mir gedacht, wenn der das alles geschafft hat, dann kann Emmett es auch schaffen.«

»Emmett würd eher Reagan wählen als in die Kirche eintreten«, sagte Sam skeptisch. »Hat Emmett jemals einen umgebracht?«

»Keine Ahnung. Er hat nie darüber gesprochen.«

»Hat mein Daddy Leute umgebracht?«

»Weiß ich auch nicht. Aber sieh mal, Sam, es wär nichts Ungewöhnliches, wenn sie es getan hätten. Dafür sind sie ja rübergegangen. Heh, reich mir mal meine Tasche da bei deinem Stuhl rüber. Ich hab 'n Geschenk für dich.«

Sam gab ihr die Tasche, die mit Windeln und Zeitschriften vollgestopft war. Irene zog ein grünes T-Shirt heraus und reichte es Sam. Es war ein M.A.S.H 4077er T-Shirt.

»Fast hätt ich vergessen, es dir zu geben«, sagte Irene. »Aber ich weiß noch, wie gern du immer die Sendung gesehen hast.«

»Paaah!« sagte Sam. »Damit seh ich wie Hot Lips aus!«

»Dein Busen ist nicht so groß.«

»Deiner aber.«

»Ja, solange ich still. Ich komm mir vor wie Jayne Mansfield.«

»Wer ist Jayne Mansfield?«

»Ein alter Filmstar. Sie hatte Riesentitten.«

Sam zog das T-Shirt über ihr Nachthemd und bewunderte es im Spiegel. Sie lächelte, und im Spiegel lächelte Irene hinter ihr.

Sam sagte: »Mama, erinnerst du dich an das Kinks-Album, das dir früher so gut gefallen hat?«

»Ja. Das mit *Lola*?«

Sam nickte. »Das ist toll. Ich hab's mir angehört.«
»Ja. Ich mochte es immer sehr.« Irene stand auf und streckte sich. »Ich muß morgen früh los. Aber überleg dir mal, was ich gesagt habe. Du kannst mitkommen, wenn du willst.«
»Kauf mir ein Auto, und ich zieh nach Lexington«, sagte Sam.

25

Sam kam sich vor wie ein Idiot. Als sie gesagt hatte, sie wolle nach Lexington ziehen, hatte sie das als Witz gemeint, aber das mit dem Auto war ihr Ernst. Als Irene ihr also am nächsten Morgen einen Scheck über sechshundert Dollar reichte und sagte: »Hier, kauf dir das Auto, von dem du gesprochen hast«, war Sam verlegen, als liebe sie ihre Mutter nicht genug. Aber sie liebte ihre Mutter. Gerade deshalb machte es ihr auch soviel aus, daß Irene mit dieser Niete abgehauen war und sich ein Baby hatte machen lassen. Irene sagte zu Sam: »Du brauchst nicht nach Lexington zu kommen, wenn du nicht willst, aber du brauchst ein Auto, und jetzt kannst du mich wenigsten ab und zu besuchen.« Sam hätte ihrer Mutter jetzt gerne die Katze geschenkt, weil sie ihr zeigen wollte, daß sie ihr wichtig war, aber dann kam es ihr plötzlich so vor, als sei sie das falsche Geschenk. Ihre Mutter wollte keine lächerliche Katze mit Glasperlen. Das Baby könnte an den Perlen ersticken.
»Ich werd kurz bei Mama und Daddy vorbeifahren«, sagte Irene. Ihr Kopf steckte im Kühlschrank. »Ich glaub, Larry wird mich nicht gleich umbringen, wenn ich später komme. Aber Mama würd es tun, wenn sie mitkriegt, daß ich hier war und nicht bei ihr vorbeigekommen bin. Habt ihr denn nichts zu essen, das ich für unterwegs mitnehmen kann?«

Sie schloß die Kühlschranktür und sagte: »Warum muß ich immer diejenige sein, die hier runterkommt? Warum kommt *mich* keiner besuchen?«
»Ich hab dich besucht, oder?« sagte Emmett, der gerade in die Küche gekommen war. Er war in Jeans und ohne Hemd. Er sah verschlafen aus.
Irene schüttelte eine Flasche Ketchup und zeigte damit auf ihn. »Und ich mußte dich zurückbringen, du Nichtsnutz.«
Sam erzählte Emmett von dem Auto, und er sah erfreut aus.
»Na also«, sagte er froh. Dann öffnete er den Kühlschrank und sagte: »Wir haben keine Milch mehr.«
»Unterschreibst du für mich, Emmett?« fragte Sam.
»Klar. Und wenn du 'n Unfall baust, dann können sie aus mir nicht viel rausholen.«
»Ich bau keinen Unfall.«
Irene berührte den Ausschlag auf Emmetts Nacken. Sie seufzte. »Hast du's mit der Bierhefe versucht, wie ich dir geraten hab?«
»Nein. Aber ich hab Mamas Brandsalbe probiert.«
Irene sah mißbilligend auf die Tüte Kartoffelchips auf dem Tisch. Dann sagte sie: »Emmett, wenn du dich das nächste Mal entscheidest, nach Lexington gestrahlt zu werden, gib mir vorher Bescheid, damit ich einen Kuchen backen kann.«
»Zum Kuchen backen wirst du keine Zeit haben. Nicht, wenn ich mit Lichtgeschwindigkeit reise.«
»Hast du mein T-Shirt schon gesehen?« sagte Sam zu Emmett. »Mama hat's mitgebracht.«
Emmett grinste. »Siehst du, sie versteht dich.«
»Er hat mir gesagt, daß ich es für dich kaufen soll«, sagte Irene.
»Hier, Mama«, sagte Sam und zog eine Schrankschublade auf. »Nimm ein Paar Granny Kekse. Sie sind wirklich gut.«

Am Telephon sagte Sam Lonnie, daß sie eine Überraschung für ihn habe, wenn er am Mittwoch nach Hause kam. Sie meinte damit das neue Auto, aber die eigentliche Überraschung, dachte sie, war, daß sie damit nicht mit Lonnie zu der Hochzeit in Bowling Green fahren würde. Es war ihr gleichgültig, was er dazu sagte. Er konnte sie nicht zwingen.

Lonnie hatte zum Frühstück rohes Steak gegessen, weil ihm jemand erzählt hatte, das sei gut gegen einen Kater.

»Ich denk, rohes Steak ist gut für'n blaues Auge, nicht für einen Kater«, sagte Sam. »Wie war eure Männerparty?«

»Davon erzähl ich dir später«, sagte er. »Den Teil, an den ich mich erinnern kann.«

»Was habt ihr mit meinem Slip gemacht?«

»Wir haben mit denen den Raum dekoriert. Es war wie Silvester.« Lonnie kicherte wie ein kleines Kind. Sam wurde klar, daß ihr ältere Männer lieber waren.

Nachdem Sam das Auto gekauft und die Versicherung und Anmeldung bezahlt hatte, blieben ihr noch zweihundert Dollar auf ihrem Konto übrig. Sie war erleichtert, daß sie das Autofahren nicht verlernt hatte. Irenes alter VW bockte häufig, aber dieser fuhr ganz glatt. Über das Auto war sie glücklich, nicht aber über Tom. Als sie den Wagen in seiner Werkstatt abholte, hatte er sich geweigert, mit ihr eine Fahrt zu machen. Er hatte es gewaschen und abgeschmiert, und er hatte eine Probefahrt gemacht, aber er war, wie schon am Samstagmorgen, sehr distanziert.

»Weißt du auch ganz genau, was du tust?« fragte er sie.

»Willst du mir das Auto nicht verkaufen?«

»Ich möchte nicht, daß du's aus den falschen Gründen kaufst.«

»Tut es dir leid, daß ich neulich nacht hier war?«

»Sagen wir, es ist besser, einige Dinge zu vergessen.«

»Ich hab's niemandem erzählt, wenn es das ist, wovor du Angst hast«, sagte Sam.

»Das mein ich nicht. Es hätte ganz einfach nicht passieren dürfen.«

Er polierte den Wagen mit zerrissenen Jockey-Shorts. Seine Jeans hingen ihm tief auf den Hüften, und er trug ein schwarzes Budweiser-T-Shirt. Das Auto sah prächtig aus. Er hatte die Rostflecke mit einer Grundierung bearbeitet.

»Fahr 'n bißchen mit mir rum«, sagte sie.

»Dein Freund könnte uns sehen.«

»Ich hab dir schon gesagt, daß er nicht mehr mein Freund ist.«

Sie stieg in das Auto und schob den Sitz nach vorn. Es funktionierte, ohne daß er steckenblieb. Sam war überrascht. Sie hatte bisher die Erfahrung gemacht, daß solche Sachen meistens nicht funktionierten. »Warum machst du's mir so schwer?« sagte sie. »Es war schön für mich neulich nacht. Warum kommst du nicht einfach mal rüber zu mir? Wir könnten zusammen fernsehen. Oder du könntest mit Emmett Atari spielen.« Sie kam sich vor wie Anita, die verzweifelt Emmetts Nähe suchte, und sie war verlegen.

Tom sagte: »Du solltest dich nicht mit mir abgeben, Sam. Es würde dir bloß leidtun.«

»Nein, würd es nicht.«

»Ich hätte dich nicht so ausnutzen sollen.«

»Ist das nicht meine Sache, ob du mich ausnutzt?« Sam war dem Weinen nahe.

»Sieh mal, Sam. Du bist besser dran mit jemandem in deinem Alter. Und jetzt fahr mit deinem neuen Auto los und viel Spaß. Und sei vorsichtig.«

»Ich könnt ja auch damit anfangen, Geländemotorrad zu fahren«, sagte sie.

Tom lächelte bloß und winkte ihr loszufahren. Aber Sam schluchzte auf dem ganzen Weg nach Hause. Endlich hatte sie ein Auto, und es brachte sie zum Weinen. Das ergab keinen Sinn. Am meisten bekümmerte es sie, daß Tom sich schämte und versuchte, das zu überspielen. Sie wußte, daß

das, was sie mit ihm erlebt hatte, ihn demütigte, und sie wußte nicht, wie sie ihm sagen sollte, daß alles okay war. Er schien sich entschieden zu haben. Trotzdem mußte ihr etwas einfallen, um zu ihm durchzudringen. Sie stellte sich plötzlich vor, sie wär berühmt. Er würde sie im Fernsehen sehen und feststellen, daß er sie liebte. Wenn sie eine Menge Geld hätte, würde sie ihm so eine Pumpe kaufen. Sie stellte sich vor, sie hätte einen Unfall, weil die Bremsen oder die Lenkung versagt hatten. Und er würde sich verantwortlich fühlen und sich sein ganzes Leben lang um sie kümmern. Es war ein komisches Gefühl, endlich mit dem eigenen Auto zu fahren, während ihr die Tränen die Wangen hinunterliefen. Großmutter sagte immer: »Je mehr man bekommt, desto mehr will man haben.« Es bedeutete, daß die Menschen nie zufrieden waren. Neue Autos machten einen trotz allem nicht glücklich.
In einem Punkt hatte sie Tom belogen. Dawn wußte alles. Aber Dawn hatte versprochen, nichts zu verraten. Außerdem war Dawn mit ihren eigenen Problemen beschäftigt. Am Nachmittag holte Sam sie im Burger Boy ab und fuhr mit ihr in dem neuen Auto herum. Dawn war deprimiert, und Sam erzählte ihr nichts von dem letzten Treffen mit Tom. Es tat zu weh, wie er ihr gesagt hatte, sie solle sich jemanden in ihrem Alter suchen. Er dachte, sie wär nichts weiter als ein Kind, was in gewisser Hinsicht stimmte, aber nicht die ganze Wahrheit war.
Dawn hatte Ken von dem Baby erzählt. »Ich glaub, ihm gefällt der Gedanke«, sagte sie. »Er schien richtig geschockt, aber dann hat er gegrinst und sich gefreut.« Während sie herumfuhren, erzählte Dawn die ganze Zeit davon, daß sie die Wohnung über dem Möbelgeschäft mieten wollten. Ken kannte den Typ, dem das Haus gehörte, und er konnte die Wohnung besonders günstig bekommen. »Wir würden nicht viele Möbel brauchen«, sagte sie. »Aber über einem Möbelgeschäft zu wohnen und

die ganzen schönen Möbel zu sehen, die ich mir nicht leisten kann, würd mich wahnsinnig machen.«

»Ihr könntet euch ja vielleicht nachts runterschleichen und in einem schönen Himmelbett schlafen«, sagte Sam. Sie hupte eine alte Frau in einem Mercury an, die ohne Winker abbog.

»So kann man sich auch umbringen!« rief Sam. Das Auto verlieh ihr ein Gefühl von Macht. Es gefiel ihr, wie der Wagen reagierte. Er war so beweglich, er könnte auf einer Untertasse wenden.

»Ich liebe Ken wirklich«, sagte Dawn. »Und ich kann mir niemanden vorstellen, mit dem ich morgens lieber aufwachen würde. Aber ich muß dir noch was erzählen. Gestern hab ich ein Huhn gekauft. Und als ich zu Hause war und all diese Innereien rauszog, alle in Papier eingepackt, da hatte ich die ekelhafte Vorstellung, daß das Huhn ein Wesen zur Welt bringen würde, das in lauter Teile zerlegt war, so daß man sie in eine kleine Tüte stopfen mußte.« Sie schüttelte sich.

»Meine Güte. Das hört sich so an, als hätte ich das zusammengeträumt.«

»Ich weiß. Ich glaub, deshalb bin ich auch darauf gekommen. Als ich das Päckchen mit den Teilen rauszog, dachte ich an dich, und ich wußte genau, was du denken würdest. So ähnlich sind wir uns.« Sie lächelte schwach.

»Ich hab an dich denken müssen, als meine kleine Halbschwester hier war«, sagte Sam. »Sie ist wirklich süß, aber ich kann mir nicht vorstellen, selbst ein Baby zu haben.«

»Es kann ganz okay sein, ein Baby zu haben. Man gewöhnt sich an sie. Ich bin ganz wild auf die Kinder von meinem Bruder.«

Sam fuhr in Richtung Einkaufs-Center. Dawn wollte burgunderroten Nagellack kaufen. Sie hatte von ihrem Wochenlohn noch etwas Geld übrig.

Sam sagte: »Guck mal, Dawn, du hast doch immer was

Wildes machen wollen. Laß 'ne Abtreibung machen – es ist besser für dich.«
»Aber ein Baby haben wär das Wildeste, was ich mir vorstellen kann. Und außerdem, ich denk doch, daß Ken da auch ein Wörtchen mitzureden hat.«
»Nein!« schrie Sam und schlug auf das Steuerrad. »Kinder kriegen ist das, was alle machen. Man braucht dafür kein außergewöhnliches Talent.« Die Autos fädelten sich alle in den Verkehr zum Einkaufs-Center ein. Sam kam langsam voran, und sie schaltete vorsichtig von einem Gang in den anderen.
Dawn sagte: »Ich könnte 'ne Menge verrückte Dinge anstellen, aber nicht das. Ich bin einfach zu feige dafür.«
»Aber es ist noch früh. Es wär nicht viel anders, als wenn man ein Pickel ausdrückt. Sie sind zuerst so winzig, daß sie kaum richtig da sind.«
Dawn schüttelte den Kopf. »Nein. Ich denk an meine Mutter und was sie durchmachen mußte, um mich zu bekommen. Sie hatte schon genug Kinder, als sie mich bekam. Sie hätte sich auch dafür entscheiden können, mich nicht zu bekommen. Und das hätte sie tun sollen, schätz ich, wenn sie nur an sich selbst gedacht hätte. Hat sie aber nicht, sie hat an mich gedacht. Daran muß ich denken.«
»Na gut«, sagte Sam. Der Verkehr war verrückt. Es war ihr bisher nie richtig klar gewesen, wie viele Autos – große, lange Autos – in der Stadt herumfuhren. Die Fabriken hatten Schichtwechsel. Und die Leute fuhren in Richtung Einkaufs-Center. Und andere fuhren aus dem Einkaufs-Center nach Hause. Alles passierte zur gleichen Zeit.
Dawn sagte: »Ich bin so froh, daß du ein Auto hast, Sam. Ich bin's wirklich. Es ist richtig gut.«

Nachdem Sam Dawn nach Hause gefahren hatte, fuhr sie Emmett durch die Stadt. Er sah sich die Gegend an und winkte Leuten zu. Sam wurde klar, daß sie mit dem Geld, das sie für das Auto ausgegeben hatte, seine Schulden hätte bezahlen können. Aber das war eigentlich nicht ihr Problem. Sie war damit fertig, sich Sorgen um seine Schulden zu machen. Emmett hatte im Auto die Beine angezogen wie eine Spinne, die in ihrem Netz lauerte. Sie ließ ihn bei Sureway raus und fuhr um den Parkplatz, während er einkaufte. Endlich einmal würde er nicht mehr einen sperrigen Karton voller Getränke nach Hause schleppen müssen. In dem Supermarkt kam Emmett mit einer Frau ins Gespräch, die ein Wohltätigkeitsessen für die Feuerwehr organisierte, und Sam fuhr genau 2.3 Meilen um den Parkplatz herum, während sie auf ihn wartete.

»Auf die Art und Weise nutzt du die Kupplung ab«, sagte er, als er einstieg.

Vielleicht wurde sie wahnsinnig. Es lag nicht nur an Tom oder nur an Emmett. Oder Lonnie. Oder an Dawns Not. Es lag an ihr selbst. Sie war der Mittelpunkt all dieser unmöglichen Dramen, und irgendwie kam es ihr so vor, als käme es ganz allein auf sie an. Aber sie wußte eigentlich nicht, wo sie stand oder wer sie sein würde, wenn diese Menschen weggingen und ein glückliches Leben führten. Wenn sie sie alle auf den richtigen Weg geführt hätte, was würde sie dann tun?

Ein Auto war hilfreich. Jetzt, da sie eins besaß, dachte sie an viele Orte, wo sie hinfahren könnte: Mammoth Cave, die Grand Ole Opry, Six Flags over Mid-America. Sie könnte Großmutter nach Florida fahren. Sie empfand eine merkwürdige Heiterkeit, als sei sie frei, alles zu tun, was sie wollte. Es kam ihr so vor, als müßte sie etwas beweisen, aber sie wußte nicht, wem sie es beweisen sollte.

»Ich glaub, Mama hat recht«, sagte Sam auf dem Nachhauseweg zu Emmett. »Du mußt deinen Arsch mal in Bewegung setzen.« Emmett grunzte nur.

Zu Hause durchforschte Sam das Zimmer ihrer Mutter, sie suchte nach den Briefen ihres Vaters. Sie fand einen Fonduetopf, einen Satz Lockenwickler zum Aufheizen, zwei alte Haarföns, eine Heizplatte, zwei gerahmte Bilder von Hühnern, irgendwelche Küchenvorhänge aus Plastik, einen Apfelausstecher, einen Karton mit noch unbenutzten Deckeln für Einmachgläser, einen Brotkasten, der mit Acrylspray behandelt worden war – genug Kram, um einen ertragreichen Flohmarkt zu veranstalten. Auch ein Waffeleisen war da, das Irene in dem Jahr zu Weihnachten bekommen hatte, als sie so groß in Mode waren. Irene hatte es nur einmal benutzt. Sam sah einen Stapel Bilder durch – gerahmte billige Entenbilder, nach Zahlen gemalte Sonnenuntergänge und Seen, eine Meereslandschaft in einem verzierten Goldrahmen. In der Kommode fand sie haufenweise alte Unterwäsche, winzige Slips und trägerlose BHs und Höschen mit gerissener Spitze und Strümpfe und schwarze Hüftgürtel aus Spitze. Sie rochen nach Puder.

Die Briefe waren nicht in Irenes Frisierkommode, wo Sam sie vermutet hätte. Die Frisierkommode war voller verknäulter Haarbänder und verrosteter Clips und blauer Lockenwickler. Der Kleiderschrank war mit alter Kleidung vollgestopft. Sam wurde traurig, als sie sich den zeltförmigen Mantel, die Miniröcke, die guten Wollkostüme ansah. Irene hatte sie behalten, weil sie zu gut zum Wegwerfen waren. Sie hätte sie der Heilsarmee gegeben, aber sie hatte gesagt, daß der Gedanke sie deprimierte, arme Leute in altmodischen Sachen herumlaufen zu sehen.

In einem Regal des Schrankes fand Sam ein paar kleine Briefpapierkästen, die mit Stoßbändern zugebunden waren. Sie waren voller Fotos, Schnappschüsse von alten Schulfreunden und Souvenirs von Highschoolbällen. Irene hatte die Etiketten von Alkoholflaschen aufgehoben und Cocktailspieße aus Plastik, auf denen »Stacey's« und »La

Flame« und »The Embers« stand. Auf ihrem letzten Klassenausflug war sie in Mammoth Cave gewesen, und da waren Landkarten und ein Set aus einem Restaurant, auf dem eine Zeichnung der Höhlen abgebildet war.

Die Briefe lagen in einem Kasten im obersten Regal. Sie waren zu einem dünnen Bündel zusammengeschnürt. Das Gummiband riß, als sie es abnehmen wollte. Sam ging hinunter und holte sich einige Chips und einen Bohnendip und eine kalte Pepsi und ein Glas mit Eis und ging hinauf in ihr Zimmer, um die Briefe zu lesen. Sie stellte alles um sich herum auf, die Pepsi auf den Nachttisch, Chips und Bohnendip auf eine leergeräumte Stelle des Bettes. Emmett war draußen und mähte den Rasen.

Sam ordnete die Briefe chronologisch. Es war kein Telegramm dabei, das das Ende enthielt. Großmutter hatte Sam einmal erzählt, daß ein Offizier der Armee mit der Nachricht ins Haus gekommen war. Irene war noch bei der Arbeit gewesen, und nachdem der Mann es Großmutter und Großvater berichtet hatte, wartete er im Auto auf Irene. Er war ein großer Mann mit unbeweglichem Gesicht und monotoner Stimme gewesen, jemand, dessen Aufgabe es war, im Staat herumzureisen und Familien die Nachricht vom Tod ihrer Söhne zu überbringen. Es gab schließlich über tausend Jungen aus Kentucky, die getötet worden waren, und Sam hatte sich vorgestellt, wie ein und derselbe Mann tausend Familien mit seiner bitteren Nachricht besuchte, und sie fragte sich, ob er eine bestimmte Technik entwickelt hatte, um seine Nachricht zu übermitteln. Sie stellte sich vor, wie er auf dem Nachhauseweg in die Dairy Bar ging und ein Hot Dog und einen Milkshake bestellte.

Dwayne hatte eine kindliche Handschrift mit großen Bögen und Schleifen. Er hatte mit Bleistift auf liniertem Notizpapier geschrieben. Er hatte keinen Rand gelassen.

Liebe Irene!
Ich kann Dir gar nicht sagen, wie sehr ich Dich vermisse. Ich kann es nicht einmal versuchen. Alles, was ich tun kann, ist, versuchen, ohne Dich zurechtzukommen und meine Aufgabe so gut wie möglich zu erledigen.
Hier ist alles anders. Es ist nicht so, wie ich es mir vorgestellt hatte, aber ich glaub, ich werde damit fertig. Man weiß nie, was im nächsten Augenblick passiert. Manchmal wecken sie einen mitten in der Nacht für eine Inspektion, und dann sagen sie einem noch nicht mal den Grund. Wir schlafen in einer großen, langen zeltartigen Unterkunft, und es ist okay, aber es ist heiß. Die Moskitos fressen mich bei lebendigem Leibe! Aber das ist bisher das Schlimmste. Ich denke, ich schaffe es.
Jeder sagt, diese Operation ist eine Kleinigkeit. Wir werden hier gegen Herbst wieder raus sein. Alles geht gut, und wir haben hier die besten Jungs, die man überhaupt finden kann. Ich kann dir gar nicht sagen, was für ein Glück ich mit der 109. habe – was für ein Haufen. Wenn ich zurück komm, hab ich den Kumpel aus Trigg County, den ich hier getroffen hab, zum Fischen eingeladen. Er sagt, er hätte mal einen fünfzehn Pfund schweren Barsch im Kentucky Lake gefangen. Ich werd's ihm zeigen, wenn wir zurückkommen, warte nur. Wir haben eine Wette abgeschlossen, wer am meisten Fische fängt, muß sie ausnehmen und braten für ein großes Fischessen – seine ganze Familie und meine. (Hört sich das nicht verrückt an? Man kommt hier auf viele große Ideen, wenn man bloß an zu Hause denkt.)
Ich trag Dein Foto in meiner Tasche über dem Herzen, damit ich es mir jederzeit mal schnell ansehen kann. Es ist das, wo Du in den roten Shorts neben dem Nash Rambler stehst. Es ist schwarzweiß, aber ich seh die roten Shorts.
Süße, ich möchte nicht, daß Du Dir meinetwegen Sorgen machst, ich möchte, daß Du stolz auf mich bist. Wenn wir zurückkommen, holen wir die verlorene Zeit nach, wie

Du's noch nicht erlebt hast. Ich bin stolz darauf, meinem Land zu dienen, und ich tu mein Bestes. Ich weiß, daß wir Erfolg haben werden, wenn Du für uns betest. Ich spür es ganz genau.
Ich liebe Dich auf immer und ewig – genug Liebe, um eine Brücke von Hopewell nach Quang Ngai zu bauen.

Sam fiel ein Stück Dorito auf den Brief, und sie nahm es mit angefeuchtetem Finger auf. Atome des Briefes vermischten sich mit Atomen ihrer Spucke, über die Zeit hinweg. Lonnie hatte ihr nie einen Brief geschrieben. Sie war enttäuscht darüber, daß ihr Vater nichts darüber schrieb, wie Vietnam war. Er war mit seinen Gedanken bei den Fischen im Kentucky Lake, nicht bei den Vögeln und Fischen da drüben.
Die nächsten zwei Briefe waren ähnlich. Er schrieb davon, daß er auf Patrouille ging. Nur tagsüber. Er schrieb, sie solle sich keine Sorgen machen, denn er sei ja gut ausgebildet. Er schrieb nicht, ob er sich einsam fühlte, oder ob es ihm Spaß machte, oder ob er sich schlecht fühlte. Er schien übertrieben fröhlich.
Im nächsten Brief stand das, was sie suchte.

Deine Neuigkeit hat mich überrascht! Ich bin aus allen Wolken gefallen! Sich auch nur vorzustellen, daß ich Vater werde. Ich hab vor lauter Freude einen Negertanz aufgeführt, und die Kumpel haben mich mit Bier begossen (mach Dir keine Sorgen, ich trink es nicht!). Manchmal bekommen wir hier Bier, aber ich trinke es nicht. Auch wenn ich verstehe, weshalb sie es hier trinken. Das Wasser kann man nicht trinken, und man muß eine Tablette hineintun, um die Keime abzutöten. Sei dankbar, daß Du eine Amerikanerin bist. Alle sind genauso glücklich wie ich. Bob aus Trigg County sagt, daß er persönlich ein Geschenk aus dem Laden seines Vaters abliefern wird.

Sein Vater arbeitet in einem Drug Store und kann Babypuder und solche Sachen mit Rabatt bekommen. Ich schwebe im siebten Himmel. Wir müssen auf dem Boden schlafen, aber letzte Nacht habe ich ihn nicht gespürt, ich schwör's Dir.
Es wär schöner, wenn Du diese Zeit nicht allein durchmachen müßtest. Ich wär gern bei Dir und sähe zu, wie Du dicker wirst. Du wirst bestimmt die hübscheste Mama in ganz Kentucky, das schwör ich.

So und ähnlich schrieb er in weiteren Briefen, ohne daß er Vietnam erwähnte. Er klang wie ein Pfarrer. Er schrieb von Gott und seinem Segen. Er schrieb: »Ich bete jeden Tag für das kleine Baby.« Es war ein komisches Gefühl für Sam.

Du hast mich gebeten, etwas von hier zu erzählen. Nein, ich hab keine Tiger oder Gorillas gesehen. Stell's Dir so vor, es ist kein Ort für einen Sonntagsausflug. Es ist heiß, noch heißer als der Kentucky Lake im August – und die Regenzeit steht bevor. Sie sagen, es regnet volle sechs Monate. Kannst Du Dir das vorstellen? Zu Hause würde alles ertrinken, wenn es sechs Monate lang regnete. Das wäre schlimmer als die Sintflut. Aber wir haben Regen dringend nötig. Jetzt ist es staubig. Ich kann kaum mein Gewehr sauberhalten, und wir können nicht immer duschen, aber die Dinge bessern sich. Unsere Truppe hat diese Woche eine erfolgreiche Mission hinter sich gebracht. Jedes Mal, wenn wir rausgehen, drängen wir den Feind ein bißchen weiter zurück. Es kann nicht alles verkehrt sein, was wir tun! Du hast nach den Menschen hier gefragt. Sie sind richtig klein, und sie können kein Englisch. Ein kleines Mädchen kommt her und räumt für uns auf und wäscht unsere Sachen und putzt unsere Stiefel. Ich hab's nie so gut gehabt! (Ha!) Ich schreib kleines

Mädchen, aber sie ist wahrscheinlich dreißig. Man kann nicht sehen, wie alt sie sind. Sei nicht eifersüchtig. Sie ist zu alt für mich!
Die Landschaft ist okay, aber dieser kleine felsige Strand genau unter dem Damm, den würd ich für alles hier eintauschen!

Sam überflog einige Briefe, die von April bis Juli. Sie strömten davon über, wie sehr er Irene vermißte, und er schrieb voller Hoffnung von der Arbeit, die er tat (ein erneuter erfolgreicher Schlag gegen den Feind). Die Briefe waren voller alberner Geschichten und Vorschriften für Irene. Sie klangen merkwürdig frivol, als wäre er in den Ferien und schickte »Ich wollte, Du wärst hier«-Postkarten. Dann las sie den vorletzten Brief.

Ich hab darüber nachgedacht, wie Du das Baby nennen willst, und ich will es eigentlich nicht Darrell nennen. So hieß jemand in meiner Einheit, der nicht mehr bei uns ist. Ich hätte Angst, daß es Unglück bringt, wenn ich mein Baby Darrell nennen würde. Deine Idee von Melinda Sue erinnert mich zu sehr an das häßliche Mädchen, neben dem ich einen Sommer lang bei einer Kirchenfreizeit sitzen mußte. Und Bill und Bob sind zu gängige Namen. Aber das hier ist mein Lieblingsname: Samuel. Er stammt aus der Bibel. Wenn es ein Mädchen wird, nenn sie Samantha. Das hört sich an wie eine Stelle aus einem Gebet, oder? Ich glaube, es ist ein Name aus der Chronik. Ich habe jeden Abend in der Bibel gelesen.
P.S. Wenn der Typ im Dairy Queen Dich nochmal belästigt, sag ihm, daß ich ihn fertigmache, wenn ich nach Hause komm.

Im letzten Brief stand, daß die Arbeit hart wurde und er nicht viel Schlaf bekam. Er schrieb, wie sehr er sich über

Irenes Briefe freute und wie sehr er sie vermißte. Aber er schrieb nie, was er wirklich dachte. Miss Castle hatte im Englischunterricht immer gesagt, geht auf die Einzelheiten ein! Er sagte Irene, sie solle sich keine Sorgen machen. Die Märsche durch den Dschungel hörten sich bei ihm an, als handelte es sich dabei um ein seltenes Privileg. Er schrieb nicht, daß er Angst hatte. Er erwähnte nicht mehr, daß jemand starb.

Sam fühlte sich betrogen. Er hoffte auf einen Jungen. Samantha war ein Nachgedanke. Ihr Vater mußte sehr tapfer gewesen sein, aber sie glaubte, daß er nur versuchte, Irene zu schützen – und darüber hinaus, Jahre später, sie. Die Toten nahmen ihre Geheimnisse mit sich. Sie fragte sich, wie weit man in der Verehrung der Toten gehen sollte, wenn die Toten einem nichts weiter boten als ein bißchen gedankenlosen Schutz und ihre Geheimnisse für sich behielten. Da war sein Bild in dem Spiegelrahmen, seine Augen auf sie gerichtet, während sie Doritos aß und die alten Briefe las, und fast schien es, als spielte er ein altes Spiel mit ihr, ein Ratespiel, als sagte er: »Ich sehe was, was Du nicht siehst.«

Im letzten Absatz des letzten Briefes stand: »Das erste, was ich tu, wenn ich nach Hause komm, ist: wir gehen zusammen ins Dairy Queen auf einen Hamburger und machen all die Sachen, die wir bei unserer ersten Verabredung gemacht haben. Nur du und ich und das Kleine – Sam. Ich hoffe, Du hast noch das Kleid von damals. Ha ha! Wahrscheinlich paßt es Dir jetzt nicht mehr.«

Sam fand eine Bibel im Regal in Irenes Zimmer. Ihre Mutter hatte noch nicht einmal ihre Bibel mit nach Lexington genommen. Sie fand die Chroniken und überflog sie. Die Bücher der Chronika waren die mit all den ›zeugten‹ darin. Man hatte ihr erzählt, daß ihre Mutter, als sie in der Highschool war, dieses Kapitel immer laut in der Klasse gelesen hatte, nur so zum Spaß. Das war in den alten Zeiten, als in der Schule noch gebetet wurde. Weder im ersten noch im zweiten Buch der Chronika gab es eine Samantha unten all den »zeugten«. Sam aß die Doritos auf. Das ganze Eis in ihrer Pepsi war geschmolzen.

26

Lonnie war von Sams Auto nicht beeindruckt. Er trat mit dem Fuß gegen die Reifen und schlug mit der Hand auf die Motorhaube, als prüfe er eine Wassermelone auf ihre Reife.

»Du bist bloß eifersüchtig, weil ich's von Tom gekauft hab«, sagte sie. Ihre Wangen brannten bei dem vertrauten Klang des Wortes »Tom«.

Lonnie war noch brauner geworden. Er und seine Freunde hatten von einem Ruderboot geangelt und am Lagerfeuer Würstchen gegrillt. Es hörte sich an wie bei den Pfadfindern. In Vietnam hatte ihr Vater Schinken und Bohnen aus der Dose gegessen und in einem Erdloch geschlafen.

Lonnie erzählte, daß die Jungs zu ihrer Männerparty ulkige Geschenkartikel mitgebracht hatten. Troddeln, wie Stripteasetänzerinnen sie sich an die Brüste klebten, einen Kaffeebecher, der wie eine Brust geformt war, einige bizarre Präservative und ein Dutzend Sexbücher mit Titeln wie *Marcelles Röschen* und *Harte Titten.* Noch vor kurzem hätte Sam sich das neugierig und amüsiert angehört, aber jetzt erschien ihr sein Bericht absurd. Als er erzählte, daß sie all die Unterwäsche in Augenhöhe auf einer Wäscheleine aufgehängt hatten, fragte Sam sich, ob sie Präservative zu Luftballons aufgeblasen hatten, aber sie stellte die Frage erst gar nicht. In M.A.S.H bliesen die Ärzte Gummihandschuhe auf. Die Handschuhe sahen wie Kuheuter aus.

Wenn Jungen zusammen waren, betranken sie sich und

gaben mit Sexgeschichten an. Mädchen unterhielten sich über Jungen und Mode. Wenn Frauen zusammen waren, sprachen sie von Krankheiten und Kochrezepten. Sam wußte nicht, worüber sich erwachsene Männer unterhielten. Männer waren ein totales Rätsel.
Lonnie hatte vergessen, ihren Slip wieder mitzubringen. Er kam nach dem Abendessen rüber und spielte mit Emmett *Chopper Command*. Er war voller Geschichten über Fische und Bier. Später fuhr Sam mit ihm in seinem Bus herum. Sie wußte, daß er nichts als Sex im Kopf hatte, seit der Männerparty, und daß er schließlich auf einer Seitenstraße anhalten würde, und sie sah das mit Schrecken kommen. Sie mußte immer an die Briefe denken, und alles, was Lonnie sagte, ließ sie an irgend etwas denken, das ihr Vater ihrer Mutter geschrieben hatte. Sie hatte Emmett am Abend die Briefe zu lesen gegeben.
Der Dschungel rückte näher, und sogar die Ahornbäume in der Maplestreet sahen aus, als könnten sie Heckenschützen bergen. Lonnie würde nicht wissen, wie man sich im Dschungel verhielt. Seine Welt war Hopewell. Seitdem Dawn schwanger war, hatte Sam das Gefühl, daß ihr ganzes Leben durch irgendeinen unglücklichen Zufall ruiniert werden könnte, wenn sie nicht aufpaßte, durch irgendeine dumme Überraschung, wie zum Beispiel die Kugel eines Heckenschützen.
Lonnie fuhr seinen Bus hart, an den Stoppschildern bremste er scharf, mit quietschenden Reifen und ernster Entschlossenheit ging er in die Kurven. Seit der letzten Woche hatte der Bus neue Klappergeräusche entwickelt. Er fuhr am Einkaufs-Center vorbei in Richtung Burger Boy. Die Straßenbeleuchtung ging an.
Er sagte: »Ich hab 'ne tolle Idee, was ich aus meinem Leben machen werde. Willst du's hören?«
»Was? Hast du vor, zur Armee zu gehen?«
»Ha, ha. Nein. Vielleicht geh ich zur Marine. Die Marine

ist gar nicht so schlecht. Diese großen Flugzeugträger haben Videospiele und alles. Sie sagen, da wär's wie auf einem Vergnügungsdampfer.«

»Du kannst ja auf deinem Vergnügungsdampfer nach Nicaragua oder in den Libanon fahren.«

»Sei ernst. Also hör zu. Ich werd einen Fernkurs für Kamerareparaturen machen. In einer Zeitschrift, die Mama immer kriegt, war 'ne Anzeige. Ich hab 'n bißchen drüber nachgedacht, und mir ist klargeworden, daß es hier in der Gegend keinen Laden gibt, wo man seine Kamera reparieren lassen kann. Meine Tante mußte ihre nach Memphis schicken. Wenn ich Kameras reparier, kann ich meine Werkstatt zu Hause haben und mir selber die Zeit einteilen. Man kriegt von denen eine Kamera, an der man üben kann. Und am Ende bekommt man eine Urkunde.«

»Ich wußte gar nicht, daß du dich fürs Photographieren interessierst.«

»Das scheint 'ne gute Sache zu sein. Man muß den Markt auskundschaften, verstehst du? Ein Unternehmen hat da Erfolg, wo Bedarf ist. Geh in die Häuser in Hopewell und guck dir an, was sie da haben. Familienphotos an den Wänden. Und Alben mit Photos drin.«

»Viele lassen sie in einem Studio machen oder in Olin Mills, wenn sie in die Stadt kommen und es Sonderangebote gibt.«

»Aber wo lassen sich diese Studios ihre Kameras reparieren? Sie müssen sie wahrscheinlich nach Memphis schikken. Ich könnte sie direkt hier reparieren. In Hopewell gibt's bestimmt Tausende von Kameras.«

»Na klar«, sagte Sam forsch. »So was ähnliches macht Emmett auch, Toaster und Haarföns reparieren. Er verdient mindestens fünfzig Dollar im Monat!«

»Oh, komm, Sam. Was ist los mit dir?« Er fuhr auf den Parkplatz vom Burger Boy und hielt am hinteren Ende. Er drehte den Zündschlüssel, und der Wagen dieselte ein paar

Momente nach. »Willst du morgen abend *Ghostbusters* angucken?«

»Nein.«

»Was geht in deinem störrischen Kopf vor sich?« sagte er und verwuschelte ihr Haar.

»Das ist schwer zu beschreiben. In gewisser Weise muß man da drin sein.«

»Es tut mir leid, daß ich das über Emmett gesagt hab.« Er ergriff ihre Hand, aber sie war leblos. Er zog seine Hand wieder zurück und zündete sich eine Zigarette an. »Du hast zu viele von diesen Vietnambüchern gelesen«, sagte er.

»Ich hab die Nase voll von Emmett«, sagte sie. »Mama sagt, er muß auf eigenen Füßen stehen, und ich denk, sie hat vielleicht recht. Ich denk, ich versteh jetzt, warum sie weggegangen ist.« Sie öffnete die Wagentür und zog sie ein paarmal hin und her, um den Zigarettenqualm rauszufächeln. Ein paar Jungen neben ihnen in einem Chevy tranken Bier. Sie sagte: »Ich hab mich gefragt, ob Emmett vielleicht irgendwas im Krieg passiert ist, daß er verwundet worden ist oder so, und deshalb nun keine Freundinnen haben kann.«

»Du meinst, seine Eier könnten ihm weggeschossen worden sein?«

»So könnte man's auch ausdrücken.«

Lonnie zog an seiner Zigarette und machte ein nachdenkliches Gesicht, als wäre er irgendein Experte, den sie um fachmännischen Rat gebeten hätte. »Ich bezweifle das«, sagte er. »Aber weißt du, was Kevin gesagt hat? Er hat gesagt, daß sein Daddy gesagt hat, daß Agent Orange so auf einen wirken kann. Es kann sich da festsetzen und einen praktisch zu einer Frau machen.«

»Machst du Witze?«

»Nein. Das hat Kevin gesagt.«

»Ich dachte, du würdst nicht an Agent Orange glauben.«

»Ich sag bloß, was Kevin gesagt hat.«

»Großmutter hat gesagt, daß der Mumps Emmett befallen hat, als er elf war.«

»Was?«

Sam erklärte es ihm, aber ohne es ins Lächerliche zu ziehen. Es schien kein bißchen komisch. Sie nahm Lonnies Highschool-Ring aus der Reißverschlußtasche ihres Portemonnaies und gab ihn zurück.

»Hier«, sagte sie.

»Was?«

»Du solltest ihn wiederhaben.«

»Was hat das zu bedeuten?«

»Ich weiß nicht. Es bedeutet, daß ich durcheinander bin. Und ich will nicht zu dieser Hochzeit.«

»Was hast du gegen Hochzeiten?«

»Mir geht zuviel im Kopf rum«, sagte sie. »Würdest du bitte zum Fenster fahren? Ich möchte einen Cheeseburger. Ich hab heut abend nicht viel gegessen.«

»Nimm 'n doppelten Cheeseburger. Du bist zu mager.«

Während Sam ihren Cheeseburger aß, spielte Lonnie mit seinem Ring herum. »Ich kann nicht glauben, daß du das ernst meinst«, sagte er. »Wenn du dich fragst, warum ich nicht ausraste, dann liegt es daran, weil ich dir nicht wirklich glauben kann. Du benimmst dich nur verrückt.«

Sam schluckte einen großen Bissen herunter. Es schmeckte köstlich, und es kam ihr unpassend vor, daß ihr gerade jetzt ihr Essen so gut schmeckte. Sie wußte nicht, was sie sagen sollte.

»Emmett macht dich verrückt«, sagte Lonnie.

»Nein, macht er nicht. Das hier ist es. Okay? Es ist Dawn. Dawn ist schwanger.« Das war noch nicht mal der halbe Grund, aber sie konnte nicht anfangen, alles zu erklären. Sie würde Stunden brauchen.

Lonnie lächelte. »Heh! Ich wußte, daß sie Ken irgendwie heiraten würde. Sie ist verrückt nach ihm.«

»Ich find's gemein«, sagte Sam. »Es wird ihr genauso

gehen wie meiner Mutter, sie wird in dieser Stadt festsitzen und ein Kind aufziehen. Das ist nicht das, was ich mir unter meinem Leben vorstell.«

»Du bist irre.«

»Du weißt gar nicht, wie irre ich bin. Ich versuch's, dir zu erklären, aber du glaubst mir ja nicht. Du denkst, ich kann wie jede andere sonst sein. Jede in dieser Scheißstadt.«

»Deine ganze Familie ist irre.«

»Genau das will ich dir ja klarmachen.«

Lonnie startete den Wagen und ließ den Motor eine Weile laufen. Das Radio ging an, aber er schaltete es ab und saß da und nuckelte an seiner Zigarette wie Irenes kleines Baby an der Brust. Er sagte ruhig: »Mama und Daddy werden beide enttäuscht sein. Sie zählen dich schon zur Familie.«

»Das bezweifel ich.«

»Mama wollte mit dir ins Einkaufs-Center gehen. Sie hat gesagt, sie wollte dir helfen, ein Kleid für Johns Hochzeit auszusuchen.«

»Ich will kein Kleid.« Plötzlich sah Sam sich in schwarzen Lederhosen und einer Menge Metall.

Lonnie sagte: »Dein Problem ist, daß du all diese Kriegsbücher liest und zuviel fernsiehst.«

»Was ist daran verkehrt?«

»Das ganze Zeug, das du und Emmett euch im Fernsehen anguckt – ist bloß Phantasie. Es ist nicht wirklich. Es hat mit hier nichts zu tun. Es ist total übertrieben. Es ist nicht so, wie es hier ist.«

»Mir ist egal, wie's hier ist. Ich will hier nicht bleiben.«

Lonnie blickte starr geradeaus. Es wurde dunkel, und die Jungen in dem Chevy fuhren mit kreischenden Reifen weg. Sam fühlte sich, als hätte sich etwas gelöst, wie ein Knoten, den sie entwirrt hatte. Und sie trieb fort wie ein Astronaut auf einem Spaziergang im All. Astronauten hatten Antriebsdüsen auf dem Rücken. Sie hatte jetzt einen VW.

Lonnie streichelte ihren Oberschenkel und wackelte leicht an ihrer Kniescheibe. »Sam – wenn du mir nur erklären würdest, was ich falsch gemacht hab. Hab ich was gesagt, was dich verletzt hat? War ich mir deiner zu sicher – oder was?«
»Nein.«
»Was ist es dann?«
»Es hat mit dir nichts zu tun.« Sie konnte ihm nicht von den Briefen erzählen. Sie könnte ihm die Briefe zeigen, aber er würde nicht verstehen.
Lonnie sagte: »Weißt du, was ich mit dem Ring hier machen werd? Ich werd ihn in den See werfen. Das bedeute ich dir – ein kleiner Stein im Ozean.«
»Das ist deine Sache«, sagte sie. »Der Ring gehört dir, und du hast gutes Geld dafür bezahlt.«
Sam stopfte das Papier von ihrem Cheeseburger in den Abfalleimer draußen und stieg wieder ins Auto.
Lonnie fragte: »Soll ich dich nach Hause fahren oder trainierst du immer noch für die Olympischen Spiele?«
»Du kannst mich nach Hause fahren, wenn du mich nicht haßt. Ich haß dich nicht.«
»Ich glaub, du weißt gar nicht, wer dir wirklich wichtig ist.« Er zog grimmig an seiner Zigarette. »Du weißt nicht mehr, was hinten und vorne ist, wenn dich meine Meinung interessiert.«
»Tut mir leid.« Sie berührte sanft sein Bein, aber er wollte sie nicht ansehen.
»Also, den Slip kannst du vergessen«, sagte er. »Den kriegst du nicht wieder.«
Lonnie ließ Sam zu Hause aussteigen, ohne ihr zum Abschied einen Kuß zu geben. Er fuhr mit aufbrüllendem Motor davon. Sam schlug die Küchentür zu. Das mit dem Slip regte sie auf.
Emmett rauchte und sah fern, und Moon Pie lag zusammengerollt in seinem Schoß.

Als Sam Emmett erzählte, was geschehen war, sagte er: »Das war unheimlich gemein, ihm seinen Ring wiederzugeben. Lonnie ist so leicht verletzt.«
»Er weiß gar nicht, wie gemein ich sein kann. Ich bin so gemein, daß ich noch nicht weiß, was ich als nächstes tu.«
»Ich dachte, du wärst glücklich über das Auto.«
»Bin ich auch, und vielleicht fahr ich damit in die ferne, weite Welt.« Sam stellte den Fernseher leiser. »Er hat gesagt, ich seh zuviel fern.«
»Du hast das M.A.S.H verpaßt, wo Hot Lips die Tür eintritt.«
»Ich bin kurz davor, eine Tür einzutreten.« Erst seitdem ihre Mutter in Lexington wohnte, war Sam so gemein geworden. Emmett war ein schlechter Einfluß.
»Tritt nicht die Kellertür ein«, sagte Emmett. »Sie ist sowieso schon halb aus den Angeln.«
»Vielleicht tret ich jemandem in den Hintern«, sagte Sam. »Und vielleicht fang ich mit deinem an. Also komm mir nicht in die Quere.«
Emmett kratzte sich unter der Achselhöhle. »Flöhe! Das Haus hier ist von Flöhen besetzt. Hier gibt's genug Flöhe, um einen Zirkus aufzumachen.«
»Gab's in Vietnam Flöhe?«
»Die Flöhe da drüben waren so groß wie junge Hunde.«
»Oh, das glaub ich nicht. Hast du die Briefe gelesen?«
»Ja.«
»Was meinst du?«
»Steht nicht viel drin, oder?«
»Nein. Niemand will drüber sprechen, wie's wirklich war. Ich will wissen, wie's wirklich war. Was gab es in dem Dschungel da?«
»Ungeziefer. Büsche.«
»Was noch?«
»Es war zu schrecklich, um darüber zu sprechen. Es ist so, daß man es am liebsten vergessen will.«

»Scheint mir eher, als ob du's überhaupt nicht vergessen wolltest.« Sie schob Emmetts Füße zur Seite und setzte sich neben ihn auf die Couch. Plötzlich hatte sie eine Erleuchtung. Sie sagte: »Weiß du, was du tust, du gräbst dir ganz einfach ein Loch, damit du dich darin verstecken kannst. Als ob wir vom Feind umzingelt wären. Sind wir aber nicht. Da draußen liegt die ganze große Welt. Es gibt 'ne Menge zu tun und viel zu sehen. Wußtest du das nicht?«

»Du könntest nach Lexington gehen«, sagte Emmett.

»Wenn ich's täte, kämst du klar?«

Emmett murmelte etwas. Er sah zum Fernseher und kratzte Moon Pies Nacken. Moon Pie rollte sich auf den Rücken und streckte alle viere gerade in die Luft.

»Du könntest auch nach Lexington«, sagte Sam. »Du könntest nach Flagstaff, Arizona, wenn du wolltest. Oder nach Japan. Was hält dich hier? Oder du könntest hierbleiben und was anderes außer Fernsehen machen.«

Emmett grunzte. »Das Fernsehen fährt überall hin«, sagte er. »Es spart 'ne Menge Benzin. Ich brauch nicht nach St. Louis zu fahren, um die Cards zu sehen. Ich kann sie direkt hier sehen und besser dazu.«

»Das ist nicht dasselbe, wie etwas selber sehen.«

Emmett hielt sich den Kopf. Er hatte wieder Schmerzen. »Ich *hab* selbst gesehen, Sam. Ich hab soviel gesehen, wie ich sehen wollte.« Er hielt sich den Kopf, bis der Schmerz vorbei war. Sam konnte nicht mehr sagen. Aber sie würde ihn nicht so davonkommen lassen. Etwas mußte sich ändern. Es gab so vieles, das sie herausbekommen mußte, bevor sie wie ihre Mutter wegging. Ihre Mutter war ihre Erinnerung losgeworden. Sie hatte jemand anderen gefunden, den sie lieben konnte. Zuerst den Hippie und dann Lorenzo Jones. Die Sorge, Emmett könne sterben, hatte Sam zermürbt. Vielleicht war es besser, gleichgültig zu sein. Sam konnte mit ihrem VW nach Disneyworld fahren und sich da einen Job und ganz neue Freunde suchen.

Eines Tages, sehr bald, würde sie das tun, sobald sie klar denken konnte und einiges erledigt hatte. Und irgendwo, unterwegs, in irgendeiner großen Stadt, würde sie ein Bruce-Springsteen-Konzert finden. Und er würde sie aus der ersten Reihe holen und mit ihr im Dunkeln tanzen.

27

Sam fuhr ihr neues Auto über Landstraßen zur Farm ihrer anderen Großeltern. Sie hatten sie eingeladen, über Nacht zu bleiben, und sie hatte Emmett gesagt, daß er sie nicht vor dem nächsten Tag zurückerwarten sollte. Mamaw und Pap Hughes wohnten weit draußen auf dem Land, und sie hatte sie seit fast zwei Jahren nicht mehr gesehen. Sie fühlte sich nicht ganz wohl in ihrer Haut, aber sie genoß es, ein Auto zu besitzen. Tom hatte ihr geraten, den Kilometerstand zu notieren und alle dreihundert Kilometer zu tanken. Er sagte, er habe an dem Tankanzeiger gearbeitet, aber es sei ein empfindlicher Mechanismus, schwieriger zu reparieren als etwas Eindeutiges wie zum Beispiel ein Vergaser oder ein Auspuff.

Alle Männer, die sie kannte, bastelten an Geräten herum. Sie machten immer irgendwas heil.

Sie fuhr an der Stelle vorbei, von der ihre Mutter gesagt hatte, daß sie wie England aussehe. Sie war weit draußen auf dem Land, und bald bog sie in eine kleinere Straße ein. Sie fuhr an alten Farmen vorbei, die noch immer so aussahen wie damals, als ihr Vater hier draußen gelebt hatte. Irene hatte gesagt, Emmett sei ein Junge vom Land gewesen, als er in den Krieg ging, aber Dwayne war erst recht ein Landjunge gewesen. Er fuhr mit dem Schulbus in eine Schule auf dem Land, zwanzig Kilometer von seinem Zuhause entfernt. Er hatte Irene bei einem Basketballspiel kennengelernt. Irene und Emmett hatten die Stadtschule

besucht, aber sie mußten Schulgeld zahlen, weil sie außerhalb der Stadtgrenze wohnten. Jetzt war eine Schule für das ganze County im Bau. Großmutter Smith sagte immer, Irene sei sich in der Stadtschule minderwertig vorgekommen, sie sei verlegen gewesen, ein Landkind zu sein. Deshalb hätte sie aufsässige Sachen gemacht, um Aufmerksamkeit zu erregen, wie zum Beispiel die Chronika-Kapitel mit der langweiligen Liste von »zeugten« als ihren Bibelabschnitt in der Klasse vorzulesen. Aber Sam war stolz darauf, daß ihre Mutter so wild gewesen war.
Sam hatte etwas für ihren Vater empfinden wollen, aber sie wußte nicht genug über ihn. Sie wußte noch nicht mal genau, was ihre Mutter für ihn empfunden hatte, ob sie ihn wirklich geliebt hatte. Falls Irene begonnen hätte, den Krieg als etwas Falsches zu sehen, hätte sie ihm dann Schuld gegeben, auch noch nach seinem Tod? Sam wußte es nicht. Sie wußte genausowenig, was sie für ihn empfand. Sie dachte an Tom und wie sehr sie gewünscht hatte, daß Dwayne wie er wäre. Aber Tom war alt, und in seinen Briefen war Dwayne nur ein Kind. Dwayne und Irene, eine Teenager-Romanze. Sam hatte sich einreden wollen, daß etwas Magisches zwischen ihnen gewesen war, aus dem sie entstanden war und das ihre Liebe bekräftigt hatte. Aber Teenager-Romanzen waren nicht sonderlich bedeutend, wurde ihr jetzt klar. Sam und Lonnie. Dawn und Ken. Sie hatten Sam so oft erzählt, was für ein Wunder es gewesen war, daß sie gekommen war, um sie dafür zu entschädigen, daß sie Dwayne verloren hatten. Sie wußte, daß sie in die kurze Zeit, die ihre Eltern verheiratet gewesen waren, bevor er nach Übersee ging, viel zu viel hineingelegt hatte. Im Verlauf dieses Monats war sie entstanden. Sie wußte nicht, wieso der Augenblick des Ursprungs so wichtig war. Die Wissenschaftler versuchten, den Ursprung des Universums zu bestimmen. Sie wollten ganz genau wissen, wann es geschehen war und wie, und ob es mit einem lauten

Knall oder irgendwie anders passiert war. Vielleicht war das Universum leise entstanden, ohne Feuerwerk, so wie menschliches Leben anfing, mit zwei Menschen, die einfach Spaß miteinander hatten, im Bett oder auf dem Rücksitz eines Autos. Ein Baby machen hatte mit Liebe nichts zu tun, oder mit irgendwas Mystischem, oder mit solchen Dingen, von denen in der Kirche gesprochen wurde. Man schlief einfach miteinander.

Die Straße schlängelte sich an einem überwucherten Friedhof vorbei. Einige neue Wohnwagen hockten aufgebockt in kahlen Feldern. Sie fuhr durch eine verlassene Ansiedlung, vorbei an einer alten Futtermühle und einem mit Brettern vernagelten Laden mit einem verrosteten Orange-Crush-Schild. Die Methodistenkirche war weißgetüncht, und auf dem Parkplatz davor, der frisch mit Kies bestreut war, stand ein Handwagen mit einem großen Schild: »Laßt Weihnachten die Weihe!«

Mamaw und Pap wohnten am Ende eines schmalen Weges, der von einem Kiesweg abzweigte und ein neues grünes Schild hatte: »Bob James Rd«. Sie erinnerte sich, daß Bob James einer der Nachbarn war, ein wohlhabender Farmer mit elf Kindern und mehreren hundert Hektar. Sie fragte sich, ob die Tatsache, daß man eine Straße nach ihm benannt hatte, wohl bedeutete, daß er gestorben war.

Als Sam den Weg hinauffuhr, huschte ein gesprenkeltes Huhn vor ihrem Wagen weg. Sie parkte hinter einem grünen Cutlass. Auf dem Wendeplatz standen ein blauer Pickup, ein verbeulter schwarzer Pickup und ein Pontiac. Ein brauner Jagdhund bellte im Zwinger. Sie erwarteten sie, und Mamaw hatte das Essen fertig. Mamaws Tochter Donna war mit einem Baby da, das einen blauen Spielanzug anhatte. Irgendwie kam Donna Sam nie wie ihre Tante vor. Mamaw hatte ihr Haar hochgesteckt, und ihr Kleid sah im Muster so ähnlich aus wie das Federkleid des Huhns. Sie roch nach Schweiß und Möbelpolitur.

»Sind die Hühner da Rhodeländer?« fragte Sam.
»Nein. Das sind Domineckers«, sagte Mamaw und führte Sam über die hintere Veranda. Die Bodenbretter hingen durch, und die Veranda war vollgestellt mit Eimern, Samenbehältern und Konservendosen.
Pap faßte Sam so wie früher, als sie klein war, mit beiden Händen an der Taille und hob sie hoch. »Ich wollt bloß mal sehen, ob ich's noch kann«, sagte er lachend. »Meine alten Knochen tun's nicht mehr. Sie knarren schon.«
»Er hat's am Rücken«, sagte Mamaw mißbilligend.
»Aber Sam ist eine Bohnenstange«, sagte Donna und betrachtete Sam mit einer merkwürdigen Art von Herablassung. »Ich könnte sie mit einem Finger hochheben.«
Sie waren voller Fragen über Irenes neues Baby – seine Zähne, seine Haare, sein Gewicht –, und sie verglichen es mit Donnas kleinem Jungen. Donna wollte wissen, warum Sam nicht mit ihrer Mutter nach Lexington gegangen war.
»Soll das heißen, du lebst noch immer mit deinem verrückten Onkel zusammen?« sagte sie.
»Laß das Kind in Ruhe«, sagte Mamaw. »Wenn sie dahinginge, überleg mal, was dann aus ihr würde. Ich find's schön, wenn Kinder da bleiben wollen, wo sie aufgewachsen sind. Bill Holsums Junge da drüben muß dreihundert Dollar zahlen, nur damit er jedes Jahr zu Weihnachten nach Hause fliegen kann. Es ist 'ne Schande. Bill kriegt seine Enkelkinder gar nicht zu Gesicht.«
»Fred Turners Junge ist bei der Air Force, und er ist in Rom in Italien stationiert«, sagte Pap. »Wenn wir schon über weit weg von zu Hause reden.«
»Habt ihr in *That's Incredible* dies Wunder in Italien gesehen?« sagte Donna. »Diese Nonne, die das Blut von einem Heiligen aufbewahrte? Der Heilige war enthauptet worden. Und jedes Jahr bei einer Feier hat sich das getrocknete Blut in flüssiges Blut verwandelt. Die Wissenschaftler haben's überprüft, und das gibt es überhaupt

nicht, daß getrocknetes Blut flüssig werden kann, also ist's 'n Wunder. Das eine Jahr, in dem es nicht flüssig werden wollte, war das Jahr mit all den Erdbeben – 1980.«

»Mein Gott. Ich würd da drüben nicht leben wollen – mit den ganzen Wundern, die sie da haben«, sagte Mamaw.

»Sie sind Katholiken«, sagte Donna.

Mamaw stellte eine Platte mit gebratenem Kaninchen auf den Tisch. »Das ist Sumpfkaninchen«, sagte sie.

»Ich hab's unten in Cole's Bottom geschossen«, sagte Pap. »Es war das größte, das ich je gesehen hab. Ich mußte es zwei Meilen weit schleppen.«

Sam belud ihren Teller mit zwei Keulen, Kartoffelbrei, Bohnen, grünem Salat und Krautsalat. Donna zerdrückte Erbsen für ihr Baby, das ein dünnes Gesicht hatte und Haare wie Entendaun.

»Ich hab dich irgendwann letzten Monat mit einem Mädchen in der Stadt gesehen«, sagte Donna. »Ich war auf der anderen Seite vom Marktplatz, aber ich konnte genau sehen, wie eng die Shorts waren, die das Mädchen anhatte. Ich konnte ihren Po über den ganzen Platz weg erkennen. Läuft die immer so rum?«

»Nicht im Winter«, sagte Sam empört. »*Zufällig* ist sie meine beste Freundin.«

»Laß das Kind essen, Donna«, sagte Mamaw. »Sie war schon immer empfindlich.«

Sie sprachen vom blauen Schimmelpilz, der ihr Tabakfeld befallen hatte. Ihre anderen Großeltern hatten ein schöneres Haus, dachte Sam. Das Hughes'sche Haus hatte altes Linoleum und keine Geschirrspülmaschine.

Mamaw trank einen Schluck Eistee und sagte: »Ich könnte jemanden treten. Letzten Dezember hätten wir Weizen für fünf Dollar abschließen können, aber Joe mußte ja abwarten und sehen, wie sich die Preise zur Erntezeit entwickeln. Er dachte, sie würden steigen, aber statt dessen gingen sie runter, die Weizenernte war dies Jahr so gut, und wir haben drei Dollar zehn bekommen. So ist es gekommen, daß wir gerade achtzig Cents gemacht haben bei 3000 Dollar für den Weizen, wo wir 5000 hätten kriegen können.«

»Damit liegt sie mir nun ständig in den Ohren«, beklagte sich Pap. »Woher sollte ich das wissen? Manchmal muß man eben ein Risiko eingehen.«

»Er hätte damals im Dezember für garantiert fünf Dollar unterschreiben können«, sagte Mamaw.

»Aber wer hätte gedacht, daß der Weizen dies Jahr so gut werden würde?« bemerkte Donna intelligent. »Ich hätt das gleiche gemacht.«

Während sie aßen, hatte Sam die ganze Zeit das Studioporträt ihres Vaters vor sich, das auf der alten Eichenanrichte stand. Sie erinnerte sich, daß sie das Bild dort immer gesehen hatte. Hier war sein Haar länger und dunkler als auf dem Bild, das sie zu Hause hatte, und er trug keine Armeemütze. Er hatte einen blauen Anzug an. Sein Gesicht war rosa getönt, wie es ein Leichenbestatter bei einem Toten machen würde. Sein Haar hatte in der Stirn eine leichte Welle. Sie kniff die Augen zusammen und versuchte, ihn sich mit ihnen am Tisch vorzustellen. Er wär jetzt ein erwachsener Mann, wie Tom. Trotzdem würde er nicht wie Tom in einer Wohnung über einer Werkstatt leben. Er würde über blauen Schimmelpilz reden und darüber, ob man beim Weizenverkauf ein Risiko eingehen sollte. Irene wäre nicht nach Lexington gegangen. Sam würde wie Donna ein Baby auf ihren Knien hopsen lassen.

Donna und Mamaw unterhielten sich über Donnas Schwägerin, die gerade mit ihrem Mann und zwei Kindern in ein neues Backsteinhaus gezogen war. Donna schwärmte von dem Haus und all den Haushaltsgeräten darin. »Und das Baby hat alles, was man sich denken kann. Jean hat keine gebrauchten Sachen für irgendwas genommen. Und sie haben einen Videokassettenrecorder und eine Schlafzimmereinrichtung, die tausend Dollar kostet. Sie denkt sich nichts dabei, im Restaurant essen zu gehen.«

Sam war schlecht. Sie aß zwei Stücke Kuchen. Er war weiß, mit Zuckerguß, und hätte gut zu Irenes weißem Essen vor Jahren gepaßt.

Nach dem Essen zeigte Mamaw Sam die Photos, die sie sehen wollte. Sie hatte außer den Schulbildern nur wenige. Sam sah sich die kleinen Porträts an, unter jedem stand Burns Highschool und das jeweilige Jahr. Aus einem mageren, kleinen Jungen war ein hochaufgeschossener Teenager geworden. Heutzutage waren die Schulphotos farbig, und die Schüler stellten sich in einer zwanglosen Umgebung auf, an einem Swimming-Pool oder unter einem Baum, aber diese altmodischen Bilder waren dunkle, kalte, starre Porträts. Nur auf zweien lächelte er.

»Dies hier ist mein Lieblingsbild«, sagte Mamaw und zeigte auf ein Bild, auf dem seine Tolle zu sehen war. »Er war da ungefähr sechzehn. Er war ein so lieber Junge! Das war in dem Jahr, in dem er mir den Beistelltisch im Werkunterricht gemacht hat.«

»Das war in dem Jahr, in dem ich geboren wurde«, sagte Donna. »Ich hab nicht die geringste Erinnerung an ihn, meinen eigenen Bruder. Ist es nicht eine Schande?«

Sam half beim Abwaschen. Pap machte ein kleines Nickerchen, bevor er wieder an die Arbeit ging. Er war dabei, einen Zaun zu reparieren, und Donna war mit dem Baby in ihrem Zimmer. Ihr Mann arbeitete bei Union Carbide, und sie wohnten bei Mamaw und Pap.

Sam stellte warme, trockene Gläser in die Anrichte. Der Geruch von Möbelpolitur kam ihr aus dem Schrank entgegen. Von oben starrte ihr Vater auf sie herunter. In der letzten Zeit hatte sie sein Bild so oft angesehen, daß er begann, wirklich zu werden, jemand, der vielleicht einige sehr entschiedene Ansichten über sie gehabt hätte.

Mamaw hörte nicht auf, die Teller im Spülwasser abzuwaschen, während sie Sams Fragen nach Dwayne beantwortete. Sie sagte: »Du kommst ganz auf Irenes Seite von unserer Familie. Du hast Dwaynes Augen, aber dein Wesen hast du von Irene. Und du hast ihre Wangenknochen. Ich hab mich immer so über sie amüsiert. Sie hat alles mögliche angestellt. Einmal kam sie mit Dwayne hierher, bevor sie verheiratet waren, und sie hatte einen Drachen dabei, und ich will tot umfallen, wenn sie nicht mit ihren hohen Hacken raus in die Felder gegangen ist, um ihn steigen zu lassen!« Mamaw lachte, und Schaum tropfte von ihren Ellenbogen. »Dwayne war vollkommen von ihr eingenommen. Er hat sie auf Händen getragen.«

»Wie war sie zu ihm?«

»Sie war gut zu ihm.« Mamaw wischte mit einem Spüllappen über einen fettigen Teller. »Naja, natürlich, er war mein Junge, aber er war der prächtigste Sohn, den man sich nur wünschen konnte. Es ist das Recht einer jeden Mutter, das zu glauben, Sam. Und er wär 'n guter Farmer geworden. Irene wollte, daß er nach New Orleans gehen und da auf einem Schiff arbeiten sollte. Irene wollte immer was Besonderes, sie hätte alles getan, um anders zu sein als die andern. Aber er hätte das nicht gemacht. Er wär direkt hierher zurückgekommen. So war er. Er konnte über alles mögliche reden, was er vorhatte, aber wenn es wirklich drauf ankam, dann war er Mutters Junge. Er kümmerte sich um seine Mamaw und seinen Daddy. Er wär nie weggegangen wie Bill Holsums Junge.«

»Er war ein guter Junge«, sagte Pap, der in der Küche erschien. »Er hat auch nie nur 'n Tropfen getrunken, nie geraucht.«

»Hast du schon ausgeschlafen?« fragte ihn Mamaw. »Du hast nicht lang gelegen.«

»Ihr habt hier so laut gequasselt, und ich konnte nicht schlafen.«

»Joe, ich erzähl Sam von Dwayne. Sie ist hergekommen, weil sie mehr über ihren Daddy wissen möchte. Es vergeht kein Tag, daß ich nicht an irgendwas Liebes denke, das er gemacht hat. Wie zum Beispiel diesen Blumenkasten, den er damals für Irene gemacht hat.«

»Irene hat er wirklich geliebt«, sagte Pap. »Und ich glaub auch, daß sie ihn geliebt hat. Oh, sie waren jung, und wenn man so jung ist, weiß man nicht genau, was man empfindet, aber ich hab gesehen, wie sie war, nachdem die Nachricht kam. Es hat ihr das Herz gebrochen.«

»Irene hat damals zu Hause bei ihren Leuten gewohnt, und du warst unterwegs, Sam. Sie war kugelrund.«

»Wir haben sie nicht oft gesehen«, sagte Pap. »Aber nachdem die Nachricht gekommen war, fuhren sie sie hierher, und jeder hat bloß rumgesessen und gewartet.«

»Es war so schwer, weil wir seinen Körper nicht hier hatten«, sagte Mamaw. »Wenn jemand stirbt, sollte man eigentlich den Körper herrichten und bei ihm wachen. Das bringt einen zusammen, aber wir hatten ihn nicht. Erst drei Tage später bekamen wir ihn, und während wir warteten, kam sich jeder so verloren vor. Wir sind nur so rumgelaufen wie Hühner ohne Kopf. Und die Nachbarn haben Essen gebracht. Oh, sie haben uns die ganze Zeit gute Sachen zu essen gebracht. Das ging so lange, daß die Leute, die Essen gebracht hatten, nach Hause fahren und noch mehr für uns machen mußten. Lutie Cunningham hat einen Schinken und eine Riesenschüssel Kartoffelsalat und drei Kuchen gebracht. Nie werd ich das vergessen. In gewisser Weise war's 'ne Erleichterung für uns, als wir ihn schließlich unter der Erde hatten.« Ihr Lachen klang eher wie ein Wimmern.

»Es war ein verschlossener Sarg«, sagte Pap. »Die Armee hat uns gesagt, wir sollten nicht reinsehen.«

Vielleicht war er es in Wirklichkeit gar nicht, dachte Sam. Vielleicht war er noch vermißt.

»Das hat mich umgebracht«, sagte Mamaw. »Aber sie haben uns geschrieben, was für eine Hilfe er für sein Land war. Damit tröste ich mich.«
»Was hat er Gutes für sein Land getan?« fragte Sam. »Jeder weiß, daß es ein dummer Krieg war, aber 58 000 Jungs sind gefallen. Emmett sagt, sie sind alle für nichts gestorben.«
»Naja, Emmett hat gut reden. Er ist nicht gestorben«, sagte Mamaw aufgebracht. »Dwayne hat für eine Sache gekämpft, und damals ging man noch nicht rum und protestierte. Er hat an sein Land geglaubt, und er war bereit, da rüber zu gehen und zu kämpfen.«
»Wenn du die Zeit zurückdrehen könntest, würdst du ihn dann gehen lassen oder würdst du ihn nach Kanada schikken?« fragte Sam.
»Oh, Sam«, sagte Mamaw und starrte auf das Linoleum. »Solche Wahl gibt's für uns Menschen nicht.«
»Sind irgendwelche Sachen mit dem Körper gekommen?« fragte Sam. »Ich mein, sowas wie persönliche Dinge. Seine Kleidung und so.«
Mamaw nickte. »Nicht viel. Ich hab die Kleidung weggegeben, und ich hab Irene dazu gebracht, daß sie die Fahne genommen hat, aber was anderes wollte sie nicht. Ich konnte das nicht verstehen.«
»Mama sagt, daß vielleicht noch ein Notizbuch da wär.«
»Ein kleines Tagebuch, es muß hier irgendwo sein.«
»Macht es dir was aus, wenn ich es nehm?«
»Ich kann mir nicht vorstellen, was du damit anfangen willst. Da steht nicht viel drin. Er hat viel mehr in seinen Briefen erzählt. Er hat die liebevollsten Briefe geschrieben. Ich würd sie für nichts hergeben. Aber ich werd nach dem Notizbuch suchen, sobald ich hier fertig bin.«
Sam ging mit Pap hinaus in die Scheune, um nach Draht zu suchen.
»Was hat die Katze da mit den Ohren?« fragte sie und

zeigte auf eine Katze mit entzündeten Augen und schorfigen Ohren.
»Ich hab sie zurechtgestutzt. Sie hatte ein Geschwür am Ohr. Wenn man's wegschneidet, heilt es ab, also hab ich von jedem Ohr ein bißchen abgeschnitten.«
»Davon hab ich noch nie gehört.«
»Das gleiche macht man auch mit Kaninchen. Ich hab schon Katzen gesehen, denen man die Ohren bis auf einen kleinen Knubbel runtergeschnitten hatte.« Er lachte ein heiseres Lachen. »Sam, du weißt von gar nichts!« Er holte seine Arbeitshandschuhe, einen Hammer und einige Nägel aus einem Geräteschuppen neben der Scheune.
»Unser Kater hat noch nie ein Geschwür am Ohr gehabt«, sagte Sam. »Er hat aber Flöhe. Sie treiben Emmett fast zum Wahnsinn.«
»Der Jagdhund da hat die Räude. Ich muß etwas Schwefel und Salpeter und Maschinenöl zusammenmischen und ihn damit bestreichen, sobald ich dazu komm«, sagte Pap.
»Wird ihn das nicht umbringen?«
»Das bezweifel ich. Sam, kannst du mir mal die Drahtzange da drüben von dem Regal geben, hinter dem Sack Dünger da?«
Sam erforschte eine alte Box, wo ihr Großvater, wie sie sich erinnerte, früher mal ein Kalb großgezogen hatte. Hier hatte wahrscheinlich auch ihr Vater Kälber großgezogen, als er ein Junge war. Jetzt waren hier keine Kühe. Sie reichte Pap die Drahtzange.
»Wir haben dies Jahr zuviel Dünger bekommen«, sagte er und schüttelte den Kopf.
Sam ging mit ihrem Großvater einen staubigen Weg hinunter. Jetzt sah sie den Hof, den ihr Daddy gekannt hatte. Jetzt sah sie, wo ihre Mutter mal für wenige Wochen gewohnt hatte, wo Sam angefangen hatte, in ihrem Bauch zu wachsen. Ihre Wurzeln waren hier, und sie war oft genug hier gewesen, um den Hof als vertraut zu empfin-

den, aber nicht oft genug, um ihn wirklich zu kennen. Es kam ihr so vor, als sähe sie ihn zum ersten Mal.

»Ich erinner mich, als Dwayne Irene zum ersten Mal hierhergebracht hat«, sagte Pap. »Sie war nichts weiter als ein mageres kleines Ding wie du. Nichts konnte sie aus der Fassung bringen. Sie ging hier rum und fragte mich nach allem. Sie hatte ihren besonderen Spaß an Emmas Kakteen, sie sagte, sie sehen aus wie Nadelkissen. Stell dir das vor. Sie pflückte einen Riesenblumenstrauß. Sie ging durch die Felder am Zaun entlang und pflückte Gänseblümchen und Wiesenschaumkraut und wilde Margeriten und ich weiß nicht was alles noch. Ich hätt nie im Traum daran gedacht, so'n Unkraut zu pflücken. Sie war auf einer Farm groß geworden, deshalb hat's mich überrascht, daß es ihr in den Sinn kam, sowas zu pflücken.«

»Sie hat Blumen immer so gerne gemocht«, sagte Sam. Sie sprachen von Irene, als ob sie diejenige wär, die gestorben war, und wenn sie von Dwayne sprachen, waren sie nicht präzise. Man sollte immer präzise sein, dachte Sam.

»Landkinder sind heutzutage genau wie Stadtkinder«, sagte Pap. »Sie haben mehr. Und sie haben Autos, mit denen sie rumfahren können. Früher, da war's so, daß man samstags in die Stadt fuhr, aber heutzutage fahren sie an jedem xbeliebigen Tag der Woche.«

Eine Zeitlang unterhielten sie sich über Sams neues Auto, und dann sagte Pap: »Alle haben immer gedacht, daß es was Besonderes war, daß Dwayne uns so ein Geschenk hinterlassen hat. Ich weiß noch, wie stolz wir alle waren, als du geboren wurdest.« Er hämmerte einen Nagel in einen Zaunpfosten. »Jeder hat natürlich mit einem Jungen gerechnet, aber wir haben dich trotzdem liebgehabt.«

»Alle wollten einen Jungen«, sagte Sam und zerdrückte eine Kleeblüte in ihrer Hand. »Hast du gewußt, daß mein Daddy den Namen ausgesucht hat?« fragte Sam. »Er dachte, er wär aus der Bibel.«

»Nein. Das hab ich nicht gewußt. Tja, man lernt nie aus. Ja, das ist ja was!« Er strich sich gedankenvoll übers Kinn. Während ihr Großvater an dem Zaun arbeitete, ging Sam am Bach entlang. Ihr waren da ein paar wilde Pflaumenbäume eingefallen. Sie fand sie, aber sie sah keine Früchte. An den Bäumen wuchs Geißblatt. Auf einem Blatt sah sie einen großen grünen Käfer mit einem orangenen Fleck und einer Acht auf dem Rücken. Wasserschneider tänzelten auf seichten Stellen stehenden klaren Wassers. Sie hatte sie immer Jesusfliegen genannt, weil sie auf dem Wasser gingen. Sie sah sich auf der Farm um und versuchte, sie mit neuen Augen zu sehen, sie versuchte, das zu sehen, was ihr Vater gekannt hatte, das, was seine Welt gewesen war, bevor er nach Vietnam ging. Das waren seine Erinnerungen, es war das, was er mit nach drüben genommen hatte. Sie glaubte, es verstehen zu können. Alles, was er kannte, war klein und vorhersehbar: Jesusfliegen, Blauschimmel, Jagdhunde, Zaunpfosten. Er wußte nichts von der neuen County Highschool, von Rock-Videos, von M.A.S.H. Er kannte sie nicht.

Am Haus senkte der Hund, der jetzt nicht mehr in seinem Zwinger war, träge den Kopf und legte sich dann auf die Erde, die er im Schatten in der Nähe des Blumenbeetes aufgewühlt hatte. Sein Rücken war schorfbedeckt. Sam erkannte viele von den Blumen wieder – lange, blaue Stiele, rosa, schlaff herabhängende Blüten, große, gelbe Gesichter – aber sie wußte keine Namen für sie. Die Rosenbüsche waren angefressen. Die Lilien waren vertrocknet. Die Augustsonne brannte herab. Sam erkannte unter den Blumen eine Pflanze, an der sich Samenhülsen bildeten. Sie erinnerte sich, daß diese Hülsen, wenn sie braun geworden waren, aufplatzten und ihren Samen überallhin verstreuten. Ihr fiel der Name der Pflanze ein – Rührmichnichtan.

»Ich hab das Tagebuch gefunden«, rief Mamaw Sam von

der Veranda aus zu. »Du kannst es haben, aber ich glaub nicht, daß du irgendwas daraus erfährst. Er hat nichts weiter aufgeschrieben als Truppenbewegungen und Waffen und solche Sachen. Das ist nicht liebevoll wie die Briefe, die er zurückgeschrieben hat. Die waren persönlich. Irene hat dieses kleine Buch noch nicht mal gewollt, aber du kannst es haben, wenn du willst.«

Sam streckte die Hand nach dem braunen Notizbuch aus. Mamaw stand auf der Veranda und Sam unter ihr auf den Stufen. Sam erinnerte sich, daß sie genauso dagestanden und die Hand ausgestreckt hatte, als ihr der Direktor auf der Schulabschlußfeier das eingerollte Diplom überreicht hatte. Aber in dem Schmuckband war ein Stück unbeschriebenes Papier gewesen. Die echten Diplome kamen später mit der Post, weil der Drucker sie zu spät geliefert hatte.

Mamaw sagte: »Ich weiß noch, daß ich nicht mal alles lesen konnte, weil ich seine Handschrift nicht entziffern konnte, also nehm ich nicht an, daß es dir was sagen wird, aber so hast du jedenfalls etwas von ihm.« Sie scheuchte eine Katze aus der Tür. »Willst du, daß wir dich später zum Friedhof rausfahren?« sagte Mamaw.

»Nein, nicht heute«, sagte Sam und sah dabei die Katze an. »Ich muß noch wohin.«

»Wohin?«

»Paducah. Ich muß nach Paducah.«

28

An dem Nachmittag war es nicht voll im Einkaufs-Center. Leute, die dort einkauften, riefen sich über die breiten Gänge hinweg Dinge zu. Eine Frau rief: »Wanda, du Kuh, wart auf mich!«

Ein Mann versuchte, Sam anzusprechen. Sie saß auf einer Bank neben ein paar Pflanzen im Zentrum der beiden

Flügel des Einkaufs-Centers und las das Tagebuch ihres Vaters. Sie hatte sich eine Cola und ein paar Schokoladenkekse gekauft. Der Mann trug ein T-Shirt mit der Fahne der Konföderierten, auf dem stand: »Ich bin ein Rebell und verdammt stolz darauf.« Sam warf ihm einen solch bösen Blick zu, daß er sich sofort zurückzog.

Es war schwer, das Tagebuch zu lesen. Mamaw hatte, was seine Handschrift betraf, recht gehabt, aber Sam hatte schon immer gut Handschriften entziffern können. Sie hatte Talent darin. Dwayne hatte mit Bleistift geschrieben, und die Worte taumelten über und unter den Linien herum. Sam nahm an, daß er im Dunkeln geschrieben hatte. Seine Schrift war klein und zusammengedrückt. Es stimmte, daß da eine Menge unverständlichen Kauderwelsches über Truppenverlegungen stand und Listen von Waffen – Sachen, die seine Eltern nicht interessiert haben konnten, die hätten Aufzeichnungen über das Wetter oder die Getreidearten dort vorgezogen. Aber nach einigen Seiten knapper Eintragungen wie »3. Mai, zwei Tagesmärsche West, spät eingegraben, Mörsereinschläge« und »Schützen lokalisiert, M-79 Granatwerfer, 40 Schuß abgefeuert«, was alles wenig Sinn ergab, wurde das Tagebuch interessanter:

3. Juli. Ganzen Tag Bäume an einem Hang gefällt. Kamen nach oben und sahen mehr Hügel und mehr Bäume. Meine Hände sind rissig und bluten. Artilleriefeuer bei Dunkelheit.

4. Juli. Brief von Irene. Baby tritt kräftig.

5. Juli. Zigaretten im Dunkeln geraucht. Halten sie untern Helm. Helme werden für alles gebraucht, nur nicht zum Reinscheißen. Deprimiert, kam aber raus, als ich dran dachte, wozu wir hier sind.

6. Juli. Ganzen Tag marschiert. Wieder Spitze gemacht. Gewöhn mich daran, das Gewehr so zu halten, daß man immer bereit ist. Denk an die Kaninchenjagd. Vermisse die Herbsttage.

7. Juli. Notrationen, Schinken und Limabohnen kommen mir aus dem Arsch und den Ohren raus. Wir haben alle Durchfall. Bäume gefällt, durch Sumpf gewatet. Wir brauchen Regen, aber meine Füße sind auch so schon immer naß. Hot Shot ist sauer. Er treibt uns wie ein Hundegespann, aber wir sind ne wirklich gute Mannschaft. Spät eingegraben, Wache verschlafen. Hab geschlafen wie ein Baby.

8. Juli. Sinnloser Tag. Eingegraben, warten. Hot Shot sagt, wird nicht lange dauern. Immer noch Dünnschiß.

9. Juli. In einen Hinterhalt geraten. Dauerte nur zwei Sekunden, aber schien wie zwei Stunden. Meine Knie zittern immer noch. Bobby G. im Bein getroffen, aber nicht schlimm. Doc hat ihn zusammengeflickt. Wir kriegten zwei V. C., ich glaub, einen davon hab ich erwischt, aber Jim C. sagt, er war's. War 'n großer Tag, große Aufregung, wer ihn erwischt hat. Keine Briefe. Irene scheint zu weit weg, um wirklich zu sein. Aber es ist alles für sie und das Baby, oder wozu sind wir sonst hier? Joe hat 5 Kerben auf seiner Matschete. Er ist auch nur ein Zweijähriger. Ich krieg bestimmt auch bald eine. Ist Wahrscheinlichkeitsrechnung. Joe übertreibt's aber. Er will immer freiwillig die Spitze übernehmen. Der hat vor Nichts Angst. Und Bob ist immer so still, als ob er mehr wüßte als der Rest von uns. Er würd nicht Scheiße sagen, wenn er das Maul voll davon hätte. Heute abend müde. Gut müde. Wir haben zwei gekriegt. Zwei Wochen draußen und endlich zwei erwischt. Rauchten Zigaretten und fühlten uns wild.

13. Juli. Hot Shot sagt, wir kommen der Sache näher. Sind den ganzen Tag durch Sumpfgras marschiert. Eddie war vor mir, machte eine Spur ins Gras wie ein Schnellboot. Er ist tiefschwarz, aber er ist okay. Ich hab noch nie so'n stillen Nigger erlebt. Er ist kein Angeber.

14. Juli. Chopper hat Post und Socken abgeworfen. Brief von Irene. Der Bleistift macht ein zischendes Geräusch und ist so laut, daß ich Angst hab, daß er die Cong anzieht wie Fliegen. Es ist so dunkel, daß man nichts außer brennenden Zigaretten sehen kann. Chopper hat Luckies gebracht. Man kann eine Zigarette fast im Mund verstecken. Joe macht das, erinnert mich an einen Feuerschlucker auf der Kirmes. Wenn ich einen Gook sehen würd und hätte keine Muni mehr, würd ich ne Zig. nehmen und sie ihm in die Augen drehen und sie ausbrennen. Hot Shot sagt, wir kommen näher. Jetzt kann's nicht mehr lange dauern. Da soll ne ganze versteckte Basis nördlich von hier sein, aber es scheint, als gingen wir im Kreis. Die Chopper finden sie und sagen uns, wohin, damit wir sie ausräuchern können. Es scheint, wir könnten uns umdrehen und rausfinden, daß er *uns* folgt. Sowas hat John mir gestern gesagt. Ich hab gesagt, es wär wie Kaninchenjagen, und er sagt, aber mit einem Unterschied. Ein Tier verhält sich nach seinem Instinkt. Ein Kaninchen läuft im Zickzack, um einen zu verwirren. Rotwild läuft schnell, um wegzukommen. So sind sie gemacht – von Gott –, damit sie geschützt sind, damit sie ihren Feinden entkommen können. Aber sie kommen nicht und jagen *dich*. Was, wenn ein Kaninchen plötzlich hinter dir her wär? Schleicht dir nach und springt mit ner großen M-60 aus einem Busch? Mir fällt kein Tier ein, das sowas machen würd, außer einem Panther (aber nicht mit ner M-60). Daddy ist am Panther Creek aufgewachsen, und er hat immer Geschichten davon erzählt, wie der Panther heulte. Als ob ne Frau weinte, sagen sie. Wie wenn Irene weint. Ich versuch mir vorzustellen, sie wär hier mit mir in diesem Loch, aber es funktioniert nicht. Wenn ich sie gut vor mir hab, schwebt sie wieder weg, und ich hör was, wie das Rascheln eines Blatts oder jemand atmet oder die Jungs, die Wachwechsel machen, und dann bin ich wieder hier. Und ich will auch nicht, daß sie hier ist und das alles sieht. Ich darf nicht vergessen, wozu ich hier bin.

17. Juli. Vor zwei Tagen haben wir einen toten Gook gefunden, der unter ein paar Blättern verrottete, halb in einem Sumpfloch versunken. Sie haben es wahrscheinlich nicht gefunden, weil es von großen Bananenblättern verdeckt war. Interessant, die einzelnen Teile vom Körper zu sehen, wie im Biologieunterricht. Hatte einen ganz besonderen Gestank. Tote Gooks haben einen besonderen Gestank, das wissen wir schon. Bobby C. stocherte mit einem Stock darin rum, und ein paar Zähne fielen raus. Darrel trägt jetzt immer einen davon als Glücksbringer. Er sagt, er hat jetzt einen besonderen Gookgestank an sich, und das wird ihn schützen. Onkel B. ist immer auf die Hirschjagd gegangen mit Hirschpisse an sich.

18. Juli. Hot Shot ist so sauer, daß er platzen könnte. Darrel hatte seine ganze Ausrüstung um sich verstreut, und Hot Shot pfiff ihn an, sagte, er müßte immer bereit sein, hoch und weg, in Sekunden. Was, wenn Charlie plötzlich vorbeikommt? Wär wie sonntags, wenn Besuch kam, und Mama rumrannte und Papas Zeug und all die Spielsachen im Wohnzimmer einsammelte. Immer bereit sein, sagte Hot Shot. Organisiert sein. Wir werden zu nachlässig. Nichts zu tun. Keine Gooks. Jemand ließ einen riesigen Furz los wie ein Kanonenschlag, den man bis rauf nach Hanoi hören konnte. Ne kleine Warnung an Charlie, sagte Darrel. Ich mußte an die kleinen Kracher denken, die wir Allerseelen Leuten immer in die Briefkästen geworfen haben. Hot Shot treibt uns hart, wie ein Maultiergespann, hier drüben haben sie Wasserbüffel. Man kann Büffel nicht peitschen wie Maultiere oder GI-Gespanne. Wir sind aber ein großartiges Gespann. Wenn Hot Shot nicht sauer werden würd, wären wir nicht die Hälfte wert. Er weiß wirklich, wie er uns treiben muß. Wie Coach Jones beim Basketball. Wir versuchen ihn dazu zu überreden, daß er sich weiterverpflichtet. Wir sagen ihm, die freie Welt braucht ihn.

4. August. Darrel hat's erwischt. Es war vorbei, bevor wir wußten, was geschah. Verdammt, es war schrecklich. Werd's nie vergessen. Darrel verschwand in den Büschen, um zu kacken, und sie haben ihn erwischt. Pop-pop. Wir ballerten los, überallhin, kriegten aber nichts. Wir standen da und feuerten und feuerten, und Darrel schoß das Blut aus Rücken und Mund. Der Chopper holte ihn raus, aber es war zu spät. Hatte zuviel Blut verloren. Der Sanitäter war bedeckt von seinem Blut. Wenn wir auf Gooks stoßen, werden sie Gook-Pudding sein, wenn ich mit ihnen fertig bin! Darrel war ein großartiger Typ. Das hätte nicht ausgerechnet ihm passieren dürfen. Dieser Zahn war kein Schutz, das ist verdammt sicher. Man kann's wirklich mit der Angst kriegen.

6. Aug. Hubschrauber hat warme A-Rationen gebracht, Truthahn und Soße und Preiselbeeren. War nicht wie bei Mama, aber es schmeckt wie Manna vom Himmel, und es kam vom Himmel. Wir rauchten Zigaretten und waren außer Rand und Band.

8. Aug. Hot Shot ist so sauer, daß er die Bäume hochgehen könnte. Das mit Darrel frißt an ihm, und er sagt, so blöd dürfen wir nicht nochmal sein. Wenn Hot Shot nicht sauer würd, könnte er uns nicht mehr in Gang bringen. Ich hab das meiste an Ausrüstung einfach weggeworfen, aber ich hab trotzdem einen wunden Rücken und Moskitostiche und Ausschlag und Durchfall, und einer von uns hat Malaria, aber sie wollen ihn nicht rausholen. Wir dürfen jetzt aber nicht aufgeben.

10. Aug. Verrückter Gedanke. Ein Baby. Mein eigenes Fleisch und Blut. Zu müde zum Schreiben.

12. Aug. Füße sehen aus wie gekochtes Huhn. Wir sind fast da.

14. Aug. Große Überraschung. Stand einem V. C. gegenüber und hab gewonnen. Leichter als ich dachte. Aber da war keine Zeit nachzudenken. Es war so einfach. Endlich. *16. Aug.* Es wird schlimm. Meine Füße bringen mich um. Sie sehen aus, als verfaulten sie. Es ist dunkel, und dies Notizbuch balancier ich auf dem Knie, muß dran denken, wie Mama die kleine Donna auf ihrem Knie schaukelte. Hoppe, hoppe Reiter. Wenn er fällt, dann schreit er. Keine Zigaretten. Als der Vogel das letzte Mal Luckies brachte, haben wir alle ›good luck‹ gesagt und gelacht. Glück, daß wir noch am Leben sind. Wenn ich in die Welt zurückkomm, wird das hier wie ein Traum sein, aber jetzt hier ist die Welt ein Traum. Es ist, als müßte man runde Figuren in viereckige Löcher stecken, wie bei dem Test in der Schule. Wenn wir lebend rauskommen, ist das ein Wunder. ›Long gone, ain't I lucky? Long gone, from Kentucky.‹ Den Song mochte Irene immer gerne.

Sam war schlecht. Der Magen drehte sich ihr, und sie hatte das Gefühl, sich übergeben zu müssen. Sie konnte die Leiche unter den Bananenblättern sehen und riechen. Sie hatte noch nie Bananenblätter gesehen, aber sie glaubte genau zu wissen, wie sie aussahen. Bananen hatten einen unangenehm süßen Geruch, wenn sie überreif waren und Insekten in ihnen herumwühlten. Sie konnte das riechen. Sie aß einen Schokoladenkeks und hoffte, das würde ihren Magen beruhigen. Sie erinnerte sich an die tote Katze, die sie einmal im Garten ihrer Großmutter ausgegraben hatte, und ihr wurde klar, daß sie die gleiche unempfindliche Neugierde besaß wie ihr Vater. Sie fühlte sich gedemütigt und angewidert. Das Tagebuch ließ sie darüber nachdenken, was sie in seiner Situation getan hätte. Hätte sie sie auch Gooks genannt? Sie dachte daran, wie sehr Emmett an Moon Pie hing, und sie konnte nicht glauben, daß Emmett im Krieg das gleiche getan hatte wie Dwayne, und doch wußte sie, daß er es getan haben mußte. Auch wenn es Emmett leid tat, so hatte er doch nichts getan, um etwas wiedergutzumachen, so wie der Typ, den ihre Mutter gekannt hatte, der, der die ganze Familie umgebracht hatte. Sie erinnerte sich, daß Richard Pryor im Fernsehen erzählt hatte, daß er einen Mörder in der Todeszelle im Zuchthaus von Arizona gefragte hatte: »Warum haben Sie die ganze Familie getötet?« Die Antwort des Mörders: »Sie war'n zu Haus!«

Ihr Vater hatte nichts darüber geschrieben, wie er sich gefühlt hatte, als er den Vietcong erschossen hatte. Er hatte einfach darüber berichtet, als wäre es etwas, das früher oder später doch getan werden mußte, wie eine Klassenarbeit in der Schule.

Mamaw und Pap konnten das Tagebuch gar nicht gelesen haben. Wenn sie es gelesen hätten, dann hätten sie bemerkt, daß er geraucht und getrunken und gemordet hatte. Vielleicht hatten sie es auch gelesen, wollten ihren Sohn aber so nicht in Erinnerung behalten. Also vergaßen sie. Oder sie dachten sich eine angenehmere Geschichte aus. Oder sie taten so, als könnten sie seine Handschrift nicht lesen. Aber warum hatte Mamaw Sam das Notizbuch gegeben? Hatte Irene es gelesen? Vielleicht war es für sie einfach so, daß Krieg und Töten zusammengehörten. Das war es. Sie stellten das nicht in Frage. Mamaw würde sich wahrscheinlich mehr darüber aufregen, daß er geraucht hatte.

Sie verließ das Einkaufs-Center und fuhr nach Hause. Sie wünschte, die Straße zöge sich endlos dahin, damit sie ihre Gedanken ordnen konnte, damit sie darüber nachdenken konnte, was das Tagebuch bedeutete. Oder vielleicht gab es da auch gar nichts herauszubekommen. Vielleicht sollte sie ihren Vater einfach vergessen und mit ihm die ganze Sippe. Sie waren sowieso unwissend und vom Land. Sie lebten in dem alten Farmhaus mit seinem Modergeruch, an den sie sich immer erinnerte – den Geruch nach schmutzigen Arbeitskleidern, die voller Kuhmist klebten.

Vor kurzem wäre sie in ihrem Bad beinah auf der durchweichten Matte ausgerutscht, die faulend vor der schwitzenden Toilette lag. Dem Fernseher im Wohnzimmer fehlte ein Bein, und in einer Ecke stand eine komplizierte, alte Antenne – ganz aus Klauen und Fächern –, wie ein Monster aus dem All. Der Apparat stellte den Versuch dar, Kabelfernsehen zu empfangen, damit Pap die Basketballspiele der Wildcats reinbekam. Mamaw pflückte die Bohnen mit einem rostigen Eimer, dessen Loch mit einem Fetzen Stoff zugestopft war. Sam konnte die Empfindungen nicht los werden: der räudige Hund, das häßliche Baby, die Rührmichnichtan, die blühenden Unkräuter, der rostige Eimer, ihre blöde Tante Donna. Als sie an die Katze mit den gestutzten Ohren dachte, hätte sie am liebsten geweint. Und das Tagebuch ekelte sie an, mit dem faulenden Körper, den verschrumpelten Füßen ihres Vaters, seinem toten Kameraden, diesen widerlich süßen Bananenblättern. Sie hatte eine morbide Phantasie, aber es war immer wie ein Horrorfilm gewesen, nichts wirkliches. Jetzt schien alles plötzlich so wirklich, daß es sie umhüllte wie etwas Verfaultes, in das sie hineingefallen war, wie der Geruch von einem Stinktier, aber sie ahnte, sie würde eine lange Zeit damit leben müssen, bevor sie ein Bad nehmen konnte. Im Dschungel war man schmutzig und konnte kein Bad nehmen.

Sie wußte nicht, wie sie Emmett jetzt gegenübertreten sollte.

29

Moon Pie, der es sich unter Mrs. Biggs Forsythienbusch gemütlich gemacht hatte, gähnte Sam entgegen, als sie die Autotür zuschlug. Normalerweise war Emmett um diese Zeit zu Hause und machte Essen, aber die Tür war zugeschlossen. Er erwartete sie vor morgen nicht zurück. Zum

Glück hatte sie einen Schlüssel bei sich. Als sie die Tür öffnete, schlug ihr statt des gewöhnlichen abgestandenen Zigarettengestanks ein strenger, überwältigender, chemischer Geruch entgegen. Was zum Teufel war los? Emmett hatte doch wohl hoffentlich nicht seinen Kopf in den Gasofen gesteckt, dachte sie. Ihr Ofen war elektrisch. Ihr zweiter Gedanke war Agent Orange, auch wenn es nicht nach Orangen roch. Sie holte draußen einmal tief Luft und rannte hinein. Als sie »Emmett« rief, schoß ihre Luft heraus. Sie holte draußen nochmal Luft und lief unten herum und rief nach ihm. Dann entdeckte sie, woher der Geruch kam. Mitten im Wohnzimmer, zwischen Fernseher und Sofa, stand auf einem Küchenstuhl eine Spraydose. Sie griff sie hastig und las das Etikett. Es war eine Flohbombe, eine von diesen Spraydosen, die man in Sprayposition feststellen konnte. Jetzt war sie leer. Emmett hatte eine Flohbombe losgelassen und war aus dem Haus gegangen, als ob er eine Handgranate hineingeworfen hätte und weggelaufen wär. Das sah ihm ähnlich, daß er so etwas Heimliches tat, ohne darüber auch nur ein Wort zu verlieren. Es machte sie wütend. Er war so paranoid, wenn es um Flöhe ging.
Sie ging auf der Veranda hin und her und versuchte nachzudenken. Sie hatte beide Türen geöffnet, um Durchzug zu schaffen. Sie war so ärgerlich, daß sie die Wände hätte hochgehen können. Dann hatte sie eine Idee. Sie ging zum Auto und riß eine freie Seite aus dem Tagebuch ihres Vaters heraus. Sie schrieb Emmett eine Nachricht auf und legte sie auf den Kühlschrank, unter einen Magneten, der wie eine Tomate aussah. Sie schrieb: »Du glaubst, du kämst mit allem durch, bloß weil Du ein Vietnamveteran bist, kommst Du aber nicht. Auf dem Tisch liegt ein Tagebuch, das mein Daddy geführt hat. Mamaw hat es mir gegeben. Ist es so da drüben gewesen? Wenn ja, dann kannst du mich einfach vergessen. Versuch nicht, mich zu

finden. Du bist jetzt für Dich allein verantwortlich. Auf Wiedersehen. Sam.«
Sam holte tief Atem und rannte nach oben. Die Luft in ihrem Zimmer war erträglich. Sie öffnete das Fenster und suchte dann im Schrank nach ihrem Schlafsack und ihrer Campingausrüstung von den Girl Scouts. Sie stopfte ein paar T-Shirts und Shorts in den Rucksack, griff ein Paar Jeans und ihre Cowboystiefel. Sie nahm Emmetts Kunststoffdecke und seinen Poncho aus seiner Feldkiste. Mit einem neuen Atemzug von draußen suchte sie nach Lebensmitteln, die sie mitnehmen konnte. Schinken und Arschlöcher hatten sie nicht, also nahm sie Schweinefleisch und Bohnen. GIs lebten aus Dosen. Sie hatten sogar Butter in Dosen. Sie packte eine Dose Fleisch und ein paar Doritos und einige Riegel Mars ein, zusammen mit den Granny Keksen und der Dose geräucherte Austern, die sie eingekauft hatte. Sie füllte eine Tiefkühlbox mit Pepsi und Käse und Pampelmusensaft. Sie fand noch etwas Plastikbesteck, das sie vom Burger Boy hatte. In zwei Wochen sollte sie mit ihrer Arbeit beginnen. Wo würde sie in zwei Wochen sein?
Sie stellte sich vor, der Geruch wär Agent Orange. Ihre Lungen füllten sich mit Dioxin, und Moleküle davon lagerten sich im Gewebe ab und würden sie eines Tages heimsuchen. So wie das Essen, von dem Emmett immer Blähungen bekam.
Wahrscheinlich war in Flohbomben kein Dioxin. Aber soweit man wußte, könnte darin eine Chemikalie sein, die ebenso tödlich war. Den Chemiekonzernen war das ganz egal.
Während sie aus der Stadt herausfuhr, kam ihr der erschreckende Gedanke, Moon Pie könne sich ins Haus zurückgeschlichen haben. Aber sie war sich so gut wie sicher, daß sie ihn noch unter dem Busch gesehen hatte, als sie aus der Einfahrt gefahren war.

Wenn es stimmte, daß Männer wegen Frauen und ungeborener Generationen in den Krieg zogen, dann wollte sie herausfinden, was sie dabei durchmachten. Sam glaubte nicht, daß die Frauen oder die ungeborenen Babys dabei ein Wort mitzureden hatten. Wenn Frauen zu sagen hätten, gäbe es überhaupt keinen Krieg. Nein, das war ein naiver Gedanke. Wenn Frauen Macht besaßen, verhielten sie sich genauso wie Männer. Sie dachte an Indira Gandhi und Margaret Thatcher. Sie würde diesen Frauen nicht draußen im Sumpf bei Nacht begegnen wollen.

Was brachte Menschen bloß dazu, zu töten? Wenn die USA sie mit Gewehr und schwerem Marschgepäck in ein fremdes Land schickte, würde sie es über sich bringen, den Dschungel zu durchstöbern, im Matsch zu schlafen und auf Fremde zu schießen? Wie stellte die Armee es an, daß Jungen so etwas taten? Warum gab es Krieg?

Ihr Vater hatte keinen Sinn für Humor. Emmett hatte wenigstens Sinn für Humor. Dwayne machte in der Rechtschreibung viele Fehler, und seine Handschrift war schlecht.

Emmetts Angst vor Flöhen war albern. Sam hatte noch nicht einmal Angst davor, die Nacht am Cawood See zu verbringen und auf der bloßen Erde zu schlafen. Der Cawood See war so gefährlich, daß nicht einmal die Pfadfinder da draußen übernachten wollten, aber es war die letzte Stelle im westlichen Kentucky, wo man der Wildnis wirklich gegenübertreten konnte. Genau das hatte sie vor.

An der Nebenstraße, die zum See führte, hatten Bulldozer gearbeitet und die Ausläufer des Sumpfgebietes trockengelegt. Sam fuhr den holprigen Weg weiter und ließ das Auto mitten auf der Lichtung stehen. Ihre Schuhe knirschten auf dem Kies. Auf dem Pfad runter zum Plankenweg ruhte sie sich auf einem Baumstumpf aus. In seiner Aushöhlung arbeiteten Millionen schwarzer Ameisen an einem Stückchen Plastik und zerrissen es in nicht weiter abbaubare

Teilchen und marschierten damit weg. Wahrscheinlich stellte sich Emmett so die Flöhe vor, wie sie über seinen ganzen Körper krabbelten, während er schlief. Sie dachte, er müsse einen Flashback gehabt haben, als er die Flohbombengranate geworfen hatte und weggelaufen war. Die Flöhe waren die Vietnamesen. Wie oft hatte sie schon gehört, daß man die feindlichen Soldaten mit Ameisen oder anderen Insekten verglich, die zu zahlreich waren, um gezählt zu werden? Sie dachte daran, wie jemand mal gesagt hatte, die GIs würden um eine Stellung kämpfen und sie auch erobern, und am nächsten Tag würden tausend Feinde mehr um sie herumschwärmen.

Die Vietnamesen verwerteten alles, was die Amerikaner wegwarfen – Bombenhülsen und Zigarettenstummel und Helikopterteile und Coladosen. Genauso bastelte Emmett im Haus herum. Das waren vietnamesische Sitten, dachte sie, aus allem, was er beschaffen konnte, noch etwas zu machen. Die Vietnamesen konnten aus einer Coladose eine Bombe machen.

Emmett hatte geholfen, die Vietnamesen zu töten, so wie er auch Flöhe tötete, so, wie Leute Ameisen töteten. Es war einfach, hatte ihr Vater geschrieben. Aber der Feind kam immer wieder in noch größerer Zahl. Pete hatte praktisch damit angegeben, daß er getötet hatte. Männer dachten mit Wehmut an die Zeit zurück, als sie getötet hatten. Es erregte irgend etwas in ihnen.

Die Flöhe würden wiederkommen. Die Leute in den Städten hatten Küchenschaben, Superschaben, die gegen Chemikalien resistent waren.

Am Cawood See erhoben sich Moskitos wie Dampf über dem Sumpfwasser.

Emmett hatte die Flohbombe genauso beiläufig gezündet, wie er eine Mörsergranate in den Himmel geschossen hatte, so wie Soldaten das im Krieg machten, so wie er den Feuerknopf beim Atari drückte.

Sie erinnerte sich daran, wie er im Schlaf oft gerufen hatte. Er war hinter Charlie her. Jetzt gab es keine Vietcongs mehr, die gejagt werden mußten, keine Hügel, die erobert und keine Stützpunkte, die verteidigt werden mußten, aber er machte es immer noch. Er war darauf aus zu töten, ganz unwillkürlich, es war wie eine Gewohnheit, mit der er nicht brechen konnte. Er war krank. Er durchlebte die ganze Zeit den Krieg immer wieder. Männer wollten töten. Das war es, was Männer taten, dachte sie. Das war ihr eigentlicher Beruf.

Großvater hatte im Zweiten Weltkrieg japanische Soldaten getötet. Ihr Vater war getötet worden, weil das Spiel so gespielt wurde. Einige lebten, und einige starben. Eine andere Schlußfolgerung gab es nicht.

Frauen töteten nicht. Deshalb hatte ihre Mutter die Fahne auch nicht ehren wollen, die Toten nicht ehren wollen. Die Toten ehren war gleichbedeutend mit die Ursache für ihren Tod ehren. Irene sagte: Zum Teufel mit dir, USA, er ist tot, und es hat nichts bedeutet. Er ging, um zu kämpfen, und er ist getötet worden, und das war sein Ende. Sam dachte, zur Hölle mit ihnen allen – Lonnie, ihr Vater, ihr Onkel, ihre Großväter, Lorenzo Jones. Tom. Tom vielleicht nicht.

Sie wartete auf dem Plankenweg und saß eine ganze Zeit ruhig da, bis die Vögel sich von ihr nicht mehr stören ließen. So machte es Emmett, wenn er beobachtete und wartete, wie eine Spinne, die sich in ihrem Netz versteckt. Ein großer Vogel rauschte wie ein Aufklärungshubschrauber über den Sumpf, und sie konnte gerade noch etwas Braunes erkennen. Dann hörte sie einen Eichelhäher kreischen. Der Eichelhäher ärgerte ein Eichhörnchen. Sie sah ein paar Spatzen. Sie wollte herausfinden, was so Großartiges daran war, auf Vögel zu warten. Das war es, was Jäger machten.

Sie war davongelaufen. Hier draußen gab es keinen Notruf

für Davongelaufene. Emmett war auch weggelaufen, nach Lexington, also fühlte sie sich gerechtfertigt. Es war nicht dasselbe, als wenn sie nach New York abgehauen wäre, um für einen Rauschgifthändlerring Prostituierte zu sein. Ihre Englischlehrerin, die gemeint hatte, Thoreaus Rückzug an den Walden See sei so eine heiße Sache, würde das wahrscheinlich gut finden. Wenn das in einem Buch vorkam, mußte etwas dran sein. Aber nach Sams Meinung war Thoreau paranoid.

Dieser verfaulende Körper kam ihr wieder in den Sinn, den ihr Vater gefunden hatte – die Bananenblätter mit ihrem süßlichen Gestank. Sie wußte, daß sie jedesmal, wenn sie versucht hatte, sich Vietnam vorzustellen, die Fakten durcheinanderbrachte. Es wollte ihr nicht gelingen, Walnußbäume und Ahorn und Eichen und andere vertraute Bäume, wie die Zypressen am Cawood See beiseitezuschieben. Wahrscheinlich hatten sie diese Bäume da drüben nicht. Reis-Paddies waren keine Realität für sie. Sie dachte an Panzer, die den Urwald niederwalzten, und an Tiger, die unter Büschen saßen. Ihre ganze Vorstellung bezog sie aus Filmen. Einige Kriegsveteranen führten das, was sie getan hatten, auf den Schrecken des Dschungels zurück. Was hatte der Dschungel ihnen getan? In der Wildnis überleben. Hier bin ich, dachte sie. Im Feld.

Der Cawood See war wegen seiner Schlangen berüchtigt, aber es gab da auch Zugvögel – Reiher, und manchmal sogar Silberreiher, behauptete Emmett. In ihrer Vorstellung sah sie den Silberreiher so oft, daß sie fast glaubte, sie hätte ihn schon gesehen. Er war weiß wie ein Storch. Vielleicht hatte ihr Vater in Vietnam Silberreiher gesehen und gedacht, es wären Störche. Der Storch, der sie gebracht hatte. Emmett war kurz darauf rübergegangen, als suche er den Storch, etwas, das Leben brachte. Emmett suchte nicht intensiv genug nach diesem Vogel. Er blieb zu Hause und sah fern. Er versteckte sich. Er lebte in seiner kleinen Phantasiewelt, dachte sie. Aber Sam hatte sich vorgenommen, den Tatsachen ins Auge zu sehen. Sie war so nahe wie nur eben möglich an den Dschungel herangerückt, so nahe, wie man mit einem VW herankommen konnte.

Ein Eichelhäher schimpfte über ihr. Ein Fisch klatschte ins Wasser zurück. Sie beugte sich über das Geländer des Plankenweges und beobachtete die Jesusmücken. Hier war es still, aber allmählich füllte sich die Leere der Luft mit einem vielstimmigen Gewebe aus Lauten, Insekten und Vögeln, dazu das gelegentliche Schwirren von Flügeln und die lauten, tiefen Rufe großer Vögel.

Die Insekten vervielfachten sich, als wenn sie sich direkt in der Luft um sie herum fortpflanzten und vermehrten. Eine Mücke flog ihr ins Auge. Sie ging zum Auto zurück und zog sich Jeans und Stiefel an. Sie hatte kein Mückenspray mitgenommen. Mit der Kunststoffdecke und ihrem Gepäck und der Kühlbox folgte sie einem Pfad durch den Dschungel. Der Sumpf war durchsetzt mit krüppeligen Zypressen, kleine Wurzelhöcker ragten aus dem Boden, und einige kamen sogar auf dem Pfad hoch. Sie mußte vorsichtig gehen. Sie ging an der Spitze. Die Zypressenwurzeln waren wie Landminen. Quer über den Pfad wäre ein unsichtbarer Faden gespannt, mit dem die Mine gezündet wurde. Sie watete durch Elefantengras, und in der Ferne war ein Reis-Paddy.

Auf einer Lichtung legte sie ihre Sachen ab und ging dann zu dem Plankenweg zurück. Dort saß sie eine Zeitlang auf einem Kissen, das sie von zu Hause mitgebracht hatte, einem kleinen Stück Schaumgummi, das mit schmutzigem, grünem Velour bezogen war. Sie hielt nach Schlangen Ausschau. Sie mußten draußen im Wasser sein – ohne Zweifel Wassermokassins – und ihre dreieckigen Köpfe würden ein V im Wasser zurücklassen. Eine große Schildkröte hockte auf einem Baumstamm. Wahrscheinlich war es für Schlangen zu spät am Tag, dachte sie. Schlangen

brauchten die Sonne, damit sich ihr Blut erwärmte. Das wußte sie aus einem *National Geographic Special.*
Vor Einbruch der Dunkelheit schleppte sie ihre Sachen noch ein Stück weiter den Pfad entlang und bereitete sich da ihr Lager. Sie mußte nach einer ebenen Stelle suchen, die nicht von Zypressenwurzeln durchsetzt war. Sie fand eine große Eiche, an deren Fuß es eben war. Diese Stelle war früher einmal von Wasser bedeckt gewesen, aber jetzt war der Wasserspiegel gesunken, und der Boden war ausgetrocknet. Sogar die Moskitos schienen sie hier nicht so sehr zu belästigen. Um den Baum herum war der Boden mit Moos bedeckt, und er war umgeben von einem Vorhang aus Farn. Sie breitete die Kunststoffdecke aus und wartete auf die Dunkelheit, während sie Schweinefleisch und Bohnen und etwas Käse und Crackers aß und dazu eine Pepsi aus der Kühlbox trank. Im Dunkeln würden sie die Heckenschützen nicht finden können. Sie würde unsichtbar sein, und niemand würde sie finden. Niemand, dachte sie, außer einem Wesen mit einem scharfen Geruchssinn.
Hier war sie. In der Wildnis.
Die Gerüche kamen wieder. Die Flohbombe, die Bananenblätter, der ganz besondere Gook-Gestank.
Wenn sie ein Soldat wäre, würde sie durch den Sumpf waten, und Schlangen würden sich um ihre Beine winden.
Es gab moorige Stellen, wie Treibsand, die Leute im Sumpf verschluckten. Aber unter diesem Baum war sie auf festem Boden. In der Nähe eines Baumes konnte kein Sumpfloch sein.
Sie stellte sich Emmett als Silhouette gegen den vietnamesischen Himmel vor, er stand am Rand eines Reis-Paddys und beobachtete, wie ein Vogel davonflog. Im Hintergrund arbeiteten einige Bauern mit Bambushüten auf ihren Feldern. Emmett sah noch immer dem Vogel nach, der in die Ferne flog, und dann unterbrach das Tock-Tock-Tock

eines Helikopters, der sich langsam ins Bild schob, die Szene. Die Bauern sahen nicht auf, und Emmett starrte immer weiter, als hätte sich der Vogel in den Hubschrauber verwandelt und käme zurück, um ihn abzuholen. Dann explodierte in einer Ecke der Szene eine Bombe, die Schutt und Flammen himmelhoch aufwarf, aber die Bauern arbeiteten weiter, gebeugt über ihre Reisreihen.
Wuchs Reis in Reihen? Wuchs es in Büschen? Wie Sojabohnen? Nein, es wuchs wie Gras. Es war so, wie wenn Weizen im Wasser wüchse.
Sie kam sich so dumm vor. Sie konnte kein Schützenloch graben, selbst wenn sie müßte, weil ihr die Geräte dazu fehlten. Und konnte sie überhaupt mit den Geräten ein Schützenloch graben? Sie wußte es nicht. Emmetts lange Graberei hatte sie so sehr geärgert, daß sie das Ganze überhaupt nicht ernst genommen hatte. Aber es wäre vielleicht ganz praktisch zu wissen, wie man sich eingrub. Ihr fiel ein, daß sich in diesem Sumpf jedes Loch mit Wasser füllen würde.
In Vietnam hätten die Soldaten keinen sicheren Plankenweg gehabt. Sie hätten durch den Sumpf waten müssen, Blutegel hätten sich an ihre Haut gesetzt, und große giftige Urwaldschlangen hätten ihre Beine gestreift, und das Plätschern des Wassers hätte ihren Standort verraten. Sie mußten schleichen. Sie mußten sich dem natürlichen Geräusch des Wassers anpassen und den Atem anhalten, wenn sie eine Schlange sahen. Ein erschrockener Aufschrei konnte das Ende bedeuten. Sie konnten es sich nicht leisten, feige zu sein. Sie fragte sich, ob es Alligatoren in Nam gab. Vietnam hatte Monsunklima, hatte Emmett gesagt. Sam erinnerte sich an den Monsun aus dem Erdkundeunterricht.
Sie aß einen Granny Keks. Jeder Biß war ein lautes Knakken wie ein brechender Zweig. Die Ochsenfrösche hatten mit ihrem dumpfen Blöken begonnen, das sie an Emmetts

Blähungen erinnerte. Es war erstaunlich, wie lange man so in der Wildnis sitzen konnte, ohne viele Tiere zu sehen. Sie wissen, daß ich hier bin, dachte sie. Sogar die Eichhörnchen wissen, daß ich hier bin. Eichhörnchen sind immer auf der anderen Seite des Baums. Man geht um den Baum herum, und sie huschen auf die andere Seite. Deshalb braucht man auch einen abgerichteten Hund, um sie zu jagen, hatte Großvater Smith ihr erzählt. Ein kleiner Mischling ist am besten, sagte er.

Und dann geschah etwas. Es begann mit einem zirpenden Ton, und dann folgten schabende Geräusche. Sie konnte eine Bewegung durch Unkraut hindurch auf der Seite des Zugangs zum Plankenweg sehen, wo der Hang zum Sumpf hin abfiel. Sie sah ein Gesicht, ein Gesicht mit runden, glänzenden Augen. Es jagte ihr Angst ein. Es war ein V.C. Dann sah sie eine spitze Nase und Streifen um die Augen herum. Es war ein Waschbär. Sie blickte weiter in diese Richtung, und der Waschbär zeigte sich, und dann sah sie ein Waschbärbaby, und dann noch eins. Sie waren schon groß, fast ausgewachsen, aber ihr Fell war noch wuschelig. Sie kletterten den Hang hinunter und standen im Wasser und tranken. Die Mutter beschnupperte sie. Hinter ihr krabbelten zwei andere den Hang herunter.

Sam sah lange zu, wie die Babys piepsende Laute von sich gaben und die Mutter sie mit ihrer Nase stupste und versuchte, sie zusammenzutreiben, um den Hang wieder hinaufzuklettern. Sie führte zwei von ihnen hinauf und ging dann die beiden anderen holen, aber die ersten beiden folgten ihr wieder herunter. Sie brauchte ungefähr zehn Minuten, um sie zusammenzutreiben. Zweimal starrte sie Sam direkt an. Und als sie alle ihre Babys zusammenhatte, führte sie sie durchs Unterholz fort.

Nach einer Weile ergab sich aus den Nachtgeräuschen ein erkennbares Muster. Da waren Stimmen, Botschaften im Sirren der Insekten. »Wer ist dran?« sagten sie. Oder »Paß auf.« Sie hatte über eine Eidechse in Vietnam gelesen, die einen Laut von sich gab, der sich für die amerikanischen Soldaten wie »Fuck you! Fuck you!« anhörte. Sie erkannte den Ruf der Eulen. Wie der V.C. besorgten sie ihre Geschäfte nachts. Sam kauerte sich auf die Kunststoffdecke und stellte sich vor, was die Leute wohl dachten, wenn sie wüßten, daß sie hier war. Lonnie wäre total verärgert über sie. Seine Mutter würde denken, Sam habe den Verstand verloren. Großmutter würde allein bei dem Gedanken an die Schlangen einen Herzanfall bekommen. Sam machte es Spaß, sich ihre Reaktionen vorzustellen. Ihre Mutter würde diese Idee vielleicht nicht so lächerlich finden. Ihre Mutter hatte viel mutigere Sachen gemacht. Ein Frosch quakte. Sam dachte daran, daß Emmett früher mit Großvater an seinem Teich Frösche fangen gegangen war. Sie hörte das Rascheln von Gräsern und ein Zirpen und das Plätschern von Wasser.

Hier draußen war niemand, und also gab es nichts, wovor sie Angst haben mußte.

Erste Wache. Sie wollte nicht schlafen. Sie wollte Wache halten. Die GIs blieben in der unheimlichen Nacht wach, bis sie wie Katzen einschliefen, jederzeit bereit aufzuspringen. In dem Schlafsack war es heiß, aber wenn sie ihn aufmachte, würden die Moskitos sie stechen und dabei ihr dünnes Lied sirren. Wenn sie früher mit Lonnie und Emmett an den See gefahren war, hatte sie sich immer sicher gefühlt. Fühlten sich Soldaten sicherer, wenn sie zusammen waren? Natürlich konnte sie sich in ihren VW zurückziehen. VWs waren wasserdicht, also mußten sie auch insektendicht sein.

Plötzlich wurde ihr bewußt, daß dieses Naturgebiet in einer geschützten Ecke von Kentucky Vietnam überhaupt nicht ähnlich war. Der Nachthimmel in Vietnam war ein Feuerwerk, hatte Emmett einmal gesagt. Raketen, Leuchtpatronen an Fallschirmen, Leuchtspurgeschosse, Leuchtsalven, Signalfeuer, Suchscheinwerfer, Strahlenbündel. Sie versuchte sich an die Beschreibungen in Büchern zu erinnern. Es war wie Feuerwerk. Und der Ton war ein anderer als der von Insekten und Fröschen: Das Rauschen und Pochen von Hubschraubern, das Jaulen der Düsenjäger, der Donnerschlag von Artilleriegeschossen, die Mörsergranaten, Querschläger und Bomben und Explosionen. Der Rock-and-roll-Sound des Krieges.

Es wurde dunkler. Im Dunkeln würde sie diesen Vogel nicht finden. Sie erinnerte sich an ein Gedicht aus der Schule über den Mann, der einen toten Albatros um den Hals tragen mußte. Dem Mann in dem Gedicht tat es leid, daß er den Albatros erschossen hatte, und er ging herum und erzählte seine Geschichte auf einer Hochzeit, wie eine schwangere Frau, die ihren Zustand jedem aufdrängt. Dawn würde auch so sein. Sams Mutter war Anfang des Jahres so gewesen. »Man könnte meinen, sie wär die einzige auf der Welt, die je ein Baby bekommen hat«, hatte Großmutter gesagt. Aber Frauen würden sich nie so benehmen wie der Mann mit dem Vogel um den Hals. Frauen waren praktisch. Sie würden einen toten Vogel begraben, wenn er zu stinken anfing. Sie würden keine Zähne und Ohren als Souvenirs sammeln. Sie würden keine Kerben in ihre Macheten schneiden. Sam dachte immer noch an den Albatros und versuchte sich an das Gedicht zu erinnern. Dann überliefen sie Kälteschauer. Soldaten ermordeten Babys. Aber Frauen taten das auch. Sie rissen sich ihre eigenen ungeborenen Babys aus dem Leib und spülten sie weg, wenn sie noch zuckten und bluteten. Die Kälteschauer wollten nicht aufhören.

In der zunehmenden Dunkelheit kämpfte sie gegen Dracula-Vorstellungen an, die ihr in den Sinn kamen. Ihr wurde klar, daß der Ton in ihrem Hinterkopf aus *Apocalypse Now* war – die unheilvolle Klage der Doors: »This is the end ... The children are insane.«

Es war Jahre her, daß sie solange ohne Radio ausgekommen war.

Die Dämmerung flutete mit Nebeldunst über den Sumpf. Es war kühl. Das Gelärme der Vögel war wie ein Feueralarm. Alles schien aufgeschreckt vom neuen Tag. Sam lag bewegungslos auf ihrer Kunststoffdecke und sah langsam um sich. Auf ihrer Uhr war es viertel nach fünf. Die Soldaten wären schon vor dem ersten Licht des Tages auf gewesen, sie wären herumgekrochen und hätten zusammengepackt. Sie hatte überlebt.
Sie hatte viele große Stiche am Körper. Einer auf ihrem Bein war leuchtend rot und entzündet und sah aus wie Ausschlag. Sie pinkelte auf ein Geißblatt und etwas spritzte auf ein Efeu. Ein unauffällig aussehender, gepanzerter Käfer, der vorüberkrabbelte, bekam ein paar Tropfen ab.
So leise, wie sie nur konnte, holte sie sich etwas Pampelmusensaft aus der Kühlbox. Sie trank und aß einen Riegel Schokolade. Wenn sie ein Soldat wäre, würde sie heißen Kakao oder Kaffee aus ihrem Feldbecher trinken.
Sie räumte ihr Lager auf. Sie lernte, sich ruhig zu verhalten. Sie konnte ihren Schlafsack lautlos zusammenlegen. In Zeitlupe schloß sie den Deckel der Kühlbox. Sie hatte überlebt. Aber sie wußte nicht, was sie nun tun sollte. Sie wünschte, dieser Vogel zeigte sich. Wenn der Vogel käme, würde sie gehen.
Das Licht der Morgendämmerung war ein anderes als das der Abenddämmerung. Die Abenddämmerung zog sich in die Länge und durchlief verschiedene Stadien von Zwielicht, die Morgendämmerung aber war rasch und umfassend. Dahinter mußte irgendein wissenschaftliches Prinzip stecken, dachte sie.
Kurz darauf brach die Sonne über dem Sumpf durch. Sam sah tatsächlich einige glühende Strahlen, die den Pfad

trafen wie Strahlen auf religiösen Gemälden. Sam glaubte nicht an das, was auf diesen Bildern zu sehen war. Das Leben war hier und jetzt. Ihr Vater war tot, und niemanden kümmerte das. Dieser Verbrecher hatte sich im Sumpf aufgelöst.

Um halb acht hörte sie Geräusche. Leise Kratzer auf Kies – vielleicht ein Hund oder irgendein Reh. Sie saß hinter dem Baum, damit sie von der Lichtung aus nicht zu sehen war, und wartete ab, während die Geräusche lauter wurden. Sie fragte sich, ob das Emmett war, der sie suchte. Oder war es ein Jäger? Wenn ein Jäger eine Bewegung von ihr sah, würde sie möglicherweise erschossen werden. Jäger schossen auf alles, was sich bewegte. Sie schossen einander ständig an, weil sie einander für einen Truthahn oder einen Hirsch hielten.

Sie hörte ein komisches, neues Rascheln, etwas Schleichendes, so etwas wie ein Schlurfen. Es konnte kein Lustmörder sein, dachte sie. Lustmörder gingen nicht hinaus in die Wildnis, wo es mit ziemlicher Sicherheit keine Frauen gab, die sie vergewaltigen konnten. Sie waren berechnend. Sam war schutzlos. Sie sah sich nach Steinen und Stöcken um. Sie tastete in ihrem Gepäck nach einer Waffe. Sie hatte noch die Dose geräucherter Babyaustern mit einem Öffner. Sie arbeitete hastig daran, sie zu öffnen, um mit der scharfen Kante der Dose eine Waffe zu haben. Der Geruch der geräucherten Austern schlug ihr auf den Magen. Zu spät erkannte sie, daß der Geruch verraten würde, wo sie war. Sie versuchte, sich an das zu erinnern, was sie über Selbstverteidigung gehört hatte. Stich ihm die Augen mit einem Schlüssel aus und stoß ihm das Knie in die Eier. Sie konnte die offene Dose mit ihrer gefährlichen Kante nehmen und ihm die Austern ins Gesicht klatschen und ihm die Nase zerschneiden.

Die Vögel wurden leiser, und die Schritte waren auf dem Plankenweg. Sie hätte ihr Lager weiter draußen im Wald aufschlagen sollen. Was für eine Idiotie, dachte sie – sich dem Schrecken des Dschungels zu stellen und dann auf einen Lustmörder zu treffen. Das wär so wie die Szene in *Apocalypse Now!*, wo die Soldaten auf einen Tiger trafen, das letzte, was sie in einem Dschungel erwartet hätten, in dem es von Guerrillakämpfern wimmelte.

30

Die Schritte auf dem Plankenweg wurden lauter. Sam zog den Reißverschluß an ihrem Rucksack Zentimeter für Zentimeter zu. Sie beabsichtigte, den Pfad zu verlassen und sich durch den Dschungel zurück zum Auto zu schleichen. Aber das Auto zur Flucht zu haben, war irgendwie ein Betrug. Sie hätte ein Schützenloch haben sollen, mit abgebrochenen Zweigen bedeckt, zum Verstecken. Aber der V.C. würde sich im Dschungel auskennen, und er würde sehen, wo sie gewesen war. Er würde die Kühlbox sehen. Der V.C. Lustmörder-Terrorist war noch auf dem Plankenweg. Ein Vogel flog über sie hinweg, aber sie wagte nicht aufzusehen. Sein Schatten glitt über die Büsche.

Hier war sie nun in einem Sumpf, in dem ein alter Verbrecher gestorben war, und jemand pirschte sich an sie heran. In ihrem Kopf sangen die Kinks: »There's a little green man in my head«, ihr Lied über Paranoia. Aber das hier war wirklich. Eine seltsame Freude beschlich sie. Diesen Schrecken hatten die Soldaten jede Minute empfunden. Sie lebten ständig mit der Möglichkeit, daß Heckenschützen hinter ihnen her waren und sie sie nicht sahen. Sie schlichen sich vorwärts, das Gewehr immer vorgehalten, auf der Hut vor Tretminen, horchend, immer horchend. Sie lebten intensiv bis aufs äußerste, jeder Nerv angespannt, und ihr Schlaf, wenn er sie überfiel, war wie der einer Katze. Keine Alpträume im Dschungel. Nur stiller Schrekken. In der Nacht war sie in dem dunklen Sumpf wachgeblieben, beobachtend und wartend. Sie hatte schwache Lichtringe ausmachen können und flimmernde Glühwürmchen. Sie versetzte sich an Moon Pies Stelle. An Emmetts Stelle. Sie hatte davon geträumt, Tom wäre bei ihr im Schlafsack, so wie ihr Vater sich ihre Mutter vorzustellen versucht hatte. Aber Tom entschwand ihr. Sie war an der Stelle ihres Vaters, in einem Schützenloch im Dschungel zusammen mit einem Haufen Kameraden, die alle leise atmeten, die es wagten, in ihren stillen Löchern zu rauchen, die leise ihre Rationen aßen, ihre kalten Bohnen. Sie dachte daran, wie Emmett kalte Erbsensuppe aus der Dose gegessen hatte. Sie fühlte sich am meisten wie eine Katze, klein und zerbrechlich und wachsam gegenüber jeder Bewegung, mit zuckenden Barthaaren und Pupillen, die sich in der Dunkelheit weiteten. Es war eine neue Art zu sehen.

Jetzt fühlte sie keinen Adrenalinstoß, kein Zittern in den Knien. Sie wußte, daß es deshalb so war, weil sie letztlich doch nicht daran glaubte, daß dies hier Wirklichkeit war. Das konnte ihr gar nicht passieren. In wenigen Augenblikken würde alles gut und in Ordnung sein.

Ihr Atem ging leise. Noch nicht einmal ihre Augen bewegten sich. Sie konnte sehen, wie sich die Büsche regten, als der Lustmörder näher kam. Er hatte den Plankenweg verlassen und kam jetzt den Pfad herunter auf sie zu. Ihre einzige Hoffnung war, versteckt zu bleiben, und bereit, ihm mit der Austerndose die Augen zu zerschneiden. Die fettigen Austern tropften auf ihre Finger.

Ein Blatt bewegte sich, Farbe blitzte auf. Jemand pfiff eine Melodie, »Suicide is Painless«. Das hier war also doch ein Witz, denn es war bloß Emmett in einem alten grünen T-Shirt und grünen Kampfhosen. Er hatte nichts in den Händen. Seine Turnschuhe waren naß vom Tau, und sein Haar war ungekämmt. Sie stand auf und kam sich vor wie ein Stehaufmännchen. In Vietnam hätte sich diese Szene

niemals abgespielt. Da lauerte immer der Feind hinter einem Busch.
»Heh, Emmett«, sagte sie.
»Was tust du hier?«
»Woher hast du gewußt, daß ich hier bin?«
»Ich hab dein Auto da draußen gesehen.«
»Das weiß ich. Aber woher hast du gewußt, daß mein Auto hier ist?«
»Hab's vermutet.«
»Wie bist du hergekommen?«
»Zu Fuß.«
Noch immer zitterten ihre Knie nicht. Sie hatte keine Angst gehabt. Sie ging vor ihm den Pfad entlang, und er folgte ihr. Sie trug das Gepäck, und er hatte sich die Kühlbox genommen. Sie sagte: »Das war verrückt von dir, den ganzen Weg hierher zu Fuß zu machen.«
»Himmelhergottnochmal, Sam!« schrie Emmett plötzlich. »Ich wär vor Sorge beinah gestorben! Verrückt? Ich würd sagen, es war verrückt, hier draußen zu übernachten. Ich hab gedacht, du hättest irgendwas ganz Dummes gemacht. Mann, ich hab gedacht, du hättest den Kopf verloren.«
Sam war bei ihrem Auto angekommen und öffnete die Tür und legte ihre Sachen auf den Rücksitz. Die Fenster waren beschlagen. Im Auto schien es feucht und kühl zu sein. Also war es doch nicht wasserdicht. Emmett sah verstört aus, und er war unrasiert, und sein T-Shirt war schmutzig. Der Rauch seiner Zigarette schwebte über dem Sumpf und überdeckte die Gerüche des Dschungels.
»Du hast mir einen Schrecken eingejagt«, sagte er. »Ich hatte Angst, daß du was anstellen könntest. Du hättest vielleicht bedenken können, daß manche Leute sich deinetwegen Sorgen machen würden.«
»Ha! Ich würd reden, wenn ich du wär. Ich hab wenigstens 'ne Nachricht hinterlassen.«

»Ich hab mir Sorgen gemacht. Ich hatte Angst, dir könnte was zustoßen.«

»Du hättest nicht hinter mir herzukommen brauchen.« Emmett saß auf dem vorderen Kotflügel und bedeckte sein Gesicht mit den Händen. Er zitterte, und seine Zähne klapperten. Ein Vogel flog vorüber, und Emmett sah nicht auf. Es war ein Kentucky-Kardinal, eine leuchtende Überraschung, ein rotes Aufblitzen wie ein Zugsignal.

»Was hast du hier draußen gemacht?« fragte Emmett.

»In der Wildnis überlebt.«

»Was?«

»Ich wollte wissen, wie's nachts im Dschungel ist.« Sam wischte den Tau mit ihrem Stiefel von der Stoßstange.

»Das hier ist kein Dschungel. Das ist ein Sumpf, und er ist gefährlich. Ich dachte, du wolltest die Nacht über bei den Hughes bleiben.«

»Hatte keine Lust. Wo bist du gewesen?«

»Ich war bei Jim. Er ist aus Lexington zurück. Ich hab mir gedacht, es wär 'ne günstige Gelegenheit, die Flohbombe loszulassen, wo du weg warst. Aber als es dunkler wurde, bin ich zurück, um Moon Pie einzufangen, und ich bin reingegangen und hab deine Nachricht gefunden.«

»Hast du Moon Pie etwa in dem Haus mit den Dämpfen gelassen?«

»Nein. Ich hab ihn mit zu Jim genommen. Er hat's überhaupt nicht gemocht, in Jims Truck zu fahren.«

»Als ich diese blöde Flohbombe gefunden hab, hab ich gedacht, du wärst wieder ausgeflippt.«

»Ich mußte diese Flöhe irgendwie loswerden.«

»Die Flöhe stören noch nicht mal Moon Pie, und du weißt das auch.«

Er rauchte seine Zigarette zu Ende und trat sie auf dem Kies aus. Er sagte: »Ich hab gestern morgen, nachdem du weg warst, etwas Neues gehört.«

»Was?«

»Buddy Mangrum ist im Krankenhaus. Mit seiner Leber sieht's schlecht aus.«

Sam trat gegen das Auto. »Ich hasse Agent Orange! Ich hasse die Armee! Was ist mit seiner kleinen Tochter?«

»Sie ist zu Hause. Die Operation ist gutgegangen, aber ich weiß nicht, wie sie all die Rechnungen bezahlen wollen. Wenn er stirbt, bekommt seine Frau vielleicht ein bißchen Unterstützung, aber ich bin mir da nicht sicher.«

Emmett lehnte sich gegen die Motorhaube des VWs, seine ordentliche, beigefarbene Stirn. Er sagte: »Jim und ich sind kurz zum Krankenhaus rausgefahren, aber wir haben Buddy nicht gesehen. Wir haben 'ne ganze Zeit im Wartezimmer rumgesessen und uns über Geraldine Ferraro unterhalten.« Emmett lächelte. »Ich glaub, Jim hat Angst, daß Sue Ann auch Präsident werden will. Oder sowas.«

Emmett schien alt und abgehärmt. Er sagte: »Ich weiß, warum du hier draußen warst. Du glaubst, du könntest das durchmachen, was wir da drüben im Dschungel durchgemacht haben, aber das kannst du nicht. Der Ort hier ist unheimlich, und es kann einem was zustoßen, aber es ist nicht das Gleiche, wie wenn du von Heckenschützen und Granatfeuer und Geschossen und Leuten umgeben bist, die aus dem Busch heraus auf dich schießen. Was gibt's denn für dich, wovor du Angst haben müßtest? Du hast Angst davor, daß irgend jemand dich schief anguckt. Du hast Angst davor, deine Mama könnte dich dazu bringen, in Lexington zur Uni zu gehen. Ist ja toll!«

»Ich hab hier draußen im Sumpf geschlafen und vor nichts Angst gehabt«, sagte sie. »Manche Leute haben vor Schlangen Angst, ich aber nicht. Manche Leute haben sogar vor Flöhen Angst. Ich hab keine Angst gehabt, nicht vor Schlangen und auch nicht vor Käuzen oder vor sonstwas.«

»Herzlichen Glückwunsch.«

»Und als du kamst, hab ich gedacht, daß es vielleicht 'n

Jäger wär oder 'n Lustmörder. Aber ich hatte keine Angst. Ich war auf alles gefaßt.« Sie hatte die Dose mit den geräucherten Austern liegenlassen, aber ihre Hände rochen immer noch danach.

Emmett zündete sich wieder eine Zigarette an, und die Sonne stand jetzt etwas höher. Der Nebel löste sich in der Wärme auf. Auf Emmetts Pickeln war eine gelbe Salbe getrocknet wie eine Kruste. Galle war gelb. Vielleicht stieg Galle aus seiner Leber hoch. Seine Leber würde als nächstes dran sein.

»Ich wollte diesen Vogel sehen«, sagte sie. »Den Vogel, den du suchst.«

Er zuckte mit den Schultern, und sie redete weiter. »Ich hab einen Kardinal gesehen. Und ein paar Waschbären. Und einen Eichelhäher, der ein Eichhörnchen geärgert hat.«

»Schön für dich.«

Sie holte tief Atem und trat gegen den Kotflügel. Der Cawood-See langweilte sie. Wie hatte dieser Verbrecher es bloß fertiggebracht, da versteckt zu bleiben? Was hatte er gegessen? Wie hatte er sich die Zeit vertrieben? Sie sagte: »Woher wußtest du, daß ich hier bin?«

»Ich hab rumtelefoniert.«

»Niemand hat gewußt, daß ich hier bin.«

»Ich hab gedacht, daß du vielleicht nach Lexington gefahren wärst, aber ich hab Irene heute morgen angerufen, und sie hatte dich nicht gesehen.«

»Du hast ihr doch nicht gesagt, daß ich weg war, oder?«

»Nein. Ich hab einfach über was anderes geredet. Sie hätte es bestimmt erwähnt, wenn du dagewesen wärst. Zuletzt hab ich aus deiner Nachricht geschlossen, daß du hier sein müßtest. Erstmal hab ich mir überlegt, daß du irgendwo hingehen würdest, um zu fliehen. Und auch irgendwohin, wo's dramatisch ist, weil dir das ähnlich sieht. Außerdem hattest du meinen Poncho und meine Kunststoffdecke mitgenommen. Als ich das Tagebuch gelesen hatte, hab ich versucht, mir vorzustellen, was ich getan hätte, und hier wär ich hergegangen. Als ich klein war, hat Daddy mich mal verprügelt, weil ich die Kälber nicht zur rechten Zeit gefüttert hatte, da bin ich von zu Hause weggelaufen. Ich bin zum Bach runtergelaufen und dageblieben, bis es dunkel wurde, und während ich da war, hab ich irgendwie gedacht, ich würd mich rächen. Es ist kindisch, in die Wildnis wegzulaufen, um sich zu rächen. Es ist das, was alle machen.«

»Womit dann alles erklärt wär«, sagte Sam empört. »Das ist es, was du in Vietnam gemacht hast. Das erklärt, was das ganze Land da drüben gemacht hat. Die geringste Drohung, und Amerika muß sich seine Cowboystiefel anziehen und herumtrampeln und jemandem zeigen, was 'ne Harke ist.«

Emmett ging den Pfad zum Plankenweg hinunter, und Sam folgte ihm. Sie paßte auf, wohin sie trat, und sie vermied sorgsam gebrochene Planken. Er warf seine Zigarette ins Wasser.

Sie fragte: »Was hältst du von dem Tagebuch?«

»Ich hab so gut wie nicht geschlafen, nachdem ich es gelesen hatte.«

»Er konnte noch nicht mal ›Machete‹ richtig schreiben.«

»Bist du enttäuscht?«

Sie machte eine nervöse Bewegung. »So wie er über Gooks und Töten geschrieben hat – das hab ich gehaßt.« Sie machte eine Pause. »Ich hasse ihn. Er war schrecklich, so wie er über Gooks und Töten geschrieben hat.«

Emmett schüttelte sie an den Schultern, so heftig, daß ihre Zähne klapperten. »Versteh doch, kleines Mädchen. Er hätte ich sein können. Wir alle, es war das Gleiche.«

»Er hat's gern getan, wie Pete. Er ist rübergegangen, um ein paar Kerben in seine Machete zu bekommen.«

»Ja, und wenn er nicht getötet worden wär, dann hätte er damit leben müssen.«

»Das wär ihm ganz egal gewesen. Er ist genau wie Pete.«
»Es ist für uns alle das Gleiche! Tom und Pete und Jim und Buddy und wir alle. Man kann nicht das tun, was wir getan haben, und dann glücklich darüber sein. Und niemand läßt einen das vergessen. Gottverdammt nochmal, Sam!« Er schlug so hart gegen das Geländer des Plankenwegs, daß es fast zerbrach. Er wär in den trüben Sumpf gefallen. Emmett zitterte wieder und war dicht davor zu schluchzen.
»Oh, Emmett!« rief Sam aus. Sie stand da mit ausgebreiteten Armen wie die Zypresse über ihr, aber sie war erstarrt, unfähig, ihn zu erreichen. Sie wartete. Sie dachte, er würde mit ein paar unterdrückten Erinnerungen rauskommen, die so dramatisch waren wie der Vorfall, der Hawkeye in der letzten Folge von M.A.S.H hatte zusammenbrechen lassen. Aber nichts kam.
»Hast du vor zu reden, Emmett? Kannst du darüber sprechen? Mach's so wie Hawkeye, als er von dem Baby im Bus erzählte. Seine Erinnerungen haben ihn getäuscht. Aber er hat sich besser gefühlt, als er ganz tief unten in sich die richtigen Erinnerungen fand.« Sam schrie ihn praktisch an. Sie war außer sich.
Emmett sagte: »Es gibt keine Möglichkeit, darüber zu reden. Es hat keinen Zweck. Man kann nicht alles erzählen. Dwayne hat es auch nicht im Entferntesten geschafft.«
»Erzähl einfach eine Sache.«
»Okay. Eine Sache.«
»Eine Sache zur Zeit ist okay.«
Emmett zündete sich eine Zigarette an und begann langsam, aber dann sprach er schneller und schneller, als wolle er schließlich doch alles rausbringen. Er sagte: »Ich war da mal auf Patrouille, und wir hatten nicht genug Jungs, und wir waren zu dicht zusammen, und diese Tretmine hat uns erwischt und in die Luft gejagt. Wir waren zu dicht zusammen. Wir hatten schon einen ganzen Haufen verlo-

ren, und wir sind wahnsinnig geworden, und wir haben uns aneinander gedrängt, was man nie machen sollte, und wir rannten zu einer Landezone, um da auf den Chopper zu warten, und erst sind wir auf diese Mine getreten, und dann ist diese Granate aus dem Nichts gekommen, und ich hab mich tot gestellt, und ich hab unter einem dicken Kerl gelegen, der mich beinah erdrückt hätte. Die NVA haben da rumgestochert und geglaubt, wir wären alle tot, und sie sind verschwunden, und ich hab da ungefähr neun Stunden lang gelegen und den Chopper kommen und gehen gehört, aber er war zu weit weg und hat mich nicht gesehen. Ich hatte zuviel Angst, ein Signal zu schießen, weil der Feind um mich rum war. Ich hab sie hören können. Sie haben auf den Hubschrauber geschossen. Wie findst du das? Dann bin ich stundenlang, bis zum nächsten Tag, allein gewesen, und nichts als Tote um mich rum. Der Geruch von warmem Blut in der Dschungelhitze, wie Suppe kurz vorm Kochen. Oh, das war entsetzlich! Sie haben den Funker erwischt, und das Funkgerät war kaputt. Ich hab's nicht benutzen können. Ich war wie versteinert, und lange hab ich gedacht, ich könnte sie noch hören.«

»Das kommt mir bekannt vor. Sowas hab ich mal in einem Film im Fernsehen gesehen.« Sam zitterte vor Angst.

»Ich weiß, welchen du meinst – den Film, in dem sie das Lager überrannt haben und wo einer versucht hat, sich im Tunnel zu verstecken. Das hier ist ganz anders gewesen. Es ist wirklich passiert«, sagte er und zog an seiner Zigarette.

»Der Geruch – der Geruch des Todes – war die ganze Zeit überall. Selbst wenn man aß, war's so, als wenn man den Tod gegessen hätte.«

»Das Gleiche hat jemand in dem Dokumentarfilm gesagt, den wir gesehen haben«, sagte Sam.

»Ja, und es ist die Wahrheit! Ich bin nicht der einzige, der das bemerkt hat. Dwayne hat es gerochen.«

»Wahrscheinlich hat's ihm gefallen.«

»Oh, Scheiße, Sam! Wir sind da draußen gewesen und haben versucht zu überleben. Es war ein gutes Gefühl, wenn man's ihnen heimzahlen konnte. Du bist hierhergekommen wie ein kleines Kind, das von zu Hause aus Trotz weggelaufen ist. Und war's kein gutes Gefühl? Deshalb hattest du auch keine Angst. Weil's 'n gutes Gefühl war, mich halb zu Tode zu ängstigen.«

Sam sagte: »Du bist mal von zu Hause weggelaufen, als du klein warst, und du findest es kindisch, hier herauszulaufen, aber findest du nicht, daß du dasselbe tust? Findest du nicht, daß das, was du tust, kindisch ist, so wie du dich versteckst und dir keinen Job suchen willst und keine Freundin? Anita ist eine wirklich hübsche Frau, und es macht mich richtig krank, daß du nicht mit ihr gehen willst.«

Emmett ließ den Kopf sinken und schluchzte. Er weinte. Sam hatte ihn so noch nie weinen gesehen. Das Schluchzen wurde lauter. Er versuchte zu sprechen und konnte es nicht. Er konnte noch nicht mal seine Zigarette rauchen.

»Sag nichts«, sagte sie.

Er weinte noch immer und hielt seinen Kopf gesenkt – lange, heisere Schluchzer und hilfloses tiefes Atmen. Sam ließ ihn weinen. Sie hörte, wie er »Anita« sagte. Sie hatte Angst. Jetzt, endlich. Sie ging in den Wald, um zu pinkeln, und als sie zurückkam, weinte er noch immer. Er hörte sich genauso wie eine Schleiereule an. Sie legte ihm die Hand auf die Schulter, und er schob sie weg und weinte weiter – lauter jetzt, als ob er nun, wo sie draußen im Wald waren und es heller Tag war und niemand da, seinen Tränen freien Lauf lassen konnte.

Sein Weinen wurde lauter, so laut wie die Wehklage eines Pfaus. Sie sah ihm eingeschüchtert zu. In seinem Tagebuch schien ihr Vater zu wimmern, aber Emmetts Schmerz war groß und tief, als wäre er in all den Jahren zu etwas Monströsem und Phantastischem herangewachsen. Seine

Zigarette war heruntergebrannt, und er warf sie über das Geländer.
Sie gingen zum Auto zurück. Sam setzte sich hinein, und Emmett, der immer noch weinte, auf die Motorhaube. Sam spürte im Auto, wie die Schluchzer seinen schweren Körper erschütterten. Sie griff in ihren Rucksack und zog einen Riegel Granola heraus. Sie widerstand der Versuchung, das Radio anzustellen. Ein altes Lied, »Stranded in the Jungle«, ging ihr durch den Kopf. Ein plötzliches Aufblitzen der Vergangenheit. Ein Oldie. Es wäre ironisch, wenn das Auto nicht anspränge. Aber der Cawood-See fing an, ihr wie ein Zuhause vorzukommen. Sie und Emmett könnten hier draußen bleiben. Emmetts Begabung, Sachen heilzumachen, käme ihnen hier zustatten. Er könnte ihnen eine Hütte zusammenbauen. Er könnte für sie ein Schützenloch graben. Es machte sie immer noch ärgerlich, daß sie kein Schützenloch graben konnte. Diese Frau, die Mondale nominiert hat, würde wahrscheinlich eines graben können.
Sie hatte die Autotür offen gelassen. Emmett hing in der Tür und beugte sich herunter, um mit ihr durch das offene Fenster zu reden. Er sagte: »Du bist weggelaufen. Als du weg warst, hab ich gedacht, du wärst tot.«
»Nein. Ich war nicht tot. Wie bist du darauf gekommen?«
»Ich hab gedacht, du hättest mich verlassen. Ich hab gedacht, du wärst weggegangen, um zu sterben. Ich hatte Angst, du würdest dich umbringen.«
»Wieso sollte ich?«
»Heuzutage machen das so viele junge Leute. Vor kurzem in den Nachrichten, diese Jugendlichen drüben in Carlisle County, die den Selbstmordpakt geschlossen haben – das hat mich schwer getroffen.«
»Ich würd sowas nicht tun«, sagte Sam.
»Aber woher sollte ich das wissen? Du warst weg, und ich hab nicht gewußt, was dir zugestoßen sein könnte. Ich hab

gedacht, du könntest verletzt sein. Es war, als wär ich allein zurückgeblieben, und alle meine Kumpel wären tot. Ich mußte dich finden.«

»Danke.« Sie knüllte das Granolapapier zusammen und preßte es in der Hand. Sie sagte: »Du hast das schon früher gemacht. Emmett. Als du nach Vietnam gegangen bist, bist du wegen Mama gegangen – und meinetwegen.«

Er nickte gedankenvoll. Er sagte: »Das war nicht das, was du wolltest. Es war nicht das, was Irene wollte. Dann hatte sie mich am Hals, weil ich das für sie getan hatte. Ist das Leben nicht blöd? Zur Hölle damit!«

»Steig ein, Emmett«, sagte sie und beugte sich hinüber, um die Tür auf der Beifahrerseite zu öffnen.

»Nein. Ich bin noch nicht fertig.« Sein Gesicht war vor Schmerz verzogen, und seine Pickel glänzten von den Tränen. Er sagte: »Mit mir ist etwas nicht in Ordnung. Ich bin angeknackst. Es ist so, als hätte ich etwas aus der Mitte meines Herzens verloren und könnte es nicht wiederfinden. Kennst du das, wenn man einen Baum fällt und er im Kern krank ist?«

»Ich hab noch nie einen Baum gefällt.«

»Also, stell's dir vor.«

»Ja. Aber was du sagen willst, ist, daß du dich um niemanden sorgst. Aber du hast dich um mich genug gesorgt, um hier rauszukommen, und du hast dich um Mama genug gesorgt, um rüberzugehen.«

»Aber verstehst du denn nicht – laß es mich erklären. Weißt du, was ich *tu*? Ich bin damit beschäftigt, mich zusammenzuhalten, jeden Tag wieder. Für mehr ist kein Platz. Dazu brauch ich meine ganze Energie.«

»Emmett, willst du nicht heiraten und eine Familie haben, wie jeder andere auch? Willst du nicht was mit deinem Leben anfangen?«

Er schluchzte wieder. »Ich *will* Vater sein, aber ich kann's nicht. Mit dir bin ich dem noch am nächsten gekommen.

Und ich hab versagt. Ich hätte dich nicht so verwildern lassen dürfen. Ich hätte mich um dich kümmern sollen.«

»Du hast dich gekümmert«, sagte sie. »Als du hier rausgekommen bist, hast du was für mich empfunden.« Sie fühlte sich schwach. Jetzt wurden ihr die Knie weich. Sie stieg aus dem Auto und schloß die Tür.

»Ich hatte Angst«, sagte er. »Komm her, ich will dir was zeigen.« Er führte sie zum Plankenweg, und sie sahen über den Sumpf. Er zeigte auf eine Schlange, die sich auf einem Baumstamm sonnte. »Das Biest da drüben ist 'ne Mokassin, das Giftigste, was es hier gibt.«

»Ich wünschte, dieser Vogel würd kommen«, sagte Sam.

»Weißt du den Grund, warum ich den Vogel sehen möchte?«

»Nicht wirklich.«

»Wenn du an so was wie Vögel denken kannst, dann kannst du dich selbst vergessen, und es tut nicht mehr so weh. Darum geht's. Zu mehr ist die Menschheit nicht fähig. Denk mal drüber nach. Denk mal scharf nach, Sam. Laß dir das mal durch deinen Denkerkopf gehen. Aber ich komme ja kaum je an den Punkt, wo ich ein Selbst bin, das ich vergessen kann.«

Sam riß ein paar Pilze von einem Baumstumpf ab und schnupperte daran. Es roch tot. Emmett sagte: »Ich bin hier rausgekommen, um dich zu retten, aber vielleicht kann ich's nicht. Vielleicht mußt du's selbst rauskriegen. Verdammt. Man kann aus der Vergangenheit nicht lernen. Die Hauptsache, die man aus der Geschichte lernen kann, ist, daß man nichts aus ihr lernen kann. Daraus besteht Geschichte.«

Emmett streckte die Hand über das schwarze Wasser neben dem Plankenweg aus. »Siehst du diese kleinen Elritzen? Guck dir an, wie sie oben auf dem Kopf Augen sitzen haben. Damit gucken sie aus'm Wasser. Sie sind gut für'n Teich. Der Wels frißt sie. Siehst du den toten Baum da? Da oben hat ein Specht sein Loch gemacht. Aber eine Brautente wird ihr Nest drin bauen.«

»Woher weißt du das alles?«

»Ich hab sie beobachtet. Es gibt Dinge, die man rauskriegen kann, aber die meisten nicht.« Er winkte mit der Hand über den dunklen Sumpf. »Da drin sind ein paar Dinge, die du niemals rauskriegst.«

Er drehte sich um und ging vor ihr her, er ging schnell den Pfad hinunter, der vom Plankenweg wegführte. Sie folgte ihm. Er schlug einen Pfad ein, der in den Wald hineinführte, und ging schneller. Efeu schien seine Schuhe festhalten zu wollen. Von hinten sah er wie eine alte Bäuerin aus, die ein Baby an sich drückte. Sam sah, wie er in dem Wald verschwand. Er schien über dem Efeu fortzuschweben wie eine Seeschwalbe über der Wasseroberfläche, wunderschön in ihrem Flug.

Teil Drei

I

Sam hätte erwartet, daß Emmett derjenige wär, der ausflippte – oder daß der Schmerz in seinem Kopf ihn zum Wahnsinn triebe – aber zu ihrer Überraschung war sie es, die fast verrückt wurde, nachdem Emmett sie am Cawood-See gefunden hatte. Auf dem Weg nach Washington ist sie noch betäubt, und sie wartet darauf, daß ihr Kopf klar wird. Sie fragt sich, was als nächstes auf sie zukommen wird. Emmett ist ruhig und gedämpft, er wird wieder milder, er zieht sich auf sich selbst zurück, wie ein Ballon, der die Luft verliert und in sich zusammenfällt. Seit damals am See sind sie beide verlegen, und sie und Emmett scheinen sich in getrennten Sphären zu bewegen, als warteten sie darauf, wieder in eine gemeinsame Umlaufbahn zu kommen.

Auf dem Nachhauseweg vom Cawood-See hatten sie an jenem Morgen bei Jim angehalten und Moon Pie abgeholt, der sich in Sams Armen wand, während Emmett fuhr. Im Haus roch es nur noch schwach nach der Flohbombe. Emmetts Tagesablauf war durcheinandergeraten. Fürs Frühstück bei McDonald's war es schon zu spät. Um drei Uhr machte er Sandwiches mit Dosenfleisch und Mixed Pickles, aber Sam konnte nicht essen. Das Thermometer an der Veranda zeigte 38 Grad, aber sie trug noch immer ihre Stiefel und Jeans, und die Klimaanlage war überfordert. Emmett fragte sie ständig, was sie tun wollte, und er zog sie damit auf, daß ihr heiß sein müsse, aber sie kam sich vor wie ein Zombie. Emmett wollte wissen, ob sie

Tacos wolle oder ob sie einen Arzt brauche, und er war in nervöser Besorgtheit ständig um sie herum. Sie wußte, daß sie sich in einer Hinsicht genauso benahm, wie Emmett sich so oft aufgeführt hatte, einfach erschöpft und betäubt. Sie wußte, daß sie seine Geduld strapazierte, und irgendwie verschaffte ihr das Genugtuung. Sie hatten die Rollen getauscht, dachte sie. Sie hatte ein Post-Vietnam-Schock-Syndrom.

Das ganze Wochenende über saß sie herum und starrte auf das Programm von MTV. *99 Luftballons* tanzten ihr ständig im Kopf herum – all diese H-Bomben, die losgingen. *Legs* von ZZ Top. *Panama* von Van Halen. *Flesh for Fantasy* von Billy Idol. So viele Videos waren Katastrophen, wo alles auseinanderflog, den Platz wechselte, sich im Bruchteil einer Sekunde veränderte. Die Zufallsbilder auf dem Schirm wirbelten herum, von niemandem kontrollierbar; alles fiel, wie ihr brüchiges Haus, aber Bruce tanzte noch immer in all der Dunkelheit, und das Herz des Rock 'n' Roll schlug noch immer – in dem Lied von Huey Lewis und den News. Joan Jett schrie in ihrem glänzenden schwarzen Leder zusammen mit ihrer Band, den Blackhearts. Lonnie hatte immer gedacht, sie hießen Blackheads. Lonnie hatte nicht angerufen. Dawn hatte gesagt, sie habe gehört, daß er bei der Sunoco-Tankstelle an der Hauptstraße arbeite.

Dann verkündete Emmett einen Plan. Sie würden das Vietnam Memorial in Washington besichtigen. Er war so entschieden, als wäre er ein Manager, der eine große Entscheidung trifft, die für seine Gesellschaft Millionen von Dollars bedeutet. Und er bestand darauf, Mamaw mitzunehmen. Er sagte, ihr würde es sogar noch mehr bedeuten als ihnen. Emmett war sich in allem so sicher, daß Sam sich machtlos fühlte. Sie hatte ihn sich noch nie derartig in Aktivitäten stürzen sehen. Er überprüfte Sams Auto von oben bis unten, und er fuhr zu den Hughes raus und überredete Mamaw, die Fahrt mitzumachen. Er ging sogar zum Burger Boy und vereinbarte, daß er selbst Sams Job übernahm, damit er dem Vet-Büro das Geld zurückzahlen konnte. »Du brauchst den Job nicht«, sagte er überzeugt. »Du gehst nach Lexington.« Es war, als habe er den Vogel gefunden, den er immer sehen wollte. Großmutter Smith sagte am Telefon: »Ja, ich bin froh, daß Emmett zu Verstand gekommen ist. Vielleicht ist das endlich 'ne Saat, aus der was wird.«

Emmett fuhr ins Krankenhaus und besuchte Buddy Mangrum. Er erzählte Sam, er habe Tom im Warteraum getroffen, und Tom habe sich nach dem VW erkundigt. Zuhause streichelte Sam Moon Pie, und die Luftballons stiegen in den Himmel. Boy George stolzierte herum, als ob es auf der Welt nichts Wichtigeres gäbe als Make-up und Rocklängen. Der irre Al Yankovic verlor bei *Jeopardy*. Die Cars machten in *You Might Think* ein Mädchen verrückt. Sam fühlte sich so unwirklich. Sie wußte, daß das, was Emmett tat, gut war, aber sie konnte es noch nicht empfinden. Sie besaß noch nicht mal die Energie, laufen zu gehen. Sie konnte sich nicht daran erinnern, warum sie eine so entschlossene Läuferin gewesen war. Erst, als sie die Reise antraten, hatte sie wieder mit dem Laufen begonnen. Es lag daran, daß sie an anderen Orten waren, und sie sich daran erinnerte, daß sie die Welt sehen wollte.

Das schöne Amerika. Es ist wirklich schön, denkt Sam jetzt, wo sie unterwegs ist. Die Vereinigten Staaten sind so friedlich und gut organisiert. Die Farmen sind hübsch, die Bundesstraßen angenehm. Sogar die Tagebauminen liegen versteckt hinter einer Hügelkette am Parkway. Es ist ein gutes Land. Aber noch immer sieht sie es ab und zu blitzartig durch die Augen eines gerade zurückgekehrten Vietnamsoldaten. An dem Tag, als sie vom Cawood-See zurückkamen, hatte sie es so gesehen, als sie in die Stadt hineinfuhren, vorbei an der Gips- und Zementfabrik, und den modernen Tankstellen und dem Sägewerk und den Schlachthöfen. Sie paßte nicht in die Landschaft. Nichts darin hatte etwas mit ihr zu tun. Sie fuhren am Burger Boy und an McDonald's vorbei. Sie würde es nicht fertigbringen, wieder im Burger Boy zu arbeiten. So mußten sich die Soldaten gefühlt haben – als gehörten sie nirgendwo hin. Als sie und Emmett und Mamaw am ersten Abend in Lexington hielten, war Sams Mutter erstaunt, daß sie diese Fahrt machten, und Lorenzo Jones hatte drauflos geplappert, als handelte es sich um einen Ferienausflug. »Habt ihr schon daran gedacht, auf dem Rückweg durch das alte Williamsburg zu fahren«, fragte er. »Das lohnt sich wirklich. Aber man kann nicht alles an einem Tag sehen.« Er riet ihnen, die landschaftlich schöne Skyline Drive nach Washington zu nehmen, weil das der schönste Weg durch Virginia sei, auch wenn es ein Umweg war. Sam sprach kaum mit ihm. Er kam ihr vor wie jemand vom Mond.

»Sie sollten dieses Jahr nach New Orleans fahren«, sagte er zu Mamaw. »Die Weltausstellung ist da und der Superdome und das Französische Viertel und die Bourbon Street. Es ist die Heimat des Dixieland.«

Mamaw lachte laut: »In meinem ganzen Leben bin ich noch nie so weit weg von zu Hause gewesen«, sagte sie. »Es ist zu spät, das jetzt alles in meinem Alter nachzuholen.«

»Wieso, Sie sind doch nicht alt, Mrs. Hughes«, sagte er.

»Ich bin achtundfünfzig«, sagte sie. »Und dazu kommen noch etwa zwanzig Jahre Sorgen.«

»Na ja, ich will mal so sagen: Sie sehen nicht alt aus, und Sie benehmen sich nicht alt. Man ist so alt, wie man sich fühlt. Hab ich nicht recht, Emmett?«

Emmett sagte: »Ich hab mich schon vor fünfzehn Jahren so alt gefühlt, wie ich je werden kann.«

Lorenzo gingen die Haare aus, und seine Hosen hingen schlapp herunter. Er führte seine Jim-Beam-Flaschen vor und beschrieb das Motorboot, das er kaufen wollte. Irene schwärmte von Geraldine Ferraro. »Heutzutage können Frauen alles tun, Sam«, sagte sie. »Wenn sie zur Uni gehen.« Sie zeigte Sam das Zimmer, wo sie wohnen konnte, wenn sie nach Lexington zog und zur Universität von Kentucky ging. Es war rosa und hatte eine weiße Tagesdecke auf dem Bett. Das Haus war hübsch, ein Ranch-Haus aus Ziegelstein mit acht Zimmern, und es hatte langhaarige Wollteppiche und einen Mikrowellenherd. Irene machte das Essen in ungefähr zwei Minuten. Sam fütterte das Baby und spielte mit ihm Backe-Backe-Kuchen. Das Baby hatte schon etwas mehr Eigenes entwickelt, seit Sam es das letzte Mal gesehen hatte. Sie lächelte und zeigte ihren Zahn. Als sie in die Hände klatschte, führte sich Lorenzo Jones auf, als hätte sie eine quadratische Gleichung gelöst. Er schrieb alles in einem Babybuch auf. Es berührte Sam merkwürdig, einen erwachsenen Mann mit einem Baby spielen zu sehen. Später wickelte er das Baby und brachte es zum Kichern.

Nach dem Essen, als die anderen fernsahen, erzählte Sam ihrer Mutter von den Briefen und dem Tagebuch. Sie hatte das Tagebuch mitgebracht, um es ihr zu zeigen.

»Ich les es, wenn ihr weg seid«, sagte Irene. »Ich wär jetzt zu nervös, um es gleich zu lesen.«

»Mamaw glaubte, es wär nur über Truppenverlegungen, aber da ist mehr drin. Das wirst du sehen. Seine Handschrift ist schwer zu lesen, aber ich kann's dir vorlesen.«

»Ich wart lieber. Ich brauch ein bißchen Ruhe und will allein sein, wenn ich's les. Ich bin etwas mit den Nerven runter. Ich bin nachts lange aufgeblieben, um zu arbeiten.«

»Hast du das hier schon mal gelesen?« fragte Sam.

»Nein. Es muß unter den Sachen gewesen sein, die von der Armee hergeschickt wurden. Ich erinner mich, daß es ganz lange dauerte, bevor ich überhaupt irgendwas ansehen konnte, was ihm gehörte. Ich glaub, ich hab ihr gesagt, daß ich's nicht sehen wollte. Ich wollte nicht an ihn erinnert werden.«

»Ich glaub nicht, daß sie's überhaupt gelesen hat. Wenn sie's getan hätte, wüßte ich nicht, wie sie damit leben könnte.« Sams Ton war bitter, und ihre Mutter sah sie mit erschrockenen Augen an.

»Was ist mit dir los, Sam? Du benimmst dich komisch, seit du hier angekommen bist. Freust du dich nicht über dein Auto?«

»Doch.«

»Ich mach mir Sorgen darüber, daß ihr einfach so losfahrt. Paß auf jeden Fall auf die Lastwagen auf. Die könnten einen Käfer einfach plattquetschen.«

»Ich paß schon auf.«

Irene sagte: »Ich hab 'n Bild von Bob gefunden, das ich dir zeigen wollte.«

Der Hippie. Irene liebte ihn mehr, als sie Dwayne geliebt hatte.

Das Bild war in einem Drogerieumschlag voller Schwarz-Weiß-Bilder mit gewellten Rändern. Sie zeigten Szenen mit vielen Leuten aus der Entfernung. Die Leute waren sehr klein, schwer zu erkennen.

»Das war der Typ, den sie Captain Marvel nannten«, sagte Irene. »Du kannst dich unmöglich an diese Leute erinnern. Du warst erst drei, als sie bei uns wohnten.«

»Ich erinner mich an die Mondparty.«

»Ich weiß nicht mehr, welche Mondlandung das war, aber ich erinner mich daran, wie wir vor dem Haus standen und zum Mond raufguckten und wußten, daß Menschen da drauf waren. Es war seltsam.«

Sam sah sich das Bild von Bob genau an. Ein Typ mit dunklem, buschigem Haar und einem Stirnband aus buntem Stoff. Er hatte ein spitzes Kinn und eine Lücke zwischen den Zähnen. »Wie kam das, daß sie alle weggegangen sind?« fragte sie.

»Die Leute in der Stadt haben reichlich Druck gemacht, damit sie weggingen. Sie haben sie einfach nicht akzeptiert. Emmett war wild. Er war damals so launisch, und er hatte noch nicht den ruhigen Tagesablauf, den er sich jetzt angewöhnt hat.«

»Warum sind wir nach Lexington gegangen?«

»Na ja, ich wurde so langsam verrückt in Hopewell. Ich hatte Angst, ich würd für Emmett auf immer verantwortlich sein, also versuchte ich da rauszukommen, solange es noch ging.«

»Wie war Bob?«

»Was ich an ihm mochte, war sein Humor. Er hatte immer was Witziges auf Lager. Ich kann mich nicht an die Sachen erinnern, die er sagte, aber es waren Wortspiele. Er nannte Hopewell ›Dopewell‹. Er hatte viel gelesen und war auch schon mal verheiratet gewesen, aber seine Frau hatte ihn verlassen und irgendwo in Kalifornien angefangen, Wahrsagerin zu sein – damals lief *alles* in Kalifornien, und ich wollte auch unbedingt da hin. Emmett sagte, die Sechziger würden nie nach Hopewell kommen. Ich glaub, er ist damals mit der Absicht zurückgekommen, die Sechziger mit sich zu bringen. Aber es funktionierte nicht. Nicht in Hopewell. Dopewell.« Irene seufzte. »Ich bin immer noch nicht in Kalifornien gewesen.«

Irene zeigte Sam noch ein anderes Bild von Bob, wie er hinten im Garten unter dem Ahorn stand. Der Baum war jetzt viel größer.

»Ich war verrückt nach ihm«, sagte sie traurig. »Er hatte in England gelebt, und ich wollte immer nach England. Seine Familie hatte auch Geld.« Sie spielte an dem abgenutzten Rand des Fotos herum. »Ich saß fest. Ich mußte mich um die Dinge bei uns zu Hause kümmern. Kurz danach flippte Emmett eine Zeitlang aus, und dann erinnerst du dich wahrscheinlich an die Zeit, als er kein Gefühl mehr in den Beinen hatte. Die Ärzte sagten, er identifizierte

sich mit den Querschnittsgelähmten, aber er kannte zu der Zeit gar keinen, der das hatte.«
»Ich weiß noch, daß du immer wolltest, daß ich still war, wenn er schlief.« Sam erinnerte sich daran, wie Emmett mitten in der Nacht aufgeschrien hatte.
»Der Krieg hat ihm einfach allen Ehrgeiz ausgetrieben. Es ist so, als wär er 'n Hippie geblieben. Ein Fall von Entwicklungsstörung. Das ist ein Begriff, den ich in meinem Psychologiekurs gelernt hab!« Irene ging die Bilder durch. »Hier sind ein paar Bilder von dem ganzen Haufen. Die sind draußen in Kalifornien aufgenommen – Emmett und ein paar Leute, mit denen er da zusammen war. Guck mal hier.«
Auf dem Foto hingen etwa zwanzig Leute in einem großen Baum, der gute Kletteräste hatte, die in alle Himmelsrichtungen ragten. Die Leute hatten alle lange Haare, und es war schwer, die Männer von den Frauen zu unterscheiden, außer bei denen, die Bärte hatten. Sie trugen Bellbottoms und weite Hemden. Da gab es Westen und Bärte und Hüte – Strohhüte und Cowboyhüte. Am linken Rand des Bildes nahe am Ende eines gewaltigen Astes hing Emmett wie ein Affe. Die Haare reichten ihm bis auf die Schultern.
»Emmett nannte sie Freaks«, sagte Irene. »Das ist Susie. Jim. Bob. Estelle und D. R. Das schöne Mädchen da ist Joan. Joan hatte irgendeine schreckliche Krankheit und ging zu ihren Eltern nach Ohio zurück. Sie zitterte immer am ganzen Körper.«
»Die sehen so aus, als hätten sie viel Spaß gehabt«, sagte Sam neidisch. »Ich glaub, in den Sechzigern hatten die Leute viel mehr Spaß als jetzt. Ich bin zu spät geboren.« Sie wollte unbedingt die Beatlesplatte für ihre Mutter besorgen. »Was ist aus Bob geworden?« fragte sie.
Irene lachte. »Das ist zum Totlachen. Ich bin nach Hopewell zurückgegangen, weil ich mich nie darauf verlassen konnte, daß er uns versorgte? In Lexington hatten wir eine

kleine Wohnung, in der seine Mutter gestorben war, hinten im Anbau von einem Haus, das jemand anders gehörte, und sie war ganz dreckig. Es war nicht mal saubergemacht worden, nachdem sie gestorben war. Na also, fünf Jahre später hör ich, daß Bob einen guten Job in der Büroausstattungsfirma seines Vaters drüben in Kalifornien hatte. Wahrscheinlich ist er jetzt reich. Und er hat geheiratet und kriegte das Kind, von dem ich dir erzählt hab. Nuclear Ragtime! Ist das zu glauben?«

»Ich bin froh, daß du mich nicht sowas Blödes genannt hast.« Zumindest dafür konnte Sam ihrem Vater dankbar sein.

»Ich glaub, er hat den Ragtime-Teil noch drangehängt, um der Sache einen Kick zu geben, damit die Leute nicht dachten, der Name bedeutete Atombombe.«

»Wie Olivia Neutron-Bomb?«

»Jaha!«

»Du meinst, wenn Emmett nicht gewesen wär, wär ich vielleicht in Kalifornien aufgewachsen, mit reichen Eltern?«

Irene lachte, ein schmerzliches Lachen. »Du verstehst nicht, wie's damals war. Jetzt ist alles verwirrend, wenn man darauf zurückblickt, aber in gewisser Weise schien damals alles ganz klar. Dwayne dachte, er täte das Richtige, und dann ging Emmett da rüber und dachte, *er* täte das Richtige, aber dann ekelte ihn die Sache an, und er ging in die Antikriegsbewegung und dachte, das wär richtig, und lief mit den Hippies rum. Die meisten von den Typen kamen um die Wehrpflicht irgendwie rum.« Sie zog eine Zigarette aus der Packung auf der Küchentheke. »Alle denken immer, sie tun das Richtige, weißt du?«

Rauch kreiste über dem Tisch, an dem sie saßen. In der Diele hielten die altbekannten Geräusche einer Autojagd Mamaw, Emmett und Lorenzo Jones gebannt vor dem Fernsehschirm.

»Ich sollte noch nicht wieder rauchen, aber Heather ist schon fast entwöhnt«, sagte Irene und klopfte die Asche an einer Untertasse ab. Sie redete weiter. »Es waren alles Jungen vom Land. Wenn ihr zu dem Denkmal kommt, guckt euch die Namen an. Ihr werdet all die Landjungennamen sehen, da wette ich. Bobby Gene und Freddy Ray und Jimmy Bob Calhoun. Ich kannte einen Jungen, der Jimmy Bob Calhoun hieß und der drüben gefallen ist. Guckt euch die Namen an und sagt mir hinterher, ob's nicht hauptsächlich Namen von Jungen vom Land sind. Jungen, die nicht bis drei zählen konnten. O Gott, was für 'ne Zeit das war.« Sie paffte an ihrer Zigarette. »Es war keine glückliche Zeit. Sam. Mach dir nicht vor, daß es eine glückliche Zeit war.«

»Ich hab dir ein Geschenk mitgebracht«, sagte Sam. Sie hatte beschlossen, ihrer Mutter doch die Porzellankatze zu schenken. Sie lief zum Auto und holte das Päckchen herein.

Ihre Mutter sah die Katze an, als wär sie ein kleines UFO, das gerade in ihrem Haus gelandet war. Ihr Ausdruck wandelte sich zu Erkennen, dann zu Freude.

»Wie wunderbar!« rief sie aus. »Oh, Sam, das ist das Süßeste, was mir jemals jemand geschenkt hat.«

Dann brach sie in Tränen aus, und die Punkmaharadscha-Katze lächelte und starrte. Sam starrte auch, vor Überraschung.

2

Sie sind in Maryland. Sam ist im Einkaufs-Center in der Nähe des Holiday Inn. Die Schaltung ist repariert – für 258.69 Dollar – und Emmett und Mamaw warten im Motel auf sie. Im Plattenladen flippt sie die Beatles-Alben durch: das *White Album*, *Sgt. Pepper's Lonely Hearts Club Band*, *Abbey Road*, *Meet the Beatles*, *Magical My-*

stery Tour, Let It Be. Kein neues Album. Auch bei den 45ern ist nichts. Der neue Song muß eine Raubpressung sein, meint der redselige, runde Mann an der Kasse. Aber er hat nichts davon gehört. Sams Blick bleibt an *Born in the U.S.A.* hängen, das in der Nähe der Kasse ausgestellt ist. Auf dem Cover steht Bruce Springsteen vor der Fahne, als sähe er sie sich genau an, als versuchte er, ihre Bedeutung herauszukriegen. Es ist eine so große Fahne, daß die Sterne gar nicht mehr mit auf dem Bild sind – nur rote und weiße Streifen. Mit der Kreditkarte ihrer Mutter könnte sie das Album kaufen. Ohne zu überlegen, kauft Sam es, zu spät wird ihr klar, daß das Vinyl in dem heißen Auto wahrscheinlich weich werden wird.
Das Einkaufs-Center ist gigantisch. Sam entdeckt einen Laden mit Punk-Sachen. Der gleiche Laden ist in Paducah. Sie begreift, daß es eine Ladenkette sein muß. Als sie sich in dem Laden die Punkkleider ansieht, überkommt sie das Bedürfnis, exotisch auszusehen – sie könnte irgendwas Irres auf der Fahrt zum Memorial tragen – aber die Sachen sind alle zu teuer. Sie entdeckt ein paar Unterhosen, die aussehen wie schwarzes Leder und nur sechs Dollar kosten, und sie entschließt sich, sie zu kaufen, auch wenn sie nicht weiß, wer sie jemals sehen wird. Sie kauft sich außerdem ein grellrosa Top mit Spaghettiträgern, so eines wie Anita hat. Während sie darauf wartet, daß die Verkäuferin die Nummer der Kreditkarte ihrer Mutter überprüft, stellt sie sich vor, ein zurückgekehrter Soldat zu sein, nur vierundzwanzig Stunden vom dampfenden Dschungel entfernt und jetzt in diesem Laden. Emmett hatte ihr erzählt, daß der erste Ort, den er aufsuchte, nachdem er zurück war, ein Kleiderladen in San Francisco gewesen war. Er hatte dagestanden, umgeben von Anzugshosen und eleganten Oberhemden und englischen Sakkos, und er war wie erstarrt gewesen. Er hatte keine Vorstellung mehr davon, wer er eigentlich sein sollte, hatte er gesagt. Es

hatte Tage gedauert, bevor er seine Uniform ausziehen und sich ein paar einfache Sachen zum Wechseln kaufen konnte.

Die Verkäuferin erklärt ihr, daß die Karte gestohlen ist, wenn die Visanummer in ihrem Büchlein steht. Sam sagt nicht, daß ihr die Karte nicht gehört. Sie unterschreibt mit dem Namen ihrer Mutter. Ihr Vater hat nie von Kreditkarten gehört. Sie fühlt, wie eine Welle des Zorns in ihr aufsteigt.

Das Einkaufs-Center ist durch einen Mittelstreifen aus tropischen Pflanzen unterteilt, die unter der künstlichen Beleuchtung bestens gedeihen. Die Palmen sind groß, und Ranken – wie von vertrauten Topfpflanzen – klettern an ihnen hoch. Sam steht versteinert vor den Bäumen und dem dichten Laub. Sie werden zu Dschungelpflanzen in Südostasien. Und dann werden sie zu Zypressen am Cawood-See, und das trübe Sumpfwasser, in dem es von Schlangen wimmelt, kreist um sie. All diese Szenen gehen ihr wie eine Folge von Rock-Videos durch den Kopf. Sie wollte, sie wüßte den Song, der dazugehört.

Als sie ein paar Stunden später nach Washington hineinfahren, wird Sam schlecht vor Aufregung. Sie hat sich selbst immer wieder eingeredet, daß das Memorial nichts weiter als ein Stein ist, auf dem Namen stehen. Es bedeutet nichts, außer daß sie tot sind. Es sind nur Namen. Namen sind Schall und Rauch. Es ist niemand hier, nur wir und der Planet Erde und die Atombombe. Aber das ist schon in Ordnung, denkt sie jetzt. Es ist etwas Tröstliches an der Idee, daß niemand hier ist außer uns. Es ist so familiär. Niemand hier außer uns. Vielleicht ist das der Punkt. Die Leute sollten nicht zuviel aus dem Tod machen. Ihr Geschichtslehrer hat gesagt, daß es jetzt mehr lebende als tote Menschen gibt. Er sagte warnend, daß jetzt soviele Menschen auf der Erde lebten und daß sie soviel länger lebten, daß die Menschen glaubten, sie wären praktisch unsterblich. Aber jeder muß sterben, und wir sollten uns besser an diesen Gedanken gewöhnen, sagte er. Tot und weg. *Long gone from Kentucky.*

Manchmal traf Sam mitten in der Nacht mit plötzlicher Klarheit die Erkenntnis, daß sie eines Tages sterben würde. Die meiste Zeit über vergaß sie es. Aber jetzt, als sie und Emmett und Mamaw nach Washington hineinfahren, wo das Vietnam Memorial die Namen so vieler trägt, die gestorben sind, trifft sie die Realität des Todes am hellen Tag. Mamaw ist achtundfünfzig. Sie wird bald sterben. Sie könnte jeden Augenblick sterben so wie das Rennpferd, das am Vatertag plötzlich, unerklärlich umfiel und tot war. Aber Emmett war zum Cawood-See gekommen, um nach ihr zu suchen, weil es für ihn unerträglich gewesen war, daß sie ihn verlassen könnte, daß sie vielleicht sogar sterben könnte.

Das Washington Monument steht wie ein glänzender Bleistift gegen den Himmel. Emmett fährt, und der Verkehr ist furchteinflößend, so viele Autos, die vorbeizischen und sich in den Strom einordnen wie kühne Schlittschuhläufer auf einer überfüllten Eisbahn. Sie fahren an Autos vorbei, auf deren Nummernschild FED. steht. Sam fragt sich, wie lange das Washington Monument noch auf der Erde stehen wird.

Das braune Schild auf der Constitution Avenue verkündet: VIETNAM VETERANS MEMORIAL. Emmett kann in der Nähe keinen Parkplatz finden. Er parkt in einer Seitenstraße, und sie gehen auf das Washington Monument zu. Mamaw schnauft neben ihnen her. Sie hat sich ein gutes Kleid und Strümpfe angezogen. Sam hat das Gefühl, als gingen sie spazieren, als machten sie einen Bummel, so langsam geht es. Sie möchte loslaufen. Das Washington Monument erhebt sich aus der Erde, stolz und hoch. Sie erinnert sich an Toms bitteren Kommentar – ein großer weißer Pimmel. Sie hat einmal gehört, wie jemand sagte, die U.S.A. gehen rum und ficken die Welt. Der Typ, der diese Inseln mit rosa Plastik umgeben hat, sollte einen großen Gummi für das Washington Monument machen, denkt Sam. Sie hat so viele bizarre Ideen, es sollte einen Markt für ihre Phantasie geben. Die Ideen mahlen in ihrem Kopf. Wegen dieser Gedanken kann sie Washington kaum genießen. Die Gebäude in Washington sind so hübsch, so weiß. In einem Traum war das Vietnam Memorial ein schwarzer Bumerang, der auf ihren Kopf zuschoß.

»Ich seh's nicht«, sagt Mamaw.

»Es ist da drüben«, sagt Emmett und zeigt auf etwas. »Sie sagen, man stößt ganz plötzlich darauf.«

»Meine Beine fangen an weh zu tun.«

Sam möchte loslaufen, aber sie weiß nicht, ob sie zum Memorial hinlaufen möchte oder weg von ihm. Sie möchte einfach nur laufen. Sie hat das neue Album mitgenommen, damit es in dem heißen Auto nicht weich wird. Es ist in einer Plastiktüte mit Griffen. Emmett trägt den Topf Geranien. Sie ist über ihn erstaunt, über seine eindrucksvolle Gestalt, sein geheimes Leiden. Sie empfindet seine Angst. Sein Herz muß rasen, als wenn etwas Unerträgliches bevorstünde.

Emmett hat Mamaw schützend am Arm genommen und führt sie über die Straße. Die Geranien liegen ihm an der Brust.

»Da ist es«, sagt Sam.

Es ist ein massiver, schwarzer Einschnitt in einem Hang, wie eine zutage getretene Kohleader, die poliert worden ist, bis sie glänzte. Eine Menschenmenge zieht langsam daran vorüber, starrt es feierlich an.

»Meine Güte«, sagt Sams Großmutter ruhig. »Es ist schwarz wie die Nacht.«

»Hier ist das Namensverzeichnis«, sagt Emmett, der am Eingang stehenbleibt. »Ich such seinen Namen für dich raus, Mrs. Hughes.«

Das Namensverzeichnis liegt auf einem Pult und ist in eine Plastikhülle eingeschlagen. Sam steht im Schatten, sieht nach vorn auf den schwarzen Flügel, der in die Erde eingebettet ist, Gras wächst an seinem Fuß. Es ist wie ein Riesengrab, achtundfünfzigtausend Körper verrotten hier hinter diesen Namen. Die Menschen strömen vorbei, hinunter in die Senke.

»Es ist nicht gut zu sehen«, sagt Mamaw ängstlich. »Es ist nur ein Loch im Boden.«

Das Memorial schneidet ein V in den Boden, wie die Schwingen eines abstrakten Vogels, enorm und kopflos. Über ihnen schießt ein Düsenflugzeug in steilem Start in den Himmel.

»Es ist auf Tafel 9E«, berichtet Emmett. »Das ist auf dem Ostflügel. Wir sind am Westflügel.«

Am Fuß der Mauer befindet sich eine Granitrinne, und auf seiner Kante reflektiert das Sonnenlicht die Namen darüber, in Spiegelschrift, verkehrt herum. Blumensträuße liegen verstreut am Boden vor der Mauer. Ein kleines Kind sagt: »Guck mal, Daddy, die Blumen da sterben.« Der Mann sagt kurz angebunden: »Einige ja und einige nicht.«

Der Gehweg ist vom Memorial durch einen Kiesstreifen getrennt, und auf der anderen Seite befindet sich eine Einfassung aus dunkelgrauem Ziegel. Die glänzende Oberfläche der Wand spiegelt das Lincoln Memorial und das Washington Monument, in entgegengesetzten Winkeln.

Eine Frau mit einem Sonnenhut richtet eine Kamera auf die Wand. Sie sagt zu ihrer Begleiterin: »Ich hab nicht gedacht, daß es so aussieht. Die Dinge sehen nicht so aus, wie man glaubt. Ich wußte nicht, daß es eine Mauer ist.«

Ein Mann mit breitbeinig steifem Gang in einer Tarnjacke geht an einem Stock. Wahrscheinlich hat er eine Prothese, denkt Sam, aber er geht stolz daher, als sei er schon viele

Male hier gewesen und habe im Augenblick nichts Besonders vor. Er scheint hierher zu gehören, so wie Emmett ins McDonald's.

Eine Gruppe von Schulkindern wirbelt vorüber, laut wie Hühner. Als sie reingehen, sagt eines der Mädchen: »Sind sie übereinander gestapelt?« Sie gehen ein paar Schritte weiter, und sie sagt: »Was sollen eigentlich all diese Namen?« Sam hätte Lust, dem Mädchen für ihre Dummheit eine runterzuhauen. Wie konnte jemand in dem Alter das nicht wissen? Aber ihr wird klar, daß sie es auch nicht weiß. Sie beginnt gerade zu verstehen. Und sie wird nie wirklich wissen, was all diesen Männern im Krieg passiert ist. Ein paar Leute gehen vorbei, als wären sie auf einem Sonntagsausflug, aber die meisten sind ehrfürchtig, und einige weinen.

Sam steht im Zentrum des V, tief in der Senke. Das V ist wie die weißen Flügel des Einkauf-Centers in Paducah. Das Washington Monument spiegelt sich in der Mittellinie. Wenn sie sich leicht nach links bewegt, sieht sie das Monument, und wenn sie sich in die andere Richtung bewegt, sieht sie das Spiegelbild der Fahne gegenüber dem Memorial. Beide, das Monument und die Fahne, scheinen ihr wie arrogante Gesten, als verhöhne das Land die toten Jungen, die in dieses Loch im Boden geworfen wurden. Sam versteht nicht, was in ihr vorgeht, es ist etwas so Starkes, es ist wie ein Wirbelsturm in ihr, etwas Massives und Überwältigendes. Es ist ein Gefühl, als brächte sie diese Mauer zur Welt.

»Ich wünschte, Tom wäre hier«, sagte Sam zu Emmett. »Er muß hierher kommen.« Ihre Stimme ist dünn wie Rauch, kaum hörbar.

»Er wird's eines Tages schaffen, hierher zu kommen. Jim kommt auch. Eines Tages werden sie alle herkommen.«

»Suchst du noch nach dem Namen von jemand anders außer dem von meinem Daddy?«

»Ja.«
»Von wem?«
»Von den Jungs, von denen ich dir erzählt hab, die, die an dem Tag um mich herum gestorben sind. Und der Typ, den ich besuchen sollte – vielleicht ist er hier. Ich weiß nicht, ob er rausgekommen ist oder nicht.«
Sam hat blitzartig eine Ahnung von Emmetts Leiden, seiner Trauer in all diesen Jahren. Er hat vierzehn Jahre lang getrauert. Im blendenden Sonnenlicht sind seine Pikkel nicht zu sehen. Ein Düsenflugzeug fliegt über sie hinweg, dicht über der Erde. Seine Flügel sind zurückgelegt wie die eines Vogels.
Zwei Arbeiter mit Schutzhelmen und einer Leiter sind da mit einer lauten Maschine. Einer der Arbeiter, auf dessen Helm hinten NIE WIEDER steht, scheint ein Loch in die Mauer zu bohren.
»Was macht er da, Süße?« hört Sam Mamaw hinter sich sagen.
»Sieht so aus, als würden sie 'n Loch oder irgendwas reparieren.« *Fixing a hole, where the rain gets in.*
Der Mann auf der Leiter stellt das Gerät, eine Schleifmaschine, ab, und der andere Arbeiter reicht ihm eine Bürste. Er bürstet die Stelle ab. Silbernes Abklebband ist um verschiedene Namen herumgelegt, und das hebt sie hervor.
Die Namen stechen gelb hervor, als hätte jemand einen Leuchtstift genommen und sie gefärbt, wie Sam früher Namen und Daten, wichtige Fakten, in Schulbüchern markiert hat.
»Irgend jemand muß sie beschmiert haben«, sagt ein Mann hinter Sam. »Kannst du dir jemanden vorstellen, der so krank ist, daß er sowas tun würde?«
»Nein«, sagte die Frau neben ihm. »Der wollte nur, daß der Name hervorstach und bemerkt wurde. Ich kann das nachempfinden.«

»Glaubst du, daß Dwaynes Name angemalt wurde?« fragt Mamaw Sam besorgt.
»Nein. Warum sollten sie?« Sam blickt auf die Blumen, die am Fuß des Memorials liegen. Eine weiße Nelke steckt in einer Fuge zwischen zwei Tafeln der Mauer. Eine Frau beugt sich hinunter und glättet eine Schleife an einem Kranz. Auf ihr steht in Goldbuchstaben: VFW Post 7215 of Pa.
Sie bewegen sich langsam weiter. Tafel 9E ist noch weiter unten. Sam liest ein kleines Schild, das an den Fuß der Mauer gelehnt ist: »Für die Männer der C Kompanie, 1. Btl. 503 Inf., 173. Luftlande, die in der Schlacht um Hügel 823, Dak To, am 11. Nov. 1967 gefallen sind. Aufgrund ihrer Tapferkeit bin ich heute hier. Ein dankbarer Kamerad.«
Eine handgeschriebene Notiz, die an die Wand geklebt ist, entschuldigt sich bei einem der Namen dafür, ihn in einem Feuergefecht im Stich gelassen zu haben.
Ein Mann in einem Rollstuhl rollt vorbei. Ein weiterer Düsenjäger fliegt über sie hinweg.
Mamaw dreht sich um und schüttelt die Geranien in Emmetts Armen auf, so wie sie Kissen aufschüttelt.
Die Arbeiter säubern die Namen von der gelben Farbe. Sie schleifen die Mauer ab und bürsten sie sorgsam nach, wie Männer, die ihre Autos polieren. Der Mann auf der Leiter sprüht Wasser auf den Namen, den er gerade abgeschliffen hat, und wischt ihn mit einem Lappen ab.
Sam beobachtet zwei Marines in Uniform, die nach einem Namen suchen und suchen. Sie bewegen sich langsam vorwärts, voller Angst. »Er muß hier irgendwo gewesen sein«, sagt einer. Sie suchen weiter und fahren mit den Händen über die Namen.
»Da ist es. Das ist er.«
Sie lesen seinen Namen, und beide sehen abrupt weg, starren einen Moment in die Richtung des Lincoln Memorials und gehen dann schnell davon.

»Kann ich Ihnen helfen, einen Namen zu finden?« fragt eine Frau in einem T-Shirt und grünen Hosen. Sie ist Führerin und hat ein Clipboard in der Hand.
»Wir wissen, wo wir sind«, sagt Emmett. »Trotzdem vielen Dank.«
An der Tafel 9E tritt Sam zurück, während Emmett und Mamaw den Namen ihres Vaters suchen. Emmett sieht die Wand mit aufmerksamen und intensiven Blicken an, als beobachtete er Vögel; und Mamaw sieht konzentriert und zielbewußt durch ihre Brille, als ob sie hinten im Feld irgend etwas suchte, als ob sie nachsah, ob eine Kuh von der Weide gelaufen war. Sam stellt sich den Reiher vor, wie er auf dem Rücken eines Büffels nach Zecken sucht, wie er seinen Kopf duckt und ihn schlangenartig vorwärtsbewegt, der Schnabel wie ein Bajonett.
»Da ist er«, sagt Emmett. Er ist hoch über seinem Kopf, fast am oberen Rand der Mauer. Er langt hinauf und berührt den Namen. »Da ist sein Name, Dwayne E. Hughes.«
»Ich komm nicht dran«, sagt Mamaw. »Oh, ich wollte ihn so gerne anfassen«, sagt sie leise in ihrer Enttäuschung.
»Wir wollen die Blumen hierher stellen, Mrs. Hughes«, sagt Emmett. Er stellt den Topf unten vor die Tafel, so zärtlich, als deckte er ein Baby zu.
»Ich heul gleich los«, sagt Mamaw, senkt den Kopf und beginnt zu schluchzen. »Ich wollte, ich könnte ihn anfassen.«
Sam hat eine Idee. Sie rennt rüber zu den Arbeitern und bittet sie, ihnen die Leiter auszuleihen. Sie sind fast fertig, und sie sind einverstanden. Einer von ihnen bringt sie herüber und stellt sie an die Mauer, und Sam drängt Mamaw, die Leiter hinaufzuklettern, aber Mamaw protestiert. »Nein, ich kann das nicht. Mach du's.«
»Steigen Sie rauf, Ma'am«, sagt der Arbeiter.
»Emmett und ich halten die Leiter«, sagt Sam.

»Jemand könnte mir unters Kleid gucken.«
»Nein, nur zu, Mrs. Hughes. Du kannst es schaffen«, sagt Emmett. »Komm, wir helfen dir rauf.«
Er nimmt ihren Arm. Sam und er stützen sie zusammen, während sie ihren Fuß auf die erste Sprosse setzt und sich hinaufzieht. Sie scheint Angst zu haben, und sie sagt nichts. Sie langt hinauf, aber sie kann den Namen noch nicht berühren.
»Noch eine, Mamaw«, sagt Sam und sieht zu ihrer Großmutter hinauf, auf die hängenden Falten, die lose und traurig herabhängende Haut und die vom Weinen geröteten Augen. Sie streckt die Hand nach dem Namen aus und kämpft sich langsam die nächste Sprosse hoch und drückt ihren Rock eng gegen die Leiter. Sie berührt den Namen, fährt mit der Hand über die Buchstaben, streichelt sie zaghaft, zärtlich, als tastete sie den Rücken einer Katze ab. Ihr Kinn zittert, und nach einem Moment klettert sie die Leiter still wieder herunter.
Als Mamaw unten ist, steigt Sam auf die Leiter, die Tüte mit der Platte in der Hand.
»Hier, nimm die Kamera, Sam. Photographier seinen Namen.« Mamaw hat Donnas Instamatic mitgenommen.
»Nein, ich krieg ihn nicht von so nah.«
Sam klettert die Leiter hoch, bis sie auf Augenhöhe mit dem Namen ihres Vaters ist. Es ist ein komisches Gefühl, ihn zu berühren. Ein Kratzer im Stein. Schrift. Etwas, worüber sich zukünftige Archäologen den Kopf zerbrechen können, Hinweise auf eine Sprache.
»Guck hierher, Sam«, sagt Mamaw. »Ich will ein Bild von dir machen. Ich will dich und seinen Namen und die Blumen zusammen drauf kriegen, wenn's geht.«
»Den Namen wird man nicht erkennen können«, sagt Sam.
»Lächel!«
»Wie kann ich lächeln?« Sie weint.

Mamaw geht einen Schritt zurück und macht zwei Photos. Sam spürt, daß ihr Gesicht leer ist. Oben auf der Leiter kommt sie sich so groß vor, wie ein langes, dünnes Unkraut, das aus diesem diamantenen Saum harter Erde hervorsprießt. Sie sieht Emmett mit dem Namensverzeichnis in der Hand, er sucht wahrscheinlich nach den Namen seiner Kumpel. Sie berührt noch einmal den Namen ihres Vaters.

»Alles, was ich hier sehen kann, ist mein Spiegelbild«, sagt Mamaw, als Sam die Leiter herunterkommt. »Ich hoffe, man kann seinen Namen erkennen. Und dein Gesicht war nur Schatten.«

»Wart hier 'ne Minute«, sagt Sam und dreht sich um, um vor Mamaw ihre Tränen zu verbergen. Sie eilt zum Namensverzeichnis auf der Ostseite. Emmett ist nicht mehr da. Sie sieht, wie er die Mauer entlangschreitet und nach einer bestimmten Tafel sucht. In der Nähe hält eine Gruppe Marines eine Ehrenwache für die Kriegsgefangenen und die Vermißten. Eine Doppelreihe von Fahnen ist neben ihrem Tisch in die Erde gesteckt. Einer der Marines geht mit einem Schild an ihr vorbei. »Du bist Amerikaner. Deine Stimme kann entscheidend sein.« Sam blättert das Verzeichnis durch und findet »Hughes«. Sie will den Namen ihres Vaters auch da sehen. Sie geht die Reihe der Hughes durch. So viele Hughes-Jungen sind gefallen, Namen, die sie nicht kennt. Sein Name steht da, und sie blickt einen Augenblick darauf. Dann springt ihr plötzlich ihr eigener Name entgegen.

SAM ALAN HUGHES PFC AR 02 MAR 49 02 FEB 67 HOUSTON TX 14E 104

Mit klopfendem Herzen läuft sie zur Tafel 14E, und nachdem sie mit den Augen über eine Reihe von Namen gerast ist, entdeckt sie ihren eigenen Namen.

SAM A. HUGHES. Er ist der erste einer Zeile. Er ist tief genug, so daß sie ihn berühren kann. Sie berührt ihren

eigenen Namen. Wie seltsam sich das anfühlt, als wären alle Namen in Amerika benutzt worden, um diese Wand zu schmücken.
Mamaw ist neben ihr, greift nach Sams Arm, krallt sich mit den Fingernägeln fest. Mamaw sagt: »So plötzlich vor dieser Mauer zu stehen und zu sehen, wie schwarz sie war, das war so schrecklich, aber dann bin ich in die Senke hinuntergegangen und hab diese weiße Nelke in dem Riß blühen sehen, und das hat mir Hoffnung gegeben. Jetzt weiß ich, daß er über uns wacht.« Sie lockert ihren Vogelklauengriff. »Haben wir Emmett verloren?«
Schweigend deutet Sam an die Stelle, wo Emmett sich die Namen unten auf einer Tafel genau ansieht. Er sitzt mit überkreuzten Beinen vor der Mauer, und langsam geht sein Gesicht in ein Lächeln auf wie in Flammen.

Glossar

Agent Orange	Hochgiftiges Entlaubungsmittel, das die Amerikaner in Vietnam einsetzten.
Chopper	Hubschrauber
Cinemax	Kabelfernsehsender
FED	*Federal.* Bezeichnung auf den Nummernschildern von Fahrzeugen der Bundesregierung in Washington.
HBO	*Home Box Office.* Kabelfernsehsender, der hauptsächlich Spielfilme bringt.
Little League	Baseball-Liga für Kinder
MTV	*Music Television.* Eine Kabelstation, die nur Musik-Videos abspielt.
NVA	Armee Nordvietnams
TVA	*Tennessee Valley Authority.* Behörde für die wirtschaftliche und soziale Förderung im Gebiet des Tennessee-River.
V.C.	*Vietcong.* Bezeichnung für die kommunistischen Untergrundtruppen in Südvietnam.

Jayne Anne Phillips

Das himmlische Tier

Short-Stories, 255 Seiten, geb. und
Fischer Taschenbuch Band 5169

»Jayne Anne Phillips' Sprachgebrauch ist äußerst sinnlich. Bei ihr wird die Gassensprache zur Poesie, an der Grenze zum Surrealismus schwebend …
Ob sie ein Kind beschreibt, das dem Wind zuhört oder Liebende, die im Drogenrausch gemeinsam baden, immer hat sie die Fähigkeit, uns zur tiefsten körperlichen Empfindung zu bringen. Sie kann schreiben: mit der größten Schlichtheit und mit metaphorischer Könnerschaft.
Diese Prosa geht unter die Haut.«

Times Literary Supplement

Maschinenträume

Roman. 504 Seiten, geb. und
Fischer Taschenbuch Band 9199

Ein Familienroman von großer Intensität, der den Einfluß zweier Kriege, des Zweiten Weltkrieges und des Vietnamkrieges, auf das Leben in einer amerikanischen Kleinstadt wiedergibt.

Überholspur

Short-Stories, 192 Seiten, geb.

Mit der Erzählungssammlung *Black Tickets* wurde Jayne Anne Phillips in den USA berühmt. Die Literaturkritik bescheinigte ihr bereits bei diesem Debüt, eine Meisterin dieser amerikanischsten aller Kunstformen zu sein: der Short-Story.

S. Fischer · Fischer Taschenbuch Verlag